SCIENCE FICTION

Herausgegeben
von Wolfgang Jeschke

Ein Verzeichnis aller STAR-TREK-Romane
finden Sie am Schluß des Bandes.

JOHN VORNHOLT

STAR TREK®
CLASSIC

ZUFLUCHT

Roman

Star Trek®
Classic Serie
Band 68

Deutsche Erstausgabe

WILHELM HEYNE VERLAG
MÜNCHEN

HEYNE SCIENCE FICTION & FANTASY
Band 06/5468

Titel der Originalausgabe
SANCTUARY
Übersetzung aus dem Amerikanischen von
Ronald M. Hahn

Umwelthinweis:
Dieses Buch wurde auf
chlor- und säurefreiem Papier gedruckt.

Redaktion: Rainer Michael Rahn

Die Erstausgabe erschien bei Pocket Books, a division
of Simon & Schuster, Inc., New York

Printed in Germany 1996
Umschlagbild: Pocket Books/Simon & Schuster, Inc.
Umschlaggestaltung: Atelier Ingrid Schütz, München
Technische Betreuung: M. Spinola
Satz: Schaber Satz- und Datentechnik, Wels
Druck und Bindung: Ebner Ulm

ISBN 3-453-11882-0

Für Jean Reich,
die auf vielfältige Weise
unsere Zuflucht war.

Historische Anmerkung

Dieses Abenteuer spielt während der ersten Fünfjahresmission der USS *Enterprise.*

1

Captain Kirk beugte sich über die Schulter des Steuermannes und blickte auf einen kleinen leuchtenden Punkt auf dem Bildschirm. Er war zwar von den ihn umgebenden Sternen kaum zu unterscheiden, aber diese bewegten sich in Relation zur *Enterprise.* Der Punkt jedoch nicht.

»Holen wir ihn ein, Mr. Sulu?« fragte Kirk.

»Negativ, Sir«, antwortete der Offizier und bemühte sich, die Schwere seiner Lider wegzublinzeln. Die Verfolgungsjagd hatte vor etwa zwölf Stunden begonnen, und allmählich forderte sie von allen den Preis der Müdigkeit. »Ihre Höchstgeschwindigkeit paßt sich der unseren Warp für Warp an.«

»Wie kann das sein, Captain?« fragte Chekov frustriert. »Das Schiff hat doch höchstens ein Zehntel der Größe der *Enterprise.*«

»Ungefähr ein Zweiundzwanzigstel der *Enterprise*«, sagte eine Stimme hinter ihnen. Spock, der Erste Offizier der *Enterprise*, richtete sich an der wissenschaftlichen Station auf. »Freilich hat die Größe eines Schiffes nichts mit seiner Geschwindigkeit zu tun. Vor allem dann nicht, wenn es wenig Masse und eine kleine Besatzung hat. Wenn man die Lebenserhaltungssysteme auf das Minimum beschränkt, kann man neunzig Prozent der Schiffsenergie in den Warpantrieb leiten. Außerdem gehe ich davon aus, daß die Konstrukteure von Auk-rex' Schiff Zugriff zur neuesten Starfleet-Technik hatten.«

»Warum auch nicht?« murmelte Kirk. »Schließlich

plündert er schon seit über fünf Jahren unsere Frachter aus. Der Teufel soll ihn holen. Und ich dachte schon, wir hätten ihn.«

»Entschuldigen Sie die Unterbrechung, aber in achtunddreißig Minuten treten wir in einen Sektor ein, der von der Flotte weder kartografiert noch erforscht wurde«, sagte Chekov. »Wollen Sie die Verfolgung fortsetzen?«

»Auf jeden Fall«, sagte Kirk. »Auk-rex hat im letzten Monat drei unserer Frachter überfallen. Die Flotte will dem endlich ein Ende machen.« Er wandte sich dem verläßlichen Ersten Offizier zu. »Sie müssen rauskriegen, wo er hin will, Spock. Berechnen Sie seinen Kurs.«

Der Vulkanier hob eine Braue. »Es wird nicht einfach sein, seinen exakten Kurs zu berechnen, Captain, da wir keine Informationen über diesen Sektor haben. Aber ich werde es versuchen.«

Kirk rieb sich vor Müdigkeit die Augen. »Lieutenant Uhura, übermitteln Sie der Flotte unsere momentane Position und unsere Absichten.«

»Aye, Captain«, bestätigte die Funkoffizierin, deren Hände schon über die Konsole glitten.

Kirk machte sich auf den Weg zum Turbolift. Die Doppeltür erzeugte das typische Zischen, als sie sich öffnete. »Ich bin im Lazarett zu erreichen«, sagte er, ohne jemanden persönlich anzusprechen. »Vielleicht hat Mr. McCoy ein paar Ideen.«

Dr. McCoy lächelte über sein Brandyglas hinweg. »Er ist dir also entwischt, Jim? Er ist nicht in deine Falle getappt?«

»Die Falle war schon in Ordnung«, erwiderte Kirk leicht beleidigt. Zu den Dingen, die McCoy auszeichneten, gehörte auch, daß es ihm gefiel, wenn Menschen sich menschlich zeigten. Und irren war menschlich. »Es war eine gute Idee«, sagte Kirk. »Aber irgendwie hat der Lump den Braten gerochen und geahnt, daß der Frachter nur eine Attrappe war. Er war zwar nahe an unserem Köder dran, aber angebissen hat er nicht.«

»Deswegen erwischt ihn auch keiner.« McCoy zuckte die Achseln. »Ich weiß zwar, daß er eine echte Pest ist, aber du mußt zugeben, daß man ihn auch ein bißchen bewundern muß. Bei all den staatlichen Abkommen und Vorschriften ist es heutzutage schließlich nicht leicht, sein Leben als Pirat zu fristen. Soweit ich weiß, hat er noch nie mutwillig jemanden umgebracht.«

Kirk blickte finster drein. »Nein. Er legt die Frachter nur lahm und stiehlt ihre wertvollsten Güter. Er kriegt heraus, was sie an Bord haben, indem er die Schiffscomputer anzapft. Dann beamt er alles von Bord und verschwindet – noch bevor man kapiert, was eigentlich los ist.«

»Hmm, ich wette, die Computerdaten sind auch einiges wert. Was wissen wir sonst noch über ihn?«

»Nicht gerade viel«, gestand Kirk ein. »Er ist sehr anspruchsvoll, aber auch von Rätseln umgeben. Wir wissen nicht mal, ob er ein Mensch oder ein Klingone ist. Er läßt sich nie auf Ton- oder Bildkommunikation ein. Er sendet nur kodiert. Außerdem treibt er sich stets in der Nähe der Handelsrouten der Flotte herum. Die Föderation möchte ihm so viele Fragen stellen, daß sie ihn nicht töten, sondern nur festnehmen will.«

McCoy schüttelte sichtlich amüsiert den Kopf. »Und indem wir Auk-rex verfolgen, können wir ganz nebenbei testen, wie schnell die *Enterprise* ist.«

»So ungefähr«, sagte Kirk. Er nahm einen Schluck von seinem lauwarmen Kaffee und runzelte die Stirn. »Ich bin eigentlich gekommen, weil ich dachte, du hast eventuell eine Idee. Aber nach allem, was ich höre, findest du diesen Piraten wohl auch noch sympathisch.«

»Nun ja ... Es ist wohl ein Teil meiner Persönlichkeit, daß ich immer *für* den Bösewicht eintrete«, sagte McCoy grinsend. »Da sitzen wir im modernsten Schiff der Föderation und sind nicht mal in der Lage, einen kleinen Sternenhopser zu fangen.«

»Er ist alles andere als ein Sternenhopser«, sagte Kirk in ruhigem Tonfall. »Sein kleines Schiff kann es mit allem aufnehmen, was die Flotte zu bieten hat.« Er setzte ein Lächeln auf. »Er ist zwar schnell, aber nicht schnell genug, um uns abzuschütteln. Früher oder später muß er den Warp verlassen. Wenn es soweit ist, packen wir ihn mit dem Traktorstrahl. Dann hat er ausgehustet.«

McCoy nickte. »Bleibt nur die Frage, ob er es früher oder später macht.«

»Das wüßte ich auch gern«, sagte Kirk.

Ein hochfrequenter Ton erklang im Raum und wurde alsbald von Spocks Stimme abgelöst. »Brücke an Captain Kirk.«

»Kirk hier. Was ist los?«

»Wir dringen jetzt in den unbekannten Sektor ein«, erwiderte Spock. »Noch keine Statusveränderung, aber ich habe eine Theorie, was Auk-rex' Ziel angeht.«

»Ich bin schon auf dem Weg«, antwortete Kirk und schaltete den Kommunikator aus. Er wandte sich lächelnd zu seinem Freund um. »Willst du mitkommen, Pille, und deinem Bösewicht die Daumen drücken?«

»Ich möchte es um nichts in der Welt verpassen.« McCoy grinste.

Als Kirk und McCoy die Brücke betraten, schauten alle – mit Ausnahme von Spock – in ihre Richtung. Der schlanke Vulkanier stand regungslos über die Konsole der wissenschaftlichen Station gebeugt und studierte auf dem Monitor Daten, die sich so schnell bewegten, daß ein Mensch sie nicht hätte verfolgen können. Kirk wartete geduldig, bis er mit seinen Studien fertig war und sich zu ihm umdrehte.

»Was ist Ihrer Meinung nach sein Ziel?« fragte er.

»Ich bin mir noch nicht sicher«, sagte Spock, »aber die Langstreckensensoren melden, daß er direkt ein

Sonnensystem mit neun Planeten ansteuert, von denen einer eine Atmosphäre aufweist, die menschliches Leben ermöglicht. Da die Flotte diesen Sektor offiziell nie erforscht hat, habe ich einige Meldungen und Gerüchte recherchiert.«

»*Gerüchte,* Spock?« fragte McCoy und täuschte große Verblüffung vor. »Ich dachte, die Vulkanier geben sich nie mit Gerüchten ab.«

»Normalerweise nicht, Doktor«, sagte der Vulkanier zustimmend. »Aber alles, was wir über diesen Sektor wissen, ist durch keinerlei Fakten untermauert. Aus diesem Grund sind wir gezwungen, Gerüchte in die Berechnungen einzubeziehen.« Spock schaute Kirk an. »Haben Sie je von einem Planeten namens ›Zuflucht‹ gehört?«

»Klar«, sagte McCoy. »Es ist ein Mythos. Ein Planet, auf dem jeder Verfolgte seine Verfolger abschütteln kann und Zuflucht findet. Es ist so was wie El Dorado oder Atlantis. Hört sich großartig an, aber niemand hat je bewiesen, daß der Planet existiert.«

Spock nickte. »Er wurde in keinem Sektor gefunden, den die Flotte erforscht hat. Allerdings hat die Flotte auch nicht die *gesamte* Galaxis erforscht. Die Sternkarten der Klingonen listen einen Planeten dieses Namens in dieser Gegend auf, und er wird auch in den Mythen zahlreicher anderer raumfahrender Völker erwähnt. Laut der Legende nimmt dieser Planet alle auf, die schuldig oder unschuldig verfolgt werden und denen anderswo Strafe droht. Zuflucht liefert niemanden aus, und keiner, der den Planeten erreicht hat, wurde später je festgenommen.«

»Was soll das heißen?« fragte Kirk und schritt zum Kommandosessel. »Wollen Sie damit sagen, daß der Planet wirklich existiert – und daß der Pirat auf ihn zuhält?«

»Ich kann zwar nicht mit Sicherheit sagen, daß der Planet existiert, aber die Klingonen glauben daran. Und Auk-rex wohl auch.«

Kirk nickte und starrte den kleinen Punkt auf dem riesigen Bildschirm nachdenklich an. »Er hat keine andere Chance, oder?«

»Nein, Captain.«

Kirk richtete sich im Kommandosessel auf. »Wir haben zwar nicht viele Informationen über das Schiff ... aber sind Sie der Meinung, daß es auf einem Planeten landen kann?«

»Es ist klein genug«, erwiderte Spock. »Einige Überraschungen hat es uns ja schon bereitet. Die Fähigkeit, auf einem Planeten zu landen, würde ihm noch einen Vorteil vor großen Schiffen wie der *Enterprise* geben, die in der Kreisbahn bleiben müssen. Selbst wenn sein Ziel nicht der legendäre Planet Zuflucht ist, wäre die Landung auf einem Planeten seine einzige Chance, uns zu entkommen.«

»Wieviel Zeit haben wir noch, bis wir in das namenlose Sonnensystem eintreten, Mr. Sulu?« fragte Kirk.

»Vierundvierzig Minuten«, antwortete der Steuermann.

Kirk drückte auf einen der Knöpfe seines Sessels. »Kirk an Fährenhangar. Fähre *Ericksen* für Blitzstart vorbereiten.« Er schaltete den Kommunikator aus und setzte ein listiges Grinsen auf. »Wollen wir wetten, Pille, daß dein Pirat uns nicht entkommt?« fragte er.

»Klar«, sagte McCoy. »Was setzt du denn?«

Spock zog eine Braue hoch, sagte jedoch nichts.

»Wenn ich verliere, absolviere ich die Generaluntersuchung, mit der du mich ständig nervst«, sagte Kirk. »Wenn ich gewinne, hörst du auf, mir deswegen auf den Keks zu gehen.«

»Einverstanden«, sagte McCoy. »Aber wolltest du ihn nicht eigentlich mit einem Traktorstrahl einfangen, wenn er aus dem Warp kommt?«

»Das habe ich vor«, antwortete Kirk bestimmt. »Aber da er einen gewissen Vorsprung hat, haben wir vielleicht nicht genug Zeit. Wenn er in die Atmosphäre des

Planeten eindringt, müssen wir ihm mit einer Fähre auf den Planeten folgen. Nachdem wir ihn aufgespürt haben, leiten wir seine Koordinaten an die *Enterprise* weiter und beamen Auk-rex und seine Mannschaft von Bord. Genau so, wie sie die Ladung aus unseren Frachtern holen.«

»Du hast offenbar an alles gedacht«, sagte McCoy ironisch.

Kirk nickte. Das Lächeln verblaßte auf seinen Lippen. »Hoffen wir's.«

Sie waren zwar noch immer mehrere hundert Millionen Kilometer von dem Planeten entfernt, aber die Sensoren der *Enterprise* hatten ihn schon erfaßt, und ein vergrößertes Bild seiner Oberfläche füllte den großen Bildschirm aus. Die blaue Oberfläche wurde von einigen weißen Nebelbänken und wenigen Regenwolken bedeckt. Dort, wo seine Oberfläche durch die Wolken zu sehen war, sah man unendliche türkisblaue Meere und gelegentliche grüne Flecken.

Aus diesem Winkel konnte man eigentlich nur einen großen Kontinent erkennen. Allerdings war das Meer von lauter Inseln übersät. Sie lagen an manchen Stellen so dicht beieinander, daß sie aussahen wie Teile eines Rückgrats. Ein Pol war vollständig mit Eis überzogen und wirkte, als die Sonne über ihm aufging, wie ein blankpolierter Schädel. Kein Scanner war nötig, um zu erkennen, daß der Planet von Leben nur so wimmelte. Wenn diese Welt nicht Zuflucht hieß, war sie jedenfalls das Reiseziel von Touristen aus allen Teilen der Galaxis.

»Ein wirklich netter Planet«, bemerkte Montgomery Scott, der Chefingenieur der *Enterprise.* Als Zweiter Offizier hatte er sich entschlossen, die Jagdgemeinschaft auf der Brücke aufzusuchen und dem Schauspiel beizuwohnen. Außerdem war er für den Fall da, daß er die Brücke aus irgendwelchen Gründen übernehmen mußte. »Ich bin sehr froh, daß wir den Warp endlich verlassen können. Die Maschinen hätten nicht mehr allzu lange mitgemacht.«

Kirk lächelte, als er diesen vertrauten Satz hörte, aber seine Heiterkeit war nur von kurzer Dauer.

»Das Schiff hat auf Warp eins reduziert«, meldete Sulu. »Wir haben es in zweieinhalb Minuten eingeholt. Um diese Zeit erreichen wir auch den Planeten.«

»Gehen Sie auf Warp eins, wenn er auf Impulskraft runtergeht, Mr. Sulu. Ich möchte nur eine Sekunde hinter ihm sein.«

»Wir sind in Phaserreichweite, Captain«, sagte Chekov. »Ich könnte das Ziel fixieren.«

»Nur im Notfall«, entgegnete Kirk. »Die Flotte wird nicht viel über ihn erfahren, wenn wir ihn in Fetzen schießen. Traktorstrahl fertigmachen.«

»Aye, Sir«, erwiderte Chekov.

»Gibt's was Neues, Uhura?« fragte Kirk.

»Tut mir leid, Captain«, erwiderte Uhura und drehte sich auf ihrem Sitz herum. »Ich sende auf allen Frequenzen, aber ich bekomme keine Antwort.«

Kirk nickte. »Ich glaube zwar nicht, daß er uns antwortet, aber versuchen müssen wir es. Bleiben Sie dran.«

»Ich registriere widersprüchliche Daten von dem Planeten, Captain«, sagte Spock verwundert. »Die Sensoren geben kuriose Meßdaten an.«

»Das Schiff hat gestoppt und wendet, Captain«, rief Sulu plötzlich. »Es ist auf Kollisionskurs mit uns.«

»Es hat gerade ein Torpedo abgefeuert«, fügte Spock emotionslos hinzu.

»Abwehrschirme aktivieren!« rief Kirk.

Chekov schlug fest auf einen Knopf seiner Konsole. Sekunden später wurde die *Enterprise* von einer Explosion geschüttelt.

»Fehlschuß, Captain«, sagte Chekov. »Es war allerdings knapp.«

»Er hat erneut gewendet und hält wieder auf den

Planeten zu«, meldete Spock, der sich gerade von seiner Station wegdrehte und in Kirks Richtung sah. »Seine Flugbahn deutet nicht auf eine Standardkreisbahn hin. Ich nehme an, er wird auf dem Planeten landen.«

Kirk drosch auf eine Armlehne ein. »Verdammt! Aber wenn er glaubt, daß ihm diese kleine Einlage etwas nützt, hat er sich geschnitten. Impulskraft, Mr. Sulu.«

»Impulskraft ein«, bestätigte Sulu. Er war schon im Begriff, die nötigen Einstellungen an der Konsole durchzuführen. Das Schiff schien erleichtert aufzuseufzen, als es die Warpgeschwindigkeit verließ.

»Traktorstrahl aktivieren«, befahl Kirk.

Chekov machte Eingaben an seiner Konsole und schüttelte schließlich verblüfft den Kopf. »Negative Reaktion, Captain. Irgend etwas auf dem Planeten hebt die Wirkung des Strahls auf. Es ist eine Art anomales Gravitationsfeld.«

Kirk flog wie eine Sprungfeder aus dem Kommandosessel hoch. »Pille, Spock!« befahl er. »Mitkommen!«

Kurz vor der Turbolifttür hielt er an und wandte sich zu seinem Chefingenieur um. »Scotty, übernehmen Sie das Kommando. Bringen Sie uns in eine Standardkreisbahn und bereiten Sie den Transporter vor, bis Sie Koordinaten von mir erhalten. Und schicken Sie eine Sicherheitseinheit runter. Geben Sie im Fährenhangar Bescheid, daß wir unverzüglich starten.«

»Aye, Sir«, bestätigte Scotty. Er ließ sich in den Kommandosessel sinken. »Bringen Sie uns in eine konstante Kreisbahn, Mr. Sulu. Ich sage der Sicherheitsabteilung inzwischen, daß sie eine kleine Willkommensparty für diese Halunken organisieren soll.«

»Start erfolgreich«, meldete Spock, als sie das Schiff mit der Fähre *Ericksen* verließen. Kirk, im Pilotensitz, musterte den Planeten zum ersten Mal durch eine Cockpitscheibe statt auf dem Bildschirm. Seine Farben wirkten so noch intensiver. In allen anderen Richtungen funkelten unzählige Sterne mit einer Intensität, die Bildschirme nur schwer einfangen konnten.

»Nähern uns Auk-rex' Schiff«, meldete Spock, der die Cockpitinstrumente überprüfte. »Es tritt gerade in die äußere Atmosphäre des Planeten ein. Wenn wir die tieferen Regionen erreicht haben, sind wir um einiges manövrierfähiger als sie.«

Kirk beugte sich im Pilotensitz vor und justierte die Antriebsregler des kleinen Schiffes auf Höchstgeschwindigkeit. Hinter sich hörte er, daß Dr. McCoy aufgeregt hin und her rutschte.

»Was ist denn los, Pille?« frotzelte er. »Ich dachte, du wolltest alles hautnah erleben und deinem Piraten die Däumchen drücken.«

McCoy schüttelte den Kopf. »Ich weiß nicht, Jim«, murmelte er, »aber irgendwie kommt mir die ganze Sache komisch vor. Ich glaube, Auk-rex weiß mehr als wir.«

»In dieser Hinsicht muß ich dem Doktor recht geben«, sagte Spock.

Kirk blinzelte verblüfft. »Was? Sie stimmen den vagen Gefühlen eines Menschen zu, Spock?«

»Nicht irgendwelchen vagen Gefühlen«, sagte Spock korrigierend. »Aber da ich keine Möglichkeit hatte, den Planeten vollständig zu untersuchen, kann ich eventuelle Überraschungen nicht ausschließen.«

»Er gehört zur Klasse M«, sagte Kirk. »Das sieht man doch sogar von hier aus.«

»Einverstanden«, sagte Spock. »Aber trotzdem hätte ich ihn gern in seiner Gänze untersucht.«

»Können Sie die Untersuchungen nicht weiterführen, ohne daß wir seine Spur verlieren?«

»Negativ, Captain«, lautete Spocks Antwort. »Die Erfolgschancen unseres Plans sind sehr hoch – solange sich keine unvorhergesehenen Überraschungen ergeben.«

»So was hab' ich am *liebsten*«, murmelte McCoy.

»Scott an Fähre«, kam die Stimme des Chefingenieurs aus dem Interkom.

Kirk betätigte einen Schalter. »Was ist los, Scotty?«

»Ich möchte Sie zwar nicht beunruhigen, Sir«, sagte Scotty, »aber in der planetaren Kreisbahn halten sich mindestens sechs Schiffe auf. Drei davon lösen sich aus dem Orbit, aber wir wissen nicht, ob sie das Piratenschiff oder uns abfangen wollen.«

»Was?« schrie Kirk. »Was sind das für Schiffe?«

»Ist momentan nicht feststellbar. Sie waren bei unserer Ankunft hinter dem Planeten stationiert. Diese Welt scheint recht gut besucht zu sein.« Scottys Stimme wurde von atmosphärischen Störungen überlagert.

»Atmosphäreneintritt«, meldete Spock. »Machen Sie sich auf Turbulenzen gefaßt.«

Die Fähre wurde beim Eintritt in die Lufthülle heftig durchschüttelt. Kirk bemühte sich, das Geruckel durch einige Einstellungen an der Konsole zu kompensieren. Der Wind pfiff an der Hülle des Schiffes vorbei und machte das Sprechen zu einem sinnlosen Unterfangen. Die Reibungshitze machte sich im Innern der Kabine bemerkbar, und vor den Frontscheiben war das für Atmosphäreneintritte typische Glühen zu sehen. Was auch außerhalb der Lufthülle passierte, es verblaßte und wurde unwichtig, denn sie drangen nun schrittweise in das Ökosystem des lebendigen Himmelskörpers vor.

Als die Wolken wenige Minuten später über ihnen lagen, kam Kirk sich wie auf einer Meereskreuzfahrt vor. In alle Richtungen erstreckte sich ein blaues Meer, das so klar war, daß man sogar die in seinen Tiefen wachsenden Pflanzen deutlich erkennen konnte.

Das Schiff tanzte einige Sekunden über den Wellen des Ozeans. »Wir müßten in einigen Sekunden Sichtkontakt zu Auk-rex' Schiff haben«, meldete Spock.

Aber Kirk hatte andere Probleme, über die er nachdenken mußte. »Scotty? Scotty?« Er wollte die *Enterprise* erreichen, aber er bekam keine Antwort. Auch über seinen persönlichen Kommunikator war das Schiff nicht zu erreichen.

»Was geht hier vor?« fragte er. »Der Eintritt in die Atmosphäre kann doch nicht die gesamte Kommunikation blockieren.«

»Wir haben Sichtkontakt zu Auk-rex' Schiff«, meldete Spock. Kirk und McCoy suchten den Horizont ab, konnten aber außer Wellen und Wasser nichts entdecken. Kirk erblickte nur eins: Irgend etwas bewegte sich in dem Seegras, das im Meer umherschwamm.

Als plötzlich ein Tentakel aus den Wellen hervorzuckte und den Versuch machte, das Schiff zu ergreifen, riß Kirk die Fähre blitzartig zur Seite. Schlagartig tauchte eine gigantische Molluske auf der Meeresoberfläche auf. Ihre Haut war rosa; sie sah in dem blauen Wasser wie ein riesiger Farbtupfer aus.

»Nettes Begrüßungskomitee«, bemerkte Kirk und brachte die Fähre in eine höhere Position. »Wir sind nicht so dicht über dem Wasser, wie es aussieht.«

»Meiner Meinung nach sind wir nah genug«, raunzte McCoy. »Gibt's denn kein *Land* auf diesem Planeten?«

»Es gibt Land, und wir bewegen uns sehr schnell darauf zu«, antwortete Spock.

Kirk bemerkte einen kleinen, sich bewegenden Punkt am Horizont. »Ich habe ihn. Er ist Steuerbord. Ich glaube, ich sehe auch Land.«

»Korrekt, Captain«, sagte Spock. »Wir bewegen uns auf die Landmasse zu, die wir für eine große Insel oder einen kleinen Kontinent gehalten haben. Wenn wir mehr Zeit haben, schlage ich vor, daß wir das hiesige Meeresleben studieren. Es bietet mit Sicherheit eine größere Anzahl an Arten als die Erde.«

»Wenn Sie uns heil wieder hier rausbringen«, sagte McCoy finster, »zahle ich Ihnen höchstpersönlich den Rückflug.«

Kirk versuchte es nochmals über seinen Kommunikator. »Kirk an *Enterprise.* Uhura, können Sie mich hören?« Dann machte er noch einen Versuch über die Funkanlage der Fähre. Er bekam keine Verbindung.

»Die Kommunikatoren sind immer noch gestört«, knurrte er. »Wie steht's mit den restlichen Systemen, Spock?«

»Die übrigen Systeme arbeiten einwandfrei«, erwiderte Spock, löste seinen Blick vom Cockpitfenster und musterte die Instrumentenkonsole. »Auk-rex hält auf einen Berg zu. Wollen Sie die Verfolgung fortsetzen?«

»Wir sind ihm bis hierhin gefolgt«, antwortete Kirk. »Jetzt führen wir es auch zu Ende. Schnappen wir ihn uns.«

Lieutenant Uhura wirbelte auf ihrem Sitz herum. »Wir haben noch immer keinen Kontakt zur Fähre, Mr. Scott.« In ihrer Stimme schwang Besorgnis mit. »Außerdem werden wir von einem der Schiffe in der Kreisbahn kontaktiert. – Es ist ein *klingonisches* Schiff.«

Scotty versteifte sich im Kommandosessel. »Sind seine Waffensysteme aktiviert?«

»Nein, Sir«, antwortete sie.

»Unsere Schirme sind noch aktiv«, meldete Chekov. »Wir können auf Befehl sofort Alarmstufe Rot geben.«

»Holen Sie das Schiff auf den Hauptschirm«, befahl Scotty.

Er hatte die Anweisung kaum gegeben, als das klingonische Kriegsschiff auch schon in voller Pracht auf dem Schirm erschien. Sein aggressives Äußeres wurde vom sanften Blau des Planeten untermalt.

»Was machen die fünf anderen Schiffe?« fragte Scotty.

Sulu schüttelte den Kopf. »Eins hat mehrere Schüsse auf die Fähre und das Piratenschiff abgegeben. Aber die Atmosphäre oder irgend etwas anderes hat sie abgelenkt. Ich kann die anderen Schiffe nicht identifizieren – es sind wohl alles unterschiedliche Typen. Ich werde den Computer darauf ansetzen.«

»Schön«, sagte Scotty, obwohl er an der momentanen Lage nichts schön fand. Der Captain, der Erste Offizier und der Schiffsarzt waren außer Funkreichweite, und er mußte sich die Kreisbahn mit einem Klingonen und diversen anderen Schiffen teilen.

»Legen Sie den klingonischen Kommandanten auf den Schirm«, ordnete er an.

Sofort erschien das Konterfei eines klingonischen Befehlshabers auf dem Bildschirm. Er war etwas älter und leicht untersetzt. Graues Haar hing in zotteligen Zöpfen bis auf seine Schultern hinab. Sein Gesicht war schmal und narbig, und er hatte eine spitze Patriziernase. Er trug den klingonentypischen Kampfanzug aus Leder und Metall, der sein Aussehen noch bedrohlicher machte.

»Ich bewundere Ihren Mut … Erdling-Captain«, sagte er schließlich, während er an der vor ihm befindlichen Konsole beschäftigt war.

Scotty blinzelte überrascht. »Mut? Was meinen Sie damit, mein Herr?«

»Bisher habe ich die Menschen für ein Haufen Feiglinge gehalten«, sagte der Klingone und gestikulierte mit den Armen, »aber was Sie geleistet haben, war großartig! Ich umkreise diesen Planeten schon seit vielen Jahren – ich weiß nicht, wie lange das in Ihrer Zeitrechnung ist –, aber ein solches Pflichtbewußtsein ist mir noch nie begegnet. Ich erweise den mutigen Männern, die die Flüchtlinge auf den Planeten verfolgen, meine Ehrerbietung. Mögen sie überleben, um sie einzufangen und öffentlich hinzurichten.«

»Danke«, sagte Scotty. »Ich werde es ihnen ausrichten, wenn sie wieder an Bord sind.«

»An Bord?« fragte der Klingone verdattert. »Wo an Bord?«

»Auf unserem Schiff«, erwiderte Scotty.

Der Klingone brüllte vor Lachen, und zwar so laut, daß ihm die Tränen kamen. »Welch guter Witz!« prustete er schließlich. »Sie rechnen doch nicht damit, sie je wiederzusehen? Das ist doch gerade das Mutige an Ihrer Tat: Daß Sie wissen, daß Sie nie wieder zurückkehren!«

»Nie wieder zurückkehren?« wiederholte Scotty. Er hörte, daß Uhura, Sulu und Chekov das gleiche sagten.

»Sie müssen doch wissen, daß der Planet von einem undurchdringlichen Schirm umgeben ist, der nur eine Landung, aber keine Rückkehr erlaubt«, sagte der Klingone. »Sonst würden wir doch alle dort hinuntergehen und unsere Flüchtlinge hinrichten.«

»Ach so«, erwiderte Scotty und beugte sich vor. »Sagen Sie mal … Ist dies der Planet Zuflucht?«

»Aber natürlich! Was haben Sie denn gedacht? Der Abschaum, der hier in der Kreisbahn lauert – das sind Kopfgeldjäger. Sie und ich sind hier die einzigen Repräsentanten einer staatlichen Macht. Mein Auftrag besteht darin, klingonische Kriminelle daran zu hindern, den Planeten Zuflucht zu erreichen. Deswegen werde ich die Feindseligkeiten zwischen unseren Völkern im Augenblick ignorieren. – Wollen Sie auch in eine Kreisbahn gehen, um Kriminelle daran zu hindern, hier zu landen?«

»Wir warten auf Befehle«, antwortete Scotty, der sich bemühte, nicht noch unwissender zu wirken, als er sich schon gezeigt hatte. »Wir stellen Ermittlungen an. Haben Sie die Erfahrung gemacht, daß niemand den Planeten verlassen kann?«

»Niemand«, sagte der Klingone mitfühlend. »Aus diesem Grund hoffe ich, daß Ihr Einsatzkommando erfolgreich ist und dem Abschaum eine Lehre erteilt. Wenn nicht, haben Sie es sinnlos verloren.«

2

Captain Kirk beugte sich in seinem Sitz vor. Adrenalin strömte durch seinen Körper, als er ein scheibenähnliches Schiff zwischen grünen Hügeln und hohen Bergspitzen verschwinden sah. Die Flüchtlinge setzten alles auf eine Karte. Er vernahm ein lautes Schlucken und drehte sich zu McCoy um. Dieser sah ziemlich blaß aus und hielt sich die Augen zu. Kirks Hände krampften sich um das Kontrollpult. Er hatte das Schiff lichtjahreweit verfolgt, aber all das war nichts im Vergleich zu der Verfolgungsjagd über das zackige Gelände.

Wie Spock vorhergesagt hatte, war die Fähre schneller und manövrierfähiger als das Piratenschiff. »Wir könnten ihn zwar problemlos einholen, aber er fliegt zu unstet, um das Risiko einzugehen, ihm näher zu kommen.«

»Wir sehen ihn doch auch von hier aus ganz gut«, sagte McCoy. »Was sollen wir ohne Schiffskommunikation auch sonst machen? Wir können seine Koordinaten nicht an die *Enterprise* weiterleiten.«

»Stimmt«, sagte Kirk. »Wir brauchen einen neuen Plan. Irgendwelche Einfälle, Mr. Spock?«

»Sein Treibstoff wird zweifellos eher zu Ende sein als unserer«, erwiderte der Vulkanier. »Warpfähige Schiffe in der Atmosphäre eines Planeten zu fliegen, benötigt viel Treibstoff.«

»Das ist doch kein Plan«, sagte McCoy knurrig. »Sollen wir etwa warten, bis er vom Himmel fällt? Was ist eigentlich mit diesem Blödmann los? Kapiert er nicht, daß er verloren hat?«

Kirk lächelte. »Ich dachte, du wärst auf seiner Seite«, sagte er. »Weil er doch der letzte Individualist ist.«

»Das war vor dem Zusammenbruch der Kommunikation – und bevor wir wußten, daß es in der Kreisbahn dieses Planeten von Schiffen nur so wimmelt. Ich hab' doch gleich gewußt, daß hier etwas nicht stimmt.«

»Na schön«, sagte Kirk. »Wenn er nicht bald landet oder wir nicht bald Kontakt zur *Enterprise* bekommen, beenden wir die Verfolgung und kehren zurück. Wir können später eine größere Suchmannschaft schikken.«

»*Das* nenne ich einen Plan!« sagte McCoy.

»Berge voraus«, meldete Spock.

Kirk richtete seine Aufmerksamkeit wieder auf den Horizont. Berge voraus? Solche Untertreibungen konnte wirklich nur ein Vulkanier von sich geben. Jeder andere hätte ›ungeheure, sich bis in die Wolken schraubende Gesteinsmassen‹ gemeldet.

Wie die kleineren Gebilde, die im Vorgebirge aufragten, wirkten auch sie, als hätte die Erosion der Jahrtausende sie geformt. Im Gegensatz zu den eleganten Hängen der Erde waren sie zackig und verdreht. Üppiger grüner Bewuchs trug nur wenig dazu bei, ihr schartiges Äußeres zu mildern. Die Landmasse des Planeten war wohl vor noch nicht allzu langer Zeit mit Wasser bedeckt, die Spitzen der Felsen kleine Inseln gewesen. Nun wirkten sie wie Finger, die die Wolken einfangen wollten. Auk-rex' Schiff war im Begriff, den höchsten Felsen anzusteuern.

»Was macht der Blödian denn jetzt?« fragte McCoy, womit er Kirks Gedanken praktisch vorwegnahm.

»Er hofft wohl, daß wir nicht so dumm sind, ihm in die Felsformationen zu folgen«, antwortete Spock.

»Er wird zerschellen!« rief Kirk und beugte sich vor.

»Wahrscheinlich ja, Captain«, sagte Spock. »Sein Schiff ist nicht manövrierfähig genug, um an den Formationen vorbeizukommen.«

»Er will wohl lieber sterben, als gefangengenommen zu werden«, sagte McCoy erstaunt.

Kirk schnippte seinen Kommunikator auf. »Kirk an *Enterprise. Enterprise,* bitte melden!« Niemand antwortete. Er drückte einen anderen Knopf. »Fähre an Auk-Rex«, rief er, als er sah, daß die Felsformationen immer näher kamen. »Auk-rex, melden Sie sich, verdammt!«

Das Piratenschiff zuckte nun nicht mehr hin und her. Es raste genau auf den höchsten Berg zu, als wolle es sich selbst vernichten. Kirk nahm das Tempo zurück, gab dem Verfolgten mehr Raum, aber der Kurs wurde nicht geändert. Die tödliche Bergwand rückte immer näher. Kirk war gezwungen, mehr Höhe zu gewinnen, und raste auf die Wolkendecke zu. Niemand in der winzigen Fährenkabine wagte, Luft zu holen.

Die Gipfel der höchsten Berge lagen völlig in den Wolken, und die der kleineren waren nur allzu deutlich sichtbar. Aber am erschreckendsten war der Anblick des blitzenden Piratenschiffes, das auf einen von Wolken umsäumten Berg zuraste.

»Hochziehen!« schrie McCoy. »Um Himmels willen, zieh hoch!«

Kirk wußte nicht, ob er Auk-rex oder ihn meinte. Er gab mehr Schub, und die Fähre stürzte nach unten, als verfüge sie über Krallen, mit denen sie das Piratenschiff packen und im letzten Moment vor dem Tod bewahren könnte.

Kirk schaute entsetzt zu, als das Piratenschiff in einer feurigen Explosion vernichtet wurde, die die Felswand pulverisierte. Kirk zog weiter hoch, um dem gleichen Schicksal zu entgehen.

»Gütiger Himmel!« stöhnte McCoy und ließ sich wieder in seinen Sitz fallen.

Kirk ließ die Fähre um den Felsen kreisen, um die Absturzstelle zu besichtigen. Sie schauten in morbider Faszination zu, als ein Erdrutsch das brennende Wrack in eine tiefe Schlucht stürzen ließ. Kurz darauf war es, als sei nichts passiert, das die wolkenumsäumten Berggipfel in ihrer Ruhe gestört hätte.

Kirk kreiste erneut über der Absturzstelle.

»Jim, wenn du nach Überlebenden suchst, kannst du gleich aufhören«, sagte McCoy.

»Ganz im Gegenteil, Doktor«, sagte Spock. »Ich halte die Möglichkeit, daß es Überlebende gegeben hat, für sehr hoch, denn kurz vor der Explosion sind zwei Mann abgesprungen.«

»Was?« sagte Kirk. Er starrte aus dem Fenster. »Ich habe sie nicht gesehen.«

»Sie haben zweifellos auf die Explosion geachtet«, erwiderte Spock. »Ich habe indessen den Kurs der Rettungskapseln verfolgt. Es ist freilich sehr zweifelhaft, ob die beiden den Ausstieg überlebt haben. Dazu ist dieses Terrain zu kompliziert. Außerdem sind die Fährensensoren ausgefallen.«

»Großartig«, murmelte McCoy. »Und wie sollen wir sie jetzt finden?«

»Wir könnten landen und sie zu Fuß suchen«, schlug Spock vor. »Ich glaube, ich kenne ihren ungefähren Standort, und in dieser Gegend gibt es ein Gelände, das eine Landung ermöglicht.«

Kirk schaute weiterhin aus dem Fenster. »Glauben Sie wirklich, daß die beiden überlebt haben?«

»Die Möglichkeit besteht«, sagte Spock. »Sie dürften allerdings verletzt sein.«

»Dann sollten wir landen«, sagte McCoy, obwohl ihm nicht sonderlich danach zumute war. »Wir können nicht zwei Verletzte aufgeben, die Hilfe brauchen. Es ist ein medizinischer Notfall.« Er grinste Kirk an. »Außerdem wirst du die Wette verlieren, wenn wir jetzt aufgeben.«

Der Captain nickte. »Wir sind ihnen bis hierher gefolgt, dann können wir auch weitermachen. Wir suchen sie bis zur Dämmerung, dann kehren wir zum Schiff zurück und scannen die Umgebung. Hoffentlich hat Scotty da oben schon ein paar Freundschaften geschlossen.«

Während Sulu auf der Brücke auf seinen Computerbildschirm schaute und sämtliche schiffsspezifischen Daten herunterratterte, schritt Scotty auf und ab.

»Außer den Klingonen«, faßte Sulu zusammen, »sind ein saurianisches, ein orionisches und zwei weitere Schiffe anwesend, die man am besten als Hybriden bezeichnen könnte. Eins jedoch läßt sich nicht identifizieren. Sie sind alle bewaffnet, aber niemand wirkt aggressiv. Sie halten uns wohl ebenfalls für Kopfgeldjäger.«

»Kopfgeldjäger?« sagte Scotty. Er schüttelte sich. »Wie tief sind wir gesunken, das wir bei Kopfgeldjägern um Hilfe nachsuchen müssen.« Er deutete auf den wunderschönen meerblauen Planeten, der den Bildschirm ausfüllte. »Und all das nur wegen dieses verfluchten Planeten. Gibt es irgend etwas Neues von den Piraten oder dem Captain?«

»Ich habe den Planeten auf allen Frequenzen zu kontaktieren versucht«, erwiderte Uhura. »Niemand antwortet. Soll ich mich noch mal bei den Klingonen erkundigen?«

»Nein. Versuchen Sie es bei einem anderen. Bei den Orionern vielleicht. Die sind wenigstens *fast* zivilisiert.«

Einige Sekunden vergingen, als Uhura sich bemühte, auf allen Frequenzen einen Kontakt herzustellen. Scott schaute zu, als sie an ihren Ohrhörer griff, um dem Universalübersetzer zu lauschen. Schließlich wandte sie sich empört wieder zu Scotty um. »Der Orion-Captain ist sehr beschäftigt und hat momentan keine Zeit. Es sei denn, wir haben Gefangene von Wert an Bord. Er will sie gegen Sklavinnen eintauschen.«

Scotty schüttelte entsetzt den Kopf. »Himmel, steh uns bei! Aber auch dem Captain, dem Doktor und Mr. Spock.«

Kirk lenkte die Fähre in vorsichtigen Schlangenlinien durch das Gebirge. Sie kamen in ein enges Tal und landeten in einem trockenen Flußbett, dem flachsten und am wenigsten bewachsenen Teil des Geländes. Die Pflanzen und Bäume ähnelten Blasen. Ihre Blätter erinnerten an dicke Schoten, die Äste waren mit grünem Moos bedeckt. Kleine rote Blumen wuchsen auf den größeren Schoten, und dicke Lianen schlängelten sich über den Boden des Flußbettes.

Die Fährenluke glitt nach oben. Spock sprang, gefolgt von Captain Kirk und McCoy, von Bord. Er richtete seinen Tricorder auf nahe Vegetation. Wenig später schloß er ihn und steckte ihn wieder an den Gürtel.

»Er funktioniert nicht«, sagte er.

»Meiner auch nicht«, sagte McCoy sofort. »Was ist das hier für ein seltsamer Ort?«

»Was es auch ist«, sagte Kirk, »auf jeden Fall sind unsere gesamten Instrumente davon betroffen.« Er ging ein paar Schritte und nahm einen tiefen Atemzug. »Die Luft ist aber in Ordnung. Man kann die Blumen aus einer Entfernung von zehn Metern riechen, und die Temperatur ist auch nicht übel. Dieser Teil des Planeten ist also bewohnbar.«

»Aber es muß doch einen Grund dafür geben, warum all die Schiffe im Orbit kreisen«, sagte McCoy.

»Zuflucht«, sagte Spock. »Sie sind wohl aus dem gleichen Grunde hier wie wir. Darf ich vorschlagen, daß wir dem Flußbett nach Norden folgen? Es bringt uns in die Nähe der Absturzstelle des Wracks. Außerdem ist dies der am einfachsten begehbare Weg.«

»Führen Sie uns«, sagte Kirk. »Aber halten Sie Ausschau nach Treibsand und Fallgruben. Ich glaube, in dieser Gegend regnet es oft.«

Die drei Männer wanderten in Richtung Norden und folgten dem vom Wasser ausgewaschenen und mit Ranken bewachsenen Talboden. Zweimal sahen sie Scharen blasser, fischähnlicher Tiere, die sich schwerfällig auf Beinen fortbewegten, die wie kleine Flossen wirkten. Spock nahm an, daß es sich bei ihnen um eine evolvierende Spezies handelte, die möglicherweise von einem Teich zum anderen wanderte, wenn das Wasser knapp würde. Das größte Lebewesen, das ihnen begegnete, war ein schwingenbewehrtes Geschöpf, das aus einer Felsspalte sprang und wie ein Segler hinter einer Schar von Wanderfischen hereilte, einen davon mit Reptilienkrallen packte und dann zur anderen Seite des Talkessels weiterflog.

Im Laufe des Tages löste sich die Wolkendecke über ihnen auf, und sie bestaunten die majestätischen Berge, die sich bis zum Himmel erstreckten. Sie wirkten wie Stalagmiten in einer Tropfsteinhöhle. Kein Berg wies irgendwelche Anzeichen von Leben auf. Sie marschierten weiter, bis die Bergschatten sich gegenseitig berührten und die Nischen und Spalten im moosbewachsenen Gestein stärker hervortraten. Kirk nahm ein paar Laute wahr, die nicht wie die von Vögeln oder anderer Tiere klangen.

Schließlich blieb Spock abrupt stehen. »Ohne Tricorder brauchen wir Wochen, um etwas so Kleines wie eine Rettungskapsel zu finden, Captain«, sagte er. »Sie können in eine Spalte gefallen sein. Vielleicht hocken sie aber auch in einem Dickicht und sind nur zwanzig Meter von uns entfernt. Unter diesen Umständen haben wir die geringe Chance, sie zu finden, schon vollständig ausgereizt.«

Kirk nickte und schaute McCoy an. »Was sagst du dazu, Pille? Sollen wir umkehren?«

McCoy seufzte enttäuscht. »Ich bin der gleichen Meinung, Jim. Ich kann's zwar nicht ausstehen, jemanden zurückzulassen, der eventuell Hilfe braucht, aber man kann auch an schlimmeren Orten stranden.«

»Wenn wir unseren Schritt beibehalten«, sagte Kirk, »erreichen wir die Fähre noch vor Einbruch der Dunkelheit.«

Als die Schatten länger wurden, nahm auch das eigenartige Geheul und Geschrei zu, als gäbe es hier andere Lebewesen, die erst bei Nacht herauskamen. Dies führte dazu, daß sie ihre Gangart beträchtlich beschleunigten und wiederholt versuchten, mit der *Enterprise* Verbindung aufzunehmen. Sie liefen schon fast durch das Flußbett, als Spock plötzlich anhielt und in alle Richtungen schaute.

»Was ist los, Spock?« fragte Kirk.

»Erkennen Sie diesen Ort nicht?« fragte Spock.

»Also bitte, Spock«, sagte McCoy. »Wir haben keine Zeit für Besichtigungstouren. Kehren wir lieber zur Fähre zurück.«

»Genaugenommen«, sagte Spock, »*ist* dies der Platz, an dem wir gelandet sind.«

»Was?!« schrie Kirk. »Und wo ist die Fähre?« Seine Blicke suchten die dunkel werdenden Wände der Schlucht ab.

»Dies ist eindeutig unser Landeplatz«, sagte Spock. »Aber wo die Fähre ist, kann ich auch nicht sagen.«

Kirk legte die Hände wie einen Trichter vor den Mund und brüllte aus vollem Halse: *»Wer ist da? Ist da jemand?«*

»Kein Grund zum Brüllen«, sagte eine einschmeichelnde Stimme.

Das Trio fuhr herum und erblickte einen schmalen, weißgekleideten Humanoiden, der hinter ihnen im fahlen Licht stand. Kirk erkannte ein freundliches Lächeln auf dem Gesicht des Wesens. Aber er war nicht fähig, sein Geschlecht zu bestimmen. So zierlich, wie es gebaut war, konnte es weiblich sein, aber seine Stimme ließ eher auf ein männliches Wesen schließen. Sein Haar war millimeterkurz geschoren, sein weißes Gewand reichte vom Hals bis zum Boden. Kirk konnte keine Brüste oder sonstige Geschlechtsmerkmale ausmachen.

»Ich bin Zicree«, sagte das Wesen und verbeugte sich.

»Ich bin ein Senit. Wir sind die Hüter von Zuflucht. Man findet uns überall auf diesem Planeten. Ich möchte Ihnen unsere Welt etwas näher erklären.

Wie Ihnen sicherlich aufgefallen ist, sind wir geschlechtslos. Wir wurden von einem alten religiösen Orden gezüchtet, der vor vielen Jahrhunderten als erster auf diesem Planeten Obdach suchte. Der ursprüngliche Auftrag der Seniten ist längst der Vergangenheit anheimgefallen. Nun dienen wir dazu, neue Besucher zu begrüßen und einzuweisen. Wenn Sie wollen, bringe ich Sie in eins unserer Dörfer.«

»Wir hätten lieber gern unsere Fähre zurück«, sagte Kirk offen.

Zicree verbeugte sich abermals. »Sie brauchen Ihre Fähre hier nicht. Wir machen es Ihnen so angenehm, wie Sie wollen. Bitte, folgen Sie mir ins Dorf und überzeugen Sie sich selbst.«

»Wir haben nicht die Absicht hierzubleiben«, sagte Kirk stur. »Wir sind einem Schiff auf den Planeten gefolgt. Leider ist es zerschellt. Und jetzt wollen wir wieder zurück.«

Die Freundlichkeit des Seniten schwand plötzlich. »Ihr seid *Verfolger!*« keuchte er.

»Lassen Sie mich erklären«, sagte Kirk. »Wir wußten nicht, daß …«

»Nichtsnutzige Verfolger«, fiel Zicree ihm ins Wort. Dann, als schäme er sich über seinen Zorn, riß der Humanoide sich zusammen und richtete sich zu beeindruckender Größe auf. »Sie haben unseren Planeten betreten, um Verfolgte zu jagen. Doch unsere Welt nimmt jeden auf. Vielleicht sind auch Sie es eines Tages wert, akzeptiert zu werden.«

Zicree machte eine Handbewegung und verschwand.

»Was für eine nette Begrüßung«, raunzte McCoy. »Zuerst klaut er … sie … es unsere Fähre, und dann beschimpft er uns auch noch als nichtsnutzige Verfolger!«

Spock hob eine Braue und schaute den Captain an.

»Wir sind in einer ernsten Lage, Captain«, sagte er. »Wir haben keinerlei Vorräte, keine Kommunikationsmöglichkeit und keine Chance, den Planeten zu verlassen.«

»Das brauchen Sie mir nicht zu erzählen«, sagte Kirk. Er öffnete erneut seinen Kommunikator. »Kirk an *Enterprise.* Verdammt, meldet euch.«

Er wartete einige Sekunden und ließ den Kommunikator wieder zuschnappen. »Wir werden einen Weg finden, um von diesem Planeten fortzukommen«, sagte er. »Daneben ist alles andere erst mal zweitrangig.«

»Vielleicht finden wir eine Unterkunft für die Nacht«, sagte Spock.

Und wie um seine Aussage zu betonen, ertönten mehrere gespenstische Schreie aus den über ihnen aufragenden Bergen und hallten durch das sich verdunkelnde Tal.

McCoy schnippte mit den Fingern und deutete auf die Stelle, an der der Senit gerade noch gestanden hatte. »Zicree hat doch was von Dörfern gesagt«, sagte er hoffnungsvoll. »Vielleicht ist eins in der Nähe. Wir sollten uns auf die Suche machen.«

»Wir sind von Osten gekommen«, sagte Spock. »Dort haben wir nichts gesehen, was nach einer Ansiedlung aussah. Die Bergkette zieht sich nach Norden. Wenn man annimmt, daß Siedlungen normalerweise in den Niederungen oder in der Nähe des Wassers liegen, schlage ich vor, daß wir nach Westen oder Süden gehen.«

Kirk schaute zweifelnd zum Himmel hinauf. »Hat dieser Planet eigentlich Monde?«

»Er hat zwei«, antwortete Spock.

»Einen kann man sehen«, sagte McCoy und deutete auf einen Punkt am Himmel. Die helle Scheibe kam gerade hinter dem Berg hervor, an dem Auk-rex' Schiff zerschellt war.

»Dann laßt uns gehen«, sagte Kirk. »Wir haben noch

genug Licht, um etwas zu sehen. Folgen wir dem Flußbett nach Süden. Vielleicht endet es an einem Meer oder einem See.«

Er wußte, daß es nichts mehr zu sagen oder zu tun gab. Also machten sich die drei Außenweltler auf den Weg und folgten dem trockenen Flußbett in entgegengesetzter Richtung. Zwar stolperten sie hier und da gelegentlich über Wurzeln und Steine, aber es war einfacher, das Flußbett zu nehmen, als sich durch die dichte Vegetation am Ufer zu kämpfen.

Einmal wurde das animalische Geschrei lauter, und dann segelte ein Schwarm geflügelter Kreaturen über ihnen hinweg. Kirk schrie laut zu ihnen hinauf, und die Vögel hielten Abstand.

Die Nacht schritt voran. McCoy konnte sich nicht erinnern, den Captain je ärgerlicher und zielgerichteter gesehen zu haben. Sie waren zwar schon öfter auf Planeten gestrandet, aber noch nie hatte man ihnen eine Fähre gestohlen. Er nahm an, daß Kirk aufgrund dieses Affronts das nächste Mal etwas netter war, wenn sie einem Seniten begegneten. Sie waren offenbar die Herren auf diesem Planeten. Diese Welt gehörte ihnen, und wenn sie es vorzogen, Verbrechen zu glorifizieren und Behörden in den Schmutz zu ziehen, war es ihr Bier.

McCoy wünschte sich, weniger an der Existenz von Zuflucht gezweifelt zu haben. Der Planet war nur allzu real. Wenn sie den Mythos Zuflucht ernster genommen hätten, hätten sie die Verfolgungsjagd nicht so nachlässig durchgeführt.

Er machte sich keine großen Sorgen um die *Enterprise.* Er wußte, daß Scotty das Schiff liebte und mit Leib und Seele verteidigen würde. Aber er konnte auch Kirks Miene deuten. Der Captain machte sich Sorgen. Und nicht nur, weil sie auf diesem Planeten festsaßen.

Jim sorgte sich immer um sein Schiff, und besonders dann, wenn er nicht an Bord war. Diese Sorge wunderte McCoy immer wieder. Es schien fast so, als sei er mit der *Enterprise* verheiratet. Trotzdem war er immer der erste, der eine Landeeinheit anführte. Tja, dachte McCoy, ein kleiner Rückschlag schadet niemandem, auch keinem Captain.

Nun tauchte auch der zweite Mond am Himmel auf; er erleichterte ihnen die Wanderung. Sie hielten an, als Spock ein kleines Experiment mit einer dickblättrigen Pflanze versuchte. Er drückte ein Loch in ein Blatt und saugte die Flüssigkeit heraus.

Da er keine Anstalten machte umzufallen, tat McCoy es ihm gleich. Die Flüssigkeit schmeckte ölig und alkalisch, aber er war sicher, daß sie ihn nicht umbringen würde. Zumindest nicht sofort.

Während Spock und McCoy anhielten, um von den Pflanzen zu trinken, marschierte Kirk weiter. Er war offenbar weder durstig noch müde. Spock und McCoy mußten laufen, um ihn wieder einzuholen.

»Wenn die Seniten geschlechtslos sind, wie vermehren sie sich?« fragte McCoy in einem Versuch, ein Gespräch anzufangen und die Monotonie zu durchbrechen.

Spock legte nachdenklich den Kopf schief. »Laut Zicree wurden sie geschlechtslos *gezüchtet.* Die Evolution ist also nicht daran schuld. Sie werden sich wohl durch Gentechnik fortpflanzen und stammen von männlichen und weiblichen Eltern ab. Wie sie allerdings über Tausende von Jahren als androgyne Spezies ohne frische Zellen überleben konnten, weiß ich nicht. Ich könnte mir vorstellen, daß sie einen großen Vorrat an Frischzellen haben, die sie zu bestimmten Zeiten inkubieren.«

McCoy nickte zustimmend. »Ich wußte doch, daß Sie eine Erklärung parat haben.«

Spock schaute McCoy mit schiefgelegtem Kopf an und fragte sich, ob dies ein Kompliment oder eine Beleidigung gewesen war.

»Ich weiß nur, daß sie Klaubrüder sind«, sagte Kirk grollend. »Wahrscheinlich ist der ganze Planet von Dieben bewohnt. Je schneller wir hier wegkommen, desto besser.«

Er hatte diese Worte kaum ausgesprochen, als ein großer Stein aus der Finsternis heranflog und seine Schulter streifte. Kirk schrie vor Schmerz auf und fiel auf die Knie.

Spock und McCoy konnten kaum reagieren, als auch schon die ersten Steine auf sie selbst herabfielen. Sie kamen von überall herab und blieben dann im umliegenden Dickicht liegen. Ein Stein traf McCoy am Rücken und preßte ihm den Atem aus der Lunge. Er spürte gerade noch, daß Spock ihn aus der Schußlinie schob.

Aus halb geöffneten Augen sah McCoy, daß Kirk seinen Phaser zog und in Richtung des Angriffes feuerte. Leider ohne Effekt. Eine neue Steinlawine kam von oben herab, und Kirk mußte sich ebenfalls in Sicherheit bringen.

»Die Phaser funktionieren auch nicht«, ächzte Kirk, als er die anderen erreichte.

Spock griff nach einem dicken Knüppel im Flußbett und brach ihn mit unglaublicher Kraft in drei Teile. Zwei der Stücke verteilte er an Kirk und McCoy.

»Der Doktor ist verletzt«, sagte er. »Wir müssen uns so gut bewaffnen, wie wir können.«

Doch keine Waffe der Welt hätte sie gegen das Geheul verteidigen können, das durch die Nacht gellte. Es klang schauerlich und blutrünstig. Mehrere Gestalten huschten aus dem Schutz der Dunkelheit, und Kirk sprang sofort auf die Beine, um sich ihnen entgegenzustellen. Spock war sofort hinter ihm, doch McCoy konnte kaum mehr tun, als den Kampf zu beobachten und verzweifelt nach Atem zu ringen.

Der Captain schwang seinen Knüppel und traf einen der untersetzten Angreifer auf den Kopf, woraufhin dieser sofort zu Boden ging. Da der Knüppel bei dem Aufprall zersplitterte, war Kirk nun eine leichte Beute für zwei weitere Angreifer, die ihn von den Beinen warfen und mit ihm in das ausgetrocknete Flußbett fielen. Spock kam viel besser klar, er rammte seinen Knüppel in den Magen eines Angreifers und setzte den anderen mit seinem Betäubungsgriff außer Gefecht. Er stieg gerade über die am Boden liegenden Körper, um dem Captain beizustehen, als eine bolaähnliche Waffe aus der Dunkelheit angezischt kam und sich um seinen Hals wickelte. Spock war zu verwirrt, um sich der nächsten Horde angreifender Gegner anzunehmen, die sich mit infernalischem Geschrei auf ihn stürzten.

Trotz seiner starken Schmerzen rappelte McCoy sich auf, packte einen Knüppel und ging auf den Angreifer los, der ihm am nächsten stand – ein reptilartiges, muskulöses Geschöpf. Es schaute ihn mit einem mitleidigen Blick an, dann knurrte es und schlug ihm fest mit der Faust ins Gesicht. McCoy schmeckte sein eigenes Blut, das seiner Nase entströmte und fragte sich, ob er nun sterben würde. Er versuchte abermals, den Knüppel zu schwingen, aber nun wurde er von hinten gepackt und von den Beinen gerissen.

Das letzte, was er aus den Augenwinkeln sah, war ein eiserner Schraubenschlüssel, der auf sein Gesicht zuflog.

3

Der Schmerz und ein Wasserschwall, der sein Gesicht traf, brachten McCoy wieder zu Sinnen. Der Schmerz war nicht nur in seinem Brustkorb, sondern zog sich durch seinen ganzen Körper, vom Scheitel bis zu den Füßen. Das Wasser, das ihn wiederbelebte, spülte ihm auch geronnenes Blut in den Mund, und er fragte sich, ob seine Nase gebrochen war. Als er die Augen öffnete, merkte er, daß der größte Schmerz von einer Wunde an seinem Kopf herrührte.

Als er den zweibeinigen Molch sah, der ihn mit einem knurrenden Lachen musterte, hätte er die Augen am liebsten wieder geschlossen. Aber er wollte wissen, was aus seinen Kameraden geworden war; also wandte er sich so weit um, wie seine schmerzenden Knochen es erlaubten. Kirk und Spock lagen hinter ihm und wurden ebenfalls mit Wasser aufgeweckt. Seine Erleichterung darüber, daß sie noch lebten, wurde dadurch gedämpft, daß auch sie gefesselt am Boden saßen. Man hatte ihnen die Hände auf dem Rücken zusammengebunden, und ihre Beine waren ebenfalls gefesselt. Ihre Uniformen waren schmutzig und zerrissen, ihre Gesichter voller Schrammen und Dreck.

Kirk sah weitaus schlimmer aus als Spock. Seine Arme und sein Gesicht waren von Kratzern übersät, was ihn aber nicht davon abhielt, die Kidnapper finster anzuschauen. Spock saß – wie immer – ruhig und gefaßt da, fast friedlich, und seine Miene zeigte die übliche Mischung aus Gelassenheit und Wachsamkeit. Ein geronnener Blutfaden lief von seiner Stirn über seine

Wange bis an sein Kinn. Die ersten Zeichen der Morgendämmerung machten sich bemerkbar und erlaubten McCoy einen besseren Blick auf die buntgemischte Horde, die sie aus dem Hinterhalt überfallen und gefangengenommen hatte. Als er das grimmige Aussehen der achtköpfigen Bande wahrnahm, war er froh, daß sie noch lebten.

Das große reptilartige Wesen war offenbar ein Gorn, oder zumindest eine ihnen verwandte Spezies. Außerdem sah er zwei Klingonen mit langem Haar und zotteligen Bärten, die den Captain mit haßerfüllten Blicken musterten. Einer der Klingonen spielte während der ganzen Zeit mit einem Messer, als hätte er vor, es zu verwenden. Auch ein grünhäutiger Orioner gehörte zu der Gruppe, der jedoch keinerlei Notiz von den Gefangenen nahm, da er seine Aufmerksamkeit ihren Tricordern und Phasern widmete. Ein Tellarit war auch dabei, McCoy erkannte ihn an seinem Schweinerüssel. Die drei anderen Bandenmitglieder wirkten zwar menschlich, hätten aber keinen Schönheitswettbewerb gewonnen. Einer von ihnen trug eine Augenklappe, und eine häßlich große Narbe verlief quer über seine Nase. Die beiden letzten hatten lange Bärte und wirkten auf McCoy wie abgerissene Bergbewohner aus der irdischen Vergangenheit. Alle waren männlichen Geschlechts und trugen Kleider, die man nur mehr als Fetzen bezeichnen konnte.

Nachdem McCoy sich die eigenartige Sippschaft angesehen hatte, richtete er sein Augenmerk auf ihr Lager, das mehr oder weniger eine feste Ansiedlung zu sein schien, mit mehreren windschiefen Hütten aus getrockneten Blasensträuchern. Die Dächer waren aus großen Blättern gefertigt. Ein etwa zwei Meter breiter Bach strömte durch die Lichtung, und er sah eine große Feuergrube voller glühender Scheite. Drei eigenartig aussehende Tiere, die wie eine Kreuzung aus Nagetieren und Ziegen wirkten, waren in einem Pferch an aus dem Boden ragende Pfähle gebunden, und überall lagen Fischgräten herum. Mehrere unappetitlich aussehende Fleischstreifen hingen zum Trocknen an einer Leine.

McCoy schaute zu Kirk hinüber, der seine Wut zähmte, um ihren Entführern keinen weiteren Grund für Brutalitäten zu liefern. Sie hatten einwandfrei den Kürzeren gezogen, und dies war – wie McCoys alter Herr gesagt hätte – nicht der rechte Zeitpunkt, um eine dicke Lippe zu riskieren.

Speziell die beiden Klingonen sahen aus, als sei mit ihnen nicht gut Kirschen essen. »Ihre Uniformen gefallen mir nicht«, sagte der mit dem Messer. »Ich bin dafür, das wir sie umlegen.«

»Was sind es überhaupt für Uniformen?« fragte der Gorn mit kehliger Stimme.

»Es sind eindeutig Föderationsuniformen«, sagte der Tellarit mit dröhnender Stimme. »Aber was die hier wollen, weiß ich auch nicht.«

»Das gleiche, was ihr hier wollt«, sagte Kirk flink. »Wir sind auf der Flucht.«

Der Gorn baute sich mit einer bedrohlichen Geste vor den Gefangenen auf. »Du redest, wenn du gefragt wirst«, befahl er.

Der Mensch mit der Augenklappe musterte Spock neugierig mit seinem gesunden Auge. »Ist das ein Romulaner?« fragte er.

»Die Romulaner gehören nicht zur Föderation«, erwiderte der Tellarit, dessen runde Äuglein aufblitzten. »Er muß ein Vulkanier sein.«

»Wir haben die Uniformen geklaut«, knurrte McCoy, der sich bemühte, so hart und rauhbeinig wie möglich zu klingen. Er hatte eigentlich damit gerechnet, sich eine flinke Ohrfeige einzuhandeln, doch statt dessen drehten sich alle zu ihm um. Diese isolierten Typen litten offenbar so sehr unter der Langeweile, daß sie vielleicht auch auf eine Lügengeschichte hereinfielen.

»Wir sind Piraten«, sagte McCoy. »Habt ihr mal von Auk-rex gehört?«

Der grünhäutige Orioner stand mit einem Phaser in der Hand auf. »Ich habe schon mal von ihm gehört.«

»Ich auch«, sagte ein grauhaariger Mensch. »Ich wollte auf Rigel II bei ihm einsteigen, aber er war leider schon weg.«

»Tja«, raunzte McCoy, »du kannst jetzt bei mir einsteigen, wenn du mir die Fesseln abnimmst. Aber ich fürchte, ich hab' jetzt kein Schiff mehr.«

Der Klingone mit dem Messer musterte McCoy argwöhnisch. »Erzähl uns, was passiert ist.«

»Starfleet hat uns bei Capella IV eine Falle gestellt«, begann McCoy. »Sie haben uns einen getürkten Frachter als Köder hingesetzt – und ein großes Flottenschiff in der Nähe, das uns schnappen sollte. Wir sind im letzten Augenblick dahintergekommen und abgehauen. Wir wußten von Zuflucht und haben uns auf den Weg hierher gemacht. Aber die verdammte *Enterprise* hat uns die ganze Zeit verfolgt...«

»Die *Enterprise!*« zischte der Klingone. »Captain James T. Kirk!« Er sprach den Namen so aus, als sei es der obszönste Fluch der ganzen Galaxis.

»Das ist vielleicht ein Lump«, fügte der Tellarit hinzu.

»Eine miese Ratte«, sagte McCoy zustimmend. »Wie dem auch sei, wir haben die Schiffe der Föderationsflotte so oft ausgeplündert, daß wir eine ganze Sammlung ihrer Uniformen hatten. Da wir wußten, daß wir ihnen nicht entkommen konnten, haben wir uns umgezogen und uns, kurz bevor wir unser Schiff vernichteten, an Bord der *Enterprise* gebeamt. Als wir dort angekommen waren, haben wir den Transporteringenieur umgelegt und hatten alle Karten in der Hand. Da sie Auk-rex für tot hielten, konnten wir überall herumlaufen, ohne bemerkt zu werden. Es war ein Kinderspiel, einen Phaser zu überladen, den Maschinenraum in die

Luft zu jagen und in der allgemeinen Panik eine Fähre zu klauen. Und nun sind wir hier.«

Der Gorn grinste krokodilhaft. »Gut ausgedacht«, knurrte er. »Kannst du es beweisen?«

»Wir sind doch hier, oder?« sagte Kirk. »Wenn wir echte Starfleet-Offiziere wären, was hätten wir dann wohl auf Zuflucht zu suchen?«

Niemand hatte eine plausible Antwort auf diese Frage.

»Vielleicht wünscht ihr euch bald, ihr wärt auf der Enterprise geblieben«, brummte einer der Menschen. »Zuflucht sieht zwar wie ein Paradies aus, ist aber keins.«

Spock meldete sich das erste Mal zu Wort. »Wir würden uns Ihre Ausführungen gern ungefesselt anhören.«

Der Gorn beäugte seine Kameraden. »Was meint ihr dazu?«

»Eins glaube ich ihnen«, sagte der Orioner. »Sie sind gerade erst hier angekommen. Ihre ganze Ausrüstung ist neu. Die Elektronik ist natürlich wertlos.« Er verschaffte McCoy den Schreck seines Lebens, als er einen Phaser auf ihn richtete und abdrückte. Zum Glück hatte er recht. Der Phaser funktionierte nicht.

»Das verstehe ich nicht«, sagte Kirk. »Warum funktionieren unsere Sachen hier nicht?«

Der Tellarit schüttelte seinen zottigen Kopf. »Es liegt an den verdammten Seniten!« erwiderte er. »Wer weiß denn schon, was sie vorhaben oder was sie wollen? Sie haben Mittel, mit denen sie alle elektronischen Geräte unbrauchbar machen – ausgenommen der ihren natürlich. Das einzige, was uns hier zusammenhält, ist, daß keiner von uns den Seniten traut.«

Ein bärtiger Mensch musterte Spock argwöhnisch. »Ich nehme doch nicht an, daß die Seniten euch geschickt haben, um uns ausfindig zu machen, oder?«

Spock schüttelte den Kopf. »Der einzige Senit, den wir getroffen haben, hat sich geweigert, uns unsere

Fähre zurückzugeben, und war nicht sehr freundlich.«

»Ihr werdet die Fähre nie wiedersehen«, sagte der redselige Tellarit. »Lassen wir sie frei. Was können sie uns schon schaden?«

Da niemand einen Einwand erhob, knurrte der Gorn: »Schneidet sie los.«

Der Klingone zückte zögernd sein Messer und durchschnitt ihre Fesseln. Als er bei Kirk angekommen war, sagte er: »Hoffentlich bereue ich es nicht irgendwann.«

McCoy, Spock und Kirk standen auf und rieben ihre Handgelenke. McCoy und Kirk wankten zum Bach, um sich das Blut und den Schmutz abzuwaschen und etwas zu trinken. Spock stand da, wo er war, er rührte sich nicht. McCoy wußte, daß er das Geschehen aufmerksam verfolgte und zum Eingreifen bereit war, falls etwas schiefging.

Als er mit dem Waschen fertig war, schaute er von dem Bach auf und deutete auf das Medokit, das zur Ausrüstung seines Gürtels gehörte. Der Orioner hielt den Gürtel in einer grünen Hand. »Kann ich es vielleicht zurückhaben?«

Der Orioner kniff die Augen zusammen. »Hast du gesagt, du bist Pirat oder Arzt?«

»Ihr habt uns so zusammengehauen«, knurrte McCoy, »daß wir Erste Hilfe brauchen.«

»Nein«, grunzte der Gorn. »Wir behalten alles.«

Der Tellarit lächelte. »Seht es einfach als Wegezoll für die Durchquerung unseres Lagers an. Vielleicht können wir es gegen etwas anderes eintauschen.«

Kirk versuchte seine Enttäuschung zu verbergen, aber er fühlte sich nicht gerade wohl in seiner Haut und mußte den Kommunikator um jeden Preis zurückbekommen. »Na schön«, sagte er, »vielleicht könntet ihr uns mit Informationen bezahlen. Gibt es irgendeine Möglichkeit, Zuflucht zu verlassen?«

Der Tellarit lachte schnaubend, und seine schweinsnasenähnlichen Nüstern vibrierten. Auch die anderen lachten lauthals, und einer der Klingonen sagte: »Hier kommt man nur als Leiche weg.«

Das Lachen erstarb abrupt. Ein Leichentuch schien sich über das Lager zu senken, obwohl die Sonne prachtvoll aufging und die Berge in goldenes Licht badete. Kirks einfache Frage und die offene Antwort des Klingonen hatten offenbar eine Wahrheit enthüllt, über die man selten sprach und die noch schwieriger zu akzeptieren war.

»Hier fliegt niemand mehr«, sagte der Gorn mit einem melancholischen Unterton und hob sein Reptilgesicht zur Sonne. Er sah zwar nicht so aus, als könnte er weinen, aber McCoy sah, daß seine Lider mehrmals blinzelten.

Um das Thema zu wechseln, fragte er: »Gibt es noch mehr Lager wie das hier?«

»Es gibt noch mehr Streuner wie uns«, erwiderte der Einäugige. »Aber die meisten leben in Dörfern. Wir mögen die Dörfer nicht. Da haben die Seniten das Sagen.«

»Was genau habt ihr gegen die Seniten?« fragte Spock.

»Wir trauen ihnen nicht«, zischte ein Klingon. »Genauso wenig wie euch.«

Der Tellarit zuckte die Achseln. »Eigentlich ist es so, daß wir nicht gern von anderen abhängig sind. Wir sind, wie Red schon gesagt hat, Streuner, und leben lieber nach unseren eigenen Gesetzen. Außerdem haben wir gewisse Gerüchte gehört.«

»Gerüchte?« hakte Kirk nach.

»Warum geht ihr nicht in ein Dorf«, raunzte einer der Kligonen, »und schaut selbst nach?«

»Vielleicht sollten wir es wirklich tun«, sagte Spock.

Der Tellarit deutete auf den Bach, der sich durch üppig bewachsene Hügel schlängelte und irgendwo im goldenen Nebel am Horizont verschwand. »Geht einfach am Bach entlang«, sagte er. »Er mündet in einen Fluß, der in das Meer fließt. Am Meer stoßt ihr auf einen Ort. Ich glaube, er heißt Dohama.«

Einer der Menschen trat vor und sagte verlegen: »Falls ihr auf Frauen stoßen solltet, sagt ihnen, daß es gar nicht so übel hier oben ist.«

Kirk lächelte. »Machen wir.«

Nach einer kurzen Verabschiedung machten sich die drei auf den Weg. Sie waren wieder auf sich allein gestellt und folgten dem Bach ins Ungewisse. McCoy bemerkte, daß die beiden Klingonen ihnen in sicherem Abstand folgten, und fragte sich, ob sie einen Angriff planten. Er warnte Kirk und Spock, aber die Klingonen machten sich nach ein paar Kilometern aus dem Staub. Sie waren offenbar zufrieden, daß sie das Tal auch wirklich verließen.

»Captain«, sagte Spock leise, »glauben Sie nicht auch, daß es der Ersten Direktive widerspricht, unsere Phaser und Tricorder bei ihnen zu lassen?«

»Ich weiß nicht, ob wir eine andere Wahl gehabt hätten«, murmelte Kirk. »Außerdem wimmelt es auf diesem Planeten nur so von nicht einsetzbarer Technologie. Zum Glück haben wir noch unsere Kommunikatoren. Glauben Sie mir, ich werde Starfleet liebend gern erklären, wie wir unsere Ausrüstung verloren haben – falls ich je eine Chance dazu habe.«

»Autsch«, ächzte McCoy. »Hätte ich doch nur mein Medokit mitnehmen können.«

»Vielleicht heilen die Seniten unsere Wunden«, sagte Spock.

»Ich weiß nicht«, sagte McCoy zweifelnd. »Immerhin hat man uns geraten, ihnen nicht zu trauen.«

»Wir können wohl davon ausgehen, Doktor, daß alle, denen wir bisher begegnet sind, schon asoziale Elemente waren, bevor sie hierherkamen«, sagte Spock. »Und von solchen Leuten kann man kaum erwarten, daß sie die Behörden mögen.«

Kirk grinste trotz ihrer prekären Lage. »Du hast Ihnen wirklich eine tolle Geschichte erzählt, Pille.«

»Nicht übel, was?« McCoy nickte, er fühlte sich sichtlich bestätigt.

»Aber sehr unwahrscheinlich«, warf Spock ein. »Der Computer hätte sofort Alarm geschlagen, wenn drei Unbekannte sich auf die *Enterprise* gebeamt hätten. Außerdem wäre der Fährenhangar im Fall einer Explosion im Maschinenraum sofort versiegelt worden. Und ...«

»Es war doch nur so eine Geschichte«, raunzte McCoy.

»Und sie hat ihren Zweck erfüllt«, fügte Kirk hinzu. »Es wäre schön, wenn wir uns auch von diesem Planeten so einfach wegschwätzen könnten. Spock, glauben Sie, daß wir den Seniten trauen können?«

»Sie haben ihre Vertrauenswürdigkeit bislang noch nicht offiziell demonstriert«, erwiderte Spock. »Aber daß Sie hier das Sagen haben, läßt sich wohl kaum bestreiten.«

Kirk nickte grimmig. »Da haben Sie recht. Wir müssen sie irgendwie dazu bewegen, uns zu helfen.«

Mit diesem Gedanken im Kopf gingen die drei wortlos weiter und folgten dem klaren Bach, der aus den Bergen des Planeten Zuflucht kam.

Montgomery Scott lief auf der Brücke umher und schlug fortwährend mit der Faust in seine flache Hand. Uhura, die an der Funkstation saß, beobachtete ihn und wünschte sich, sie könnte irgend etwas sagen, das ihn beruhigte. Aber leider war der Kontakt zu Captain Kirk und den anderen seit über dreizehn Stunden abgebrochen. Alle ihre Versuche, irgend jemanden auf dem Planeten zu erreichen, waren fehlgeschlagen, und die anderen Schiffe im Orbit waren mehr eine Bedrohung als eine Lösung des Problems.

Uhura wartete darauf, daß sich Scotty ihr zuwandte

und den Befehl gab, eine Nachricht an Starfleet zu senden. Die Nachricht würde nicht nur die Meldung enthalten, daß man drei der besten Flottenoffiziere vermißte, sondern auch die, daß für das Schiff keine Gefahr bestand. Und sie kannte die Konsequenzen: Man würde zwar alarmiert reagieren, aber sich auch klarmachen, daß die *Enterprise* wichtiger war als drei Vermißte, egal wie fähig sie auch sein mochten. Und als Vorsichtsmaßnahme würde man befehlen, die *Enterprise* solle sofort die Kreisbahn verlassen. Selbst wenn man auf Scottys Bitte hörte und zuließ, daß das Schiff an Ort und Stelle blieb, man würde nicht zulassen, daß die Besatzung das Risiko einging, den Planeten zu untersuchen. Und irgendwann, einen Tag oder einen Monat später, würde irgendein dringender Auftrag für die *Enterprise* anstehen und Scotty würde den Befehl erhalten, die Gegend zu verlassen. Uhura wußte, daß sie der Durchlauferhitzer für diese katastrophalen Meldungen sein würde, und diese Aussichten erfüllten sie mit Kummer und Sorge.

»Commander Scott«, sagte sie leise. »Ich könnte noch mal versuchen, Kontakt mit dem Planeten herzustellen, und darum bitten, daß man aus humanitären Gründen antwortet.«

Scotty hielt inne und blieb stehen. »Versuchen wir doch mal eine Verbindung mit unserem klingonischen Freund«, sagte er, ohne die Ironie in seiner Stimme zu unterdrücken. Die Vorstellung, daß ausgerechnet ein Klingone das kultivierteste Lebewesen im näheren Umkreis dieses Planeten war, trug kaum dazu bei, ihn zu beruhigen.

Er drehte sich zu Chekov um. »Bereiten Sie eine neue Sonde vor, Fähnrich.«

»Aber wir haben doch schon elf Sonden losgeschickt, Sir«, erwiderte Chekov. »Und keine hat sich bisher zurückgemeldet.«

»Dann machen Sie das Dutzend voll«, sagte Scotty.

»Ich habe den klingonischen Captain«, meldete Uhura.

»Auf den Schirm«, sagte Scotty.

Der grauhaarige Klingone erschien auf dem Bildschirm. Sein hartes Äußeres wurde durch ein ansatzweises Lächeln leicht entschärft. Es muß todlangweilig sein, jahrelang um diesen Planeten zu kreisen, dachte Uhura. Es fiel ihr zwar nicht leicht, einem Klingonen Mitleid entgegenzubringen, aber bei diesem war es anders. Er war ein am Ende seiner Karriere angekommener, pflichtbewußter Offizier, der in der ödesten Sackgasse der Galaxis seinen Dienst versah.

Der Klingone trocknete seinen Hals mit einem Handtuch ab. »Entschuldigen Sie mein Aussehen«, sagte er, »aber ich komme gerade aus der Sporthalle. Sie ist das einzige Vergnügen, das ich habe.«

Angesichts seines Körperbaus und des beeindruckenden Umfangs seiner Armmuskeln kam Uhura zu dem Schluß, daß er wohl einen Großteil seiner Zeit dort verbrachte.

Scotty neigte leicht den Kopf. »Wir haben uns noch nicht vorgestellt. Ich bin Lieutenant Commander Scott von der USS *Enterprise.*«

»Ich bin Commander Garvak vom Kreuzer *Rak'hon.* Wir gehören zum Klingonischen Reich. Gehe ich recht in der Annahme, daß Sie uns Ihre Abreise mitteilen wollen?«

»Im Gegenteil«, sagte Scotty. »Wir haben den Befehl, unsere Männer von dem Planeten zurückzuholen«, flunkerte er anschließend. »Haben Sie vielleicht eine Idee, wie wir es bewerkstelligen können?«

Garvak schüttelte verneinend den Kopf. Er machte sich auch nicht die Mühe, seinen Unglauben zu verheimlichen. »Ihr Erdlinge werdet noch meinen Respekt verlieren, wenn ihr solch kindische Pläne wälzt. Vielleicht stimmt ja doch, was ich über euch gehört habe – daß ihr ein minderwertiges Volk seid. Ich habe doch schon gesagt, daß niemand Zuflucht verläßt. Das Einzige, was wir hier machen, besteht darin, weitere Verbrecher daran zu hindern, den Planeten zu erreichen.«

Scotty holte tief Luft. Uhura wußte, daß er sich bemühte, einen herzlichen Tonfall auszustrahlen. »Das ist mir klar«, erwiderte er. »Aber es muß doch irgendwelche Wächter auf Zuflucht geben, jemanden, der den Schutzschirm betreibt und Vorschriften erläßt. Gibt es keine Möglichkeit, mit diesen Leuten in Kontakt zu treten?«

»Die Wächter, von denen Sie reden, werden Seniten genannt«, erläuterte der Klingone. »Sie sind sehr schwer zu erreichen und lassen sich ungern stören. Ich hatte vor einiger Zeit Kontakt zu ihnen, als wir ein Schiff abschossen, bevor es ihren Schutzschirm durchdrang. Sie haben sich daraufhin gemeldet und mir eine beträchtliche Belohnung geboten, falls ich den Orbit für immer verließe. Ich habe abgelehnt und seither nichts mehr von ihnen gehört.«

»Haben Sie irgendwelche Informationen über ihren Schutzschild?« fragte Scotty.

Der Klingone nickte. »Er befindet sich in einer Höhe von etwa dreißig Kilometern über dem Planeten. Die Seniten verfügen über Punktdeflektoren, die Phaserbeschuß und dergleichen im All verpuffen lassen. Deswegen sind Versuche, Flüchtlinge aufzuhalten, meist fruchtlos. Wenn ich etwa das Feuer auf Ihr Schiff eröffnen würde, hätte das kaum Auswirkungen. Die Seniten haben eine Menge aus der Technologie gelernt, die auf ihrem Planeten lagert.«

»Wenn ihre Verteidigungsanlagen so gut sind«, fragte Scotty, »wieso wissen Sie dann so viel über sie?«

Garvak zuckte die Achseln. »Wir haben Zuflucht mit einer ganzen Flotte angegriffen. Zwar ohne Erfolg, aber wir haben einiges über ihre Schutzsysteme erfahren. Ich bin seitdem hier stationiert. Wenn ich eine Warnung erhalte, kann ich den Orbit verlassen und ein Schiff vernichten, das sich der klingonischen Justiz entziehen will. Ansonsten bin ich so machtlos wie Sie.«

Uhura wünschte sich, der Klingone wäre nicht so direkt gewesen. Aber er hatte recht. *Machtlos* war das einzige Wort, das ihre Situation treffend beschrieb.

Scotty räusperte sich. »Danke für die Informationen, Commander Garvak. Ich will Sie nicht weiter stören.«

»Ich habe es nicht als Störung empfunden, Commander Scott«, sagte der Klingone, und er schaute beinahe melancholisch drein.

Der Bildschirm wurde einen Moment lang dunkel, dann füllte er sich wieder mit dem Bild des blauen Planeten. Wie unschuldig und friedlich er doch aussah.

»Soll ich die Sonde abschießen?« fragte Chekov finster.

Scotty schüttelte den Kopf und ließ sich in den Kommandosessel fallen. »Lieutenant Uhura«, sagte er mit einem Seufzer, »wir müssen eine Nachricht an Starfleet vorbereiten.«

Kirk und die anderen waren völlig unvorbereitet, als sich der erste Regen über sie ergoß. Er durchnäßte sie innerhalb von Sekunden und machte die Suche nach einem Unterstand mehr als schwierig. Doch ein paar Minuten später war das Schauspiel vorbei. Spock versuchte das Phänomen zu erklären, indem er sagte, es sei typisch für Inseln, und Kirk fand keinen Grund, ihm zu widersprechen.

Der Bach, dem sie folgten, hatte sich auf etwa zehn Meter verbreitert und legte ein bemerkenswertes Tempo vor. Kirk hielt auf dem ausgetretenen Pfad an, hockte sich hin und beobachtete das rasch fließende Gewässer. Da er an der Spitze ging, blieben auch die anderen stehen.

»Ist alles in Ordnung, Captain?« fragte Spock.

»Ich bin zwar nicht müde, wenn Sie das meinen«, erwiderte Kirk, »aber wenn wir ein Floß bauen, können wir uns treiben lassen und brauchen nicht den ganzen Weg zu laufen. Das Flüßchen ist beträchtlich breiter geworden, seit es sich mit dem unterirdischen Wasserlauf vereinigt hat.«

»Es ist auch schneller geworden«, erläuterte McCoy. »Es fegt ziemlich schnell voran, falls es dir noch nicht aufgefallen ist.«

»Darf ich Sie daran erinnern, Captain, daß wir nicht wissen, wohin dieser Fluß führt?« sagte Spock. »Es könnte irgendwo Stromschnellen geben. Wir wären dem Fluß ausgeliefert.«

»Stimmt«, sagte Kirk stur. »Aber wir bräuchten nicht zu laufen. Wir kämen zehnmal schneller voran. Es sei denn, Sie sind darauf aus, ein paar Wochen zu marschieren.«

»Wir kämen beträchtlich schneller voran«, sagte Spock zustimmend, »aber wir hätten auch ein viel größeres Risiko.«

»Ich bin bereit, es einzugehen«, sagte Kirk. »Denn wenn wir eins nicht haben, ist es Zeit. Wir wissen nicht, wie lange die *Enterprise* im Orbit bleibt, also müssen wir sehen, daß wir so schnell wie möglich den Rückweg finden. Ohne die Seniten geht es nicht, also müssen wir in ihr Dorf gehen.«

Spock nickte. »Na schön. Ich nehme an, daß wir Ranken zusammenbinden können. Es wird ein primitives Floß werden, und wir werden uns naß machen.«

Kirk zupfte an seiner feuchten Uniform. »Naß bin ich jetzt schon.«

»Tja«, murmelte McCoy, »ich hätte zwar nie gedacht, daß ich einen guten Huck Finn abgeben würde, aber laßt es uns versuchen.«

»Laßt mich erst etwas anderes versuchen«, sagte Kirk, zückte seinen Kommunikator und versuchte abermals, die *Enterprise* zu erreichen. Wie Dutzende Male zuvor, auch diesmal ohne Erfolg.

Kirk ging als erster los, um Äste der Art zu sammeln,

die sie während des Überfalls auch als Waffen benutzt hatten. Da das Bachbett nicht mehr trocken war, mußten sie das Dickicht der Blasengewächse durchforsten, bevor sie kleine Stämme fanden, die so trocken waren, daß sie sie aus dem Boden ziehen und zerbrechen konnten.

Kirk wies McCoy an, nach etwas Ausschau zu halten, womit man das Holz zusammenbinden konnte. McCoy entdeckte eine Schlingpflanzenart, die parasitisch von den großen Blasenbäumen lebte. Nachdem sie einiges zusammengetragen hatten, sahen sie, daß es möglich war, ein halbwegs stabiles Floß zusammenzubauen.

Trotz des vorhandenen Materialreichtums fehlte dem Trio das rechte Werkzeug. Sie verbrachten fast den ganzen Nachmittag damit, das Floß zusammenzuschustern und waren erst am späten Abend fertig. Da Kirk nicht danach war, es mitten in der Nacht über einen unbekannten Fluß zu steuern, gab er die Anweisung, nach Eßbarem Ausschau zu halten und sich dann auszuruhen. Spock verwandelte sich in eine Art Versuchskaninchen; er hielt oft an, um die verschiedensten Blätter und Wurzeln zu kosten. Seine zahlreichen Tests erwiesen sich zwar als unschädlich, aber Kirk wußte, daß die vulkanische Physiologie ziemlich robust war. So aßen er und McCoy nur das Nötigste. Die einzige Alternative wären die merkwürdigen Wanderfische gewesen, die allerdings in der Nähe des Wassers nicht auffindbar waren. Da sie es nicht riskieren wollten, sich mit dem fremden Grünzeug vollzustopfen, aßen sie nur so viel, bis ihr Magenknurren aufhörte.

Ein kräftiger Wind kam auf, blies die Wolken fort und bescherte ihnen eine trockene, sternenklare Nacht, in der sie schlafen konnten. Kirk übernahm die zweite Wache, blieb den größten Teil der Nacht auf und beobachtete die Monde von Zuflucht, die sich anschickten, den Planeten zu umrunden. Zuerst kam der rötliche; er ging über den Bergen auf und erreichte seine höchste Stelle über dem höchsten Gipfel. Kirk nahm an, daß seine eigenartige Färbung durch Staub und Gesteinstrümmer zustandekam, die sein Kraftfeld eingefangen hatte. Vielleicht hatte er seine Laufbahn einst als eingefangener Komet begonnen, was eventuell auch die wechselnden Gezeiten und den Rückzug der Ozeane des Planeten erklären konnte. Der zweite Mond ging später auf, aber seine Neonhelligkeit überstrahlte fast den ganzen Himmel. Er war eindeutig größer.

Da es am Boden keine sichtbaren Lichter gab, funkelten die Sterne wie Puderzucker auf einer samtschwarzen Decke. Aber sie erschienen Kirk weit fort. Als du das letzte Mal da oben warst, dachte er, sind sie mit Warpgeschwindigkeit vorbeigezischt oder haben wie die Lichter einer vertrauten Stadt geleuchtet. Vom festen Boden aus betrachtet, wirkten die Sterne nebulös und unerreichbar.

So mußte es auf der Erde gewesen sein, bevor man die Raumfahrt perfektioniert hatte. Wie ist man damals mit dem Wissen fertig geworden, daß interstellare Reisen zwar möglich waren, aber noch nicht realisierbar? Wie hat man dem Forscherdrang widerstanden nachzusehen, was hinter all den leuchtenden Sternen steckte? Der fremde Boden unter seinen Füßen war zwar nicht ohne Reiz, aber von den Sternen so weit entfernt zu sein, war ihm unerträglich.

Kirk schäumte noch immer vor Wut, wenn er daran dachte, daß die Seniten ihre Fähre gestohlen hatten. Zuflucht bot einem zwar Schutz, aber zu einem hohen Preis. Man hieß Verfolgte aus der ganzen Galaxis zwar willkommen, aber gleichzeitig stutzte man ihnen auch die Flügel und verdammte sie zu einem Exil ohne Sterne. Dieser Gedanke ließ Kirk stärker frösteln als der durch seine feuchten Kleider pfeifende Wind.

4

Sie ließen das Floß zu Wasser und hielten sich daran fest, da sie nicht in der Lage waren, an Bord zu steigen. Das Bündel aus Hohlwurzeln war etwa zwei Meter lang und einen Meter breit und hätte es drei Männern normalerweise gestattet, bequem zu sitzen; doch das rasch strömende Wasser ließ dies nicht zu. Die Strömung drehte das kleine Fahrzeug ständig, bis sie nichts anderes mehr tun konnten, als sich an ihm festzuklammern. Glücklicherweise reichte ihnen das Wasser nur bis zur Taille, und so gelang es ihnen schließlich mit vereinten Bemühungen, das Floß zur Ruhe zu bringen. McCoy bestieg es an der Vorderseite, Spock in der Mitte, und Kirk sprang als letzter an Bord. Sie ritten auf dem klumpigen Transportmittel wie auf einem Baumstamm. Zwar drehten sie sich noch immer unkontrolliert, aber zumindest konnten sie nun sitzen und sich festhalten.

Das Beibehalten des Gleichgewichts war ihre größte Mühe; sich trockenzuhalten, hatten sie nach der ersten Sekunde vergessen. Nun kamen sie rasch voran. Die Ufer waren nichts als Schemen, und Kirk stellte fest, daß man sich auf den weit entfernten Horizont konzentrieren mußte, um eine Perspektive zu bekommen. Das Drehen und das Tempo waren so desorientierend, daß er schließlich nur noch das vor ihm befindliche Floß und den Rücken seiner Gefährten im Auge behielt. Spock hatte recht gehabt – sie wurden dorthin getrieben, wohin der Fluß wollte.

Dort, wo sich Zuflüsse zum Strom gesellten, wurden

sie am ärgsten gebeutelt, doch jeder neue Zufluß verbreiterte die Wasserstraße und beruhigte das Gewässer. Um Gestein und Treibholz zu entgehen, lernten sie, mit den Händen zu paddeln und etwa zwanzig Meter von beiden Ufern entfernt in der Mitte zu bleiben. Das Wasser schmeckte gut, ihnen klatschte genügend ins Gesicht, um keinen Durst leiden zu müssen. Zeit zum Entspannen hatten sie jedoch nicht. Es war ein zermürbender Kampf, sich an dem durchnäßten Holz fest- und das Floß gleichzeitig mit Händen und Füßen aus allen potentiellen Schwierigkeiten herauszuhalten. Besonders McCoy mußte den größten Teil seiner Kraft dazu aufwenden, sich festzuhalten. Über lange Zeiträume hinweg drehten sie sich ziellos in der Mitte der Wasserstraße.

Während der Periode, in der sie keine Kontrolle hatten, stießen sie plötzlich auf schaumiges Wasser und wurden mit noch größerer Geschwindigkeit hin und her geworfen. Das Rauschen brüllte in ihren Ohren und machte jede Unterhaltung unmöglich, und sie brauchten ihre gesamten Kräfte, um den Kopf über Wasser zu halten. McCoy wäre einmal fast ins schäumende Naß gerutscht, aber Spocks starker Arm war zur Stelle, um ihn auf das Floß zurückzureißen und zu halten, bis er wieder bei Kräften war. Dann bewegten sie sich zu rasch, um irgendeine bestimmte Körperhaltung einzunehmen; Kirk schaute bloß zu und wartete auf das, was passieren würde.

Das Brüllen wurde schlagartig lauter, und sie wurden geradezu in die Luft geschleudert. Ein Wasserfall! dachte Kirk. Schon war das Floß über seinem Kopf. Er griff danach, aber es war schon außerhalb seiner Reichweite. Er hörte McCoy schreien, als sie mehrere Meter durch die dunstige Luft fielen, aber das gewichtslose Erlebnis war nicht unerfreulich. Es endete abrupt mit einem Aufschlag in sehr kaltes Wasser. Kirk sank viele Meter dem Boden entgegen und mußte mit aller Kraft schwimmen, um der Strömung zu entgehen, die ihn nach unten zog. Nach Luft ringend, brach er durch den Wasserspiegel, dann mußte er mit aller Kraft schwimmen, um dem in die Tiefe stürzenden Wasserfall zu entgehen.

Mehrere Meter weiter sah er McCoy, der sich an das Floß klammerte. Aber er lächelte. Wenn es wirklich darauf ankam, ließ Pille eben nicht los. Spock war jedoch nirgendwo in Sicht, auch dann nicht, als Kirk zu McCoy hinüberkraulte.

»Alles in Ordnung mit dir, Pille?« sagte er keuchend.

»Na klar.«

»Wo ist Spock?«

McCoy schaute sich verblüfft um. »Ich dachte, ich hätte ihn gesehen...«

Kirk warf einen Blick über die glatte Wasseroberfläche. Sie waren völlig unzeremoniell in einen der schönsten Seen gefallen, die er je gesehen hatte. Das klare amethystfarbene Wasser wurde von sanft geneigten Bäumen umgeben, deren tentakelartige Äste so aussahen, als würden sie aus dem See trinken. Das nächste Ufer war nur einen Katzensprung entfernt.

Aber wo war Spock?

Der Vulkanier kam plötzlich nur wenige Meter von ihnen entfernt wie eine Rakete an die Oberfläche. »Rauf aufs Floß!« schrie er heiser.

Kirk grinste. »Spock, wir haben es geschafft. Wir sind in Ordnung!«

»Sofort rauf aufs Floß!« rief der Vulkanier. »Keine Zeit für Erklärungen.«

McCoy krabbelte sofort aus dem kalten, bislang so friedlichen Wasser auf das wackelige Wurzelbett. Spock war nicht weit hinter ihm, und Kirk konnte sehen, daß es ihm so ernst war, wie er geklungen hatte. Erst als alle drei breitbeinig auf dem Floß saßen, fiel Kirk eine Wunde an Spocks Unterschenkel und ein beträchtlicher Strom grünen Blutes auf.

»Was ist passiert, Spock?« fragte er.

»Ich bin gebissen worden«, erwiderte Spock gelassen. »Ich bin so lange unten geblieben, um in Erfahrung zu bringen, was es war.«

»Und was war's?« fragte McCoy.

Der Vulkanier deutete mit dem Kopf auf die Wasseroberfläche. »Ich glaube, wenn Sie das Wasser beobachten, werden Sie es in Kürze sehen, Doktor. Es wäre wohl klug, Hände und Füße an Bord zu behalten.«

Das war leichter gesagt als getan, aber Kirk zog die Beine erst aus dem Wasser, als er genau unter ihnen längliche silbrige Formen herumschwimmen sah. Die Geschöpfe schlängelten sich der Oberfläche entgegen, als sei ihnen der kalte Boden, wo der Amethyst schwarz wurde, lieber. Kirk zog seine Glieder in die Mitte des Floßes, als die aalähnlichen Fische näher heranschwammen und er ihre schrecklichen Kiefer sah. Sie konnten es mit denen eines Barrakuda aufnehmen. Ihre langen, silbernen Leiber sahen wie elegante Damengürtel aus, aber sie waren viel länger und mit Zähnen gespickt. Zwei Fische durchbrachen mit gummiähnlichen, zwei Meter langen Rückenflossen den Wasserspiegel. Sie hatten den nichtssagenden Blick und die träge Art von Grundbewohnern, die nur an die Oberfläche kamen, um zu fressen.

Kirk schluckte. »Ans Ufer schwimmen können wir also nicht.«

»Der See fließt wahrscheinlich über einen weiteren Fall an der anderen Seite ab. Wir sind hier möglicherweise im Krater eines inaktiven Vulkans.«

»Rauch!« sagte McCoy und streckte aufgeregt einen Arm aus. »Da ist Rauch!« Er deutete auf eine graue Rauchfahne, die über den vornübergeneigten Bäumen aufstieg und vom Wind zerstreut wurde.

»Eine Siedlung«, sagte Kirk leise. »Ob es Dohama ist?«

»Unwahrscheinlich«, erwiderte Spock. »Die Streuner

haben gesagt, Dohama liegt am Meer, nicht an einem See.«

Kirk suchte das ferne Ufer mit konzentrierten Blicken ab. »Ich sehe etwas Nützlicheres als Rauch«, sagte er. »Vom Ufer aus beobachtet uns jemand.«

Er schwenkte die Arme so heftig wie möglich, ohne das Floß zum Kentern zu bringen, und schrie: »He! He! Werft uns ein Seil zu! Wir sind von den Fischen umzingelt. Werft uns ein Seil zu!«

Nun, da sie persönlich angesprochen wurden, traten zwei pudelnackte Kinder mit schlohweißem Haar aus der Deckung eines Tentakelbaums hervor. Sie musterten die vom Pech verfolgten Flößer mit unverhohlener Neugier, schienen aber nicht zu wissen, was sie tun sollten. Es war offensichtlich, daß sie kein Seil hatten, das sie ihnen zuwerfen konnten. Das kleinere Kind sagte etwas zu seinem Spielgefährten, und die beiden lachten. Egal, was Kirk auch sagte, und so angestrengt er auch winkte, die Kinder gafften sie nur an.

Dies hätte mehrere Stunden lang so weitergehen können, aber nun tauchte eine erwachsene Frau mit ähnlich weißer Haarmähne am Seeufer auf. Sie nahm die Kinder sofort an die Hand und verschwand mit ihnen. Dies provozierte noch mehr hektische Rufe von Kirk und McCoy, wobei McCoys Bein ins Wasser rutschte. Er schrie sofort auf und zog den Fuß hoch, an dem ein schrecklich anzusehender Fisch hing. Das Tier versuchte die Zähne noch tiefer in den Stiefel zu schlagen, sein langer Körper peitschte das Wasser auf, als es sich abmühte, den Arzt vom Floß zu ziehen.

Spock drosch mit der einzigen ihm zur Verfügung stehenden Waffe auf das Biest ein – seiner Faust. Der Fisch schlug mit dem Schwanz aus und hätte den Vulkanier fast vom Floß gehauen. Kirk packte schnell zu, riß eine lose Wurzel vom Floß ab und klemmte ihn zwischen die Kiefer des Fisches und McCoys Fuß. Mit einer Anstrengung, die McCoy einen lauten Schmerzensschrei ausstoßen ließ, zwang er die Kiefer auseinander. Endlich ließ das schreckliche Geschöpf von McCoy ab und glitt davon.

McCoy untersuchte kurz seinen Fuß und stellte fest, daß er statt tiefer Löcher nur ein paar Kratzer davongetragen hatte. »Dank sei Gott taugt das Leder was«, sagte er nach Luft ringend.

Von nun an bemühten sie sich, keine raschen Bewegungen mehr zu machen. Die weißhaarigen Kinder waren zusammen mit ihrer übereifrigen Beschützerin verschwunden, aber kurz darauf tauchten ein Mann und eine Frau einer anderen Spezies am Ufer auf. Die dunkelhaarige Frau hatte ein Seil bei sich, das sie um einen faustgroßen Stein band. Der blauhäutige Mann legte die Hände seitlich an den Mund und rief ihnen etwas zu.

»Machen Sie keinen Versuch zu schwimmen!« warnte er sie. »Die Lanzenfische sind gefährlich!«

»Danke für den Tip«, sagte McCoy ironisch und setzte ein erleichtertes Lächeln auf.

Es kostete die Frau mehrere Versuche, das beschwerte Seil direkt aufs Floß zu werfen, aber man hatte sie allem Anschein nach bestens für solche Rettungsunternehmen ausgesucht. Jeder Wurf ging knapp daneben, bis Spock schließlich den Arm ausstreckte und den Stein aus der Luft fing. Er band das Seil an den Bug des Floßes, und sie ließen sich von ihren Rettern an Land ziehen.

Als sie in Ufernähe waren, lief die Frau davon, so daß sie nur einen flüchtigen Blick auf ihre herbe Schönheit werfen konnten. Der blauhäutige Humanoide wirkte, als wolle er am liebsten ebenfalls gehen, aber er blieb zögernd zurück, bis sie sicher angelegt hatten.

Bevor sie dem Mann danken konnten, sagte er unfreundlich: »Geht an den Meerseitenfällen vorbei« – er deutete auf das gegenüberliegende Ende des kratergroßen Sees – »und laßt euer Ding im breiten Teil des

Kanals zu Wasser. Weiter kann ich euch nicht helfen. Wir sind eine geschlossene Gemeinschaft.«

Als er sich zum Gehen wandte, rief Kirk verzweifelt hinter ihm her: »Dohama! Die Seniten! Wo sind sie?«

»Tut, was ich euch gesagt habe«, befahl der Mann. »Aber folgt mir nicht zu unserem Dorf. Wir töten Fremde.«

Er sagte es ganz sachlich, nicht als Warnung, und Kirk war nicht im geringsten geneigt, seine Worte anzuzweifeln. Also unterließen sie es, die kleine Gruppe von Männern, Frauen und Kindern zu erforschen, die in dem Wald am See lebten. Sie hoben ihr durchnäßtes Floß auf und umrundeten den Kratersee, um nach dem Ort zu suchen, an dem sie es zu Wasser lassen konnten.

»Commander Scott«, sagte Uhura eilig, »da kommt eine Botschaft herein.«

Scotty drehte sich im Kommandosessel um. »Ich wette, sie stammt von Starfleet.«

»Nein.« Uhura zwinkerte und konzentrierte sich angestrengt auf die durch kurze Pausen getrennten Silben. »Von der Kommandantin eines Schiffes in der Kreisbahn. Es heißt *Gezary.* Sie sagt, daß gleich ein Flüchtlingsschiff in den Orbit eintritt und daß sie die Belohnung mit uns teilen will, wenn wir einen Treffer landen.«

»Wie? Wo? Was?« fragte Scotty verdutzt. »Legen Sie mir die Dame auf den Bildschirm. Mal sehen, was Sie vorhat.«

Uhura schüttelte den Kopf. »Sie hat die Verbindung abgebrochen und schert aus der Kreisbahn aus.«

Scotty richtete sich im Sitz auf. »Alarmstufe Gelb«, ordnete er an. »Volle Deflektorenleistung.«

»Schirme aktiviert«, meldete Chekov.

»Wenn sie anfangen zu schießen«, sagte Scotty, »wollen wir ihnen nicht im Weg sein. Sulu, darauf vorbereiten, die Kreisbahn zu verlassen.«

»Aye, Sir«, sagte der Steuermann.

»Zwei weitere Schiffe sind auf Impulskraft gegangen und verlassen den Orbit«, meldete Chekov. »Das Schiff der Klingonen verändert seine Position.«

Scotty beugte sich vor. »Können Sie ihren Kurs berechnen?« fragte er. »Was ist das für ein Schiff, das sich da nähert?«

Chekov drückte einige Knöpfe und wartete eine Weile. »Ihre Kurse laufen zusammen«, antwortete er. »Die *Gezary* ist am weitesten draußen, dann kommen die beiden anderen und der Klingone. Seine neue Position liegt dem Planeten am nächsten.« Der Fähnrich drehte sich um und warf dem Stellvertreter des Captains einen fragenden Blick zu. »Es sieht so aus, als wollten sie jemanden Spießruten laufen lassen.«

»Alle Mann an die Stationen«, sagte Scotty. »Sulu, berechnen Sie, wo das Schiff ankommt, wenn es den Warp verläßt. Ich frage mich, wie oft die das hier schon mitgemacht haben.«

»Ich habe das sich nähernde Schiff lokalisiert«, meldete Sulu. »Ich kann seine Ankunft schätzen und lege es auf den Bildschirm.«

»Weitermachen«, befahl Scotty. »Und außerdem verziehen wir uns von hier. Mal sehen, wie das Ganze aus der letzten Reihe aussieht.«

Die *Enterprise* beschleunigte kurz. »Wechsle auf polare Kreisbahn«, gab Sulu bekannt. »Kurzstreckenabtastung auf den Bildschirm.«

Die Schiffssensoren vereinten ihre Kräfte mit dem Computer und simulierten eine Szene, die man mit dem Auge kaum hätte sehen können. Vier Kopfgeldjäger, einige im regierungsamtlichen Auftrag unterwegs, andere auf eigene Rechnung tätig, bauten sich in einem Streifen des Weltraums auf, der sich tausend Kilometer von Zuflucht entfernt erstreckte. Der Bildschirm zeigte die entferntesten Schiffe als silberne Pünktchen, aber der klingonische Raubvogel und der grüne Orion-

Kreuzer wirkten viel größer. Sie hingen wie Geier im All und schwebten über dem ihnen wohlbekannten Korridor.

Ein Streifen materialisierte langsam zu einer silberfarbenen Rakete. Schlagartig brach aus allen Ecken des Bildschirms Phaserfeuer hervor, und die Schwärze des Alls erfüllte sich mit dem flammenden Gewirr der Zerstörung. Als sie die Spur des fliehenden Schiffs verfolgten, liefen die bunten Strahlen zusammen und zerrissen das sternenübersäte All mit unhörbaren Explosionen. Sekunden später ließen die Nachbeben die *Enterprise* erzittern.

»Schirme halten«, meldete Chekov.

Trotz des Beschusses gelang es dem sich nähernden Schiff irgendwie, sich dem Planeten entgegenzustürzen. Das klingonische Schiff feuerte eine Salve von drei Photonentorpedos ab, von denen jeder einzelne das winzige Schiff hätte atomisieren können, aber sie scherten im letzten Moment aus und verpufften harmlos in der Lufthülle des Planeten. Scotty blinzelte. Er wußte nicht genau, ob er seinen Augen trauen sollte, aber er hatte den Eindruck, daß Garvak gewußt hatte, was passieren würde und ihnen ein Beispiel des Potentials der Ferndeflektoren der Seniten hatte bieten wollen. Trotz des beeindruckenden Feuerwerks dauerte der gesamte Angriff nur wenige Sekunden, dann war das abtrünnige Schiff in die planetare Atmosphäre eingetaucht. Der Raum, der Zuflucht umgab, war wieder friedlich.

Scotty wandte sich Uhura zu, die hektisch an ihrer Konsole beschäftigt war. »Ist der planetare Schirm irgendwie beeinflußt worden?«

Uhura schüttelte frustriert den Kopf. »Ich habe es auf allen Frequenzen versucht, aber niemand antwortet. Ich habe allerdings eine vorübergehende Flußveränderung im Wellenerzeugungsfeld bemerkt. Würde die Landeeinheit einen Versuch machen, Verbindung mit *uns* aufzunehmen, wenn gerade ein Schiff in die Atmosphäre eintaucht, könnte sie vielleicht durchkommen... Ich weiß nicht.«

»Sie haben's versucht«, sagte Scotty und schenkte ihr ein ermutigendes Lächeln. »Jedenfalls sind wir, wenn es noch mal passieren sollte, auf die Möglichkeit vorbereitet.«

Dann runzelte er nachdenklich die Stirn. Er erhob sich langsam aus dem Kommandosessel und schritt auf und ab. »Wir können bereit sein, wenn wir eine Vorwarnung bekommen«, sinnierte er laut. »Und wir haben *tatsächlich* eine erhalten.«

»Durch den Captain der *Gezary*«, sagte Uhura. »Ich weiß, welche Frequenz dieses Schiff verwendet.«

»Eine Sekunde noch«, sagte Scotty listig. »Spielen wir ihr Spiel doch mal mit. Vielleicht können wir so mehr erfahren. Lieutenant Uhura, lassen Sie die *Gezary* bitte wissen, daß wir uns entschuldigen, weil wir nicht auf den Flüchtling geschossen haben. Natürlich sind wir bei zukünftigen Gelegenheiten gern zur Mitarbeit bereit.«

Chekov warf einen Blick über seine Schulter und schüttelte verwirrt den Kopf. »Arbeiten wir jetzt *auch* als Kopfgeldjäger?«

»Mit Honig fängt man mehr Fliegen als mit Essig«, sagte Scotty und fügte hinzu: »Wir brauchen Freunde. Wir brauchen alle Unterstützung, die wir kriegen können.«

Er blieb genau vor dem Bildschirm stehen und blickte auf die majestätisch aussehende Kugel namens Zuflucht. Sie flogen über dem gewaltigen vereisten Pol her, und der Planet wirkte so weiß und rein wie der Schneeball eines Kindes.

»Ich krieg schon noch raus, wo deine Achillesferse ist«, drohte Scotty dem eisigen Globus. »Und dann gibt's was auf die Mütze.«

Zerschrammt, zermürbt, frierend und hungrig trieben die drei Flößer in einen breiten Kanal, in dem sich der Fluß endlich ausbreiten und Ruhe finden konnte. Die Sonne war zwar vom Himmel verschwunden und hatte nur schmutzigbraune Wolken zurückgelassen, aber es war noch hell genug, um die endlose Silhouette des Meeres zu sehen. Der größte Teil der Helligkeit kam von einer Reihe bunter Lichter an der östlichen Hälfte der Bucht. Die Lichter wankten auf hohen Masten in einer steifen Brise, trugen aber nicht dazu bei, die Gebäudeansammlung, die sie beschienen, allzu sehr zu erhellen. Je länger man hinschaut, dachte Kirk, desto mehr wirken die bonbonfarbenen Lichter, als wollten sie einen willkommen heißen. Noch bevor er genug Kraft aufbringen konnte, um den Befehl dazu zu geben, paddelten sie auf sie zu.

Kirk, Spock und McCoy verdrängten jeden Gedanken an ungewöhnliches aquatisches Leben, ließen sich ins Wasser gleiten, überließen das Floß seinem Schicksal und schwammen verzweifelt ans Ufer. Endlich krochen sie an Land und brachen auf den Kieseln zusammen. Zum Sprechen zu müde, rappelten sie sich auf und trotteten langsam in die Richtung der schwankenden Kirmesbeleuchtung.

Als sie näher kamen, wechselte der Wind, und sie hörten trotz der Meeresbrise das Klimpern von Musik und rochen den Duft von Essen. Es duftete nach Fett, Fleisch und Gewürzen, und dies war genau das, was ausgehungerten Menschen das Wasser im Munde zusammenlaufen ließ. Trotz seines verschrammten Gesichts und des schmerzenden Beins grinste McCoy Kirk blöde zu und legte ein schnelleres Tempo vor. Der Captain warf einen Blick auf die Reste seiner schmutzigen Uniform und wünschte sich, er könne einen besseren Eindruck machen, doch das Knurren seines Magens sagte ihm, daß es besser sei, derlei Mätzchen zu ignorieren. Spock marschierte stoisch neben ihm her, aber auch seine Schritte wurden länger, als sie sich dem verlockenden Anblick und den Geräuschen näherten.

Sie hörten flötenartige Musik und Gelächter und sahen Lebewesen, die an dem niedrigen Zierwall, der die Ortschaft umfaßte, vor einem Torbogen herumlungerten. Es schien keine Wachen zu geben, die sie am Betreten des Ortes hindern würden. Die bunten Lichter funkelten und tanzten auf den Mauermasten, sie winkten ihnen zu. Trotz ihres verschmutzten Äußeren schenkte man Kirk, Spock und McCoy kaum mehr als beiläufige Blicke, als sie durch die Massen der Müßiggänger schritten, sie allesamt einen Kelch und ein Stück gegrilltes Fleisch bei sich hatte. Es sah so aus, als gäbe jemand eine Party, und jeder schien eingeladen zu sein.

Hinter der Mauer sah die Ortschaft putzig aus, wie ein Städtchen aus der irdischen Renaissance. Sie sahen schiefe zweistöckige Häuschen, einige größere Bauwerke mit Veranden und Säulenvorbauten sowie eine Dorfwiese. An sämtlichen Dachstühlen hingen bunte Lichterketten, aber es war eine andere Art Licht, das ihre Aufmerksamkeit einfing: Mitten auf der Dorfwiese schossen Funken aus riesigen eisernen Kohlebecken, auf denen man über offenem Feuer gewaltige Fleischklumpen briet. Hinter jedem Grill stand ein weißgekleideter Senit und grillte Leckereien, die er dann an seine wartende Kundschaft weitergab. Andere Seniten füllten Krüge mit einer schaumigen bernsteinfarbenen Flüssigkeit, die aus Holzfässern gezapft wurde. McCoy schien wie magisch von den Delikatessen angezogen zu werden.

Kirk holte ihn ein, als er gerade von einem lächelnden, kahlrasierten Seniten einen Krug in Empfang nahm. »Wir wissen doch gar nicht, ob das Essen und die Getränke für uns verträglich sind, Pille.«

»Ohne Essen und Trinken zu bleiben, wäre *noch* unverträglicher für uns«, erwiderte McCoy. »Haben wir denn eine Wahl? Was das Getränk angeht, so erfährst du gleich mehr.«

Er hielt den Krug einige Sekunden an seine Lippen, und als er ihn absetzte, zeigte er ein schaumiges Grinsen. »Schmeckt wie das beste deutsche Bier«, sagte er laut. »Ich sag dir, es ist mehr als verträglich, und ich habe vor, das Fleisch als nächstes zu testen.«

Kirk seufzte, wenn auch nicht sehr zögerlich, und nahm den Kelch, den der freundliche Senit ihm hinhielt. Er fühlte sich zwar verlockt, sich nach ihrer Fähre zu erkundigen, aber das androgyne Wesen wurde plötzlich mit Anfragen nach mehr Bier überschüttet. Zu der Menge gehörten Klingonen, Saurianer, Menschen und Geschöpfe, die zu bizarr aussahen, um als humanoid zu gelten. Kirk hatte seit dem Tag, an dem die *Enterprise* Dutzende von Botschaftern zu einer wichtigen Konferenz gebracht hatte, nie wieder so viele verschiedene Spezies an einem Ort gesehen. Trotz des heruntergekommenen Äußeren zahlreicher Flüchtlinge und des gelegentlichen Grölens eines Betrunkenen war die Versammlung friedlich. Und warum, dachte er, sollte sie es auch nicht sein? Immerhin gab es hier Freibier und so viel zu essen, wie man wollte.

Er nahm einen Schluck Bier und mußte zugeben, daß es besser schmeckte als das lehmige Flußwasser. Akkorde lieblicher Flötenmusik drangen an sein Gehör; er schaute zu einem Balkon hinauf und sah ein kleines, gänzlich aus Seniten bestehendes Orchester. Es war, wie auch die anderen, die man sah, unermüdlich für die Müßiggänger tätig und spielte eine verschlungene Musik, zu der viele Anwesende herumtänzelten. Unter einem farbenprächtigen Sonnenzelt hatte man Tische aufgebaut, an denen Gruppen von Lebewesen speisten, würfelten, Karten spielten oder laut lachten. Falls es in dieser windigen Nacht einen fröhlicheren Ort als Dohama gab, rechnete Kirk nicht damit, ihm zu begegnen.

Er wandte sich um und entdeckte, daß McCoy verschwunden war. Nach einem kurzen Augenblick der Panik erspähte er ihn neben Spock an einem Grillstand.

Der diensthabende Senit grillte ein Stück Fleisch und mehrere große Gemüsestücke.

Als Kirk zu ihnen trat, drehte Spock sich um. »Unser Gastgeber hat sich großzügigerweise angeboten, Gemüse für mich zu kochen«, erläuterte er.

»Gibt es irgend etwas, was sie nicht für uns tun würden?« fragte Kirk sarkastisch.

»Nichts, mein Herr«, sagte der Senit lächelnd und ohne eine Spur von Ironie. »Wenn Sie mit dem Essen fertig sind, beschreibe ich Ihnen den Weg zur Herberge. Dort können Sie baden und sich saubere Kleider aussuchen.«

»Klingt nicht übel.« McCoy grinste. »Und wie steht's mit meinem Kotelett?«

»Fertig, mein Herr«, erwiderte der Senit freundlich. Er nahm das Fleisch mit einer Zange auf, legte es auf eine Serviette und reichte es dem hungrigen Arzt.

»Auf der Erde«, sagte McCoy zu Spock, »gab es einen Volksstamm, den man Eskimo nannte. Ihre gesamte Ernährung bestand ausschließlich aus Fleisch und Walfischtran, und sie wurden steinalt.«

»Älter als die Wale, nehme ich an«, erwiderte Spock trocken.

Einige Sekunden später fielen Kirks Gefährten über das Essen her, und auch er konnte nicht mehr widerstehen. Er konnte sich nicht daran erinnern, je etwas so Schmackhaftes wie das dicke, für ihn von dem Seniten zubereitete Kotelett gegessen zu haben, und er machte sich eine geistige Notiz, der *Enterprise*-Mannschaft hier Landeurlaub zu gewähren. Erst dann fiel ihm ein, daß sie, so einladend Zuflucht auch wirkte, nicht aus freiem Willen hier waren und nicht so einfach wieder verschwinden konnten.

»Wohin bringen die Seniten eigentlich die Fähren und Raumschiffe, die sie beschlagnahmen?« fragte er den Koch.

»Das kann ich nicht wissen, mein Herr«, antwortete

der Senit mit einem angenehmen Lächeln. »Meine Aufgabe besteht darin, für die Verfolgten zu kochen.«

»Laß ihn in Ruhe, Jim«, tadelte McCoy seinen Freund. »Wenigstens solange er beschäftigt ist.«

»Technisch gesehen«, sagte der Senit, »bin ich kein *er*.«

»Verzeihung«, sagte McCoy und wischte sich das Fett vom Kinn. »Sagen Sie mal, was ist eigentlich der Grund für den Rummel hier?«

Der Senit schüttelte in momentaner Verwirrung den Kopf. »Es gibt keinen Grund. Es ist das übliche Abendessen.«

»Faszinierend«, sagte Spock.

McCoy schüttelte den Kopf. »Ich verstehe einfach nicht, was die Verrückten in den Bergen *dagegen* haben können.«

»Dohama ist nicht für jeden geeignet«, sagte der Senit.

»Ja«, sagte Kirk ungeduldig. »Aber wir mögen das Essen. Wer kann uns denn sagen, wo unsere Fähre geblieben ist?«

Der Senit deutete auf ein älteres Bauwerk am anderen Ende der Hauptstraße. Es verfügte über einen großen Säulenvorbau, viele Eisengeländer, mehrere fröhlich erhellte Räume und genügend Banner, Sonnenzelte und bunte Lichter, um die Beachtung auf sich zu ziehen. »Gehen Sie in die Herberge«, sagte der Senit. »Nach einer langen Reise ist es wichtig, daß man sich ausruht.«

»Stimmt«, murmelte Kirk. Aber er hatte das Gefühl, daß man ihn manipulieren wollte, und das gefiel ihm nicht. Die Seniten erinnerten ihn an eine Tante, die ihn früher ständig wie ein Kind behandelt hatte, und zwar auch dann noch, als er längst erwachsen geworden war.

»Kopf hoch, Jim«, sagte McCoy und hob seinen Kelch. »Wir sollten uns freuen, daß wir aus dem Fluß raus sind. Die Seniten machen doch einen ganz vernünftigen Eindruck. Ich bin mir ziemlich sicher, daß wir ihnen nur zu erklären brauchen, was passiert ist.«

»Vorausgesetzt, wir treiben jemanden auf, der sich unsere Erklärung *anhört*«, murmelte Kirk.

Spock beendete seine Mahlzeit und wischte sich mit einer dicken Serviette den Mund ab. »Wir haben keine andere Wahl, als zu den Seniten zu gehen«, stimmte er Kirk zu. »Doch in unserem gegenwärtigen Zustand halte ich eine Rast für den besonneneren Handlungsverlauf.«

Kirk deutete mit dem Kopf auf das grelle Gebäude. »Gehen Sie voran.«

Sie schlenderten über einen Miniboulevard, der mit impressionistischen Statuen und gepflegten Blasengewächsen geschmückt war. Ihre Kronen zeigten strahlend rote Blüten. Die Kirmesbeleuchtung war an allen Dächern zu sehen, und die Läden auf beiden Straßenseiten waren geöffnet. Die Geschäfte, die man dort tätigte, waren so vielfältig, wie die Wesen, die die Läden bevölkerten: Sie sahen ein Tätowierungsstudio, einen Bonbonladen, eine Spielhalle, ein Hutgeschäft und ein Kuriositätenkabinett –und alles wurde von kahlen, allgegenwärtigen Seniten betrieben. Aus einem in grünes Licht gebadeten Haus lehnten sich mit rüschenbesetzten Nachtgewändern bekleidete Frauen provokativ über die Fenstersimse und Balkongeländer. Sie sollten wohl attraktiv wirken, aber irgend etwas, fiel Kirk auf, stimmte nicht mit ihnen. Ihr Gesichtsausdruck war eigentümlich kalt.

»Es sind Seniten«, sagte Spock. »Sie haben sich als Frauen verkleidet. Die violetten und roten Haare sind wohl Perücken. Da auf diesem Planeten nur wenig Frauen leben…«

»Es ist schon in Ordnung, Spock«, sagte Kirk eilig. »Ich verstehe schon. Ich erwarte von den Seniten allerdings nur eine Möglichkeit, diesen Planeten zu verlassen.«

Trotz der Perücken und der zur Schau gestellten provokativen Posen frequentierten nur wenige Kunden das grün beleuchtete Haus. Der Tabakladen nebenan war offenbar viel beliebter, wenn man nach den dichten Qualmwolken urteilte, die aus dem Inneren auf die Straße wogten. Kirk hielt inne und warf einen Blick durch das Fenster. Er sah verschiedene brennbare Stoffe, die an die Kunden verteilt wurden, aber nirgendwo wechselte Geld den Besitzer. Es schien unglaublich, aber in diesem Ort verschenkten die Seniten alles, sich selbst eingeschlossen.

Vor dem Tabakladen fegte ein pflichtbewußter Senit Zigarettenkippen und anderen Abfall in einen Behälter. Kirk beobachtete die weißgekleidete Gestalt kurz und fragte sich, was sie wohl von ihrer nicht gerade anspruchsvollen Tätigkeit hielt. Seine Frage bekam eine Antwort, als der Senit aufschaute und ihn mit einem seligen Lächeln bedachte. Er ging weiter, wie ein Mönch, der sich seiner besonderen Beziehung zu Gott sicher ist, und räumte den Kehricht von Hunderten gedankenloser Zecher auf.

Kirk stolperte kopfschüttelnd weiter. Trotz seiner starken Neugier und seines noch nicht erkalteten Zorns verlangte die Müdigkeit allmählich ihren Preis. Nun, da der Gedanke an Schlaf sich in seinem Hirn verankert hatte, konnte er kaum noch an etwas anderes denken. Er holte Spock und McCoy auf der Treppe ein, die in die Herberge führte.

»Was dort drinnen auch geschieht«, sagte er. »Laßt uns zusammenbleiben.«

»Einverstanden.« Spock nickte.

McCoy gähnte. »Ich bin bereit, für ein Bett *alles* zu tun.«

Die Tür vor ihnen öffnete sich, und ein echter Riese von einem Mann baute sich vor ihnen auf. Er wirkte fast wie ein Mensch, aber sein Gesicht war völlig behaart. Er warf einen geringschätzigen Blick auf die Neuankömmlinge.

»Frischfleisch!« höhnte er.

»Was meinst du damit?« fragte Kirk aufgebracht.

»Daß ihr gerade erst angekommen seid.« Der Riese setzte eine finstere Miene auf. »Stimmt doch, oder etwa nicht? Ihr seht nicht so aus, als wärt ihr in Dohama dick und glücklich geworden.«

»Wir sind gerade erst angekommen.« McCoy nickte müde. »Ob wir hier die Nacht verbringen können?«

»Aber sicher«, erwiderte der große Bursche und bahnte sich einen Weg an ihnen vorbei. »Hier dürft ihr machen, was ihr wollt. Aber wenn ihr die Nase voll von diesem Leben habt, besucht mich doch mal an der Kaimauer.«

»Zuerst will ich pennen«, sagte McCoy. Er gähnte erneut und ziemlich hoffnungsvoll.

»Kannst du uns von diesem Planeten wegbringen?« fragte Kirk hoffnungsvoll.

Der Riese brach in ein lautes Lachen aus. »Ihr seid *wirklich* Frischfleisch, was? Kommt mal vorbei und besucht Billiwog. Wir können ein Geschäft machen.« Er erblickte einen Bekannten in der Menge, brüllte einen unaussprechlichen Namen und machte sich davon.

»In Dohama herrscht wohl kein Mangel an bizarren Charakteren«, meinte Spock.

»He!« rief McCoy ihnen zu. Er war bereits weitergegangen und stand nun im Restaurant der Herberge. Kirk und Spock folgten ihm ermattet. Es war ein freundlicher Laden; jeder freie Zentimeter war mit Fragmenten und Andenken Hunderter Besucher und ihrer nutzlosen Technik dekoriert. An den Wänden und der Decke hingen eigenartige Waffen, komische Gerätschaften, Metallstücke mit den Namen von Schiffen, holografische Fotos, Embleme, zerfetzte Flaggen, Helme, Hüte, angekokelte Schalttafeln – ein Übermaß an entbehrlichem Schrott.

»Zumindest wissen wir jetzt, wo ein Teil des ganzen Zeugs endet«, sagte Kirk und nahm die Wände ehrfürchtig in Augenschein.

Seniten wieselten überall umher, sie servierten einer redseligen und lauten Gruppe von Essern Nahrung. Das Essen roch geringfügig gesünder, als das unter freiem Himmel gebratene Fleisch. Ein ziemlich pummeliger Senit näherte sich den Neuankömmlingen.

»O je«, sagte er mit gerunzelter Stirn. »Sie sehen aber wirklich mitgenommen aus. Haben Sie schon gegessen?«

»Ja, danke«, sagte Kirk. Er reagierte mit höchster Abneigung auf die Muttergluckenart des Wesens. »Wir suchen eine Unterkunft für die Nacht.«

»Dann sind Sie hier genau richtig.« Der Gastwirt lächelte, nahm einen Schlüssel aus der Schürzentasche und reichte ihn dem Captain. »Nehmen Sie Zimmer sechs und machen Sie es sich bequem. Gewänder und Handtücher sind im Schrank. Morgen früh schicke ich jemanden mit neuen Kleidern hinauf.«

»Das ist sehr großzügig von Ihnen«, sagte McCoy, »aber wir können leider nicht bezahlen.«

»Bezahlen?« fragte der aufgekratzte Senit. »Hier gibt es kein Geld. Sie sind hier vor Ihrer früheren Existenz in Sicherheit – ob sie nun aus Entbehrung, Verfolgung oder der Verehrung falscher Götter, Geld etwa, bestanden hat. Um zu zeigen, daß Sie Ihrer Vergangenheit abgeschworen haben, bitten wir Sie, etwas zu unserer Sammlung aus der gesamten Galaxis beizutragen.« Er deutete auf die geschmückten Wände.

»Wir haben aber nichts«, log Kirk und tastete nach dem Kommunikator in seiner Tasche.

»Das stimmt nicht«, konterte der Senit. Bevor Kirk etwas sagen konnte, befingerte das androgyne Lebewesen das Abzeichen auf seiner Brust, das gerade so eben noch an dem zerfetzten Stoff hing. »So etwas habe ich noch nie gesehen. Sie haben doch ohnehin nicht vor, diese Kleider weiterhin zu tragen, oder?«

Kirk schüttelte den Kopf. Es ging ihm entschieden gegen den Strich, die Insignien zu verlieren, die seinen

Rang – und damit seine Identität – symbolisierten. »Vielleicht morgen«, sagte er.

»Ach ja, morgen«, erwiderte der Senit und ließ das Abzeichen seinen Fingern entgleiten. »Schlaft gut, meine Kinder.« Und er ging davon, um neue Gäste in Empfang zu nehmen.

»Faszinierend«, sagte Spock. »Das Ziel dieser Gesellschaft besteht offenbar darin, anderen ein Wohlgefühl zu verschaffen.«

»Mir geht es auf den Keks«, sagte Kirk leise. »Heute abend habe ich zwar nicht mehr genug Kraft, aber morgen werde ich mir ein paar Antworten holen.«

McCoy schleppte sich der Treppe entgegen. »Jim«, sagte er, von einem erneuten Gähnen überfallen, »hörst du bitte auf, geschenkten Gäulen ewig ins Maul zu schauen?«

Kirk schaute sich zweifelnd um, dann trottete er die Treppe hinauf. Hinter sich hörte er zwei Klingonen knurren, die sich im Armdrücken übten. Nein, er hatte nicht vor, geschenkten Gäulen ins Maul zu schauen, nicht heute abend. Aber morgen früh wollte er sie sich doch mal aus der Nähe ansehen.

Das Zimmer war sauber und zweckdienlich und mit einem Sofa, zwei Betten und einer Badewanne ausgestattet. Kirk legte den Kopf auf ein Kissen und schlief im Nu ein.

In dieser Nacht wurde über Zuflucht ein großes Kriegsschiff, das aus dem Warp kam, von den Kopfgeldjägern in seine Einzelteile zerlegt. Die Scanner an Bord der *Enterprise* orteten fünfzehn Verfolgte, die auf den Planeten beamten, und bis auf einen kamen alle sicher dort an. Das vom Pech verfolgte Besatzungsmitglied war möglicherweise der Transporteringenieur. Seine Moleküle wurden im ganzen Schiff verstreut. Trotzdem bewies Scotty dies, daß die Mission der Kopfgeldjäger zum Scheitern verurteilt war. Trotz aller Fische, die ihnen ins Netz gingen – die meisten als Leichen –, waren sie machtlos, die große Mehrheit jener aufzuhalten, die hier Zuflucht suchten.

Und was wurde aus denen, die auf dem Planeten landeten? Wenn sie keine Kiemen haben, dachte er, haben sie nur wenig Lebensraum auf dem Planeten. Er musterte den glitzernden Wasserglobus. Wehe, wenn du kein Paradies bist, dachte er, denn die, die zu dir kommen, sind davon überzeugt, daß du der Himmel bist.

5

Ein leises Klopfen an der Tür weckte Captain Kirk auf. Er setzte sich auf das unvertraute Bett und erblickte Spock, der ihm gegenüber auf einem Sofa hockte und in seinem königsblauen goldbestickten Gewand recht elegant aussah. Wenn man nach seinem wachsamen Blick und dem durch die fröhlichen Spitzenvorhängen strömenden Sonnenschein urteilte, war er möglicherweise schon seit Stunden wach. McCoy lag auf dem anderen Bett und schnarchte vor sich hin; er ließ sich auch von dem Klopfen nicht wecken.

»Jemand möchte eintreten«, sagte Spock.

Kirk griff nach seinem Gewand, dann rief er: »Herein!«

Die Tür flog auf, und sie erblickten den untersetzten Seniten vom Abend zuvor. Er schob einen Kleiderständer auf einem Beförderungsmittel, das den ganzen Korridor einnahm.

»Also wirklich, Sie können nicht bis zum Mittag schlafen«, schalt der Senit. »Wir müssen das Zimmer saubermachen. Vergessen Sie nicht, Sie können nur zwei Nächte hierbleiben. Danach müssen Sie zum Verwalter gehen und um ein Haus bitten. Welche Größen haben Sie?«

Kirk platzte zwar beinahe vor Fragen und noch immer schwelender Wut, aber ihm war auch klar, daß sie Kleider brauchen, die nicht aus Fetzen bestanden. Nach dem, was er an Angeboten auf dem Ständer sah – es waren hauptsächlich unscheinbare Windjacken und

Hosen –, wußte er, daß sie mit Kleidung dieser Art weniger auffällig waren. Sie mußten so aussehen, als gehörten sie hierher, was in Ordnung war, solange sie nicht das *Gefühl* hatten hierherzugehören. Trotz der fröhlichen Massen, die sich in Dohama ein Stelldichein gaben, hatte er kein Verlangen, den Rest seines Lebens mit geistlosem Zechen zu verbringen.

Er verknotete das Gewand um seine Taille und trat an die offene Tür. Der Kleiderständer erstreckte sich über mehrere Meter, und Kirk suchte sich braune Hosen, ein Flanellhemd und eine blaue Windjacke aus. Die Sachen wirkten solide genäht und sauber, waren aber nicht unbedingt ganz neu.

Der Senit reichte ihm Schuhwerk, Socken und Unterwäsche. »Nehmt alles, was euch paßt«, sagte er mit einem Lächeln. »Ihr könnt jederzeit neue Kleider bekommen – ihr braucht nur in einen Kleiderladen zu gehen.«

»Wie heißen Sie?« fragte Kirk.

»Lincree.« Der Senit verbeugte sich freundlich. »Aber Ihren Namen brauchen Sie nicht zu nennen.«

»Ich will es aber trotzdem tun«, sagte Kirk. »Ich heiße James T. Kirk. Ich befehlige ein Raumschiff der Föderation, das diesen Planeten im Moment umkreist. Ich weiß zwar zu schätzen, was Sie hier tun, aber als wir auf diesen Planeten kamen, wußten wir nicht, wie er heißt und nach welchen Regeln man hier verfährt. Wie Sie schon gestern abend gesagt haben, als Ihnen mein Abzeichen auffiel … Man kommt nicht oft in diesen Sektor. Genau genommen war noch nie ein Schiff unserer Flotte hier. Wir bitten nur um eins: daß man uns unsere Fähre zurückgibt und uns gehen läßt. Wir haben nicht vor, Sie noch einmal zu stören. Wir streichen Ihre Welt gern von unseren Karten, damit niemand von ihr erfährt.«

Lincree nickte nachdenklich. »James T. Kirk, ich betreibe diesen Gasthof seit vielen Jahren und bin fast allen begegnet, die je hier angekommen sind. Alle wollten nach dem ersten Tag wieder gehen. Es ist alles neu hier; es ist anders; es ist nicht das, was man erwartet hat. Aber am meisten stört die Leute, daß sie den Planeten nicht mehr verlassen können.«

McCoy setzte sich im Bett hin und hörte konzentriert zu. Kirk hielt den Mund; er ließ den Seniten das beenden, was sich wie eine eingeübte Ansprache anhörte.

»Zuflucht funktioniert nach einem Grundsatzprinzip«, fuhr Lincree fort. »Redlichkeit. Wir sind erfolgreich darin, Verfolger in Schach zu halten, indem wir die Redlichkeit des Planeten und unseres Auftrages aufrechterhalten. Würden wir den Leuten gestatten zu kommen und zu gehen, wie sie wollen, würden die Verfolger Spione hierher entsenden, um die Verfolgten zu entführen oder zu töten. Hier ist jedermann sicher und von Verfolgung frei, und alle genießen Behaglichkeit und Freiheit. Dohama ist nämlich nicht der einzige Ort, an dem man leben kann. Es gibt viele andere Ansiedlungen, und manche unterscheiden sich sehr von der hiesigen.«

»In Ihrer Sprache«, sagte Spock, »nennt man uns also Verfolger. Geht man hier auf spezielle Weise mit ihnen um?«

»Nein«, erwiderte Lincree, der immer noch freundlich lächelte. »Das ist die andere Regel unseres Auftrags: Es ist uns gleichgültig, was jemand getan hat, bevor er herkam. Wir verurteilen niemanden aufgrund seiner Vergangenheit. Sie sind nun ein Teil dieser Welt.«

Spock wählte schweigend seine Garderobe aus. Kirk zermarterte sich das Hirn nach einem logischen Satz, den er gegen den Seniten ins Feld führen konnte. Gleichzeitig kämpfte er gegen das deprimierende Gefühl an, daß die Seniten wirklich jede ihrer Behauptungen untermauern konnten. Vom Standpunkt der Sicherheit aus besehen, hatte ein Einwegticket nach Zuflucht zwar viele Vorteile, aber nicht für ihn.

»Was können Sie tun, um uns zu beweisen, daß wir sicher sind?« fragte er. »Wir können nicht auf Zuflucht bleiben, so schön der Planet auch ist.«

Der Gastwirt schaute ehrlich gekränkt drein, als er antwortete. »Wenn Sie auf dieser Haltung bestehen, befürchte ich, daß Ihr Aufenthalt hier enttäuschend ausfallen wird.«

»Wo ist unsere Fähre?« fragte Kirk offen heraus.

Lincree lächelte. »Wenn Sie mit ihr hergekommen sind, muß sie noch irgendwo auf dem Planeten sein.« Er wandte sich Dr. McCoy zu. »Jetzt sind Sie dran, alter Knabe. Wir haben nicht den ganzen Tag Zeit.«

Nachdem sie die Überreste ihrer Uniformen gegen Kleider getauscht hatten, die wenigstens sauber und unauffällig waren, nahmen die Neuankömmlinge ein reichhaltiges Frühstück zu sich, das im Speisezimmer für sie zubereitet worden war. Dann begaben sie sich wieder auf die Straße. Bei Tage sah Dohama nicht viel anders aus als bei Nacht, fand McCoy. Die gleiche erstaunliche atemberaubende Mischung von Humanoiden schlenderte durch wimmelnde Freudenhäuser, von Leben erfüllte Spielhallen und schmuddelige Kneipen, in denen es nach Fett und Bier roch. Falls es überhaupt möglich war, sah Dohama bei Tageslicht und ohne die bunten Lichter noch heruntergekommener aus. Das nahe Meer legte einen Geruch über die Stadt, der zugleich rein und sehr fremdartig war.

Lincrees kleine Ansprache darüber, daß sich anfangs jeder etwas unwohl fühlte, wenn er nach Zuflucht kam, und sich später an die Gegebenheiten anpaßte, hatte McCoy leicht aus dem Konzept gebracht. Doch je länger er darüber nachdachte, desto weniger glaubte er daran. Es gab Menschen, die auf ein bequemes Leben aus waren; andere, wie der Captain und Mr. Spock, würden nie damit zufrieden sein, sich ausschließlich in der Sonne zu aalen. McCoy gestand sich zwar ein, daß diese Vorstellung ihren Reiz hatte, aber eine Existenz ohne Herausforderungen konnte auch er sich nicht vorstellen. Es erschien ihm ein größeres Opfer, als die Raumfahrt an den Nagel zu hängen. Er empfand plötzlich widerwilligen Respekt für die Streuner, denen sie begegnet waren.

Sie schlenderten durch eine wimmelnde Straße nach der anderen und musterten jeden, der ihnen begegnete. Im rauhen Tageslicht erschien ihnen die kunterbunte Bevölkerung Dohamas weniger jovial, und mehr als nur ein paar litten an einem entsetzlichen Kater. Sie knurrten und brummten sich gegenseitig an, und gelegentlich kam es auch zu Rempeleien, wenn man einem Fremden allzu nah auf die Pelle rückte. Doch die meisten Bewohner des Ortes bewegten sich in gesättigter Benommenheit voran. Warum soll man sich die Mühe machen, über etwas nachzudenken oder etwas zu stehlen, wenn man alles umsonst bekommen kann? dachte McCoy. Es war die perfekte Homogenisierung für den Abschaum der Galaxis. Kein Wunder, daß so viele dieses Leben akzeptiert hatten – es tat nicht weh.

Spock bemühte sich zwar, unaufdringlich zu wirken, aber es war ihm unmöglich. Nach McCoys Meinung wirkte er zu interessiert an dem, was hier vorging, und er sah nicht so aus, als hätte er einen Kater. Ihm selbst fiel es leicht, sich schmutzig zu fühlen: Seine Nase war geschwollen; er hatte eine Schramme auf der Stirn, Bartstoppeln am Kinn und konnte sich nach dem Lanzenfischangriff nur hinkend bewegen. Ein zwar gut eingelaufenes, aber stabiles senitisches Stiefelpaar trug dazu bei, seine zarten Füße zu schonen.

Es ist unausweichlich, dachte McCoy, daß Spock irgend jemanden zu lange ansieht. In diesem Fall war es ein gebückt gehender, rothäutiger Humanoide mit Armen, die bis zu seinen Knien hinunterbaumelten. Das Ding war barbrüstig und, abgesehen von den Stellen, an denen man seine nackte Haut in unappetitlichen, zweifellos auf das üppige dohamanische Essen zurückzuführenden Fleischfalten sah, mit schwarzem Fell bedeckt. Es watschelte auf Spock zu.

»Sieh an, ein Romulaner«, sabberte er. »Vielleicht auch ein Vulkanier. Die verwechsle ich immer. Was bist du für einer?«

»Vulkanier«, erwiderte Spock.

»Die richtige Antwort.« Das Geschöpf blinzelte mit einem blutunterlaufenen Auge. »Ihr seid die unehelichen Kinder der Romulaner.«

»Das entspricht nicht den Tatsachen«, erwiderte Spock. »Die Romulaner stammen von den Vulkaniern ab; sie sind nicht unsere Vorfahren.«

Captain Kirk trat neben seinen Freund. »Es ist aber auch nicht wichtig, oder?« sagte er freundschaftlich. »Wir sind alle Freunde.«

»Moguru hätte auch gern Freunde«, lispelte der rote Humanoide.

McCoy gesellte sich zu seinen Gefährten; immerhin waren sie in der Übermacht. Moguru hatte sich Spock allein genähert, also stand es drei zu eins.

»Ja, ihr seid drei«, sagte der stämmige Humanoide und wackelte mit dem Kopf, obwohl sein Hals eigentlich zu kurz dazu war. »Ich habe von euch gehört. Es heißt, ihr sucht eine Fähre?«

»Ja!« rief Kirk leise. »Weißt du, wo sie ist?«

»Tja, hmm, vielleicht«, erwiderte Moguru. Seine rheumatischen Augen leuchteten hoffnungsvoll auf. »Was würdet ihr mir für mein Wissen geben?«

Kirk schüttelte ablehnend den Kopf. »Wir haben nichts zu verschenken.«

»Ach, wie schade«, sabberte Moguru. »Für eins würde ich euch eine Fähre schenken.«

»Und für was?« sagte McCoy leise.

»Eine Frau.« Moguru setzte eine lüsterne Miene auf. »Ihr besorgt mir eine Frau von der Insel Khyming, in Ordnung? Dann bringe ich euch zu der Fähre. Ich nehme jede Frau, selbst eine menschliche. Für einen klugen Vulkanier ist das doch nicht schwierig.«

»Woher weißt du, daß auf dieser Insel – Khyming? – Frauen sind?« fragte McCoy argwöhnisch.

»Wo sollen sie denn sonst sein?« Moguru zuckte die Achseln.

»Na schön«, sagte McCoy. »Mal angenommen, wir machen es. Woher sollen wir wissen, daß du die Wahrheit sagst? Wie sollen wir wissen, daß du deinen Teil der Abmachung einhältst?«

Moguru schaute verletzt drein. Die Vorstellung, man könne ihn für unehrlich halten, war ihm offenbar fremd. »Ich habe wichtige Freunde«, prahlte er. »Sie kennen euch.« Seine Stimme wurde leiser. »Ihr seid Verfolger.«

McCoy fand die Aussage nicht uninteressant, denn sie hatten – abgesehen von den Seniten – auf Zuflucht niemanden über die Umstände ihres Hierseins informiert. Kirk schaute drein, als sei er zu einem Entschluß gekommen.

»Wir glauben dir.« Er nickte. »Aber ich weiß nicht, wie lange die Suche dauert, weil ich nicht weiß, wo Khyming ist. Können wir dich später wiederfinden?«

»Ja-a-a«, sagte Moguru gedehnt. »Der Preis wird sich nicht ändern. Fähre gegen Frau.« Und mit einer gefährlich wankenden Bewegung setzte das Geschöpf seinen Weg fort.

McCoy schüttelte sich. »Kein Wunder, daß die Frauen am See so schnell weggelaufen sind. Sie sind die einzigen Attraktionen, die die Seniten nicht herstellen können.«

»Bei dem Gespräch haben wir auch einige andere Dinge erfahren«, sagte Kirk. »Die Seniten haben uns hinterrücks in die Pfanne gehauen. Und es gibt eine Insel namens Khyming.«

»Wenn ein Senit Moguru von uns erzählt hat«, wandte Spock ein, »muß es aber noch längst nicht bedeuten, daß er weiß, wo unsere Fähre ist.«

»Stimmt«, sagte Kirk. »Wir wissen nicht, wem oder ob wir überhaupt jemandem trauen können. Wie hieß noch mal der große Bursche, den wir gestern abend vor der Herberge getroffen haben?«

»Billiwog«, erwiderte Spock. »Ich glaube, er residiert im Hafen.«

»Wollen wir doch mal sehen, welches Geschäft wir mit ihm machen können«, sagte der Captain und winkte seine Männer dem unmißverständlichen Geruch des Meeres entgegen.

Scotty zupfte am Jackett seiner goldverzierten Ausgehuniform und fragte sich, ob er in letzter Zeit möglicherweise ein paar Pfund zugenommen hatte. Er hatte in den letzten paar Tagen, seit die *Enterprise* träge um Zuflucht kreiste, wenig Zeit gehabt, Kaffee zu trinken, zu essen und sich Sorgen zu machen. Die Gelegenheit, die Ausgehuniform anzuziehen, war jedoch ein erfreulicher Bruch der Monotonie, denn er war im Begriff, sich auf das Schiff einer Kopfgeldjägerin beamen zu lassen.

Die *Enterprise* flog in einer engeren Kreisbahn, kreuzte neben der *Gezary* und befand sich in Transporterreichweite. Nachdem sie den Transporter mit toten Gegenständen getestet hatten, wußten sie nun, daß die Abwehrmaßnahmen der Seniten nur auf Waffen reagierten. Immerhin war am Abend zuvor ein Dutzend Verfolgter auf dem Planeten gelandet, auch wenn Scotty bezweifelte, ob sie ihn so leicht wieder verlassen konnten. Dies war sein Hauptauftrag beim Treffen mit dem Captain der *Gezary:* Alles in Erfahrung zu bringen, was sie über die Seniten wußte. Scotty war entschlossen, den Respekt der Herren des Planeten zu erringen, und die *Gezary* hatte ihn im voraus über ein sich näherndes Schiff warnen können. Sie verfügte wohl über irgendwelche Insiderinformationen – oder zumindest über das Wissen, wie Zuflucht funktionierte.

Scotty zupfte am engen Kragen seiner Uniform und trat auf die Transporterplattform. »Haben Sie die Koordinaten, die man uns übermittelt hat?« fragte er die diensthabende Ingenieurin.

»Eingegeben, Sir«, erwiderte sie.

Scott holte tief Luft. »Energie«, sagte er.

Seine Moleküle setzen sich in einem Raum zusammen, der offenbar eine Gefängniszelle war, denn Scotty war von rostigen Gitterstäben umgeben. Er nahm seinen Kommunikator, um die *Enterprise* anzufunken und ihr zu befehlen, sich zurückzuziehen, als über seinem Kopf knisternd ein kleiner Bildschirm anging und eine wunderschöne Frau mit grünlicher Hautfarbe und rotem Haar auftauchte.

»Geraten Sie nicht in Panik«, sagte sie beruhigend. »Sie sind kein Gefangener. In unserem Geschäftszweig ist es oft nötig, Gefangene von einem Schiff zum anderen zu transportieren, also beamen wir sie als Vorsichtsmaßnahme gleich in eine Zelle. Ich versichere Ihnen, es ist ein normales Verfahren. Wenn Sie noch ein wenig Geduld haben: Gleich kommt jemand und begleitet Sie in den Speisesaal.« Das Bild verschwand.

Scotty holte noch tiefer Luft und fragte sich, ob er nicht mehr Vorsicht hätte walten lassen sollen. Aber der weibliche Captain der *Gezary* war nicht bereit gewesen, auf die *Enterprise* zu kommen. Sie hatte angedeutet, eine persönliche Begegnung sei der einzige Weg, um zu vermeiden, daß die Seniten ihr Gespräch belauschten. Scotty verbrachte einige ängstliche Minuten in der Zelle, dann glitt eine verborgene Tür auf, und ein hochgewachsener, bärtiger Humanoide kam herein. Der Mann – er hatte eine sehr blasse Haut und die Umrisse von Fühlern an den Ohren – trug eine Waffe, die wie eine Eisenspule aussah.

»Commander Scott?« grollte er.

Scotty stand stramm und nickte. »Der bin ich.«

Der Gefängniswärter griff hinter die verborgene Tür

und bewegte irgend etwas im Korridor. Scottys Zellentür öffnete sich mit einem Knarren, und er trat erleichtert ins Freie. Er folgte dem Wärter in einen schmuddeligen Gang hinaus, der geradezu nach Renovierung und einem neuen Anstrich schrie – die Wandfarbe blätterte ab, die Beleuchtungskörper waren kaputt, und aus einer Schalttafel hingen offene Kabel heraus. Dies machte keinen vorteilhaften Eindruck auf den Chefingenieur der *Enterprise,* der sich allmählich fragte, ob es klug gewesen war, sich mit derart unappetitlichen Charakteren einzulassen.

Seine Zweifel wurden kurz darauf noch verstärkt, als er in einen freundlichen, aber ebenso heruntergekommenen Speiseraum geführt wurde. An den Wänden hingen riesige Gobelins, die so verstaubt waren, daß man nur schwer sagen konnte, welche Szenen sie darstellten. Die dick gepolsterten Sessel und der Eßtisch wirkten zwar elegant, waren aber alt und bedurften dringend einer Reinigung. An der Decke flackerte ein störendes Licht, aber das Schlimmste war der muffige Geruch, der Scottys Nase attackierte. Die einzige ausgleichende Eigenschaft des Speiseraums der *Gezary* war die Frau, die er auf dem Bildschirm gesehen hatte: ein ansehnliches grünes Mädel mit rotem Haar, das ihm bis zur Taille reichte.

»Willkommen«, sagte sie lächelnd. »Ich bin Pilenna, der Captain der *Gezary.*«

»Commander Scott.« Scotty nickte amtlich. »Montgomery Scott von der USS *Enterprise.*«

»Darf ich Montgomery zu dir sagen?« fragte Pilenna. »Wir legen hier keinen großen Wert auf Formalitäten.«

Scotty beäugte die schmutzige Umgebung mit Ekel. »Das sieht man.«

»Unsere Haushaltsführung gefällt dir wohl nicht?« fragte Pilenna. »Tja, wir haben im Moment Personalmangel. Und uns fehlen die Ersatzteile, um die Systeme zu reparieren. Ich könnte mir wohl Sklaven besorgen, um hier alles sauberzumachen, aber im Gegensatz zu den meisten Orionern halte ich nichts von Sklaverei.«

Scotty zuckte die Achseln. »Du mußt hier leben, nicht ich. Aber es wäre keine große Aufgabe, die *Gezary* wieder flottzumachen.«

»Nein, wahrscheinlich nicht.« Pilenna seufzte. »Wir haben fast all unsere Vorräte erschöpft, um in der Kreisbahn zu bleiben. Ich wollte nicht in unseren Heimathafen zurückkehren, ohne irgend etwas vorzeigen zu können. Wir hängen schon so lange hier herum. Ich hätte es trotzdem tun sollen.«

»Habt ihr irgend etwas mit dem anderen Orion-Schiff in der Kreisbahn zu schaffen?« fragte Scotty.

»Nein!« fauchte Pilenna aufgebracht. »Das sind doch nur dreckige Sklavenhändler! Ich hätte es vielleicht erwähnen sollen: Ich bin nur zur Hälfte Orionerin. Ich bin selbst eine entlaufene Sklavin. Es macht mir am meisten Spaß, Sklavenhändler zu schnappen, auf die ein Kopfgeld ausgesetzt ist. Auf dem Planeten da unten leben nicht nur eine Menge entlaufene Sklaven, sondern auch Händler.«

»Ach so«, sagte Scotty. »Und was weißt du sonst noch über den Planeten?«

»Laß uns nicht an einem leeren Tisch über Geschäfte reden«, sagte Pilenna. Sie klatschte in die Hände, und ein kaum einen Meter großer, breiter Humanoide brachte Tassen und eine Karaffe in den Raum.

Captain Pilenna nahm Platz. »Mach dir keine Sorgen, Montgomery«, sagte sie mit leicht spöttischem Unterton. »Wir spülen gelegentlich unser Geschirr. Ich kann dir zwar nur etwas regulanischen Wein anbieten, aber er ist ziemlich gut.«

Scotty lächelte zum ersten Mal. »In regulanischen Wein bin ich geradezu vernarrt.«

»Na bitte«, sagte Pilenna. »Da haben wir vieles gemeinsam. Was führt dich – abgesehen von dem Wunsch,

Kriminelle vor Gericht zu stellen und ihre Häscher ordentlich entlohnt zu sehen – nach Zuflucht?«

»Es liegt weniger an dem, was uns hergebracht hat«, sagte Scotty, »als an dem, was uns hier festhält. Bevor wir irgend etwas über den Planeten wußten, hatten wir bei der Verfolgung eines Piratenschiffes eine Fähre abgesetzt. Jetzt haben wir keine Verbindung mehr und wissen nicht, wie wir unsere Leute zurückholen sollen.« Er unterließ es, zu erwähnen, daß einer der Verschollenen der Captain der *Enterprise* war. Es war besser, Pilenna nahm an, sie hätte es mit einem Gleichrangigen zu tun.

»Hmm.« Pilenna nickte nachdenklich. »Da habt ihr ein Problem, das viel größer ist als unser schmutziges Schiff. Ich würde sagen, eure größte Hoffnung ist ein Appell an die Seniten. Wenn ich auch bezweifle, daß er euch viel einbringt.«

»Wie erringt man ihre Beachtung?« fragte Scott frustriert. »Wir haben sie auf allen Kanälen zu kontaktieren versucht und aus humanitären Gründen an sie appelliert – aber nichts hat etwas genützt.«

Pilenna nippte an ihrem Wein. »Ich kann dafür sorgen, daß sie mit euch reden. Aus irgendeinem Grund – vielleicht weil sie wissen, daß ich eine entflohene Sklavin bin – sind sie bereit, auf meine Anrufe zu reagieren. Außerdem kann ich anhand zunehmender Gammastrahlenproduktion erkennen, wann sie ihre Deflektoren armieren, um einlaufende Schiffe zu schützen. Deswegen habe ich euch neulich gewarnt, auch wenn es uns nichts Gutes eingetragen hat.«

Scotty rutschte aufgeregt nach vorn. »Wann können wir mit ihnen reden?«

Pilenna hob eine Hand und lächelte süß. »Zuerst müssen wir die Bezahlung für diesen kleinen Dienst besprechen. Wie schnell kannst du eine Mannschaft rüberschicken, um mein Schiff zu reparieren und zu reinigen?«

Scotty bedachte sie sekundenlang mit finsterer

Miene. Schließlich nahm er seinen Kommunikator und schnippte ihn auf. Ein Piepsen ertönte. »Scott an *Enterprise*«, sagte er.

»Brücke«, meldete sich Uhura.

»Stellen Sie mich zur Technik durch«, sagte Scotty und maß die schöne grünhäutige Frau, die ihm gegenübersaß, mit einem argwöhnischen Blick.

Kirk, Spock und McCoy schlenderten über die pittoreske Hafenstraße Dohamas. Sie unterschied sich von den anderen dadurch, daß sich die Läden und Kneipen nur auf einer Straßenseite befanden. Auf der gegenüberliegenden Seite befand sich eine riesige Wasserfläche, und über den weißschäumenden Wellen schwebten ein paar fliegende Lebewesen. Weiter draußen auf dem Meer war der Horizont von Nebel eingehüllt, der den Eindruck erweckte, als würden Meer und Himmel nahtlos ineinander übergehen. Es war ein einsamer und unheimlicher Anblick. Kirk konnte die Riesenmolluske nicht vergessen, die mit dem Tentakel nach ihnen gegriffen hatte.

Schreie ertönten. Vor ihnen brach eine Schlägerei aus. Ein halbes Dutzend Geschöpfe flog aus einer Kneipe und schlug mit Kelchen, Fäusten und allem, was sie in die Hände bekommen konnten, aufeinander ein. Urplötzlich materialisierte eine Senitentruppe. Die weißgekleideten Friedenswächter kreisten die Schläger ein und warfen sie über die Kaimauer ins Meer. Die Zuschauer brachen in brüllendes Gelächter aus. Als die Schläger an die Oberfläche zurückkamen, spuckten sie Wasser und schwammen an Land. Jede Rauflust war ihnen vergangen.

»Eine wirkungsvolle Methode«, bemerkte Spock.

»Und kaltblütig«, fügte McCoy hinzu.

»Gehen wir ihnen aus dem Weg«, sagte der Captain und führte sein Grüppchen über einen Umweg an der Menge vorbei.

Am anderen Ende der Kaimauer befand sich eine an Pfähle gebundene Ansammlung wackliger, auf dem Wasser dümpelnder Segelboote. Am Ufer lag ein Stapel herrenloses Treibholz, und sie erblickten eine riesige Gestalt, die etwas zersägte, das wie ein zerbrochener Laternenpfahl aussah. Als sie näher kamen, erkannten sie, daß der Arbeiter kein anderer als der behaarte Humanoide war, den sie am Abend zuvor kennengelernt hatten – Billiwog.

Als er sie kommen sah, winkte er ihnen zu. »Was war denn da los?« fragte er gutmütig.

»Eine Rauferei.« Kirk zuckte die Achseln. »Die Seniten haben alle ins Wasser geworfen.«

»Hmm«, machte Billiwog und wischte sich den Schweiß vom einzigen nicht mit Haaren bedeckten Teil seines Körpers: der Stirn. »Hoffentlich können sie schwimmen.« Er sägte weiter an dem Holzbalken.

»Was machst du da?« fragte Spock.

»Tja«, sagte Billiwog, »Laternenpfähle eignen sich gut als Masten für meine Segelboote. In windigen Nächten wie der letzten, fallen in der Regel ein bis zwei um. Die Seniten fangen mit den kaputten Dingern nichts mehr an. Sie haben nichts dagegen, wenn ich sie nehme.«

»Hast du diese Boote gebaut?« fragte Kirk beeindruckt.

»Wer sonst?« murmelte der Schiffbauer, ohne in seiner Tätigkeit innezuhalten. »Ich bin hier der einzige, der irgend etwas Nützliches tut. Ihr habt bestimmt jetzt schon die Nase voll von Dohama, was?«

»Ja«, erwiderten Kirk und McCoy wie aus einem Munde.

Billiwog hörte auf zu sägen. »Dann wollt ihr also jetzt ein Boot kaufen?«

»Hast du das mit der Andeutung gemeint, wir könnten von Dohama verschwinden?« fragte Kirk enttäuscht.

»Was denn sonst?« erwiderte der Riese. »Du glaubst doch nicht, man könnte von hier weg*fliegen*, oder?«

»Wir hatten gehofft, wir könnten unsere Fähre zurückkriegen«, sagte McCoy.

»Hmm«, machte Billiwog mit einem listigen Grinsen. »Dann seid ihr noch dümmer, als die Burschen im Wasser. Holt euch ein Boot von Billiwog, und schaut euch den Planeten an!«

»Hast du schon mal von einer Insel namens Khyming gehört?« fragte Kirk leise.

»Ah, ihr interessiert euch für *Frauen!*« Der Schiffbauer zwinkerte. »Kann nicht sagen, daß ich es euch verüble. Es sind ja nur verdammt wenige hier. Und geschminkte Seniten bringen es einfach nicht.«

»Dann gibt es Khyming also wirklich«, sagte Spock.

»Und ob, Spitzohr. Wenn ihr dort hinwollt, habe ich das richtige Boot für euch.« Billiwog führte sie zum schiefsten und wackeligsten Boot am Kai. »Das da ist etwas Besonderes. Mit Lanksaft abgedichtet. Es bringt euch mit Leichtigkeit nach Khyming. Und es ist auch groß genug, um ein paar Frauen mitzunehmen!«

Der Captain seufzte. »Das ist eigentlich nicht unsere Absicht. Wir sind nicht daran interessiert, Frauen zu entführen. Was gibt es sonst noch auf der Insel?«

»Ein Haufen Zeug«, sagte Billiwog geheimnisvoll. »Vielleicht auch das, wonach ihr sucht. Fahrt mal hin und schaut euch um. Hat doch keinen Sinn, hier herumzuhängen.«

Kirk war zwar ganz seiner Meinung, aber die bewegte See wirkte gefährlicher und fremdartiger als alles, was er in Dohama gesehen hatte. »Was gibt es außer Khyming noch da draußen?« fragte er.

»Wer weiß.« Billiwog zuckte die Achseln. »Ihr könnt auch auf Nummer Sicher gehen und an der Küste entlangfahren. Da stoßt ihr ganz sicher auf andere Ortschaften. Vielleicht auch auf solche, die nicht von Seniten beherrscht werden.«

Aber es wird uns wenig nützen, dachte Kirk. »Trotzdem danke«, sagte er. »Aber ich glaube nicht, daß wir schon reif für eine Seefahrt sind.«

»Seid ihr selbst schuld«, erwiderte Billiwog und nahm die Säge wieder auf. »Aber ich kann Charaktere gut beurteilen, und ich sage euch, ihr kommt zurück.« Und er wandte sich wieder der Mastenherstellung zu.

Als sie fortgingen, wandte sich Kirk an seine Gefährten. »Ich weiß nicht mehr weiter«, gab er zu. »Ich habe keine Lust, den ganzen Planeten zu erforschen, um wieder an unsere Fähre heranzukommen. Und Frauen zu entführen, kommt nicht in Frage. Was also sollen wir tun?«

»Ich habe mir einen Plan ausgedacht, Captain«, sagte Spock. »Die Wahrscheinlichkeit, daß er Erfolg hat, ist freilich ziemlich gering.«

»Wie sieht er aus, Spock?« fragte McCoy ungeduldig. »Mir fällt nämlich auch nichts ein.«

»Den größten Teil Dohamas kennen wir nun«, erklärte der Vulkanier. »Und wir wissen auch, wie die Verfolgten leben. Obwohl sich in dieser Ortschaft zahlreiche Seniten aufhalten, scheinen sie nicht hier zu wohnen. Sie müssen also anderswo leben. Sie kommen nur her, um ihren Pflichten nachzugehen.«

»Ich verstehe, was Sie meinen«, sagte Kirk aufgeregt. »Wir wissen, daß die Seniten teleportieren können. Zicree hat es uns am ersten Tag gezeigt. Wie können wir ihren Transporter finden?«

»Ich schlage vor«, sagte Spock leise, »daß wir einen Seniten verfolgen, dessen Arbeitszeit zu Ende ist.«

»Gut gedacht«, sagte McCoy und schaute sich in dem geschäftigen Hafenviertel um. »Suchen wir uns einen aus.«

Kurz darauf schlenderte ein stämmiger Senit vorbei, um einen Haufen Müll in einen Abfallbehälter zu schütten. Es sah so aus, als sei er zum Zentrum der Ortschaft unterwegs. Kirk gab seinen Gefährten mit einem Nicken zu verstehen, die Verfolgung aufzunehmen.

Dank seines weißen Gewandes war es ein Leichtes, den Seniten von den Verfolgten zu unterscheiden, auch dann noch, als Kirk, Spock und McCoy sich trennten, um weniger Argwohn zu erregen, und ihm in einer Entfernung von mehreren Metern folgten. An einem Ort, an dem die einzige echte Aktivität aus ziellosem Herumschlendern bestand, war Kirk ziemlich zuversichtlich, daß sie nicht auffallen würden. Der Senit schien sie nicht im geringsten zu beachten, sondern übte unverwandt seine Tätigkeit aus. Kirk hoffte nur, daß seine Arbeitsschicht bald beendet war und er irgendwann irgendwo hinging, um sich auszuruhen und zu schlafen.

Es wurde Nachmittag, als der stämmige Senit anhielt, um den Inhalt seines Abfallbehälters in einen großen Mülleimer zu leeren. Kirk und seine Gefährten blieben ebenfalls stehen und taten so, als bewunderten sie eine Auswahl von Ohrringen und Juwelen, die man ohne zu zahlen mitnehmen konnte. Der Senit, der den Juwelierstand betrieb, machte McCoy den Vorschlag, sich die Ohrläppchen durchstechen zu lassen, was der Arzt freundlich ablehnte. Inzwischen säuberte ihr Opfer gründlich seinen Abfallbehälter und reichte ihn einem anderen Seniten. Seine Schicht ist zu Ende, dachte Kirk aufgeregt. Er gab seinen Gefährten mit einem Wink zu verstehen, die Verfolgung wieder aufzunehmen.

Der Senit faltete die Hände in den bauschigen Ärmeln seines weißen Gewandes und ging nun rascher. Kirk und seine Leute mußten ein ordentliches Tempo vorlegen, um ihn nicht zu verlieren. Allmählich machte Kirk sich Sorgen, daß ihre Beschattung jemandem auffallen könnte. Aber einen anderen Plan hatten sie nicht. Nachdem der Senit sie durch zahlreiche Seitenstraßen geführt hatte, öffnete er eine unbeschriftete Tür und trat ein. Die Tür fiel hinter ihm zu. Kirk, Spock und McCoy standen da und schauten sie an.

»Was ist hinter dieser Tür?« fragte Kirk.

»Es gibt nur eine Möglichkeit, es in Erfahrung zu bringen«, erwiderte Spock.

McCoy schluckte verlegen. »Vielleicht brauchen nicht alle reinzugehen. Einer oder zwei von uns könnten eventuell draußen warten.«

»Nein«, erwiderte der Captain. »Wir dürfen um keinen Preis getrennt werden. Da unsere Kommunikatoren nicht funktionieren, finden wir uns vielleicht nie wieder.«

»Einverstanden«, sagte Spock. »Wenn Sie erlauben, Captain, gehe ich als erster.«

Der Captain nickte. Der Vulkanier trat auf die unbeschriftete Tür zu. Kirk und McCoy folgten ihm auf dem Fuße. Zu ihrer Enttäuschung betraten sie einen Raum, der wie ein etwas größerer Besenschrank wirkte. Abfallbehälter, Mülleimer und Reinigungsmaterial hing sauber aufgereiht an der Wand. Sie erblickten leere Kleiderhaken und Regale. Es gab keine sonstigen Türen, keine Fenster und kein Zeichen von dem stämmigen Seniten, dem sie gefolgt waren.

Kirk schlug sich auf den Schenkel. »Eine Sackgasse«, murmelte er.

»Vielleicht nicht«, sagte Spock. Er tastete pedantisch die Wände ab und schlug mit der Faust auf sie ein, um nach hohlen Stellen zu suchen.

McCoy schüttelte den Kopf. »Ich habe irgendwie den Eindruck, daß sie an alles gedacht haben.«

Plötzlich öffnete sich die Tür, durch die sie eingetreten waren, und Lincree, der beleibte Senit aus der Herberge, stand im Rahmen. Er verdunkelte das Licht der Sonne. Der Senit, dem sie gefolgt waren, stand hinter ihm – und in der Gasse selbst hielten sich viele andere Seniten auf. Der fröhliche Ausdruck, der am Tag zuvor auf Lincrees Gesicht gewesen war, hatte sich freilich verflüchtigt.

»Sie werden allmählich lästig«, sagte der Senit. »Warum können Sie diese Welt nicht einfach so nehmen, wie sie ist? Die anderen tun es doch auch.«

»Weil wir von hier wegwollen!« raunzte Kirk. »Wir sind irrtümlich hier gelandet. Sie halten uns gegen unseren Willen fest! Wenn Sie uns die Fähre schon nicht zurückgeben, lassen Sie uns wenigstens Verbindung mit unserem Mutterschiff aufnehmen. Oder bringen Sie uns selbst an Bord. Für uns ist dieser Planet keine Zuflucht, sondern ein *Gefängnis!*«

»Verfolger!« schnaubte der stämmige Senit, der hinter Lincree stand. »Sie sind ein unguter Einfluß.«

»Ich sehe es auch so«, sagte Lincree. »Es kommt zwar nur selten vor, daß wir jemandem den Zugang zu dieser Welt verweigern, aber momentan herrschen in Dohama schwierige Zeiten. Wir können keine Meinungsverschiedenheiten zulassen.«

Der Senit griff in die Falten seines Gewandes und entnahm ihnen einen Gegenstand, der verdächtig nach einer Waffe aussah. Kirk wartete nicht ab, bis er erfuhr, um was es sich handelte. Er sprang vorwärts, versetzte dem Seniten einen Schlag vor den Brustkorb und packte dessen Hand. Im gleichen Moment schoß ein blauer Strahl aus der Waffe und malte einen schwarzen Streifen auf die Wand. Das androgyne Geschöpf war überraschend kräftig und Kirk fast ebenbürtig, doch dieser kämpfte mit der Kraft eines Menschen, der um sein Leben fürchtet. Glücklicherweise hielt ihre Position im Türrahmen die anderen Seniten davon ab, Lincree zu Hilfe zu eilen. Spock war sofort an Kirks Seite. Er wandte den vulkanischen Betäubungsgriff an, und Lincree sank zu Boden, so daß Kirk die Waffe in die Hände fiel.

Kirk richtete sie von einem Seniten auf den anderen, bis alle von der Tür zurücktraten und ihm und seinen Gefährten gestatteten, in die Gasse hinauszutreten und sich in Richtung Straße in Bewegung zu setzen. Aus den sie umgebenden Straßen war rauhes Gelächter zu hören, das Kirk daran erinnerte, daß sie nur zu dritt waren. Er zweifelte nicht daran, daß viele zufriedene Bewohner Dohamas sich auf die Seite der Seniten schlagen würden, wenn sie die Chance dazu bekamen.

»Wollen Sie uns helfen?« fragte er erneut. »Wir wollen Ihnen nichts antun.«

»Sie sind gar nicht in der Lage, das da einzusetzen«, sagt ein Senit warnend und trat auf ihn zu.

Kirk musterte den silbernen Gegenstand in seiner Hand. Er hatte mehr Ähnlichkeit mit einer verbogenen Flöte als mit einer Waffe, und er sah keinen Abzug. Als er aufschaute, kamen sämtliche Seniten auf ihn zu. Diesmal stellte keiner das übliche selige Lächeln zur Schau.

»Ein Rückzug wäre nun angebracht«, sagte Spock.

»Laß uns abhauen, Jim!« drängte McCoy.

Kirk nickte. Dann rannten sie aus der Gasse und bogen in die nächste Straße ein.

6

Scotty unterdrückte einen Hustenanfall und hielt die Luft an, als eine Staubwolke aus dem Luftfiltersystem der *Gezary* hervorzuckte. Er winkte einem maskierten Assistenten, der vortrat und den Luftfilter entnahm, den man schon vor Jahren hätte austauschen sollen.

»Sämtliche Filter erneuern«, befahl Scotty. »Ich glaube, unsere N-4-Filter müßten passen. Aber was Sie auch da reinschieben, es kann der Sache nur dienlich sein.«

»Jawohl, Sir«, sagte der Assistent. »Ich geb' dem Schiff Bescheid, daß man sie rüberschickt.«

Scotty nickte und entfernte sich von den Schmutzhaufen. »Ich schaue mir mal die Reparaturen im Maschinenraum an.«

Er trat in den Hauptgang der *Gezary* hinaus und nahm einen Zug relativ sauberer Luft. Er ließ im Moment sechsundzwanzig Angehörige der *Enterprise*-Mannschaft auf dem Schiff schuften, um es wenigstens einigermaßen auf Vordermann zu bringen. In all den Jahren, in denen er durch die Galaxis gekreuzt war, hatte er noch nie ein Raumschiff gesehen, das so schmutzig und dessen Maschinen in einem so jämmerlichen Zustand waren. Aber natürlich, fiel ihm ein, war Pilenna auch nicht in eine Organisation wie Starfleet eingebunden, die zahlreiche Raumstationen unterhielt, um ihre Schiffe in Schuß zu halten. Sie konnte sich nur auf ihre Mannschaft und den eigenen Grips verlassen. Ersatzteile mußte man erbitten oder – wie in diesem Fall – erpressen.

Unter normalen Umständen hätte er der Mannschaft der *Enterprise* niemals einen solchen Reinigungsjob zugemutet, aber wie alle anderen, die diesen höllischen Planeten umkreisten, sah auch er sich dem Problem gegenüber, die Langeweile und niedrige Moral zu bekämpfen. Jeder Angehörige der Mannschaft wußte genau, daß der Captain, der Schiffsarzt und Mr. Spock verschollen waren und man so gut wie nichts dagegen unternehmen konnte. Er konnte nur hoffen, daß die mildtätigen Bemühungen auf der *Gezary* wenigstens zu einem kleinen Teil dazu beitrugen, sie von dem schrecklichen Verlust abzulenken, dem sie sich gegenübersahen.

Sein Kommunikator piepste. Scotty schnippte ihn auf. »Hier ist Scott.«

»Lieutenant Uhura«, kam die Antwort. »Ich habe gerade von der Flotte eine Antwort auf unsere Meldung erhalten.«

Scottys Magen schlug einen Purzelbaum. Dies war der Augenblick, vor dem er sich gefürchtet hatte. Er war in der Einschätzung der Lage der Flotte gegenüber absolut offen gewesen und konnte sich die Reaktion des Oberkommandos lebhaft vorstellen. Was er sich allerdings nicht vorstellen konnte – und wollte –, waren inzwischen aufgetretene Krisensituationen, die die Anwesenheit der *Enterprise* in irgendeinem anderen, weit entfernten Sektor der Galaxis erforderlich machten.

»Wie lautet sie?« keuchte er.

»Man drückt sein Bedauern aus«, faßte Uhura zusammen, wobei sie ihre Stimme so gefühllos wie nur möglich klingen ließ. »Man möchte die Versicherung, daß sich die *Enterprise* nicht in Gefahr befindet. Außerdem erinnert man uns daran, daß die *Enterprise* in zweiundsiebzig Stunden an dem Manöver in der Nähe der Neutralen Zone teilnehmen soll.«

»Zweiundsiebzig Stunden …« Scotty seufzte. »Und ich wette, sie bestehen darauf …«

»Soll ich den Empfang der Nachricht bestätigen?« fragte Uhura.

»Nein«, sagte Scotty. »Bitten Sie um eine Wiederholung der Nachricht. Grund: Übertragungsstörungen.«

»Jawohl, Sir«, erwiderte Uhura. Scotty glaubte einen Anflug von Erleichterung in ihrer Stimme zu erkennen.

»Scott, Ende«, sagte er und klappte den Kommunikator zu.

Die Arbeit auf der *Gezary*, das wußte er, war zwar weit davon entfernt, getan zu sein, aber nun mußte er auf seiner Hälfte des Abkommens bestehen. Wenn Pilenna ihm nicht half, sofort Verbindung mit den Seniten aufzunehmen, mußte er ihren Kahn so zurücklassen, wie er war. Scotty strebte zielgerichtet durch den Gang und auf das Privatquartier der Kopfgeldjägerin zu.

Kirk, Spock und McCoy eilten durch die belebten Straßen von Dohama, bis sie erkannten, daß die Seniten ihnen nicht folgten. Erst dann blieben sie stehen, schnappten nach Luft und zogen ihre begrenzten Möglichkeiten in Erwägung. Kirk schob die nutzlose Waffe in die Tasche seiner sandfarbenen Jacke.

»Was jetzt?« fragte er entmutigt.

»Ich entschuldige mich für das Versagen meines Plans, Captain«, sagte Spock.

»Es war nicht Ihre Schuld«, sagte McCoy. »Es ist doch offensichtlich, daß die Seniten uns keinen Gefallen tun wollen.«

Ein Senit, der an der Ecke einen Bierausschank betrieb, schenkte ihnen einen neugierigen Blick, und Kirk wies seine Begleiter mit einer Handbewegung zum Weitergehen an. Die Seniten, die sie in die Ecke gedrängt hatten, waren nirgendwo zu erblicken. Warum sollten sie auch ein Spektakel daraus machen, hinter ihnen herzurennen? Sie hatten doch überall Augen und Ohren. Dohama war ihre Domäne. Sie konnten es sich leisten, so lange zu warten, bis die drei Störenfriede schlafengingen oder ihre Aufmerksamkeit nachließ.

»Wir müssen raus aus Dohama«, sagte Kirk schließlich. »Es hat keinen Sinn hierzubleiben, aber es gibt einen Haufen Gründe, von hier zu verschwinden. Aber wir können nicht Tage damit verbringen, irgendwo hinzulaufen. Ich glaube, es ist an der Zeit, etwas über die andere Insel rauszukriegen.«

Billiwog lächelte und winkte, als er sie kommen sah. Der zottige Humanoide saß auf einem Bauholzstapel und grillte an einem offenen Feuer einen Fisch. »Ich wußte doch, daß ihr zurückkommt«, sagte er einfach.

»Warum brätst du dein Essen selbst?« fragte McCoy. »Ist die senitische Küche dir nicht gut genug?«

Billiwog lächelte. »Na ja, ich möchte es gelegentlich mal anders haben.«

»Wir möchten dein bestes Boot«, sagte Kirk. »Ich verstehe etwas vom Segeln, und ich erkenne ein gutes Boot auf den ersten Blick. Aber das, was du uns angeboten hast, gehört nicht dazu.«

Billiwogs Miene verfinsterte sich. Er richtete sich zu seiner vollen, beeindruckenden Größe auf. »Welches Boot Ihr kriegt, hängt davon ab, was Ihr mir zum Tausch anbietet.«

Kirk runzelte nachdenklich die Stirn. Dann griff er in die Tasche und zog die geheimnisvolle senitische Waffe hervor. »Wie wäre es damit?« fragte er. »Wir haben es den Seniten abgenommen, als sie es gegen uns einsetzen wollten. Es ist irgendeine Waffe.«

»Ohhh!« rief Billiwog, und seine Augen strahlten vor Freude. Er nahm den silbernen Gegenstand an sich und hielt ihn in die Sonne. »Dafür kriegt ihr jedes Boot, das ihr haben wollt. Ich geb' sogar noch ein paar Paddel dazu. Wißt ihr, wie man das Ding bedient?«

»Nein«, erwiderte Kirk. »Ich würde aber vorsichtig damit umgehen.«

Spock marschierte bereits an der Kaimauer entlang

und musterte die Ansammlung der primitiven Boote. Er blieb vor dem mit dem höchsten Mast stehen und nahm die fachmännische Machart seines Rumpfes in Augenschein. Dann stieg er in das Boot und suchte das Innere nach feuchten Stellen ab.

»Spitzohr kennt sich aus«, sagte Billiwog und deutete mit dem Kopf in Spocks Richtung. »Das ist mein bestes Boot. Ich habe es nicht selbst gebaut, sondern eingetauscht. Wenn ihr nicht genau wißt, was ihr vorhabt, ist es wohl am besten, wenn ihr an der Küste entlangsegelt.«

»Sei ehrlich«, sagte McCoy. »Was genau ist auf Khyming los?«

»Frauen«, erwiderte Billiwog. »Und politische Flüchtlinge. Jeder weiß, daß nur die Besten nach Khyming geschickt werden. Ich war einmal dort, und da hab' ich etwas gesehen, das ihr vielleicht ein Seminar nennen würdet. Da werden Seniten ausgebildet. Ich kann euch zwar nicht versprechen, daß ihr das findet, was ihr sucht, aber ich sage, in Dohama kriegt ihr außer einem Kater nichts.«

Spock kehrte zu den anderen zurück. »Ich habe ein Boot ausgesucht«, meldete er. »Ich habe weder Lecks im Rumpf noch Löcher im Segel gefunden. Mast, Ruder und Pinne scheinen stabil zu sein.«

Billiwog schob einen Finger in den Mund und hielt ihn in den Wind. »Ihr habt Glück«, gab er bekannt. »Es weht Südwind, und der bringt euch sofort hin – mit vollen Segeln. Wenn ihr jetzt aufbrecht, seid ihr vielleicht vor Einbruch der Nacht da.«

»Welche Richtung?« fragte Kirk und warf einen finsteren Blick auf die See und die am Horizont liegende Nebelbank.

»Mitten in den Nebel hinein«, sagte Billiwog. »Wenn ihr dort seid und der Nebel nicht zu dicht ist, könnt ihr Khyming schon sehen. Und achtet auf die Lanken.«

»Lanken?« fragte McCoy.

Billiwog lächelte. »Riesige Meeresgeschöpfe.«

Pilenna knöpfte langsam ihr Jäckchen zu. Scotts Verlegenheit bereitete ihr offensichtlich großen Spaß. Sie hatte ihn trotz ihres halbbekleideten Zustandes in ihr Quartier gebeten, aber ein Mann von Welt ließ sich natürlich nicht von einer halbnackten hübschen Frau von seinen Zielen ablenken. Abgesehen davon, daß ihre Haut grün war, wies sie nichts auf, was er nicht schon vorher gesehen hatte.

»Warum willst du ausgerechnet jetzt mit den Seniten in Verbindung treten?« fragte sie mit mildem Tadel. »Du hast meine Bedingungen doch noch nicht erfüllt.«

»Weil ich gerade die Nachricht erhalten habe, daß ich Zuflucht möglicherweise bald verlassen muß. Bitte, es geht um Leben und Tod.«

»Ist es nicht immer so?« Die Kopfgeldjägerin griff nach einer Bürste und kämmte ihr üppiges rotes Haar. »Es wäre eine Schande, dich so schnell wieder abreisen sehen zu müssen. Wir haben uns doch gerade erst kennengelernt.«

»Wäre dies eine andere Zeit und ein anderer Ort«, murmelte Scotty, »wäre ich entzückt, dich näher kennenzulernen.«

Pilenna lächelte. »Ich habe einst einen Menschen sagen hören: ›Nichts kommt der Gegenwart nahe.‹ Aber er hatte nicht dein Pflichtbewußtsein.«

Sie setzte sich an einen purpurnen Schminktisch und drehte einen kleinen Bildschirm in ihre Richtung. »Ich rufe sie im allgemeinen von hier aus an. So ist es privater.« Sie schwenkte eine Hand über einen bunten Knopf, und er erhellte sich. Ebenso der Bildschirm.

»Hier ist Pilenna von der *Gezary*«, sagte sie. »Ich rufe die Hüter von Zuflucht. Ich würde gern mit dem Heiligen Orden der Seniten sprechen.«

Es dauerte eine geraume Weile, aber Pilenna wiederholte ihre Bitte nicht. Sie lächelte Scotty zu, der nervös und zappelig wirkte. »Sie antworten schon«, sagte sie. »Es kommt darauf an, wie sie gelaunt sind.«

Schließlich war auf dem Bildschirm ein unbewegtes Gesicht zu erkennen, und eine trällernde Stimme meldete sich. »Ich bin Felcree. Wie darf ich unserer Schwester am Himmel behilflich sein?«

»Ich stehe tief in eurer Schuld«, sagte Pilenna. »Bei mir ist der Captain eines anderen Schiffes, das euren friedlichen Planeten umkreist. Er ist verwirrt und möchte mit euch sprechen.«

»Dann sei es so«, sagte der Senit. Er wirkte allerdings nicht sehr enthusiastisch.

Pilenna stand auf und ließ Scott den Platz vor dem Bildschirm einnehmen. »Ich bin Lieutenant Commander Scott vom Föderationsschiff *Enterprise.* Vor drei Tagen wußten wir noch nichts von der Existenz dieses Planeten. Dieser Raumsektor ist uns fremd. Wir haben irrtümlich eine Fähre mit drei Mann Besatzung auf Ihren Planeten geschickt. Die Leute sind keine Flüchtlinge. Niemand hat sie verfolgt. Seit sie in die Lufthülle eingetreten sind, haben wir den Kontakt mit ihnen verloren. Wir hoffen, daß Sie uns helfen können, sie ausfindig zu machen und auf unser Schiff zurückzuholen.«

»Unmöglich«, erwiderte der Senit. »Wie Sie zweifellos erfahren haben, bieten wir jedem Zuflucht, der sie benötigt, und wir können die Motive oder die Würdigkeit der Verfolgten nicht im voraus festlegen. Wir beschützen sie, indem wir es den Verfolgern verwehren, auf diesen Planeten zu kommen und ihn dann wieder zu verlassen. Dieses einfache Sicherheitssystem hat Verfolger seit Jahrhunderten abgeschreckt, und wir sehen keinen Grund, es zu ändern.«

Scotty riß sich zusammen, um gelassen und vernünftig zu klingen. »Sie können sie selbst befragen«, schlug er vor. »Ich bin sicher, sie werden sagen, daß sie den Planeten wieder verlassen möchten. Sie müssen doch in der Lage sein, solche Irrtümer zu korrigieren.«

Der Senit schüttelte den Kopf. »Wer hierherkommt, tut es aus eigenem Willen«, erwiderte er ernst. »Sie brauchen sich um die Sicherheit und das Wohlergehen Ihrer Freunde nicht zu sorgen. Wer hierherkommt, dem begegnen wir mit Würde und Respekt und bieten ihm alle Bequemlichkeiten seiner Art.« Das Bild verblaßte.

Scotty schwenkte verzweifelt die Hände über dem Knopf und bettelte: »Kommen Sie zurück! Kommen Sie zurück! Sie haben mich gar nicht verstanden!«

Dann spürte er zarte Hände an seinem Nacken. »Sie verstehen nur zu gut«, seufzte Pilenna. »Es ist ihnen einfach egal.«

Scotty ballte die Fäuste. »Am liebsten würde ich den Planeten vom Himmel fegen!«

»Aber natürlich tust du es nicht«, hauchte die Orionerin, deren geschickte Finger die Knoten des Zorns in seinen Schultern wegmassierten. »Ich habe die Seniten noch nie bei einer Lüge ertappt. Deine Freunde genießen wahrscheinlich *wirklich* Würde, Respekt und Bequemlichkeiten.« Dann hauchte sie ihm ins Ohr: »Und daran kann doch nichts falsch sein.«

Scott schloß die Augen. Er fühlte sich zu benommen und hilflos, um irgend etwas zu tun. Er ließ es zu, daß Pilennas geschickte Hände einen Moment an seinem Brustkorb spielten. Dann riß er sich mühsam los und stand auf.

»Madam«, sagte er mit einer freundlichen Verbeugung. »Ich habe im Moment zuviel zu tun, um mich an Ihrer Gesellschaft zu erfreuen.«

»Erzähl keinen Stuß, Montgomery«, sagte Pilenna lächelnd. »Wir können ohnehin nichts dagegen tun.«

Eine Riesenwelle krachte gegen das winzige Boot. Der Regen prasselte auf sie herab, und der Wind riß das Segel vom Mast. Spock bemühte sich heldenhaft, es um den Ausleger zu wickeln und zu retten, aber als das Boot kippte, verlor er das Gleichgewicht. Das Segel wurde ihm aus den Händen gerissen und verschwand. McCoy hängte sich an die Pinne, als könnte ihnen dies etwas nützen, aber das Boot kreiste im Mahlstrom und geriet außer Kontrolle. Captain Kirk packte fest die beiden Riemen, denn er wußte, daß sie möglicherweise ihre einzige Hoffnung auf Rettung darstellten.

Der Sturm hatte urplötzlich losgeschlagen, als sie gerade außer Sichtweite des Ufers gewesen waren – kurz vor dem Eintritt in die Nebelbank. Zuvor hatte ihre Stimmung ebenso geschwankt wie das Boot. Dann hatte sich das Segel aufgeblasen, und sie waren über die Wogen einem neuen Ziel entgegengeglitten. Kirk erinnerte sich noch an eine ganze Menge von den Segeltouren, die er als Junge unternommen hatte, und Spock kannte die Grundlagen. McCoy hatte gesteuert, die beiden anderen hatten das Segel, die Taue und den Ausleger bedient. Das Steuern eines Bootes mit einem einzigen Segel hatte sich als relativ einfach erwiesen, solange der Wind nach Lee ging und man ihn im Rücken hatte. Selbst das Eindringen in den Nebel hatte ihre gute Laune nicht gedämpft, denn sie hatten gewußt, daß sie sich Khyming näherten.

Leider hatte der Nebel den heranbrausenden Sturm verborgen, und sie wußten nicht genug über das Meer, um zu erkennen, daß die bewegten Wellen das Vorzeichen für ein Unwetter waren. Nun konnten sie nur noch warten, bis es abflaute – irgendwie.

»Unten bleiben!« rief Kirk. »Bleibt in der Mitte des Bootes!« Seine größte Furcht war, daß einer von ihnen – oder gar alle – über Bord ging.

Sie wippten wie drei Männer, die auf einem riesigen, bockenden Wildpferd ritten, auf den Wellen auf und nieder. Das Geheul des Windes war grauenhaft. Donner zertrümmerte ihre Sinne, Blitzschläge perforierten den Himmel mit gezackten Strahlen. Nun, da das Segel nicht mehr da war, fing Spock an, mit einer kleinen Kanne, die Billiwog im letzten Moment an Bord geworfen hatte, Wasser zu schöpfen. Er hielt sich unglaublicherweise mit der anderen Hand am Ausleger fest und hinderte ihn daran, nicht hin und her zu schwenken und ihnen den Kopf abzuschlagen. Kirk hätte am liebsten den Kommunikator gezückt und einen verzweifelten Versuch unternommen, die *Enterprise* zu kontaktieren, aber er wagte es nicht, die Riemen auch nur für eine Sekunde loszulassen. McCoy duckte sich ins Heck des Bootes und kämpfte mit der Pinne.

Der Alptraum ließ den Tag, an dem sie auf dem Fluß gewesen waren, wie einen Spaziergang über das Freizeitdeck erscheinen. Kirk war dermaßen durchnäßt und hatte das Wasser so satt, daß er sich schwor, nie wieder eine Dusche zu nehmen. Der Himmel verfinsterte sich noch mehr, und nicht nur wegen des Gewitters. Was sollten sie tun, wenn sie vom Kurs abkamen und an Khyming vorbeifuhren? Er kniff vor der sprühenden Gischt die Augen zusammen und bemühte sich, nicht darüber nachzudenken.

Schließlich ließ der Wind gnädigerweise nach. Der Regen kam zwar immer noch aus Eimern, aber die angstmachende orientierungslose Fahrt über die aufgewühlte See verlor deutlich an Tempo. Kirk, Spock und McCoy hoben nacheinander den Kopf. Die Wellen krachten zwar noch immer gegen das Boot, aber sie waren nicht mehr so furchterregend wie kurz zuvor. Abgesehen von dem gnadenlosen Regen schien der Sturm an Kraft zu verlieren.

Kirk ließ die Riemen schließlich los und gab einen an Spock weiter. »Sie übernehmen Backbord«, sagte er, »ich Steuerbord.«

»In welche Richtung fahren wir denn?« fragte McCoy. »Ich hatte einen Kompaß in meinem Bündel, aber die verdammten Streuner haben ihn mir abgenommen.«

Kirk lächelte. Die Erleichterung, daß sie überlebt hatten, überspülte ihn wie ein warmer Regen. »Tja«, sagte er, »das müssen wir wohl erraten. In einer Richtung müßte die Insel liegen, in der entgegengesetzten Dohama, und dazwischen der Rest der Küste. Wenn wir uns verschätzen und in die vierte Richtung rudern, geraten wir noch weiter aufs Meer hinaus.«

Spock runzelte die Stirn. »Ich bin leider nicht Ihrer Meinung, Captain«, sagte er. »Wir brauchen nicht zu raten. Der Sturm wurde von einem Umschlagen des Windes um hundertachzig Grad begleitet. Deswegen müßten wir nach Süden kommen, wenn wir in den Wind hineinrudern, auf Khyming zu. Es gibt jedoch zwei unbekannte Faktoren – daß wir vom Kurs abgekommen sind, und daß der Wind sich noch einmal dreht.«

»Sie empfehlen uns also«, sagte McCoy seufzend, »daß wir in den Wind rudern sollen?«

Spock nickte. »Ich würde es zwar eher für eine Theorie als für eine Empfehlung halten, Doktor, aber ich glaube, daß in der Richtung, aus der der Wind kommt, auch unser Ziel liegt.«

»Klingt vernünftig«, sagte Kirk und stieß seinen Riemen in eine aufschäumende Welle. »Dann wollen wir mal ackern!«

Spock tauchte seinen Riemen in die turbulente See und bemühte sich, mit Kirk gleichzeitig zu rudern. McCoy stemmte sich an die Pinne und behielt den Kurs mitten in den wüsten Wind hinein bei. Sie strengten ihre Muskeln an und ruderten langsam dem ihnen unbekannten Ufer entgegen.

Scotty betrat die Brücke und nahm mit einer Vitalität im Kommandosessel Platz, die Uhura, die sich an ihrem Posten vor der Kommunikationskonsole befand, überraschte. Er musterte den meerblauen Planeten auf dem Bildschirm, als dächte er über etwas nach.

»Wie geht's mit den Reparaturen auf der *Gezary* voran?« fragte sie, um überhaupt etwas zu sagen.

Scotty räusperte sich. Dann richtete er sich in dem Sitz auf. »Sehr gut«, erwiderte er. »Obwohl ich annehme, daß der Captain der *Gezary* nicht hundertprozentig zufrieden ist.«

»Haben Sie Verbindung mit den Seniten aufgenommen?« fragte sie.

Scotty ließ leicht seine Schultern hängen und schaute in die erwartungsvollen Gesichter Chekovs, Sulus und der sonstigen Angehörigen der Brückenmannschaft. »Ich habe mit ihnen gesprochen, aber das war auch alles«, sagte er. Er runzelte die Stirn. »Sie weigern sich nämlich, für irgend jemanden oder aus irgendeinem Grund ihre Regeln zu ändern. Sie bestehen darauf, daß jeder, der nach Zuflucht kommt, dies aus eigenem Willen tut, und daß ihr größter Schutz darin besteht, daß sie nicht wieder von dort weg können. Außer einer Vollattacke auf den Planeten fällt mir nichts ein, das wir unternehmen könnten, um sie dazu zu bringen, ihre Meinung zu ändern.«

Scotty musterte den Planeten und biß die Zähne zusammen. »Ich bin zu folgendem Schluß gekommen: Captain Kirk, Mr. Spock und Dr. McCoy müssen selbst dafür sorgen, wieder von dieser Welt wegzukommen, auch wenn es schwierig für sie wird. Wir müssen darauf vorbereitet sein, ihnen zu helfen, wenn es soweit ist. Dies bedeutet, daß wir den Planeten keine Minute aus den Augen lassen und alles, was dort geschieht, ständig beobachten und überwachen. Wir wissen, daß es zu Veränderungen im Bereich der Funk- und Gammawellen kommt, wenn die Seniten gezwungen sind, ihre Deflektoren einzusetzen, also müssen wir jede dieser Veränderungen sofort wahrnehmen.«

Scotty holte tief Luft. Dann sagte er: »Wenn überhaupt jemand von diesem verfluchten Planeten entkommen kann, dann sind es diese drei Männer. Wir müssen so lange hierbleiben, wie die Flotte dies zuläßt, und ständig darauf vorbereitet sein, ihnen beizustehen.«

7

Der ständige Regen ließ Captain Kirk zwar bis ins Mark seiner erschöpften Knochen erschauern, aber jeder weitere Zug mit dem Paddel brachte sie, hoffte er, der Insel näher. Neben ihm schuftete Spock, der sich ebenso hart in die Riemen legte. McCoy hielt die Pinne fest im Griff, um sie auf Kurs zu halten. Ein Ergebnis des Regens war, daß der Nebel fortgespült wurde. Kirk sah genau hinter dem Boot einen rosafarbenen Mond über dem Horizont aufgehen, der über den sich kräuselnden Wellen ein eigenartig lachsfarbenes Leuchten erzeugte.

Er peilte in das Nieseln hinein und hoffte, daß es auch auf Khyming irgendwelche Lichter zu sehen gab. Sonst ruderten sie womöglich noch in der dichter werdenden Dunkelheit an der Insel vorbei. Die Sichtung des ersten planetaren Mondes war zumindest ein Hinweis darauf, daß Spock recht gehabt hatte: Sie fuhren weiter nach Süden. Er erinnerte sich lebhaft daran, daß er den Mond in der ersten Nacht auf Zuflucht über den nördlichen Bergen hatte aufgehen sehen.

Die *Enterprise*, die Fähre, die Verfolgungsjagd und der grauenhafte Absturz von Auk-rex' Schiff – all dies kam ihm vor, als sei es vor Äonen geschehen, in einem anderen Leben. Obwohl er nicht bereit war, sich eine Niederlage einzugestehen, mußte er zugeben, daß ihnen die Zeit davonlief. Jeden Tag, den sie auf Zuflucht verbrachten, jeder Tag, in dem sie keine Verbindung zur *Enterprise* hatten, brachte den Augenblick näher, an dem man das Schiff woandershin beordern würde. Vielleicht hat man es schon zu irgendeinem Notfall abberufen, dachte er finster. Er wußte wie kein anderer um den Wert, den die *Enterprise* für die Föderation darstellte. Ihr Leben zählte im Vergleich dazu nur wenig. Wenn kein Notfall anstand, würde Scott zwar hoch um ihr Leben pokern, aber was konnte er sonst noch tun? Kirk konnte nur hoffen, daß Scotty nicht das Risiko eingegangen war, jemanden hinter ihnen herzuschicken, um sie zu suchen.

Die Sonne ging unter. Sie hielten sich nun den vierten Tag auf Zuflucht auf und waren der Entdeckung des Standortes ihrer Fähre um keinen Meter nähergekommen. Natürlich wußte Kirk, warum dies so war. Die Logik der Seniten war so gesund, daß nicht einmal Spock einen Grund gefunden hatte, sie in Frage zu stellen. Sie schützten Verfolgte, indem sie sie für alle Zeiten von ihren Verfolgern trennten. Sie vergaben jedem seine Verbrechen – was auch für jene galt, die so närrisch waren, ihre Beute bis auf den Planeten zu verfolgen.

Kirk hatte an das Konzept, nach dem man auf dem Planeten Zuflucht arbeitete, zuvor keinen Gedanken verschwendet. Diese Version, dachte er, verwehrt jedem das, was er sucht: Die Verfolger verloren ihre Gefangenen, die Verfolgten verloren ihre Freiheit, und die Retter wurden zu Gefängniswärtern. Er wußte nicht, ob er die Seniten dafür hassen oder bedauern sollte.

»Können Sie erkennen, ob das, was ich steuerbord sehe, ein Licht ist, Captain?« fragte Spock.

Kirk beugte sich eifrig über die rechte Seite und lugte in die finstere Ferne. Der Regeln prasselte auf sein Gesicht und behinderte seinen Blick, aber auch er glaubte, in der Ferne etwas leuchten zu sehen – ein Stern auf dem Wasser.

»Pille!« rief er. »Halt auf das Licht zu!«

»Wo denn? Wo denn?« ächzte McCoy und blickte mit zusammengekniffenen Augen in den Regen. Er sah das

Licht nicht sofort, also änderte er den Kurs in die Richtung, in die Kirk deutete.

Spock und Kirk legten sich erneut ins Zeug. Sie ignorierten, daß sie vor Erschöpfung und Kälte zitterten, trieben das kleine Boot durch die schäumenden Wogen. Als McCoy das winzige Licht schließlich erblickte, hielt er unerschütterlich Kurs. Kirk bildete sich schließlich ein, den schwachen Umriß einer Landmasse sehen zu können, an dem man sich orientieren konnte. Egal wo sie auch auf Khyming an Land gingen, er schwor sich, nie wieder eine Seereise zu unternehmen.

Als sie sich dem Licht näherten, sah er, daß es keine Fata Morgana war, doch nun machte er sich Sorgen wegen der Klippen. Sie konnten nur ein einfaches weißes Licht sehen – eine Laterne? –, doch ein Scheinwerfer wäre ihnen viel lieber gewesen. Es war nicht unmöglich, daß sich das Licht auf einem tödlichen Findling befand, wo sie angesaugt und ohne Vorwarnung pulverisiert werden konnten.

Wie als Antwort auf ein unausgesprochenes Gebet leuchtete nun der große weiße Mond Zufluchts durch Risse in den sich rasend schnell bewegenden Wolken. Er ging langsam im Osten auf und beleuchtete unregelmäßig einen Weg in eine kleine Bucht, in der man da und dort Riffe sah, die bei Ebbe noch gefährlicher waren. Bei dem schleppenden Tempo, das sie vorlegten, hatten sie keine Schwierigkeiten, den gesammelten Überresten von Milliarden mikroskopischer Tiere auszuweichen, aber Kirk fragte sich, was vielleicht geschehen wäre, wenn sie mit vollem Segel und Rückenwind hineingefahren wären. Seiner Meinung nach wären sie in diesem Moment schon geschwommen oder hätten mitsamt dem Boot auf einem Riff gelegen.

Die Insel selbst war nur als finsterer und unheimlicher Umriß zu erkennen. Am Ufer befand sich dem Anschein nach nur eine einfache Lehmhütte. Das Licht, das dort schwang, hing auf einer Veranda. Es schien niemand in der Nähe zu sein; die Finsternis war überall und wurde nur vom aufblitzenden Mondschein unterbrochen. Der Regen rauschte noch immer auf sie herab.

»Ich sehe einen Strand«, rief Kirk und tauchte den Riemen ins Wasser. »Siehst du ihn auch, Pille?«

»Ja, ja!« rief McCoy. »Ich halte drauf zu!«

Doch je näher sie kamen, desto heftiger wurde die küstennahe Strömung und riß das Boot von dem schwer zu erreichenden Licht fort. Kirk und Spock ruderten wie Galeerensklaven, konnten aber in der tosenden Brandung keine Fortschritte machen.

»Stop! Stop!« rief Kirk keuchend. Sein Körper war erschöpft, seine Muskeln zuckten. »Wir ... kommen ... nicht ... näher.«

»Ich schwimme freiwillig«, sagte Spock und zog seine Stiefel aus.

»Nein! Nein!« protestierte Kirk. »Ich werde ...«

»Jim«, sagte der Vulkanier, »ich bin zwar müde, aber noch lange nicht so erschöpft wie Sie. Bitte ... Machen Sie das Seil hier am Boot fest, dann nehme ich das andere Ende und schwimme.«

Jede neue Welle warf sie in eine andere Richtung, und McCoy hatte größte Schwierigkeiten, die Pinne in die richtige Richtung zu halten. »Hört zu, ihr beiden«, schrie er, »laßt mich gehen! Ich habe doch nicht gerudert!«

Doch Spock hatte schon Jacke, Hemd und Stiefel ausgezogen und das andere Ende des Seils um seine Taille gebunden. Er stand sprungbereit am Bootsrand. »Sie erlauben doch, Captain?«

Kirk war damit beschäftigt, das Seil um eine Spiere und dann um die eigene Taille zu binden. »Wir möchten Sie nicht verlieren, Spock!« übertönte er die tosende Brandung. »Wenn Sie merken, daß Ihre Kräfte nachlassen, ziehen Sie ein paarmal an dem Seil, dann holen wir Sie wieder an Bord. Der Strand muß einen steilen Abfall haben, wenn er eine so starke Strömung erzeugt, also passen Sie auf, wo Sie hintreten!«

»Ich werde es berücksichtigen«, erwiderte Spock. Eine Sekunde später tauchte er elegant über den Bootsrand hinweg und bahnte sich mit kräftigen Stößen einen Weg durch die Wellen.

Spock hatte nur einen Plan, und der bestand darin, an den Wellenbrechern vorbeizukommen, wo die küstennahe Strömung nicht so heftig war. Solange er an der Oberfläche schwamm, konnte sie ihn nicht allzu sehr behindern, und er spürte, daß die Wellenbrecher ihm Rückenwind verliehen. Aber wenn er für einen Augenblick verlangsamte oder die Beine im Wasser baumeln ließ, drohte ihn ein Peitscheneffekt nach hinten zu ziehen. Also behielt er trotz seiner starken Erschöpfung Arme und Beine in Bewegung und bemühte sich, auf den Wellen zu reiten, um sein Vorankommen zu unterstützen.

Der Strand kam wahrnehmbar näher, aber Spock wußte anhand der Stärke der Unterströmung, daß er noch über dem Abfall sein mußte. Der Sand war nur ein paar Meter entfernt, und er konnte den ›Leuchtturm‹ sehen – eine Glühbirne oder Laterne, nahm er an, die unbeschwert im Wind schwankte. Einem äußerst menschlichen Impuls gehorchend, tastete er mit dem Fuß, um festzustellen, ob er den Boden berührte.

Fast gleichzeitig wurde ihm klar, daß das, was er berührte, kein Boden war, sondern *etwas,* das auf dem Grund lag. Sein Fuß berührte etwas, das sich wie kaltes Gelee oder ein Eisklumpen anfühlte. Es klammerte sich an ihn, zuerst sanft, dann beharrlicher, und klebrige Kälte umhüllte seinen Fuß und verschluckte seinen Schenkel. Spock zögerte keinen Moment; er zog sofort an der Leine, um dem Captain Bescheid zu geben.

Seine plötzlichen Bewegungen irritierten das Tier, und er spürte, daß es in Massen aus dem durchnäßten Sand quoll und sich anschickte, sein ganzes Bein zu umhüllen. Spock trat mit dem anderen Bein aus und schlug mit aller Kraft um sich. Doch das Geschöpf ließ nicht los. Er spürte, daß tausend kleine Saugnäpfe anfingen, sein Bein zu erforschen. Er zog so fest wie nur möglich an der Leine und schrie: »Ich brauche Hilfe!«

Kirk und McCoy zogen mit aller Kraft, die sie aufbringen konnten, an der Leine, bis sie sich spannte. Als Spock merkte, daß sich das Seil um seine Taille verengte, wußte er, daß seine Freunde ihn gehört hatten. Doch als sie anfingen, ihn von der schleimigen Entität am Boden fortzuziehen, zog sich das Ding tiefer in den Sand zurück und hielt Spock beharrlich fest.

Zum ersten Mal wurde der Vulkanier unter Wasser gezogen. Er hatte zum Glück Luft geschöpft und nutzte den Augenblick, um sein gefangenes Bein fest zurückzureißen. Zwar konnte er sich nicht vollständig von den kalten Saugern befreien, aber er bekam einen Teil seines Beins frei. Er trat mit dem anderen gegen den Tentakel und kam lange genug wieder an die Oberfläche, um Luft zu holen, bevor die Kreatur ihren schleimigen Griff erneut festigte und ihn noch tiefer hinabzog.

In dem Augenblick, in dem sich das Wasser erneut über Spocks Kopf schloß, sah er Kirk und McCoy das Seil einziehen und schnell näherkommen. Er tauchte gerade unter, als das Boot, von einem Brecher getragen, auf den Strand zuschoß. Kirk taumelte auf die Beine, packte einen Riemen und bereitete sich auf einen Kampf oder Spocks Rettung vor, je nachdem, was als erstes auf ihn zukam.

Spock hatte fast keine Luft mehr, aber er bemühte sich, seine Kräfte zu steuern, während er ununterbrochen der Oberfläche entgegenschwamm. Das Ding hielt seinen Fuß noch immer fest – aber geruhsam, als fühle es sich nicht mehr bedroht. Das Tauziehen war im Augenblick vorbei. Spock spürte, daß das Seil sich an seiner Schulter rieb und ihn in eine andere Richtung zog. Mit kräftigen Schwimmstößen erreichte er die Oberfläche und holte tief Luft, bevor die Molluske ihn erneut unter Wasser zog.

Eine Woge warf das Boot an Land. Es zerbrach in Stücke. Kirk und McCoy befreiten sich mühsam aus den Wrackteilen und suchten im Sand nach festem Halt. Plötzlich spannte sich das Seil mit einem Ruck um Kirks Taille und zog ihn durch die Trümmer. Er packte einen Riemen. Als eine Welle über seinem Kopf zusammenkrachte, spürte er, daß McCoy ihn unter den Achselhöhlen packte und einen Sturz ins Wasser verhinderte. Kirk rappelte sich auf und half McCoy beim Aufstehen. Dann stemmten sie die Füße in den Sand, da ihr Gegenspieler seinen Anspruch auf Spock erneuerte.

Das Seil spannte sich, riß sie von den Beinen und warf sie in eine heranrollende Woge. Kirk stand spukkend wieder auf. Er hatte das Gefühl, daß das Lebewesen gewann. Dann hörte er plötzlich ein Keuchen und Platschen, und ihm wurde klar, daß Spock noch lebte und nur ein paar Meter entfernt war. Er verdoppelte seine Bemühungen und zog das Seil mit beiden Händen ein. Spock hatte keine Ahnung, warum das Ding zum Rückzug blies, aber es hielt sein Bein nun nicht mehr fest. Er klammerte sich dankbar an das Seil, bis er spürte, daß er gegen Kirk und McCoy stieß.

Sie zogen den verschmutzten Vulkanier fern von den Wellenbrechern an Land und brachen auf dem Sand zusammen. Kirk schaute keuchend auf – und sah einen schlanken Seniten vor dem Haus stehen. Trotz der Kapuze, die seinen Kopf schützte, erkannte er Zicree, den Seniten, der ihnen als erster begegnet war – er wußte am meisten über die Fähre. Er hielt einen kleinen blauen Gegenstand in der Hand.

Kirk musterte Zicree kurz, dann wandte er sich wieder Spock zu, um ihn zu untersuchen. Spock kniete auf allen vieren, spuckte Wasser aus und bemühte sich, seine Lunge mit Sauerstoff zu füllen.

»Er wird's überleben«, meldete McCoy. »Aber es

wäre fast schiefgegangen. Was war das für ein Vieh, Spock?«

»Eine Riesen... molluske«, ächzte der Vulkanier. »Stellen Sie sich... eine Schnecke vor, die... so groß ist wie die Brücke... der *Enterprise*...«

»Wir bezeichnen sie als Lanken«, sagte eine Stimme hinter ihnen. Zicree war vom Haus zum Meeresufer herangeschlendert. »Und diesen speziellen Lanken kennen wir sehr gut. Wir nennen ihn den alten Hemcee.«

»Er hat sich zurückgezogen«, sagte Spock keuchend. »Irgendwie... haben Sie ihn vertrieben.«

»Hiermit«, erwiderte der Senit und hob den blauen Gegenstand. »Schallwellen. Nur wenige Humanoiden können sie hören, aber die Lanken empfinden sie als äußerst störend.«

Kirk stand auf und lächelte dankbar. »Dann haben Sie Spocks Leben gerettet. Danke. Ich erinnere mich an Sie... Sie heißen Zicree.«

Der Senit seufzte angewidert. »Ich erinnere mich auch an Sie. Da ich Sie auf Zuflucht willkommen geheißen habe, sind Sie mehr oder weniger mein Problem.«

»Geben Sie uns die Fähre zurück«, sagte Kirk. »Dann sind wir wieder weg.«

»Sie wären vor ein paar Sekunden beinahe wirklich *weg* gewesen«, erwiderte der Senit ironisch. »So schwer es vielleicht auch zu glauben ist, aber wir Seniten bewundern Initiative. Deswegen dürfen Sie auf Khyming bleiben. Es ist ein Privileg, hier zu leben, aber wie lange Sie bleiben dürfen, hängt von Ihrem Verhalten ab. Kleidung und Nahrung finden Sie in dem Häuschen, das Sie hierhergeleitet hat.« Zicree wandte sich um und ging auf den finsteren Wald zu, der sich hinter dem Strand ausbreitete.

»Warten Sie!« rief Kirk. »Wir haben viele Fragen. Wir brauchen Hilfe.«

Der Senit drehte sich kurz um und erwiderte: »Ich

habe Ihnen gerade geholfen, auch wenn ich nicht dazu verpflichtet war. Ich möchte, daß die Bewohner dieses Planeten Schwung und Initiative haben wie Sie. Deswegen werde ich Ihnen helfen, wenn ich kann. Aber rechnen Sie nicht damit, Zuflucht zu verlassen. Dies übersteigt meine Macht, und ganz gewiß auch die Ihre.«

Die weißgekleidete Gestalt verschwand in dem dichten Wald. Da es noch immer regnete und das Trio stark erschöpft war, hatte Kirk keine Lust, dem nächsten geschenkten Gaul ins Maul zu schauen. Er gab seinen Gefährten mit einer Geste zu verstehen, daß sie ihm zu der kleinen Hütte mit der Willkommenslaterne folgen sollten.

Wie Zicree gesagt hatte, fanden sie saubere Kleider der gleichen Art, die sie bereits trugen, und eine einfache, doch ausreichende Mahlzeit aus groben Körnern, die jemand mit beträchtlichem Geschick und Würze gekocht hatte. Kirk fiel auf, daß es sogar Schalen und Löffel gab. Die Ernährung auf Khyming unterschied sich wohl sehr von der in Dohama. Nun hatten sie eine warme Mahlzeit im Bauch, trockene Kleider am Leib und ein festes Dach über dem Kopf. Kirk schaute zu, als Spock und McCoy einschliefen. Dann spürte auch er, daß die Müdigkeit ihren Tribut forderte, und er fiel in einen Schlaf, der seiner Meinung nach so tief war, wie der Lank unter den Wellen.

Als der Captain am nächsten Morgen aus der Hütte trat, stellte er fest, daß es nicht mehr regnete. Nun hatte sich Nebel über der Insel ausgebreitet. Der Morgendunst war so dicht, daß er die ein paar Meter entfernt gegen die Felsen klatschenden Wellen zwar hören, aber nicht sehen konnte. Er machte ein paar vorsichtige Schritte und fand einige Trümmer des Bootes, die die Brandung ans Ufer gespült hatte. Zu Wasser, dachte Kirk wehmütig, kommt unser Team wohl nicht mehr weiter.

Dann schüttelte er sich bei der Erinnerung an das Geschöpf, das beinahe Spock erwischt hätte, und vielleicht auch ihn und McCoy. Natürlich hatten die Seniten gelernt, wie man Lanken in Schach hielt, ebenso wie sie ihre sonstige Umgebung steuerten. Kirk fragte sich, ob ihrer Kontrolle Grenzen gesetzt waren. Machten sie eigentlich nie Fehler? Ließen sie eigentlich nie irgendeine Tür offenstehen?

»Captain?« hörte er die vertraute Stimme Spocks rufen.

»Ich bin hier drüben!« erwiderte Kirk. Er redete weiter, damit Spock ihn in der dicken Erbsensuppe überhaupt fand. »Ich weiß nicht, was es für ein besonderes Privileg sein soll, in diesem Nebel zu leben.«

»Wir haben den Rest der Insel noch nicht gesehen«, meinte Spock.

»Wie geht's Ihnen?« fragte Kirk. »Irgendwelche üblen Nachwirkungen?«

»Nur dies hier.« Spock deutete auf seinen nackten Fuß und hob ihn an, damit der Captain die kreisförmigen Striemen sehen konnte, die seinen Fuß und Unterschenkel bedeckten.

»Autsch«, sagte Kirk mitfühlend. »Tut es weh?«

»Ich kann es ertragen«, erwiderte Spock, »wenn ich keinen Stiefel anziehe. Eigentlich geht es mir ganz gut.«

Kirk streckte die Arme und atmete den kühlen Dunst tief ein. »Mir geht's auch gut. Es ist erstaunlich, was ein paar anständige Mahlzeiten und ein Haufen Bewegung bewirken können.«

»Wenn man nicht gerade umgebracht wird!« rief eine dritte Stimme aus dem Nebel. Dr. McCoy kam eilig auf sie zu. »Sind wir schon wieder irgendwohin unterwegs?«

»Ja«, erwiderte Kirk. »Ich glaube schon. Es sei denn, du möchtest gern Strandgutsammler werden, Pille.«

»Ach, ich hätte nichts dagegen, eine Ortschaft oder so was ausfindig zu machen«, entgegnete McCoy. »Aber ich hätte auch nichts dagegen hierzubleiben. Das heißt, es sei denn, wir haben eine Chance, zum Schiff zurückzukehren.«

Kirk schaute sich um, sah aber außer der dichten grauen Feuchtigkeit absolut nichts. »Die Seniten müssen Transporterräume, Computer und eine Steuerzentrale haben«, sagte er. »Und ich habe das Gefühl, daß das schon mal eine Art Basis ist. Suchen wir nach dem Seminar, von dem Billiwog erzählt hat. Aber zuerst müssen wir die Standardfrage stellen: In welcher Richtung?«

»Zicree ist gestern abend in den Wald gegangen, statt sich transportieren zu lassen, Captain«, sagte Spock. »Ich schlage vor, wir suchen den Weg, den er genommen hat.«

Sie gingen ihren Fußspuren im nassen Sand nach und fanden zur Hütte zurück, wo sie alles zusammenpackten, was sie ihrer Meinung nach an Kleidung brauchten. Ansonsten besaßen sie nur noch ihre nutzlosen Kommunikatoren. Kirk unternahm nacheinander mit allen Geräten den Versuch, die *Enterprise* zu erreichen, aber sie funktionierten nicht. Er schwor sich, daß sie irgend eines Tages eine Möglichkeit finden würden, sie wieder ans Laufen zu bringen, und steckte seinen Kommunikator in die sicherste Tasche.

Am Waldrand löste sich der Nebel so weit auf, daß sie die gespenstischen Umrisse von Mammutblasengewächsen erkannten. Sie wimmelten von parasitischen Schlingpflanzen und Blumen. Der konstante Regen und die wärmenden Strömungen Khymings hatten offenbar ein Pflanzenleben erschaffen, das alles andere auf der Insel überragte. Aus dem Wald erscholl eine Vielzahl an Schreien niedrigerer Formen tierischen Lebens, und Kirk sah hin und wieder einen Blasenbaum erbeben, wenn sich irgend etwas zwischen seinen Ästen bewegte. Er zwang sich, den Blick zu Boden zu richten, wo es laut Spock den Anfang eines Pfades zu finden galt. McCoy war schließlich derjenige, der ihnen zuwinkte, daß sie ihm folgen sollten.

Er hatte zwar kaum mehr gefunden als eine schwache Spur, aber Spock mutmaßte, daß dies eventuell ein Pfad war, den die kleinen Tiere verwendeten, die sie im Lager der Streuner gesehen hatten. Aber das war auch schon alles. Sie folgten ihm und duckten sich unter überhängenden Moosfarnen und Lianen hindurch. Je weiter sie in den Dschungel vordrangen, desto weiter schien sich der Nebel zurückzuziehen, doch umso weniger gab es auch – außer den immer höher wachsenden Blasenbäumen und den sich an sie klammernden Parasiten – zu sehen.

Sie wären beinahe in eine feste Felswand gerannt, als sie begriffen, daß sie sich in einem Tal befanden. An den Klippen stießen sie auf einen Teich, der von einem kleinen Wasserfall gespeist wurde. Er prasselte aus solchen Höhen herab, daß sein Ursprung im Nebel verborgen blieb. Das gurgelnde Wasser verlockte sie dazu, zu trinken und einige Zeit damit zu verbringen, den majestätischen Wald zu betrachten und seinen Geräuschen zu lauschen.

Dann vernahmen sie aus den Tiefen des Urwaldes kommende Stimmen. Kirk legte einen Finger auf seine Lippen und gab Spock und McCoy mit einer Geste zu verstehen, sie sollten sich verteilen. Er rechnete damit, auf Seniten zu stoßen, und war angenehm überrascht, als zwei junge Frauen auf die Lichtung hinaustraten.

Sie waren eindeutig keine Seniten. Sie trugen einfache weiße Kleider und hatten schlicht frisiertes, langes Haar, das ihre Schultern umspielte. Doch ihre Reaktion auf den Anblick der Männer war sonderbar: Die Hellhaarige lächelte freundlich, die Dunkelhaarige flitzte in den Wald.

»Warten Sie«, sagte Kirk und streckte eine Hand aus. »Wir sind Freunde.«

»Na, wieso auch nicht«, sagte die Blonde. »Ich rechne doch nicht damit, daß mir auf Khyming jemand etwas tut. – Renna!« rief sie. »Die Herren sagen, daß sie harmlos sind.«

Eine entzückende Brünette trat zögernd aus dem sich an die geschwollenen Blasenpflanzen klammernden Nebel hervor. Sie konnte nicht älter als fünfundzwanzig Erdjahre sein, aber ihre schwarzen Augen zeigten ein Mißtrauen, das sie viel älter wirken ließ. Ein sauberer Verband schlang sich um ihre Stirn, ein anderer um ihr Knie. »Sie haben keine Waffen?« fragte sie.

»Nein«, sagte Kirk.

»Selbst wenn wir welche hätten«, sagte Spock. »Sie würden nicht funktionieren.«

»Sie müssen meiner Freundin verzeihen«, sagte die Hellhaarige, »aber sie ist erst vor ein paar Tagen nach Zuflucht gekommen und hat sich noch nicht eingewöhnt. – Es ist in Ordnung, Renna«, fügte sie hinzu. »Khyming wird sehr gut bewacht. Die Männer können gar nicht gefährlich sein.«

»Gestatten Sie mir, daß ich mich vorstelle«, sagte McCoy mit allem Südstaaten-Charme, den er aufbringen konnte. »Ich bin McCoy. Das sind Jim und Spock. Wir sind auch neu auf der Insel – wir haben gestern abend von Dohama aus übergesetzt.«

»Oh, Dohama«, sagte die Blonde angewidert. Sie trat einen Schritt zurück.

»Uns hat es dort auch nicht gefallen«, sagte Kirk, um sie zu beruhigen. »Wir haben einen Freund bei den Seniten auf dieser Insel – sein Name ist Zicree.«

»Ich kenne Zicree«, erwiderte die Dunkelhaarige. Sie drehte sich um und schaute ihre Freundin vorwurfsvoll an. »Was soll das Benehmen, Kellen? Wirst du jetzt unhöflich? Du lebst doch schon viele Jahre hier.«

Kellen neigte verlegen den Kopf. »Renna hat recht. Ich sollte Sie nicht verurteilen, bloß weil Sie aus Dohama kommen, aber einige Geschichten, die wir über diesen Ort gehört haben … Na, lassen wir's. Sie haben von dieser Welt mehr gesehen als ich, das ist gewiß.«

Kirk lächelte. »Von Khyming haben wir allerdings nur ein Stück Strand und eine Hütte gesehen. Können Sie uns die Ortschaft zeigen?«

»Ist es denn erlaubt?« fragte Renna ihre Freundin.

»Ich glaube schon«, sagte Kellen zögernd. »Aber wir beide wollten uns doch heute die Insel anschauen.«

Renna warf Kirk einen Blick zu. Dann faßte sie an ihren Stirnverband. »Laß uns zur Ortschaft zurückkehren«, sagte sie. »Ich möchte wissen, wie es meinem Vater geht.« Damit drehte sie sich um und marschierte in den Wald zurück. Die anderen beeilten sich, hinter ihr auf dem schmalen Pfad aufzuschließen.

Kirk ging hinter der grazilen Kellen. »Wie ist denn mit ihrem Vater?« fragte er.

»Er wurde gefoltert, bevor sie entkamen und hier landeten«, erläuterte Kellen. »Sie waren beide schwer verletzt, und ihr Vater ist noch immer in einem ernsten Zustand. Sie wurde erst gestern entlassen.«

»Gibt es hier ein Krankenhaus?« fragte McCoy, der mitgehört hatte.

»Ja.« Kellen zuckte die Achseln, als hätte er eine dumme Frage gestellt.

Kirk lief über den Pfad, weil er versuchen wollte, die flinke Renna einzuholen. »Moment mal!« rief er.

Ihr Schritt verlangsamte sich etwas. »Tut mir leid. Ich habe mir hier nicht viele Freunde gemacht, wenn man von Kellen absieht«, erklärte sie, »und es ist alles ein wenig seltsam für mich. Wenn mein Vater wieder gesund ist, geht es mir bestimmt auch besser.«

»Sind Sie politische Flüchtlinge?« fragte Kirk.

Renne nickte und deutete kurz auf ihr Auge. »Es war schrecklich. Menschen können wirklich wie Tiere sein. Und all das nur, weil wir gegen den Diktator unseres Landes eingestellt waren. Viele haben ihr Leben geopfert, damit wir fliehen konnten, aber schließlich war dies hier unsere einzige Zuflucht.«

»Von welchem Planeten kommen Sie?« fragte Kirk.

»Alloseng«, erwiderte Renna.

»Alloseng?« Kirk dachte nach. »Ich habe noch nie davon gehört. Aber Sie wirken menschlich, wie McCoy und ich.«

»Ich nehme an, Sie waren noch nicht auf jedem Planeten in der Galaxis?« fragte die junge Frau spöttisch.

»Nein«, sagte Kirk lächelnd, »aber auf ziemlich vielen.«

»Dann haben Sie wohl nichts dagegen, wenn ich Sie frage, wo *Sie* herkommen?« fragte Renna.

Kirk fragte sich, ob er lügen oder ihrer neuen Bekannten die Wahrheit sagen sollte. Der einzige Vorteil einer Lüge bestand darin zu vermeiden, sie dadurch zu irritieren, daß sie Verfolger waren – und somit irgendwie mit den Bestien verwandt, die ihren Vater gefoltert und sie in dieses Exil gejagt hatten. Doch wenn er ihr die Wahrheit erzählte, gewann er vielleicht ihre Unterstützung bei ihrem Dilemma.

»Sie zögern«, sagte Renna. »Das kann nur bedeuten, daß Sie im Begriff sind, eine Lüge zu erzählen. Sparen Sie sich das für jemand anderen auf.«

»Nein«, erwiderte Kirk. »Ich habe beschlossen, Ihnen die Wahrheit zu sagen. Meine Freunde und ich sind Verfolger.«

Rennas Kopf zuckte überrascht herum, dann beschleunigte sie ihren Schritt. Kirk holte auf, und irgendein Vieh, das im Geäst der Bäume saß, verspottete ihn mit schrillem, höhnischem Gelächter.

»Wir sind keine politischen Verfolger«, sagte Kirk mit Nachdruck, »und wir wissen jetzt, daß wir nicht hätten hierherkommen sollen. Aber wir haben einen Fehler gemacht. Wir haben einen Kriminellen verfolgt, jemanden, der unschuldige Handelsfrachter ausgeplündert und dann hilflos im All zurückgelassen hat.«

»Einen Mörder?« fragte Renna.

»Das eigentlich nicht«, gestand Kirk. »Einen Piraten.«

»Vielleicht hat er sich nur genommen, was er brauchte«, meinte Renna.

Kirk schüttelte den Kopf. Dann erwiderte er leise: »Was uns hierher geführt hat, zählt nun nicht mehr. Wichtig ist, daß wir einen Weg finden müssen, von dieser Welt wegzukommen. Haben Sie irgendwelche Anzeichen von Raumfahrzeugen gesehen, die die Seniten beschlagnahmt haben? Einen Transporter? Irgend etwas, das uns bei der Flucht helfen kann?«

Renna verlangsamte ihr Tempo. Sie konnte das in ihrer Stimme mitschwingende Interesse nicht verbergen. »Kellen wäre entsetzt, wenn sie hören könnte, was Sie sagen. Und die Seniten auch. Für sie ist an Zuflucht alles perfekt. Warum sollte irgend jemand von hier fort wollen?«

»Sie kennen doch nur diese Insel«, erwiderte Kirk. »Glauben Sie mir, mancher andere Ort auf Zuflucht ist nicht im geringsten perfekt. In den Bergen hausen Leute wie Tiere, die gerade so eben überleben. Aber es ist ihnen lieber als in Dohama, und ich kann es ihnen nicht verübeln.«

Sie hörten leise Schritte, die hinter ihnen über den Pfad liefen. »Wir sprechen später darüber«, sagte Renna leise.

»Renna!« rief Kellen, eilte an Kirk vorbei und nahm ihren Arm. »Wenn wir diesen Weg nehmen, kann ich dir wenigstens die Windturbinen zeigen. Sie zügeln die Windkraft und versorgen uns mit Strom.«

Renna lächelte freundlich. »Vielleicht ein anderes Mal. Ich muß wirklich sehen, wie es meinem Vater geht. Ich habe doch noch den Rest meines Lebens. Da kannst du mir alles zeigen.«

»Da hast du auch wieder recht!« Kellen lachte.

Die Frauen schlenderten eingehakt über den nun breiter werdenden Pfad. Kirk wandte sich um und gesellte sich wieder zu McCoy und Spock.

»Ich möchte das Krankenhaus sehen«, sagte McCoy.

»Wir müssen uns vorsichtig bewegen«, erwiderte Kirk. »Aber ich habe Renna erzählt, wer wir sind und daß wir Zuflucht verlassen wollen.«

Spock hob eine Braue. »War das klug, Captain?« fragte er. »Vielleicht sehen die Seniten darin ein nicht hinnehmbares Verhalten.«

»Wir haben keine andere Wahl«, erwiderte Kirk. »Wir brauchen Hilfe. Und ich nehme an, auch Renna möchte nicht den Rest ihres Lebens hier verbringen.«

»Andererseits«, sagte McCoy, »hat Kellen mir erzählt, daß sie praktisch auf Zuflucht geboren wurde. Sie kam mit ihren Eltern hier an. Mehr weiß sie auch nicht.«

»Genau wie die Seniten«, sagte Kirk stirnrunzelnd. Er deutete mit dem Kopf voran, und sie beeilten sich, die Frauen einzuholen.

Der Weg führte nun ständig aufwärts, und der Nebel hob sich, bis sie den Umriß eines hohen, die Insel beherrschenden Berges ausmachen konnten. An seinem Fuß erblickten sie eine geisterhafte Reihe weißer, sich im Wind bewegender Propeller. Kirk, der annahm, daß die schlanken Windmühlen viel größer waren, als sie aus der Ferne wirkten, fragte sich, ob die Seniten auch Flüsse und Wasserfälle steuerten. Der Berggipfel war in der tieferliegenden Wolkendecke nicht sichtbar, aber er stellte ihn sich als spitze Nadel vor, wie die Berge im Norden.

Ihr erster Blick auf die Ortschaft von Khyming zeigte einen weißen Pavillon, der zwischen den Blasenbäumen an der Seite eines Kliffs stand. Die ausgedehnte Dachterrasse war offensichtlich so positioniert, um eine angenehme Aussicht auf den Dschungel zu ermöglichen – sofern der Nebel es gestattete. Sie vernahmen die klappernden Geräusche von Bestecken und Stimmen, und Kirk machte vage Gestalten aus, die den Hochpavillon betraten und verließen.

»Wenn Sie Hunger haben«, sagte Renna, »sollten Sie etwas essen gehen. Kellen und ich gehen zur Klinik.«

»Darf ich mitgehen?« fragte McCoy. »Ich verspreche auch, Ihnen nicht im Weg zu sein, und wenn Sie mich darum bitten, gehe ich auch wieder. Ich bin Arzt. Jedenfalls war ich es, bevor ich herkam.«

»Ich habe nichts dagegen«, sagte Renna. »Ich fürchte, wir werden ihn nicht mehr allzu lange sehen.«

McCoy warf Kirk einen hoffnungsvollen Blick zu. »Ich verspreche, nicht lange wegzubleiben, Jim. Und ich komme hierher zurück.«

»Worüber machen Sie sich Sorgen?« sagte Kellen. »Auf Khyming kann Ihnen nichts passieren. Dies ist die am meisten gesegnete Insel auf Zuflucht. Hier leben nur die Besten.«

Kirk räusperte sich. »Das kann ich mir vorstellen«, sagte er. »Wir warten hier auf dich, Pille. Und halt die Augen auf.«

»Bis später.« Renna lächelte, dann wandte sie sich um und ging so forsch davon, daß Kellen und McCoy laufen mußten, um mit ihr Schritt zu halten.

Kirk und Spock blieben allein vor dem strahlenden Pavillon zurück. Der Wind hatte sich leicht gedreht, das süße Aroma frischen Gebäcks wehte durch den Nebel. Kirk erblickte eine Wendeltreppe, die durch den Boden des riesigen Baumhauses verlief, und er winkte Spock zu, er möge ihm folgen.

Sie betraten etwas, das man als elegantes Freiluftcafé bezeichnen konnte. Beschürzte Seniten wimmelten zwischen schlichten Tischen umher, an denen sich freundlich unterhaltende Gäste saßen. Niemand war so schäbig gekleidet wie die Neuankömmlinge, aber es sah so aus, als schenke ihnen niemand Aufmerksamkeit, als sie mit offenem Mund auf die vorbeigetragenen Teller schauten. Es gab gebackene, mit Meeresfrüchten gefüllte Blasenpflanzen, diverse Salate und röhrenförmige Gemüsesorten, gelbes, lecker aussehendes Korn und Scheiben dunklen Brotes, die stapelweise auf den Tischen standen.

Wenn man über den Tellerrand hinwegschaute, war

die Aussicht tatsächlich prächtig – ein blühender, in Nebelschwaden gebadeter Dschungel. Über ihnen breiteten sich die Streben und Aufbauten eines gewaltigen Zeltdaches aus, das man offenbar ausrollen konnte, falls es anfing zu regnen. An der Rückseite des Pavillons führte eine Phalanx von Türen in eine herrlich duftende Küche. Kleine Läden und senitische Straßenhändler säumten den Spazierweg, der vom Café zu anderen Teilen der weißgekalkten Ortschaft führte.

»Zwei Personen?« fragte ein Senit und unterbrach Kirks Träumerei.

»Bitte«, erwiderte der Captain. »Müssen wir für das Essen bezahlen?«

»Nein, mein Herr«, sagte der Senit. Er wirkte ziemlich erschreckt.

»Das ist angenehm«, sagte Spock.

»Ein Tisch mit Aussicht«, fügte Kirk hinzu.

»Gewiß, mein Herr.«

Sie folgten dem Seniten an einen kleinen runden Tisch auf einem Balkon, von dem aus man das üppige Grün des Dschungels überblickte. Da Kirk die letzten Stunden darin verbracht hatte, drehte er den Stuhl in Richtung der Ortschaft und ihrer Bewohner. Einfache weiße, an der Kliffseite erbaute Häuser, Läden und Bungalows hockten in den Blasenbäumen und waren durch schwankende Hängebrücken miteinander verbunden. Dazwischen ragten Pagoden und Pavillons auf, die wie Pilze aus dem Boden der Schlucht wuchsen. Geschöpfe unterschiedlichster Rassen schlenderten über die dünnen Brücken und schienen sich der Tiefe gar nicht bewußt zu sein. Jedes Gebäude in Khyming war makellos weiß, was dem Ort trotz seiner bemerkenswerten Gestaltung ein eigenartig steriles und freundliches Aussehen verlieh.

»Die Brücken wirken zwar hauchdünn«, sagte Kirk zu Spock, »aber sie erleichtern die Fortbewegung zwischen den Ebenen sehr.«

»Für einen Ort, an dem man sich nur zu Fuß bewegen kann«, sagte Spock, »sind sie sehr passend. Die Bevölkerung ist in gutem körperlichen Zustand, was, wie ich annehme, damit zu tun hat, daß sie sich bewegt und gesund ernährt.«

»Gesünder als die Dohamaner«, stimmte Kirk ihm zu. Er schüttelte verblüfft den Kopf. »Warum ernährt man sich an beiden Orten so unterschiedlich? Das paßt doch nicht zusammen.«

Spock legte den Kopf schief. »Ich bin nicht ganz Ihrer Meinung, Captain. Ich glaube, von einem logischen Standpunkt aus besehen, paßt es sehr wohl zusammen: In Dohama müssen die Seniten eine große und potentiell gefährliche Bevölkerung ernähren und besänftigen. Bier und fettes Essen können bei dieser Aufgabe helfen. Auf Khyming besteht das Ziel offenbar darin, die Bewohner gesund zu halten, was auch vernünftig ist, wenn die Seniten selbst hier leben.«

Kirk schaute sich um und musterte die große Anzahl humanoider Lebewesen, die gelassen ihr Mittagsmahl verzehrten. Er sah blaue Haut, grüne Haut, braune Haut und ein Geschöpf, dessen Haut zur einen Hälfte weiß und zur anderen schwarz war – vielleicht ein Bewohner des Planeten Cheron, der während der Rassenkrawalle, die ihn unbewohnbar gemacht hatten, geflohen war.

Das Verhältnis von Frauen zu Männern war in etwa zwei zu eins. Was bedeutete, daß das, was man in Dohama annahm, der Wahrheit entsprach: Frauen wurden nach Khyming geschickt. Auch dies ist möglicherweise zum Nutzen der Seniten, dachte Kirk, weil es verhindert, daß man sich in Dohama wegen der Frauen stritt. Niemand, der in diesem Freiluftcafé dinierte, schien es irgendwie eilig zu haben, und viele Gespräche wurden auch dann noch fortgeführt, als die Teller längst abgeräumt waren.

Schon wurden sie von zwei Seniten bedient. Einer

deckte den Tisch, der andere schenkte Wasser in ihre Gläser ein. Ein dritter bahnte sich mit einem Tablett voll Brot und dampfenden Essensschalen einen Weg zu ihnen. Kirk wollte sich mit ihnen unterhalten, aber er sah, daß sie beschäftigt waren und noch andere Tische bedienen mußten. Das Essen sah lecker aus, und es schmeckte auch so. Es erinnerte ihn an irdische Delikatessen, wie Auberginen und Tabouli.

»Faszinierend«, sagte Spock, als die fleißigen Diener wieder gegangen waren. »Ich habe unter Nicht-Vulkaniern noch nie solche Übereinstimmung gesehen.«

»Es ist vielleicht hilfreich, wenn man nur ein Geschlecht hat«, knurrte Kirk. »Ich will nur auf mein Schiff zurück. Wenn wir doch nur eine Schwäche in ihrem Sicherheitssystem finden könnten ...«

Spock deutete auf das florierende Freiluftcafé. Dann erwiderte er: »Wenn die Seniten schon seit Jahrhunderten mit diesem Grad an Effizienz funktionieren, dürfte es schwierig sein, eine Schwäche in ihrem Sicherheitssystem zu finden.«

»Wir könnten es versuchen«, sagte Kirk leise. »Ich glaube, diese Insel ist der richtige Ort dafür.«

»Es könnte sein«, erwiderte der Vulkanier, »aber die Seniten sind daran gewöhnt, mit Fremden fertig zu werden. Man hat uns gesagt, daß wir Bewährung haben. Möglicherweise werden wir sogar beobachtet. Wir sind sicher auf uns allein gestellt, und es gibt keine Aussichten, daß man uns von der *Enterprise* aus hilft. Außerdem kann sich niemand daran erinnern, daß je jemand diesen Planeten verlassen hätte.«

Kirk schüttelte den Kopf. »Es *muß* irgend etwas geben, das uns weiterbringt«, murmelte er.

»Wir leben noch«, erwiderte Spock und hielt sich einen aromatisch duftenden Löffel mit schwarzem Gemüse unter die Nase. »Und die Seniten sind gute Köche.«

8

Renna, Kellen und McCoy gingen über eine lange Hängebrücke, die die Strecke zwischen dem Klippenfundament und einem schlichten zweistöckigen, zwischen den Bäumen hängenden Gebäude überspannte. Die Frauen führten. McCoy ging unsicher hinter ihnen her. Er hatte eine finstere Miene aufgesetzt, weil das verfluchte Schwanken ihn seekrank werden ließ.

Kellen blieb stehen und sagte milde: »Was ist los, McCoy? Höhenangst?«

»Aber nie im Leben!« raunzte McCoy. »Ich habe nur Angst vor einem *Absturz*. Mir sind Brücken lieber, die sich nicht bewegen, wenn man sie überquert.«

»Die Brücken werden bestens gewartet«, erwiderte die schon seit vielen Jahren hier lebende Kellen. »Ich finde sie wunderschön.«

»Beeilt euch doch!« rief Renna ungeduldig, hielt sich an einem Trossengeländer fest und ging zielbewußt auf das weiße Gebäude zu. Sie war schon weit voraus.

»Ist ihr Vater schwer verletzt?« fragte McCoy Kellen.

»Die Seniten tun alles, was sie können«, erwiderte sie. »Wenn sie ihn nicht retten können, kann es niemand.«

Sie holten die dunkelhaarige Frau an der Tür der Klinik ein. Auf der Tür war ein blauer Stern, der möglicherweise auf eine medizinische Einrichtung hinwies. Ein stämmiger junger Senit stand im Eingang Wache.

»Im Moment ist kein Zutritt gestattet«, sagte er mit schriller Stimme zu Renna.

»Bitte«, sagte sie. »Sie haben mich schon heute morgen nicht eingelassen. Ich muß wissen, wie es meinem Vater geht.«

»Einen Moment«, sagte der Wächter, drückte die Tür auf und verschwand im Inneren.

Renna war deutlich in Sorge, und McCoy empfand Verständnis für sie. »Vielleicht schläft er gerade«, sagte er.

»Es ginge mir besser, wenn ich bei ihm wäre«, sagte sie mit finsterer Miene.

Kurz darauf kehrte der Senit zurück. »Sie dürfen kurz hinein«, sagte er und hielt ihnen die Tür auf.

Sie kamen in ein auffallend leeres Wartezimmer, das in McCoy den Eindruck verdichtete, daß die Bewohner Khymings ziemlich gesund und gut angepaßt waren. Ein anderer Senit, er war älter und wirkte distinguierter, wartete vor einer Flügeltür. Auf seinem weißen Gewand, fiel McCoy auf, waren mehrere Blutflecke zu sehen.

Der ältere Senit begrüßte sie mit einem Nicken. »Wir haben ihn heute morgen noch einmal operiert«, erklärte er, »aber seine inneren Verletzungen sind sehr ernst. Er ist zwar ruhiggestellt, aber wenn Sie ihn kurz sehen möchten …«

»Ja, das möchte ich«, sagte Renna.

Kellen schüttelte sich. »Ich warte hier.«

McCoy sagte nichts, da er die Seniten nicht gegen sich aufbringen und seine Chance aufs Spiel setzen wollte, ihre Einrichtung zu sehen. Der senitische Arzt – McCoy nahm an, daß es sich um einen solchen handelte – hielt ihnen die Tür auf.

McCoy folgte Renna in ein großes, bestens ausgerüstetes Krankenzimmer mit sechs Betten. Alle waren von Überwachungsgeräten umgeben, die denen im Lazarett der *Enterprise* entsprachen, falls sie nicht gar noch besser waren. Durch dicke Glasscheiben sah er zwei Operationssäle, die nicht weniger beeindruckend wirkten.

Nur zwei der Betten des Zimmers waren belegt, doch waren sechs Seniten anwesend. Renna ging an dem ersten Patienten, einem offenbar älteren Seniten, vorbei und trat ans nächste Bett, in dem ein zerbrechlich wirkender weißbärtiger Mann lag und schlief. Über dem Bett war ein Baldachin angebracht, der den Patienten in warmes, orangefarbenes Licht badete. Renna trat ans Bett, musterte den dünnen Mann und rang die Hände.

»Er ist in Stase«, sagte der senitische Arzt.

»Stase?« erwiderte McCoy bekümmert. »Ist sein Blutdruck so niedrig?«

Der Senit musterte McCoy mit einem neugierigen Blick. »Er war tot, als er eingeliefert wurde. Wir haben ihn wiederbelebt, aber seine inneren Organe sind zerschmettert, und er hat sich die Hüfte und beide Beine gebrochen. Wir haben die Hüfte nicht ersetzt, weil es keinen Sinn hat, bevor wir seinen Kreislauf nicht stabilisieren können. Er braucht wenigstens eine Herz-, Leber- und Nierentransplantation. Er hat auch einen Hirnschaden erlitten.«

»Wenn er so schlimm gefoltert wurde«, fragte McCoy, »wie hat er es da geschafft, überhaupt hierherzukommen?«

Der Senit hob eine Braue und erwiderte mit belegter Stimme: »Das ist eine gute Frage.«

Renna bekam nichts von ihrer Unterhaltung mit. »Vater?« sagte sie drängend. »Vater, kannst du mich hören?«

»Er kann Sie nicht hören«, sagte der senitische Arzt. »Wenn er bei Bewußtsein wäre, wären seine Schmerzen unerträglich – selbst wenn wir ihm irgend etwas geben würden.«

Auch diesmal schien sie nichts zu hören. »Vater, Vater ...«, hauchte sie. Ihre Stimme war tränenerstickt.

»Er wird's wohl nicht schaffen, was?« sagte McCoy leise.

Der senitische Arzt zuckte die Achseln. »Wir können

ihn natürlich am Leben erhalten, aber das ist nicht unsere Art. Lebensqualität ist wichtiger als pure Existenz.«

»Wie wäre es mit künstlichen Organen?« fragte McCoy.

»Wir haben ihm heute morgen ein künstliches Herz eingepflanzt«, erwiderte der Senit, »aber seine arteriellen Schäden sind groß. Es geht ihm zwar jetzt besser, aber seine Prognose hat sich nicht geändert.«

Renna fing an zu schluchzen, und McCoy nahm sanft ihren Arm. »Gehen wir«, sagte er leise.

Sie wehrte sich nicht, als er sie ins Wartezimmer zurückführte. Kellen sah ihre niedergeschlagenen Mienen, drehte sich um und rieb sich die Augen. Zu dritt traten sie düster in die diesige Sonne des Bergortes hinaus.

»Tja«, sagte McCoy mit gezwungener Fröhlichkeit, »der Arzt sagt, er muß noch dableiben.«

»Das hat er nicht gesagt«, murmelte Renna finster. »Wenn Sie sein Arzt wären, was würden Sie mir dann sagen?«

»Sie sollen tapfer sein.«

»Tapfer!« fauchte sie verächtlich. »Ich bin mein ganzes Leben lang tapfer gewesen. Ich habe Dinge getan, die kein junges Mädchen tun sollte. Dieser Mann ist alles, was ich in meinem ganzen Leben je gekannt habe. Ich bin ihm gefolgt, und er war da, um mich alles zu lehren. Ich war nie allein.«

»Haben Sie keine Mutter oder sonstige Familienangehörige?« fragte McCoy.

Renna schenkte ihm einen funkelnden Blick. »Jedenfalls nicht auf Zuflucht.«

»Du bist nicht allein«, sagte Kellen gutgelaunt. »Ich bin doch deine Freundin. Laß uns nicht über solche deprimierenden Dinge sprechen. Komm, wir haben noch immer Zeit, uns die Windturbinen anzuschauen!«

Die blonde Frau nahm Rennas Arm und brachte sie

zu einer der drei Brücken, die von der Klinik wegführten. »Kommen Sie mit, McCoy?« rief sie.

»Nein, danke«, erwiderte er. »Ich muß meine Freunde finden.«

Renna schaute traurig zurück, als wollte sie sich die Windturbinen nicht allein mit ihrer zu fröhlichen Begleiterin anschauen. Dann senkte sie den Kopf und folgte Kellen brav über die schwankende Brücke.

»Eins sag ich dir, Jim«, bemerkte McCoy bei einem Glas äußerst schmackhaften olivfarbenen Weins, »dem Mann können seine Verletzungen nicht durch Folter zugefügt worden sein. Na ja, vielleicht doch, aber dann hätte er nicht lange genug gelebt, um in ein Raumschiff zu steigen und hierherzukommen. Solche Verletzungen zieht man sich viel wahrscheinlicher bei einem Unfall zu – oder einem Absturz.«

Spock hob eine Braue. »Hat er Verletzungen der Art, wie sie eintreten, wenn eine Rettungskapsel zu dicht am Boden ausgestoßen wird?«

»Ja.« McCoy nickte. »Genau solche Verletzungen hat er.«

Kirk strich sich übers Kinn und blickte über den Balkon auf das fremdartige Gelände der üppig bewachsenen Insel, die sich unter ihm bis in nebelhafte Fernen erstreckte. Er hatte den ganzen Nachmittag damit verbracht, im Freiluftcafé zu sitzen, zu essen, zu trinken und sich zu unterhalten. Für einen Gigolo von Rigel IV mochte dies vielleicht ein schönes Leben sein, aber nicht für ihn, der daran gewöhnt war, sich als Captain eines Raumschiffes zu bewähren. Er sehnte sich danach, etwas zu tun, was ihn aus diesem Plüschgefängnis fortbrachte. Aber was?

»Okay«, sagte er. »Vielleicht ist der Mann, der da im Sterben liegt, Auk-rex. Und Renna ist das, was von seiner Mannschaft übriggeblieben ist. Doch was haben wir davon? Wir können nicht mal *selbst* von diesem Planeten verschwinden. Da spielt der Mann keine Rolle mehr.«

McCoy schaute betrübt drein. »Du hast gesagt, ich soll die Augen offenhalten. Ich dachte, es würde dich vielleicht interessieren.«

Kirk lächelte und klopfte seinem Freund auf die Schulter. »Verzeihung, Pille. Natürlich interessiert mich, was du herausbekommen hast. Aber es interessiert mich halt noch mehr, wie ich wieder aufs Schiff komme.«

McCoy zuckte die Achseln. »Da kann ich dir auch nicht helfen. Aber ich glaube, daß Renna, wer sie auch ist, nicht anders empfindet als wir.«

»Was ist mit ihrer Freundin?« fragte Spock. »Kellen kennt sich auf der Insel gewiß gut aus. Sie hat doch fast das ganze Leben hier verbracht.«

»Hmm«, machte Kirk nachdenklich. »Vielleicht sollten wir uns bemühen, besonders nett zu ihr zu sein. Gehen wir hinter den beiden her. Hier halte ich es ohnehin nicht mehr aus.« Er stand entschlossen auf.

»Moment mal«, sagte McCoy protestierend. »Ich bin noch nicht fertig mit meinem Wein.«

»Entspann dich nicht zu sehr«, warnte Kirk. »Wir bleiben nicht für immer hier.«

Sie schlenderten über die Hängebrücken und Laufstege des weißgekalkten Ortes, warfen gelegentlich einen Blick in einen Laden und schauten sich die Waren senitischer Straßenhändler an. Kirk fand, daß Khyming in mancherlei Hinsicht eine 1-A-Variante Dohamas war. Das Essen war gesünder, aber es wurde trotzdem von Seniten zubereitet und serviert, die jedermann von sich abhängig machten. Zwar gab es hier statt billiger Kneipen niveauvolle Cafés, aber trotzdem verbrachte die Bevölkerung einen Großteil des Tages mit Herumsitzen und Trinken.

War einem nach neuen Kleidern, Juwelen oder Toilettenartikeln zumute, ging man einfach in einen Laden und holte sie sich, wie in Dohama. Statt der Tätowiersalons und Spielhöllen gab es hier Friseursalons und Teestuben. Statt geschminkter und perückentragender Seniten lebten auf Khyming echte Frauen, und mehrere lächelten Kirk verführerisch zu, wenn er ihnen auf den engen Gehwegen begegnete. Hin und wieder trafen sie sogar Familien mit Kindern im Schlepptau.

Eine junge gelbhäutige Frau mit Stirnbeulen streckte dreist die Hand aus und hielt Kirk an. Mit großen Augen schaute sie beifällig von Spock zu McCoy.

»Sie sind neu hier«, sagte sie lächelnd. »Ich kenne alle Männer in Khyming. Hier ist meine Karte. Wenn Sie eine Gattin wollen – oder etwas Kurzfristigeres –, kommen Sie in meinen Salon. Ich betreibe einen Partnerschaftsdienst für viele qualifizierte und begehrenswerte Damen aller Rassen. Viele sind gern bereit, sich einen Ehemann zu teilen.«

Kirk befingerte die Geschäftskarte. Auf ihr stand eine Adresse, an der sie zuvor vorbeigekommen waren. »Wir denken drüber nach«, sagte er und erwiderte ihr Lächeln.

»Sie hätten die freie Auswahl«, sagte die Frau und zwinkerte ihm aus purpurnen Augen zu.

Nachdem sie davongeschwebt war, hob Spock eine Braue. »Faszinierend«, merkte er an. »Hier gibt es das Gegenteil des in Dohama herrschenden Problems – Männermangel.«

»Sie ist wie Billiwog«, sagte McCoy. »Obwohl sie nicht zu arbeiten braucht, versucht sie, etwas Nützliches zu tun.«

»Das ist es ja gerade«, sagte Kirk ärgerlich. »Was ist das denn für ein Leben, wenn einem alles gereicht wird?«

McCoy zuckte die Achseln. »Manche Leute würden es gar nicht für schlecht halten.«

»Ich bin aber nicht manche Leute«, sagte Kirk. Er warf einen Blick auf das sich an den Berghang schmiegende Gebäude und stellte fest, daß die Dunkelheit den Nebelfilter allmählich durchdrang. »Wir sollten uns lieber einen Ort für die Nacht suchen.«

McCoy räusperte sich. »Vielleicht sollten wir die Dame fragen, von der du die Karte hast...«

»Du wirst noch als Ehemann enden«, sagte Kirk warnend.

»Mit drei oder vier Gattinnen«, sagte McCoy grinsend.

Ein Senit ging vorbei und sammelte mit einer Schaufel an einem langen Griff kleine Abfälle ein. »Entschuldigen Sie«, fragte Kirk das androgyne Wesen, »wo verbringen Neuankömmlinge hier die Nacht?«

»Im Gästehaus«, antwortete der Senit und deutete auf ein weitverzweigtes Gebäude am Fuß der Klippe.

Im Gegensatz zu den prächtigen Teehäusern wirkte dieses Gebäude wie eine Ranch aus dem amerikanischen Mittelwesten. Kirk führte sie an. Sie gingen über eine Hängebrücke zu einem kleinen Pavillon und begaben sich über eine Wendeltreppe zum Boden hinab.

McCoy seufzte. »Ein gutes Gefühl, wieder Boden unter den Füßen zu haben.«

Spock deutete in die Richtung, aus der sie gerade gekommen waren. »Ich glaube, das da könnte das Seminar sein, von dem wir gehört haben, Captain.«

Kirk und McCoy schauten in die Richtung seiner ausgestreckten Hand und erblickten ein prächtiges weißes Gebäude. Es hockte auf dem höchsten sichtbaren Sims des Hügels und wurde teilweise von verdrehten Felsspitzen verborgen. Der Dunst ließ es fast ätherisch erscheinen, wie ein Schloß aus einem Kindermärchen. Vom Ort aus war es unmöglich, das Gebäude zu sehen, und Kirk fragte sich, wie die Leute es erreichten. Er sah keine Brücken, die den Palast mit dem Rest von Khyming verbanden.

»Dort werden wir noch hingehen«, sagte er.

»Da sind Sie ja!« rief eine vertraute Stimme.

Sie drehten sich um und sahen Kellen, die aus der Richtung des Gästehauses auf sie zukam. »Sie müssen Renna helfen«, sagte sie. »Es gelingt mir einfach nicht, sie etwas aufzuheitern. Wenn ihr Vater stirbt, weiß ich nicht, was aus ihr werden soll.«

Captain Kirk setzte sein charmantestes Lächeln auf. »Wir haben gerade nach Ihnen gesucht. Sagen Sie mal, was ist das für ein Haus dort oben?«

»Das Seminar. Dort leben die Seniten.«

»Was für ein prachtvolles Gebäude«, sagte Kirk. »Können Sie uns dort hinbringen?«

»Das können nur die Seniten«, erwiderte Kellen verdutzt. »Was wollen Sie denn da? Die Seniten leben sehr einfach. Da gibt es nicht viel zu sehen.«

»Wir interessieren uns sehr für Architektur«, erwiderte Spock.

»Aber nicht jetzt«, sagte Kellen beharrlich, packte Kirk am Arm und zog ihn zum Gästehaus. »Bitte, heitern Sie sie etwas auf. Ich möchte, daß es ihr hier gefällt.«

»Warum ist es so wichtig?« fragte Kirk.

Seine Frage ließ Kellen erstarren, und sie musterte ihn mit einem verwirrten Blick. »Weil dies der Ort ist, an dem sie leben muß, und weil die Seniten all dies gebaut haben, damit wir uns wohlfühlen.«

Kirk schaute McCoy und Spock demonstrativ an. »Na, dann geht ihr schon mal rein und besorgt uns Zimmer. Ich sehe mal nach, ob ich Renna finden kann.«

Seine Gefährten nickten und gingen rasch auf das große weiße Haus zu. Kirk nahm Kellens Hand. Seine nächsten Worte wählte er sorgfältig aus, denn er wollte die Verbündete, die sie so dringend brauchten, nicht gegen sich aufbringen.

»Kellen«, begann er und deutete auf den allmählich dunkel werdenden Himmel, »dort draußen gibt es viel, viel mehr, als Sie sich vorstellen können. Renna hat andere Welten und andere Städte gesehen. Möglicherweise hat sie eine Familie und Freunde an Orten, die weit von hier entfernt sind. Selbst wenn ihr Vater nicht so schwer verletzt wäre, würde es ihr schwerfallen, sich hier anzupassen. Es ist für uns alle schwierig. Können Sie nicht verstehen, daß es jemanden geben könnte, der hier nicht glücklich ist?«

Kellen biß sich auf die Lippe. »Vielleicht nicht sofort, aber im Lauf der Zeit...«

»Vielleicht aber auch nie«, sagte Kirk. »Wenn Sie wollen, daß Renna glücklich ist, sollten Sie über die Möglichkeit nachdenken, ihr – und uns – zu helfen, Zuflucht zu verlassen.«

»Das ist unmöglich!« stieß die blonde Frau hervor. Schon die Vorstellung schien sie zu erschrecken.

»Ich glaube nicht, daß es unmöglich ist«, erwiderte Kirk. »Ich weiß, daß die Seniten über Transporter verfügen. Und im Laufe der Zeit müssen sie auch Tausende von Raumschiffen hier angesammelt haben. Ich bitte Sie doch nicht darum, jemanden zu betrügen. Ich möchte nur, daß Sie über meine Worte nachdenken.«

Die junge Frau nickte, als wolle sie sich bemühen, nicht starrsinnig zu sein. Sie zog ihre Hand auch nicht zurück, sondern drückte Kirks Hand leicht. »Sie sind eigenartig, Jim«, sagte sie verwirrt. »Ich habe nicht das Gefühl, daß man Sie – wie meine Eltern und viele andere – verfolgt hat. Wenn man Sie verfolgt hätte, wüßten Sie vielleicht, worum es auf Zuflucht geht.«

»Ich verstehe den Zweck dieser Welt«, erwiderte Kirk. »Aber ich glaube ebenso, daß manche Leute einen Fehler machen, wenn sie hierherkommen. Das Leben hier ist – so schön und einfach es auch ist – einfach nicht für jeden geschaffen.«

»Nein«, erwiderte Kellen traurig. »Ich habe einige gesehen, die unglücklich sind.«

»Was geschieht mit ihnen?«

Sie zuckte die Achseln. »Sie gehen fort.«

Kirk fragte sie zwar nicht nach Einzelheiten, aber er

bezweifelte, daß ihr ›Fortgehen‹ sie wieder zu den Sternen brachte. Er hielt Kellens Hand freundschaftlich fest und setzte sich mit ihr zwischen der Überfülle der roten Blasenpflanzen in Bewegung.

»Gehen wir doch ein bißchen spazieren«, sagte er lächelnd. »Dann können Sie mir etwas über Ihr Leben auf dieser Welt erzählen.«

Auch im Inneren wies das Gästehaus von Khyming laut Ansicht McCoys bemerkenswerte Ähnlichkeit mit einer Ranch auf. Warme Holztäfelungen und rustikale Möbel zierten helle und luftige Räume. Spock und er hatten keine Schwierigkeiten, sich eine üppige Zimmerflucht mit Schlafzimmer, Wohnzimmer und vier großen Betten zu sichern. Die wenig gesprächigen Seniten, die das Gästehaus betrieben, wollten ihnen zwar nicht verraten, wer sonst noch hier wohnte, aber sie hatten im Speisesaal eine große, etwa ein Dutzend Mann starke Gruppe dunkelhäutiger Humanoiden gesehen. Sie hockten zusammen, als würden sie noch immer von einer fremden Macht bedroht, so daß McCoy sich bemüht fühlte, ihnen zu sagen, daß sie nichts mehr zu befürchten hatten – es sei denn, ihre senitischen Gastgeber. Von Renna sahen sie keine Spur, so daß McCoy annahm, daß sie sich in ihrem Zimmer aufhielt.

Er saß auf einer breiten Veranda hinter dem Haus in einem Plüschsessel, nippte an einem Glas olivfarbenen Weines und schaute zu, als die Dunkelheit und der Nebel den vor ihnen aufragenden Urwald verschluckten. Spock stand steif da und behielt den Eingang zum Speisesaal im Auge.

»Nun entspannen Sie sich mal, Spock«, sagte McCoy leicht ungehalten. »Es genügt nicht, eine Tür anzustarren, um jemanden dazu zu bewegen hindurchzugehen.«

Spock schaute ihn an und erwiderte: »Der Captain hat gesagt, wir sollten uns nicht zu sehr entspannen.«

»Nein ...«, McCoy gähnte. »Aber zuviel Entspannung

ist nichts, worüber man sich Sorgen machen müßte. Sie könnten sich wenigstens hinsetzen.«

Der Vulkanier zog diese Idee kurz in Erwägung, dann nahm er in einem der Plüschsessel Platz, die auf der ganzen Veranda verstreut waren. Er wirkte noch immer nicht entspannt.

»Ich frage mich, was jetzt auf der *Enterprise* los ist«, sagte McCoy nachdenklich. »Wahrscheinlich hat Scott die größten Schwierigkeiten, all dies dem Oberkommando beizubringen. Und Starfleet Command hat wahrscheinlich die allergrößten Probleme, ohne die *Enterprise* auszukommen. Und all das nur, weil wir einen lausigen Piraten festnehmen wollten, der entweder tot ist oder ebenso hier festsitzt wie wir.« Er reckte den Hals und musterte den finsteren Himmel. »Glauben Sie, daß sie noch da oben sind, Spock?«

»Unbekannt«, erwiderte der Vulkanier. »Es wäre zwar logisch, daß sie eine gewisse Zeit in der Kreisbahn bleiben, aber inzwischen sind fünf Tage vergangen. Wenn eine Landeeinheit vermißt wird, schreiben die Vorschriften der Flotte eine Suchperiode von achtundvierzig Stunden vor. Aber diese Zeit haben wir längst überschritten.«

»Yeah«, murmelte McCoy. »Sie könnten nicht mal mehr nach uns suchen, wenn sie es wollten. Es sieht nicht gut aus.«

Der Vulkanier nickte zustimmend. »Unsere Lage müßte ihnen dann als ziemlich unhaltbar erscheinen.«

Eine grimmige Stille folgte, und die Finsternis senkte sich völlig über das weißgekalkte Haus am Rand des Urwaldes. Lachsfarbene Lampen gingen flackernd an und verliehen der Veranda ein eigenartiges Leuchten, das dem des Himmels entsprach, der vom ersten Mond des Planeten beschienen wurde. Sie vernahmen Schritte, dann tauchte eine einzelne Gestalt an der Seite des Hauses auf. Sie wandten sich erleichtert um, um zu sehen, wer es war.

»Hallo«, sagte Renna und ließ sich in einen Sessel fallen. »Wo ist denn der dritte Musketier?«

»Ich weiß nicht«, log McCoy. »Was haben Sie denn so gemacht?«

»Mich umgesehen.« Die schlanke Brünette zuckte die Achseln. »Interessant, was man hier alles findet.«

»Sie haben *Die drei Musketiere* erwähnt«, wandte Spock ein. »Sind Sie mit der irdischen Literatur vertraut?«

»Hm, tja«, stammelte Renna und rutschte unbehaglich auf dem Sessel umher. »Es ist so ein Spruch, den ich irgendwo aufgeschnappt habe.«

»Vielleicht aus einem Föderationscomputer?« fragte McCoy.

»Hören Sie«, sagte Renna ungehalten, »soweit ich es beurteilen kann, sitzen wir alle im gleichen Boot. Keiner von uns wollte nach Zuflucht, aber wir sind nun mal hier. Sie vertreten niemanden mehr, also hören Sie auf, so zu tun, als wäre es doch der Fall.«

»Sind Sie immer noch daran interessiert, diesen Planeten zu verlassen?« fragte McCoy leise.

»Nicht, solange mein Vater noch in der Klinik ist«, erwiderte Renna. Dann beugte sie sich verschwörerhaft vor. »Wenn er gesund wäre und wir den richtigen Plan hätten ...«

Die Tür des Speisesaals öffnete sich, und Kellen und Kirk schlenderten Hand in Hand auf die Veranda. Als sie Renna sahen, ließen sie sich los.

Renna lächelte Kellen kokett an. »Wie ich sehe, macht das Begrüßungskomitee Überstunden.«

»Nun ja, *du* warst nicht sehr vergnüglich«, erwiderte die blonde Frau rechtfertigend. »Jim ist wenigstens daran interessiert, etwas über das Leben hier zu erfahren. So übel ist Khyming nämlich auch wieder nicht.«

»Ich wette, daß er daran interessiert ist«, sagte Renna und maß den Captain mit einem demonstrativen Blick.

Er erwiderte ihren Blick kurz, dann zog er sich einen

Sessel heran. »Dann erzählen Sie doch mal«, meinte er jovial, »wie man sich hier in den Abendstunden vergnügt.«

»Wir haben Tanztees!« sagte Kellen aufgekratzt. Dann schaute sie zu Boden. »Aber heute abend nicht. Wir haben auch eine Leihbibliothek. Aber meist gehen wir essen und unterhalten uns.« Sie lächelte Kirk an. »Und gehen spazieren.«

Renna stand auf und reckte sich. »Ich glaube, ich mache jetzt mal einen Spaziergang – zur Klinik, um meinen Vater zu besuchen.«

»Dazu besteht kein Grund«, sagte eine trällernde Stimme.

Alle wandten sich wie auf ein Kommando um und erblickten eine weißgekleidete Gestalt, die im Türrahmen des Gästehauses stand. Es war Zicree.

»Was wollen Sie damit sagen?« fragte Renna mißtrauisch.

Der Senit trat auf die Veranda, seine Hände steckten in langen, weiten Ärmeln. Sein altersloses Gesicht wies einen besorgten Blick auf. »Ihr Vater ist tot, meine Liebe. Es tut uns leid.«

»Tot!« schrie Renna wie benommen. »Aber Sie haben doch gesagt, Sie könnten ihn am Leben erhalten!«

»Es wurde beschlossen, nicht so zu verfahren.«

»Was?!« schrie sie. »*Mich* hat niemand danach gefragt!«

Der schlanke Senit sagte nichts. Er drehte sich einfach um und kehrte in das verschachtelte Gästehaus zurück.

Kellen stand auf, um ihre Freundin zu trösten. »Wenn es nicht zum Besten gewesen wäre, hätten die Seniten es nicht getan«, versicherte sie ernst.

»Ach, halt's Maul, du blöde Kuh!« schnauzte Renna und schob die Frau zurück. Gegen die Tränen ankämpfend, stürmte sie ins Haus hinein. Kellen blickte einen Moment verletzt und verwirrt drein, dann lief sie hinter ihrer Freundin her.

»Hmm«, machte McCoy, »nun gib es hier jemanden, der die Seniten noch weniger liebt als wir.«

Die drei *Enterprise*-Offiziere standen still auf der Veranda des Gästehauses von Khyming und warteten darauf, daß Renna, Kellen oder Zicree zurückkehrten. Als niemand auftauchte, gab Kirk Spock und McCoy mit einer Geste zu verstehen, ihm zum Rand des Dschungels zu folgen.

»Ich habe mir zwar den Mund fusselig reden müssen, um es rauszukriegen«, sagte Kirk sehr leise, »aber Kellen sagt, daß die Seniten in ihrem Seminar tatsächlich einen Transporterraum haben. Sie sagt, der Eingang des Gebäudes führt durch eine schwer bewachte Grotte. Es gibt keinen anderen Zugang. Sie hat auch gesagt, daß manchmal Bewohner der Ortschaft dorthin gebracht werden und eine religiöse Ausbildung erhalten. Als Kind ist sie oft dort gewesen.«

»Ja«, sagte McCoy, »aber bringt sie *uns* dorthin?«

»Ich bin mir nicht sicher«, erwiderte Kirk. »Sie ist den Seniten treu ergeben.«

»Ist sie allein dort hingegangen?« fragte Spock. »Oder war sie immer in Begleitung eines Seniten?«

»Ich glaube, sie war immer in Begleitung«, erwiderte Kirk finster.

»Es wird nicht einfach sein, einen Seniten davon zu überzeugen, uns dort hinzubringen«, sagte Spock.

»Vielleicht brauchen Sie es gar nicht«, hauchte eine vierte Stimme.

Kirk und die anderen fuhren erschreckt herum. Renna duckte sich in die Schatten eines Blasenbaums. Dann stand sie auf und kam leise auf sie zu.

»Wie lange haben Sie uns zugehört?« fragte Kirk.

»Lange genug«, erwiderte sie. »Machen Sie sich keine Sorgen. Ich habe Kellen abgehängt. Ich habe heute ebenfalls eine Entdeckung gemacht. Ich habe nämlich in diesem Gebäude einen Schrank gefunden, in dem mehrere senitische Gewänder hängen. Ich nehme an, sie dienen als Ersatz, wenn andere schmutzig werden. Von Ihnen käme zwar keiner als Senit durch, aber ich vielleicht doch.«

»Die Sache mit Ihrem Vater tut mir leid«, sagte McCoy.

Renna wandte sich ab und strich sich über die Augen. »So wie ich es sehe, haben *sie* ihn umgebracht. Es ist Ihnen vielleicht noch nicht aufgefallen, aber es gibt hier keinen einzigen körperlich oder geistig Behinderten. Ich glaube, die Seniten übertreiben die Perfektion ein wenig. Ich wette, wenn mein Vater in Ihrem Lazarett gelegen hätte, McCoy, wäre es Ihnen gelungen, ihn zu retten.«

»Es ist nett, daß Sie es sagen«, erwiderte McCoy. »Ich hätte den Stecker jedenfalls nicht schon nach ein paar Tagen herausgezogen.«

»Renna«, sagte Kirk in einem geschäftsmäßigen Tonfall, »Sie wissen, wer wir sind. Und ich glaube, wir wissen, wer *Sie* sind. Warum sind Sie bereit, uns zu helfen?«

»Es geht nicht darum, Ihnen zu helfen«, erwiderte sie. »Ich habe gesagt, daß ich von Alloseng stamme, und das ist die Wahrheit. Ich bin dort sogar eine reiche Frau. Ich habe einen Landsitz, neben dem das Seminar der Seniten wie ein Schrottplatz aussieht. Was meine wahre Identität angeht, so kennen Sie sie nicht, und ich möchte, daß es so bleibt. Wenn wir uns gegenseitig bei der Flucht helfen, müssen Sie mir versprechen, daß Sie mich laufen lassen. Ich verspreche Ihnen, daß ich ein, ähm, einfacheres Leben führen werde als das, woran ich gewöhnt bin. Sie sind hergekommen, um einen Piraten namens Auk-rex zu suchen, und Sie können in Ihren Akten vermerken, daß er nicht mehr lebt.«

»Einverstanden.« Kirk nickte.

»Captain«, wandte Spock ein, »Vorschrift 2477.3 verbietet uns ...«

»Pfeif auf die Vorschriften!« fauchte McCoy leise.

»Die Vorschriften tragen nicht dazu bei, uns von diesem Planeten wegzubringen!«

»Auk-rex ist tot«, sagte Kirk zu Spock. »Belassen wir es dabei.« Er wandte sich zu Renna um. »Und wie sieht Ihr Plan aus?«

»Wir brauchen weitere Informationen von Kellen«, erwiderte Renna und schaute Kirk mit lebhaften schwarzen Augen an. »Sie stehen wohl auf besserem Fuß mit ihr, also müssen Sie es tun. Wir müssen in Erfahrung bringen, wann welche Kurse im Seminar stattfinden, so daß niemand argwöhnisch wird, wenn ich Sie dort hineinbegleite. Und wir müssen wissen, wo der Transporterraum ist.«

»In Ordnung«, sagte Kirk zustimmend. »Und was machen Sie?«

»Ich stehle das Gewand erst, wenn alles geklärt ist«, sagte sie leise. »Vielleicht werden sie gezählt. Machen Sie sich um mich keine Sorgen. Ich habe einige Erfahrung mit solchen Dingen.«

Kirk lächelte. »Ich bin froh, daß Sie auf unserer Seite sind.«

Renna zuckte die Achseln. »Seltsame Bettgefährten, wie man so sagt. Heute nacht können wir nichts mehr tun, deshalb gehe ich jetzt zu Bett. Gute Nacht.«

»Gute Nacht«, murmelten die Männer wie aus einem Munde. Renna marschierte rasch zum Haus zurück.

»Eine bemerkenswerte Frau«, sagte Spock.

»Kann man wohl sagen«, sagte Kirk zustimmend. »Ich hoffe, wir können ihr vertrauen.«

9

Scotty stand an der wissenschaftlichen Station der *Enterprise* und dachte an Mr. Spock, der normalerweise dort beschäftigt war. Er bemühte sich, seine Aufmerksamkeit auf die Sensormessungen zu richten, die über den Bildschirm liefen und sich entsprechend den Wellenmustern, die von dem Planeten abgestrahlt wurden, fortwährend subtil veränderten, aber er konnte die Gedanken an seine verschollenen Kameraden einfach nicht übertönen. Wenn Mr. Spock nun hier wäre … Würde *er* wissen, was zu tun war? Scotty wußte einfach nicht mehr, wie er mit vernünftigem Handeln auf diese Zwangslage reagieren sollte. Er hielt den Verlust des Captains, des Ersten Offiziers und des Arztes für eine Tragödie, die vielleicht nicht mehr umkehrbar war. Er hatte keine Ahnung, wem sie da unten gegenüberstanden oder wie er ihnen beistehen konnte.

Das Oberkommando hatte sein Dilemma verstanden, und zum ersten Mal schienen in den Sonnensystemen, die der Heimat näher lagen, keine Krisen ausgebrochen zu sein. Das Manöver konnte auch ohne sie stattfinden. Man hatte ein weiteres Schiff, die USS *Neptun*, ein ozeanisches Forschungsschiff, Richtung Zuflucht in Marsch gesetzt.

Die Flotte hatte entschieden, einer Hintertürpolitik zu folgen, um zu sehen, ob die Tore nach Zuflucht geöffnet werden konnten, indem man einen Informationsaustausch über Meeresleben und Ozeane anbot. Scotty wollte das Oberkommando von dieser Vorstellung nicht abbringen, aber er bezweifelte, daß solch ein Angebot bei den engstirnigen Seniten viel Fortschritt bewirken würde. Er freute sich natürlich, daß die *Neptun* kam, weil dies half, seine Meldungen zu bekräftigen, aber er wußte ebenso, daß das kleinere Schiff eventuell dazu dienen sollte, Wache zu halten, falls man die *Enterprise* abberufen mußte.

Er drehte sich um und musterte den von Meeren und vorbeiziehenden leuchtend weißen Wolken wimmelnden Planeten auf dem Bildschirm. Er war eigenartig verlockend, mußte er sich eingestehen, und er verstand, warum es einen fast täglichen Zustrom von Neuankömmlingen gab. Aber war den Leuten klar, was sie aufgaben? Niemand konnte wissen, was er für seine Freiheit einhandelte.

Er hörte, daß Uhura in ein Mikro sprach. Sie war zwar so geschickt, daß sie ihrer Aufgabe nachgehen konnte, ohne jemanden auf der Brücke zu stören, aber Scotty war alles bewußt, was um ihn herum vorging. Tatsächlich war in den endlosen Stunden auf der Brücke so wenig passiert, daß er zum Lauscher geworden war und es kaum abwarten konnte, bis Uhura fertig war.

»Das waren gerade wohl nicht die Seniten, wie?« fragte er mit gezwungener Fröhlichkeit.

»Nein.« Sie schüttelte verzweifelt den Kopf. »Aber Captain Garvak möchte mit Ihnen sprechen. Er sagt, er hat nur wenig Zeit.«

»Legen Sie ihn auf den Schirm.« Scotty ging zum Kommandosessel des Captains.

»Ich grüße Sie«, sagte der grauhaarige Klingone. Er trug statt der üblichen kurzärmeligen Lederjacke eine absurd offizielle grüne Uniform, die mit Insignien und Orden bepflastert war. »Ich möchte mich von Ihnen verabschieden.«

»Tatsächlich?« Scotty lächelte breit, weil er wußte, daß dies – aus mehreren Gründen – eine Gelegenheit zum Frohlocken war.

»Ja.« Der Klingone nickte selbstgefällig. »Es sieht so aus, als hätten meine Vorgesetzten meine Meldungen endlich mal gelesen. Sie sind zu dem gleichen Schluß gekommen, den ich schon vor Jahren gezogen habe: Zuflucht ist das beste Gefängnis der Galaxis. Niemand, der dort gelandet ist, wurde je wieder gesehen. Warum, bei Kronos, sollen wir unsere Gegner daran hindern, sich in diesem Pestloch anzusiedeln?« Er zuckte die Achseln. »Tut mir leid, wenn diese Einschätzung nicht Ihren Beifall findet, aber für mich ist das sinnlose Herumlungern jetzt vorbei. Fortan wird kein klingonisches Schiff mehr vor Zuflucht stationiert sein. Wir sind froh, daß wir alle los sind, die hierher fliehen.«

Er salutierte flink. »Leben Sie wohl, Commander Scott. Ich hoffe, wir werden einander nie unter kriegerischen Umständen begegnen, auch wenn ich weiß, daß es möglich ist.«

»Vielleicht nicht für immer«, erwiderte Scotty. »Ich habe in allen meinen Meldungen erwähnt, welche Hilfe und Ratschläge Sie mir angeboten haben. Ich hätte zwar gern bewiesen, daß Ihre Einschätzung falsch ist, aber Sie waren korrekt und in jeglicher Hinsicht eindeutig.«

»Die Erfahrung ist ein harter Lehrmeister«, erklärte Garvak. »Bevor ich hierher zurückkehre, werde ich sterben. Leben Sie wohl.« Das Bild des harten Kriegers wurde durch den Anblick des schillernden Planeten ersetzt.

»Ich lege das klingonische Schiff auf den Schirm«, bot Sulu an.

Mit einer Mischung aus Trauer und Neid schaute die Brückenmannschaft der *Enterprise* zu, wie das schlanke klingonische Kriegsschiff aus der Kreisbahn ausbrach. Als wolle es salutieren, kippte es kurz die möwenähnlichen Schwingen, dann ging es mit einem Lichtblitz in den Warptransfer und war verschwunden. Zumindest einer ist Zuflucht entkommen, dachte Scotty.

Das attraktive Paar schlenderte Hand in Hand an den Läden und Straßenhändlern des pittoresken Ortes vorbei. Die Leute lächelten, wenn sie ihm begegneten, da jedermann Kellen kannte, und ihr Galan wirkte recht vorzeigbar, speziell in den neuen Kleidern, die sie heute morgen für ihn ausgesucht hatte. Captain Kirk nickte freundlich jedem zu, der sie begrüßte, auch wenn es Seniten waren. Er wirkte, als amüsiere er sich königlich, und dabei dachte er doch nur daran, das Gespräch in die Richtung zu lenken, in die er es lenken mußte. Ein leichter Nieselregen setzte ein, und sie betraten eine Teestube.

»Dann erzähl mir doch mal«, sagte er und schüttelte die Regentropfen vom Ärmel des neuen beigen Jacketts ab, »wie es war, hier aufzuwachsen. Welchen Unterricht erhält man bei den Seniten?«

»Hauptsächlich philosophischen«, erwiderte Kellen. »Sie sind ein uralter Orden, und ihre Lehren erläutern viel von dem, was sie für alle in diesem Teil der Galaxis tun.«

»Wenn ich an einem Kursus teilnehmen würde«, fragte Kirk, »wonach sollte ich mich erkundigen?«

Kellen runzelte nachdenklich die Stirn. »Ich schätze, du könntest einen philosophischen Kurs für Anfänger belegen.«

»Findet er täglich statt?«

»Ich weiß nicht. Aber ich könnte mich erkundigen.«

»Würdest du es für mich tun?« Kirk lächelte sie an.

Kellen nickte und ging ans Ende des kleinen Restaurants, um sich mit dem senitischen Inhaber zu unterhalten. Kirk lugte aus dem Fenster auf den fallenden Regen und fragte sich, wann er sich wohl von Kellen trennen konnte, ohne sie zu verärgern oder argwöhnisch zu machen.

Sie kehrte mit einem Lächeln zu ihm zurück. »Jancree sagt, daß heute nachmittag ein Kursus beginnt.

Aber du mußt zuerst mit deinem Berater sprechen. Es müßte Zicree sein.«

»Natürlich«, sagte Kirk. »Wollen wir uns setzen?«

Kellen strahlte vor Freude, und Kirk bugsierte sie an einen Tisch, der weit vom Tresen am Ende des Raumes entfernt war. Er wartete, bis die weißgekleidete Gestalt ihnen dampfende Tee- und Biskuitgedecke serviert hatte, dann setzte er sein Verhör fort.

»Weißt du«, sagte er, »es kommt mir komisch vor, daß du nie mehr von Zuflucht gesehen hast als diese Insel. Da ich selbst übers Wasser gekommen bin, würde ich dir nicht raten, mit einem Boot zum Festland überzusetzen, aber du könntest die Reise mit einem Transporter machen. Die Seniten würden das doch bestimmt für dich tun, oder?«

Kellen erschien diese Vorstellung erschreckend. »Ich glaube nicht«, erwiderte sie. »Ich weiß zwar, daß sie die Leute transportieren, wenn sie auf Zuflucht ankommen, aber danach kann kein Verfolgter die Geräte mehr benutzen. Nein, ich glaube nicht, daß die Seniten uns ihren Transporter zur Verfügung stellen würden.«

»Aber ich möchte den Planeten gern mit dir erforschen«, sagte Kirk, streckte die Hände aus und ergriff die ihren. »Es gibt so vieles, was wir sehen und tun könnten. Aber vielleicht ist ihr Transporter auch nicht so weit entwickelt, um uns überall hinzubringen, wo wir hinmöchten.«

»Oh, das glaube ich nicht«, sagte Kellen. »Ich habe den Transporterraum im Seminar schon mal gesehen. Er ist riesig – groß genug, um eine ganze Armee zu versetzen.«

»Ich würde ihn mir gern mal ansehen«, sagte Kirk. »Wenn man ins Seminar kommt, sieht man ihn dann gleich?«

»Nein, man muß in den zweiten Stock hinauf«, erwiderte Kellen. »Die Tür ist mit einem roten Kreis markiert. Aber danach solltest du dich lieber bei Zicree erkundigen.«

»Ja, das habe ich ohnehin vor«, versicherte Kirk ihr und streichelte sanft ihre Hand. »Ich möchte gern wissen, wie die Seniten hier alles regeln.«

Renna, Spock und McCoy saßen so geduldig wie möglich auf der Veranda des Insel-Gästehauses und warteten auf Captain Kirks Rückkehr. Renna stand auf und schlenderte mit gezwungener Lässigkeit in die holzgetäfelte Bibliothek und sichtete verschiedene Bände, die auf dem Leseschirm verfügbar waren. Sie hatte bereits erkannt, daß es ein unabhängiger Computer war, der nichts außer gespeicherten Texten enthielt, und auch davon nur eine kleine Auswahl.

Als sie sich über verschiedene Themen informierte, fiel ihr langsam auf, daß die Seniten und sie einiges gemeinsam hatten, denn sie waren beide Räuber technologischer Informationen. Wenn dieses kleine Beispiel irgendein Hinweis auf die Art der Daten war, die sie im Laufe der Jahrhunderte gesammelt hatten, spielten sie in einer weitaus höheren Liga. Natürlich lag auch ein gewisses Maß an Sadismus in der Tatsache, daß die Raumfahrt und die Anwendung des meisten Wissens der Datenbank den Bewohnern Zufluchts für alle Zeiten verschlossen war.

Jedenfalls ließen die Seniten es so erscheinen. Renna hatte ihre Zweifel, denn sie konnte sich nicht vorstellen, daß die Seniten oder irgendein anderes Volk jeden schrägen Zug voraussehen konnte. Sie hatten etwas in ihrer vielgepriesenen Verteidigungsstrategie verpaßt, und sie freute sich über die Wahl ihrer Helfer, dies aufzustöbern. Gewiß, Kirk und seine Gefährten waren noch bis vor wenigen Tagen ihre Feinde gewesen, aber in diesem Stadium waren sie natürliche Verbündete, da sie alle zusammen mit geschlossenen Augen in den gleichen finsteren Teich gesprungen waren. Renna, die sich in ihrem ganzen jungen Leben als Diebin und Piratin betätigt hatte, war ziemlich sicher, daß die sterilen Seniten ihr ähnelten. Sie waren, um einen alten irdischen Spruch zu zitieren, nicht nur auf eine Art gepolt.

Natürlich stammten sie und ihr Vater ursprünglich von der Erde, aber es machte ihr nun nichts mehr aus, daß die drei Musketiere davon wußten. Sie hatten andere Probleme, und es gefiel ihr, ihr Unbehagen zu sehen, weil sie sich in einem noch größeren Netz verfangen hatten als dem, das sie für sie gesponnen hatten. Renna hatte immer gewußt, daß man sie und ihren Vater eines Tages schnappen würde, aber die seltsame Strafe, der man sie nun unterzog, hatte sie nicht vorhergesehen. Zuflucht hatte zwar gerade genug Freiheit, um verlockend zu sein, aber sie konnte die Tatsache nicht ertragen, daß ihre jahrelange Arbeit – und die ihres Vaters – ihr nun nichts einbringen sollte. Wenn Auk-rex' Schicksal darin bestehen sollte, sich aufs Altenteil zurückzuziehen, dann aber wenigstens auf der Jagd nach der Beute.

Doch ihr Vater lebte nicht mehr. Sie war allein. In den letzten Jahren war sie der Captain ihres winzigen, doch effektiven Unternehmens gewesen. Er war das Computergenie gewesen; er hatte ausgetüftelt, wie man über Mikrowellen fast jeden Computer anzapfen konnte, bevor dessen Besitzer es bemerkte – und dies oft, während irgendwelche Verhandlungen liefen. Waren die Deflektoren eines Schiffes erst einmal abgeschaltet, konnten sie tun, was sie wollten; sie lokalisierten einfach die wertvollste Fracht und beamten sie in ihren eigenen Laderaum. Und dann: Tschüß, Leute!

Es hatte natürlich Nachahmer gegeben, und die Legende von Auk-rex war im Laufe der Zeit gewachsen. Doch das strenge Leben war nun vorbei. Er war nicht mehr. Das Ende war mit einer Heftigkeit gekommen, die ihr beinahe wie eine Strafe erschien. Tja, das Ableben ihres Vaters, ihres besten Freundes und Partners, war ein Schlag ins Kontor, und Renna war entschlossen zu retten, was sie konnte.

Sie hörte Kirk vor den anderen Männern eintreten und schaute zu ihm hin, als er durch die offene Tür kam. Er blieb stehen, fragte sich wohl, ob er sie ansprechen sollte, doch dann ging er weiter durch den Speisesaal und auf die offene Veranda hinaus. Sie schaltete den Computer ab und schlenderte hinter ihm her. Er faszinierte sie, aber sie nahm sich vor, die Hände von ihm zu lassen – jedenfalls im Moment. Sie wollte nicht abgelenkt werden, und sie nahm an, daß es Kirk ebenso ging. Renna wußte, daß er seine Energie an Kellen verschwendete; sie empfand es als Erleichterung, daß die Frau ein neues Hobby hatte.

Ja, dachte sie, es sind gute Mitverschwörer. Sie waren – im Gegensatz zu ihr – ehrlich, und das gab ihr einen Vorteil. Es machte sie außerdem durchschaubar, und genau das wollte sie. Natürlich konnte sich der Captain sein Versprechen, sie laufen zu lassen, noch einmal überlegen – wogegen der Vulkanier gewiß nichts hatte –, aber sie glaubte nicht daran. Wenn sie je von diesem verflixten Planeten fortkamen, würden alle viel zu dankbar sein, um sich zu beschweren.

Sie erspähte ihre Partner an ihrem üblichen Platz – sie standen zusammen am Rand der Veranda, neben den aufragenden Blasenbäumen. Sie wirkten wie Verschwörer, aber das war ihr egal. Dreistigkeit war ihre einzige Waffe. Niemand rechnete damit, daß sie von Zuflucht flohen, und gerade deswegen mußten sie es versuchen.

Als sie sich zu den anderen gesellt hatte, sagte sie leise zu Kirk: »Was haben Sie in Erfahrung gebracht?«

»Heute nachmittag«, erwiderte er, »beginnt ein philosophischer Anfängerkursus. Ich habe Kellen gesagt, daß ich Zicree suchen will, um mich einzuschreiben. Aber was noch wichtiger ist: Der Transporterraum befindet sich im zweiten Stock und ist mit einem roten Kreis markiert.«

»Ausgezeichnet«, sagte Renna.

Nun war Spock an der Reihe. »Dr. McCoy und ich haben den Eingang zur Grotte lokalisiert. Sie wird von einem Seniten bewacht.«

»Hält uns irgend etwas davon ab, jetzt loszuschlagen?« fragte der Captain.

»Nein«, erwiderte Renna. »Im Gästehaus sind zwei Seniten. Wenn Sie etwas unternehmen, um sie abzulenken, stehle ich das Gewand. Wir treffen uns am ersten Pavillon oben an der Wendeltreppe.«

»In Ordnung«, sagte Kirk mit einem verblüfften Lächeln. »Falls Sie noch irgendeinen Rat für die Planung brauchen, fragen Sie nur.«

»Mach ich«, sagte sie beiläufig. »Aber es ist ganz einfach: Sie, Captain Kirk, haben Ihren Teil beigetragen, indem Sie die Informationen beschafft haben, und ich trage den meinen dazu bei, indem ich uns hineinbringe. Spock und McCoy tragen den ihren dazu bei, indem sie sich um die Transportersteuerung kümmern. Man nennt so was Teamarbeit, aber wenn Sie eine bessere Methode kennen ...«

»Nicht im geringsten«, sagte Kirk protestierend. »Ich frage mich nur, ob es noch etwas gibt, das wir übersehen haben.«

»Ich bin mit Rennas Plan einverstanden«, sagte Spock. »Das Überraschungselement ist entscheidend. Wenn es sein muß, können wir den Wächter auch überwältigen.«

»Das mag ich an Ihnen, Spock«, sagte die schlanke Brünette. »Sie sind so praktisch eingestellt. Sie wissen, daß wir nur eine Chance kriegen ...«

»Das Schlimmste, wozu sie uns verdonnern können«, knurrte McCoy, »ist eine weitere Bootsfahrt.«

Kirk nickte. Dann rief er: »Wein! Kann man hier draußen nicht mal 'ne Flasche Wein kriegen?«

Renna zwinkerte den dreien zu, dann eilte sie um die Ecke des verwinkelten Hauses.

Kirk, der sah, daß die beiden Seniten, die an diesem Tag Dienst hatten, sich um die große Gesellschaft im Speisesaal kümmerten, wandte sich McCoy zu und brüllte aus lautem Halse: »*Wie kannst du es wagen, mich so zu beleidigen!*«

»Aber es ist doch wahr!« schrie McCoy. »Und ich nenn' dich so, wann es mir paßt!«

»Ach ja?!« donnerte Kirk. »Das nimmst du sofort zurück!«

Die Seniten rannten ins Freie, und mehrere Neuankömmlinge lugten durch die Vorhänge auf die Randalierer auf der Veranda.

»Also bitte, meine Herren«, sagte Spock, der die Rolle der puren Vernunft spielte, »Zorn hat noch nie dazu beigetragen, ein Problem zu lösen. Ich schlage vor, wir bestellen eine Flasche Wein und vergessen die Sache.«

»Mit *dem* trinke ich nicht!« raunzte Kirk und deutete mit einem Finger auf McCoy. »Haben Sie gehört, wie er mich genannt hat?«

»Nein, habe ich nicht«, erwiderte Spock wahrheitsgemäß.

»Er hat gesagt, ich wäre ein … Wie hast du mich noch mal genannt?«

»Einen aufgeblasenen Schwätzer«, erwiderte McCoy.

»Ja, genau!« schrie Kirk empört. »Er hat mich einen aufgeblasenen Schwätzer genannt!«

»Wir bringen Ihnen gern etwas Wein«, warf einer der Seniten ein.

»Na schön«, sagte der Captain. »Aber dalli!«

Die beiden Seniten beeilten sich, seiner Bestellung Folge zu leisten, und Kirk zwinkerte McCoy zu. Dann machte er eine Geste mit dem Kopf, und sie folgten den Seniten auf dem Fuße in den Speisesaal. Kirk und McCoy musterten sich weiterhin mit finsteren Blicken. Ein Senit gesellte sich wieder zu der Gruppe am Tisch, der andere verschwand in der Küche.

Kirk konnte Renna zwar nicht sehen, aber er wußte auch nicht, wo sich der Schrank befand, den sie plündern wollte. Solange die Seniten beschäftigt waren, spielte alles andere keine Rolle. Als der Senit mit einer Weinflasche zurückkehrte, verschüttete McCoy prompt den Inhalt.

»Ein Schussel bist du auch noch!« grollte Kirk.

»Ich trinke nicht mit so einem Großmaul«, sagte McCoy. »Ich gehe!«

Er marschierte hinaus, und Kirk sagte mit einer herrischen Handbewegung: »Vergeßt den Wein. Wir besorgen uns neuen im Ort.«

Der Senit seufzte ärgerlich. »Wie Sie wünschen.«

»Verzeihen Sie die Unannehmlichkeiten«, sagte Spock entschuldigend.

Kirk und Spock gingen langsam durch die Eingangstür des Gästehauses. Sie sahen weder Renna noch McCoy. Schließlich erspähten sie den Arzt. Er lungerte am untersten Absatz der Wendeltreppe herum. Sie führte zu einem kleinen weißen Aussichtsbauwerk hinauf, das mehrere Hängebrücken und verschiedene Teile der Ortschaft miteinander verband. Als Kirk und Spock sich dem kleinen Bauwerk näherten, stieg McCoy hinauf.

Nachdem auch die beiden oben angekommen waren, sahen sie, daß Renna und der Arzt bereits beschäftigt waren. McCoy hielt ein weißes Gewand in der Hand und half Renna mit der anderen, sich von Jacke und Hose zu befreien. Sie stand in der senitischen Einheitsunterwäsche fröstelnd im Nieselregen.

»Hier!« sagte sie leise und warf Kirk ein Handtuch zu. »Schlingen Sie es um meinen Busen. Wenn ich wie ein Senit aussehen will, müssen wir ihn plattmachen.«

Kirk zwinkerte überrascht, dann schlang er das Handtuch um ihren bibbernden Oberkörper. Er zog sie fest an sich und band es mit einem festen Knoten zusammen. Renna zollte ihm wenig Beachtung, als er alles tat, um ihre Rundungen zu tarnen.

»McCoy«, sagte sie, »nehmen Sie die Kordel hier. Binden Sie mir das Haar zurück. Ich werde die Kapuze aufsetzen müssen, aber bei dem Regen wirkt es normal.«

Geschickt verwandelten sie die grazile junge Frau in einen grazilen jungen Seniten. Kirk fand, daß sie für einen Seniten zu hübsch aussah, doch dann setzte sie eine selige Miene auf, auf die jeder einheimische Straßenfeger stolz gewesen wäre.

Er lachte leise. »Wissen Sie, Renna, in Dohama macht man es genau umgekehrt – da verkleiden sich manche Seniten als Frauen.«

»Daran zweifle ich nicht«, erwiderte Renna. »Da läuft's einem ja kalt den Rücken runter. Achten Sie darauf: Solange ich ein Senit bin, nennen Sie mich Rencree.«

»Rencree«, wiederholte Kirk. Er trat einen Schritt zurück, um ihre Verwandlung zu begutachten. Sie war zwar klein für einen Seniten, aber sie hatte auch ein kleines Gewand ausgewählt. Er glaubte zwar noch immer, ihren Busen sehen zu können, aber schließlich wußte er auch, wo man hinschauen mußte.

»Jetzt muß ich anders sprechen«, sagte sie mit belegter, undefinierbarer Stimme. »Spock, bringen Sie uns zur Grotte.«

Der Vulkanier nickte und trat auf eine Hängebrücke, die zwei Ebenen nach oben führte. Renna zog die Kapuze ins Gesicht und faltete in den bauschigen Ärmeln des Gewandes die Hände. Sie wirkte nun in jeder Hinsicht wie einer der allgegenwärtigen Verwalter von Zuflucht. Kirk und McCoy folgten ihr und gingen vorsichtig über die feuchten Brückenlamellen. Der Regen ließ das Schwanken noch gefährlicher wirken, und sie hielten sich am Geländer fest, um die letzten paar Meter emporzusteigen.

Sie befanden sich nun in einer Wohnwabe, die in den Berghang gebohrt war. Vielleicht sind es auch natürliche Höhlen, dachte Kirk. Vielleicht hatten die Seniten ihren Kampf auf diesem Planeten in den Höhlen begonnen, hatten sich vor den ersten Verfolgern versteckt und weigerten sich nun, ihr bienenstockähnliches Reich zu verlassen. Seine Theorie wurde wenige Minuten später bestätigt, als sie vor dem Eingang eines Labyrinths von Höhlentunneln standen. Die meisten führten zu Wohnungseingängen, aber einer erstreckte sich in die Ferne, wo man eine weiß gekleidete Gestalt an einem Schreibtisch sitzen sah.

»Ich gehe vor«, sagte Renna mit Senitenstimme, trat vor Spock und führte sie durch den Tunnel. Kirk, Spock und McCoy schlossen sich ihr an und bemühten sich, weniger nervös als neugierig zu wirken. Kirk ermahnte sich, daß sie zu einem Seminar unterwegs waren, um etwas über ihre neue Welt zu erfahren. Er setzte ein eifriges Lächeln auf.

Renna – beziehungsweise Rencree – blieb vor dem Tisch stehen. Der Senit schaute träge auf. »Ich grüße dich«, sagte er.

»Ich grüße dich«, erwiderte Renna und wartete ab. Kirk bewunderte ihre schauspielerische Leistung – sie wollte nicht mehr sagen, als unbedingt nötig.

Der senitische Wächter schaute sie an. Er war jung und stämmig, wie alle, die man für derlei Aufgaben einsetzte. »Du wohnst nicht hier«, sagte er schließlich. »Was ist der Zweck deines Besuches mit diesen Verfolgten?«

»Anfängerkurs Philosophie«, erwiderte Renna mit leise trällernder Stimme.

»Ach, ja«, sagte der Wächter und warf einen Blick auf einen Terminkalender, der sich unter einer Kunststoffhülle auf dem Schreibtisch befand. »Aber er fängt erst in einer Stunde an. Warum kommt ihr so früh?«

»Prüfung«, erwiderte das Seniten-Imitat.

»Prüfung?« Der Wächter schaute Kirk, Spock und McCoy lächelnd an. Kirk kam sich immer mehr wie ein Strafgefangener vor.

»Ihr könnt eintreten.« Der Senit fuhr auf bestimmte Weise mit der Hand über ein farbiges Quadrat. Die Eisentür hinter dem Schreibtisch glitt auf und gestattete ihnen den Durchgang zu einem Turbolift.

Renna schluckte heftig und bemühte sich, Kirk und die anderen nicht anzuschauen. Als die Tür hinter ihnen zuschlug und nichts passierte, sagte sie: »Zweiter Stock.«

»Aber gern«, sagte eine metallische Stimme.

Mit kaum wahrnehmbarer Bewegung fuhr der Turbolift mehrere Sekunden lang nach oben. Dann hielt er in einem Raum, der wie ein riesiger, ins Gestein gebohrter Bunker aussah. Auf dem Boden und an den Wänden entlang verliefen verschiedenfarbige Linien. Kirk nahm an, daß es sich um Wegweiser handelte, und entschied sich für den Gang mit der roten Linie. Seine dreiste Entscheidung wurde kurz darauf belohnt, als sie eine Doppeltür erspähten, auf deren Mitte sich ein roter Kreis von der Größe einer Melone befand.

Der Captain konnte zwar kaum glauben, daß sie so leicht hereingekommen waren, aber jetzt war nicht die Zeit, darüber nachzudenken. Sein Blick suchte jede Ecke des Ganges ab. Inzwischen öffnete Renna die Tür und schlich hinein. Spock und McCoy folgten ihr auf dem Fuße, doch Kirk wollte sich, bevor er zu ihnen ging, versichern, daß niemand ihre Anwesenheit bemerkt hatte.

Der Raum sah wie ein Frachttransporterraum aus; er verfügte über riesige, mehrere Dutzend Meter hohe und breite Kammern. Gigantische Objektive hingen von der Decke herab, und man sah zahllose Reihen von Kontrollen und Sensoren. McCoy wußte nicht, wo er anfangen sollte, doch Spock trat an das nächste Kontrollbord und setzte sich mit ihm auseinander. Motorisierte Wägelchen standen leer in einer ordentlichen Reihe, und an der gegenüberliegenden Wand befand sich eine Anzahl von Frachtraumtüren. Kirk hatte den

Eindruck, als sei der Transporter in der Lage, sie bis zur Erde zu beamen.

Er eilte an Spocks Seite. »Können Sie die *Enterprise* lokalisieren?«

»Unbekannt, Captain«, erwiderte der Vulkanier. »Dieser Transporterraum wird normalerweise von einer ganzen Gruppe von Technikern bedient. Er ist so kompliziert, daß ich eine gewisse Zeit brauche, bevor ich anfangen kann, seine Funktionen in allen Einzelheiten zu verstehen.«

»Wir haben aber keine Zeit«, sagte Kirk leise vor sich hin. Er musterte nervös die Reihen der fremdartigen Computer und Abtaster und fragte sich, welche davon die *Enterprise* aufspüren und sie nach Hause bringen konnten.

McCoy beugte sich über eine Steueranlage, die wohl zu den Robotwägelchen gehörte, aber er traute sich nicht, einen der eigenartigen Knöpfe und Hebel zu berühren. Renna begab sich zur Tür, um nachzusehen, ob man sie verschließen konnte. Sie kam einen Augenblick zu spät dort an. Die Tür schwang auf. Zicree trat ein. Hinter ihm befand sich die triumphierende Kellen.

»Sehen Sie?« schnaubte die Blondine. »Ich habe Ihnen doch gesagt, daß wir sie im Transporterraum finden. Kirk hat alles getan, um zu erfahren, wo er ist – außer mich nach einem Lageplan zu fragen.«

Der Senit schüttelte enttäuscht den Kopf, dann zückte er eine Waffe, die wie eine silberne Flöte aussah. »Was machen Sie hier?«

»Ist es denn nicht offensichtlich?« sagte Kellen. »Sie wollen zurückkehren! Es war richtig, daß Sie mich angewiesen haben, sie zu überwachen. Man kann keinem von ihnen trauen.«

Kirk blitzte die junge Frau an. Spock trat näher an Zicree heran.

»Warum lassen Sie uns nicht gehen?« fragte McCoy.

»Es hindert Sie doch nicht an dem, was Sie erreichen wollen.«

»Es ist verboten!« fauchte Kellen. »Weil es genau das ist, was die Verfolger wollen: Nach Zuflucht kommen und wieder gehen.«

»Ich habe Ihnen eine zweite Chance gegeben, sich anzupassen«, sagte Zicree, »und Sie haben es mit einer Täuschung vergolten. Dies ist ein sehr ernster Verstoß.«

Kirk duckte sich hinter eine Reihe Kontrollen und lenkte Zicree einen Moment ab. Mehr brauchte Spock nicht, um vorzuspringen und an seinem Hals den vulkanischen Betäubungsgriff anzuwenden. Der Senit sank wie ein weißgekleidetes Häufchen zu Boden. Kellen machte einen Satz in Richtung Tür, aber Renna hatte sie schon am Wickel und schubste sie in den Raum zurück. Kirk knallte die Tür zu und schob einen Schreibtisch davor. Dann ertönte ein durchdringender Alarm. Er war so laut, daß er die Höhle und alles, was sie enthielt, vibrieren ließ. Spock eilte zu Renna hin und wandte den Betäubungsgriff an Kellen an, die sofort in sich zusammensank.

»Spock!« übertönte Kirk den Alarm. »Sie müssen den Transporter zum Funktionieren bringen!«

»Möglicherweise«, erwiderte der Vulkanier, »kann ich uns zu dem Ziel beamen, auf das er zuletzt eingestellt war. Ohne genügend Zeit kann ich uns weder auf die *Enterprise,* noch zu einem anderen Ziel bringen.«

»Was war das letzte Ziel?« fragte Kirk.

»Unbekannt«, erwiderte Spock.

Wütende Fäuste hämmerten gegen die Doppeltür. Laute Stimmen ertönten, und ein Senit schob seinen Arm durch den Türspalt. Kirk warf sich gegen die Tür, drosch auf den Arm des Seniten ein und entlockte ihm einen Schmerzensschrei. McCoy schob einen Sessel und anderes Mobiliar gegen die Türhälften, und beide Männer drückten gegen die Barrikade, um die Seniten am Eindringen zu hindern.

»Bringen Sie ihn zum Laufen!« schrie Kirk.

Spock fing sofort an, eine von mehreren Kontrollreihen zu manipulieren. Während er die Grundlagen des Systems zu durchschauen versuchte, tanzten fortlaufend Lichter zwischen den Deckenlinsen und dem beleuchteten Bodenbelag hin und her.

»Alle auf die aktivierten Plattformen!« rief er.

Er brauchte es nicht zweimal zu sagen. Renna, McCoy und Kirk sprangen auf die beleuchteten Plattformen. Spock schob die Hebel nach vorn. Sie wurden zu phosphoreszierenden Lichtsäulen, bevor sie schrittweise verblaßten. Nun, da niemand mehr die Tür zuhielt, durchbrachen die Seniten die provisorische Barrikade. Sie strömten in den Raum, als Spock gerade hinter den Kontrollen hervortrat und auf die Plattform sprang. Ein Senit feuerte seine Waffe auf ihn ab, die ihn jedoch um wenige Zentimeter verfehlte und ein Loch in die Höhlenwand bohrte.

Eine Sekunde später war Spock verschwunden. Die Seniten blieben sprachlos stehen.

10

Als der senitische Transporterstrahl Kirks Moleküle zerlegte, hatte er zwar keine Ahnung, wo er wieder auftauchen würde, aber er hatte nicht damit gerechnet, sich dort wiederzufinden, wo er schon einmal gewesen war. McCoy, Renna und er materialisierten auf einer Hauptstraße in dem Küstenort Dohama. Es war Nachmittag, aber nicht ein einziges der Geschöpfe war zu sehen, von denen es zwei Tage zuvor noch hier gewimmelt hatte. Der Wind, der erst vor kurzem Gelächter und den Geruch von Bier und gebratenem Fleisch zu ihnen herübergetragen hatte, hatte sich gelegt. Nur die schmutzigen Sonnensegel klatschten. Dohama war völlig verlassen.

Bevor Kirk Zeit hatte, die offensichtliche Frage zu stellen, materialisierte Spock neben ihm. »Wir sollten lieber rasch verschwinden«, sagte er. »Ich habe zwar versucht, den Transporter auf Null zu stellen, aber vielleicht können die Seniten die Koordinaten rekonstruieren und verfolgen uns.«

Kirk nickte, und die kleine Gruppe rannte schnell durch die leeren Straßen. Ohne die Leute, die sie bevölkerten, wirkten die Läden und Spielhöllen wie das Bühnenbild eines längst beendeten Theaterstücks.

»Das ist doch Dohama, oder nicht?« fragte der Captain verdutzt.

»Yeah«, erwiderte McCoy. »An dem Juwelierstand da wollte mir ein Senit die Ohrläppchen durchstechen.«

»Wo sind die denn alle?« wunderte Kirk sich laut.

»Unbekannt«, murmelte Spock.

Kirk warf einen Blick über seine Schulter, dann führte er die Läufer um eine Ecke. Sobald sie das Gefühl hatten, außerhalb der Peilung der Transporterkoordinaten zu sein, wurden sie langsamer.

»Es ist höchst eigenartig«, sagte der Vulkanier, der einen Blick in einen Tätowierladen warf. »Vor zwei Tagen sah es noch so aus, als hätten die Einwohner keine Ahnung, daß sie diesen Ort bald verlassen würden.«

McCoy deutete auf ein dreistöckiges Gebäude mit mehreren putzigen Balkons. »Da oben haben doch die Seniten rumgehangen, die als Frauen verkleidet waren. Wo sind sie denn nur alle?«

»Ich weiß auch nicht.« Kirk drehte sich um, er versuchte einen Sinn in alldem zu sehen. Erst jetzt fiel ihm auf, daß sie allein waren. »Wo ist Renna?«

Kirk, Spock und McCoy wirbelten wie Derwische herum und bemühten sich, die Frau zu finden, die sich ihrer verzweifelten Suche erst kürzlich angeschlossen hatte. Nun waren sie wieder zu dritt – Renna war verschwunden.

McCoy faßte Kirk am Arm. »Was geht hier vor, Jim?« sagte er leise.

»Beruhigen Sie sich, Doktor«, sagte Spock. »Es besteht immerhin die Möglichkeit, daß Renna sich *aus freiem Willen* von uns getrennt hat. Obwohl es kein sehr loyaler Beschluß ist, kann man ihm eine gewisse Logik nicht absprechen. Solange sie als Senit verkleidet ist, kommt sie ohne uns vielleicht leichter voran.«

»Renna!« rief Kirk wütend. »Renna!«

»Seid still, ihr verdammten Narren!« fluchte über ihnen eine Stimme. Sie schauten hinauf und sahen die massige und zottige Gestalt Billiwogs, der sich über das Balkongeländer des senitischen Freudenhauses beugte. »Haltet die Klappe und kommt rauf«, sagte er leise. »Dann könnt ihr euch ansehen, was passiert ist.«

Sie folgten seiner Einladung auf dem Fuße, betraten

das schmale dreistöckige Haus und stiegen die mit Samt belegte Treppe zum obersten Stockwerk hinauf. Der Schiffbauer erwartete sie. Er legte einen Finger auf seine Lippen und winkte sie zu einem Fenster mit Spitzenvorhang.

»Schaut dort raus«, sagte er leise, »dann seht ihr, was die Seniten vorhaben. Aber laßt euch nicht blicken.«

Kirk, Spock und McCoy traten nacheinander an das Fenster. Von hier aus konnte man bis an den Strand schauen, an dem sie bei ihrem ersten Besuch in Dohama gelandet waren. Auch wenn der Ort verlassen war – für den Strand galt dies nicht. Eine Senitengruppe war damit beschäftigt, etwas in mehrere große Beförderungsmittel zu stapeln. Leichen? Die motorisierten Wagen verfügten über zahlreiche mit Öffnungen versehene Fächer, die groß genug waren, um einen schlafenden – oder toten – Humanoiden aufzunehmen. Die Seniten füllten die Fächer so schnell, wie sie konnten. Weitere hundert Verfolgte lagen wartend, wie tote Fische, ausgestreckt auf dem Sand.

»Gütiger Gott!« keuchte McCoy. »Was machen die da?«

»Sie ernten«, sagte Billiwog. »Sie haben schon einen ganzen Haufen Ladungen abgefahren. Ihr habt Glück gehabt, daß ihr damals von hier abgehauen seid.«

»Faszinierend«, warf Spock ein. »Doch was ist der Zweck dieser Ernte?«

Billiwog zuckte die Achseln. »Der Teufel soll mich holen, wenn ich es weiß. Es passiert etwa einmal im Jahr, sobald sich der Ort bis zum Rand mit Verfolgten füllt. Die Seniten tun ihnen wohl irgend etwas ins Essen und in die Getränke, weil die Leute zu Dutzenden die Besinnung verlieren.«

»Wie bist *du* ihnen entkommen?« fragte Kirk mißtrauisch.

Der stämmige Humanoide zwinkerte. »Wißt ihr noch, daß ihr mich kürzlich gefragt habt, warum ich mein Essen selbst koche? Sobald ich sehe, daß der Ort sich füllt, esse ich nur noch selbstgefangenen Fisch. Ich bin mir zwar ziemlich sicher, die Seniten wissen, daß ich ihre Pläne kenne, aber ich bin so vorsichtig, niemandem etwas zu erzählen, damit es nicht zu einer Panik kommt. Ich tue, was ich kann, indem ich den Leuten sage, sie sollen von hier verschwinden, und indem ich ihnen die dazu nötigen Boote gebe.«

»Warum bleibst du hier?« fragte McCoy. Er schüttelte sich.

»Das gleiche könnte ich euch auch fragen«, erwiderte Billiwog. »Warum seid ihr zurückgekommen?«

Der Captain seufzte. »Das ist eine lange Geschichte. Eine Frau war bei uns. Sie ist wie ein Senit gekleidet. Hast du sie gesehen?«

Der Humanoide kratzte sich am Kopf. »Ich habe niemanden gesehen«, erwiderte er. »Erst als ihr angefangen habt, zu rufen.« Dann dämmerte es ihm. »Ihr habt eine *Frau* mitgebracht?«

»Tja, wir haben's jedenfalls angenommen.« Kirk lugte noch einmal aus dem Fenster. »Was geschieht eigentlich mit den ganzen Leuten?«

Billiwog schüttelte seinen zottigen Kopf. »Keine Ahnung. Aber sie kommen nie mehr zurück, und ohne sie ist Dohama ein viel friedlicheres Örtchen. Noch mal zu dieser Frau... Ihr habt freie Auswahl bei meinen Booten. Das heißt, ihr könnt sogar *alle* Boote haben...«

Er wurde von Lärm unterbrochen, der von unten kam – als sei eine Tür zugeschlagen worden. »Pssst!« zischte Billiwog und winkte den anderen zu, sie sollten ruhig sein. »Da kommt jemand!«

Wer es auch war, er machte kein Geheimnis aus seiner Anwesenheit. Entschlossene Schritte kamen die Treppe herauf. Billiwog eilte zum offenen Fenster und versuchte, ins Freie zu steigen. Doch er verklemmte sich und machte die Flucht der anderen so unmöglich. Kirk schob eine Kommode gegen die Tür, Spock packte ein Ende des Bettes und schob es auf die Tür zu. McCoy machte einen fruchtlosen Versuch, den Riesen aus dem Fensterrahmen zu befreien. Dann sah er ein, daß es sinnlos war. Auf der Straße unter ihnen versammelte sich eine weitere Senitengruppe.

Die Tür und die Kommode leuchteten plötzlich in einem blendenden Licht auf und verschwanden. Kirk und Spock beeilten sich, aus dem Weg zu treten. Das protzige Schlafzimmer bot kein Versteck, und Billiwog verstopfte den Fluchtweg. Sie hatten keine andere Möglichkeit, als stehenzubleiben, wo sie waren, und die sich durch den Türrahmen schiebenden Seniten trotzig anzustarren. Sie schauten ziemlich grimmig drein und richteten silberne Waffen auf sie.

»He! He!« Billiwog stieß einen gedämpften Laut aus und befreite sich endlich aus dem Fensterrahmen. »Ich bin's, Billiwog, euer Freund!«

Er wurde auf der Stelle von einem blauen Strahl getroffen, und sein riesiger Körper drehte sich voller Schmerzen. Dann fiel er zu Boden, was den ganzen Raum erbeben ließ. McCoy beugte sich über ihn. Er wollte seinen Puls fühlen, doch bevor er ihn erreichen konnte, wurde er ebenfalls niedergemäht. Zwei weitere Seniten richteten ihre Waffen auf Kirk und Spock. Dann schossen sie.

Kurz bevor eine Schockwelle sein Rückgrat hinaufjagte und Schwärze seinen Geist übernahm, hatte Kirk das grauenhafte Empfinden, daß er herausbekommen würde, was es bedeutete, wenn man geerntet wurde.

Renna wußte nicht genau, warum sie ihre neu gefundenen Gefährten so schnell nach der Ankunft in der seltsamen leeren Stadt verlassen hatte. Doch ihr Überlebensinstinkt hatte sie nur selten getrogen, und ihr rasender Lauf über die leere Straße hatte ihr umfassend Gelegenheit gegeben, sich in eine Bar zu verziehen. Keine Sekunde zu früh, denn wie sich herausstellte, materialisierte an der Stelle, an der sie erst wenige Augenblicke zuvor gelandet waren, ein Senitentrupp und nahm die Suche nach den Flüchtlingen in Angriff.

Da sie davon ausging, daß sie mit tragbaren Sensoren ausgerüstet waren, stürzte Renna aus der Hintertür der Bar und jagte über die Straße in ein anderes leeres Gebäude. Sie schlug sich, stets in gerader Linie, von einem Versteck zum nächsten durch und brachte soviel Distanz zwischen sich und die weißgekleideten Truppen, wie nur möglich. Wenn sie tatsächlich, wie angenommen, Sensoren einsetzten, würden die Seniten statt einer möglicherweise lieber drei Lebensformen verfolgen. Sie hatte zwar ein schlechtes Gewissen, weil sie ihre eigene Haut gerettet hatte, aber sie redete sich ein, daß es Spocks Schuld gewesen war, sie in die Geisterstadt zu versetzen.

Nachdem sie aus der letzten Häuserzeile geflohen war, tauchte sie in einem kleinen Wachhäuschen neben einem Gewölbegang in einer Mauer unter. Sie holte mehrmals tief Luft. Sie mußte sich zusammenreißen. Plötzlich vernahm sie entfernte Stimmen und das Krähen eines Vogels. Sie pirschte vorsichtig auf ein winziges Fenster in der Wand zu.

Und dann sah sie etwas, das sie so erschreckte, daß sie einer Panik nahe war. Es war abscheulicher als das Abscheulichste, was sie auf Zuflucht je zu sehen erwartet hatte: Eine ganze Senitenarmee zog Leichen über den Strand und warf sie in schmale Käfige auf riesigen Fahrzeugen. Ihr Mund fühlte sich so trocken an, wie der Sand, auf dem die Leichen lagen.

Unter den Kadavern befanden sich Geschöpfe jeder Art, Angehörige von Völkern, von deren Existenz sie nicht einmal gewußt hatte. Alle waren, soweit sie es erkennen konnte, männlichen Geschlechts. Gelegentlich überprüfte ein Senit die Leichen, indem er ein Meßgerät an ihren Mund hielt oder sie mit einer Spritze stach. Dann leben sie also noch, dachte Renna. Zumindest einige. Und die Seniten sind daran interessiert, sie in einem komatösen Zustand zu halten.

Plötzlich warf die funkelnde Aura eines Transporterstrahls vier weitere Gestalten auf den Strand. Renna schluckte schwer, als sie den jungen Captain, den Arzt und den Vulkanier erkannte. Das große, behaarte Lebewesen, das bei ihnen war, hatte sie noch nie gesehen. Sie freute sich allerdings nicht darüber, daß sie mit ihrer Flucht offenbar das Richtige getan hatte, und sie schüttelte sich, als sie begriff, daß sie sie vor dem, was die Seniten mit ihnen vorhatten, bewahren mußte. Inzwischen waren Kirk, Spock und McCoy so etwas wie ihre Mannschaft geworden. Auch falls sie das kalte Grausen kriegen, wenn sie es hören, dachte sie grimmig, sie sind nicht in der Lage zu widersprechen.

Leider konnte sie nicht einfach zwischen die Seniten treten, sich drei erwachsene Männer über die Schulter werfen und sie davontragen. Sie mußte bei ihren Leuten bleiben, bis sie erwachten, oder sie, wenn es nicht anders ging, aufwecken. Ihr Vorteil war, daß mindestens sechzig oder siebzig Seniten die Besinnungslosen ziemlich ziellos zu den Fahrzeugen schleiften. Weitere Seniten kamen und gingen, und viele trugen Kapuzen, um ihre Glatze vor der Sonne zu schützen. Renna zog sich, ohne groß nachzudenken, die Kapuze über den Kopf, versicherte sich, daß ihr Haar verborgen war, und verließ das Wachhäuschen. Sie schob die Hände in die Ärmel ihrer Robe, schritt forsch über den Sand und mischte sich unter das senitische Arbeitskommando.

Man schenkte ihr kaum Beachtung. Sie sah einen Seniten, der ungefähr ihre Größe hatte und sich mit dem behaarten Lebewesen abmühte, das bei Kirk, McCoy und Spock lag. Sie nahm ein Bein des Wesens und hob es an. So machte sie sich, ohne ein einziges Wort zu sprechen, einen Freund, und blieb nahe bei ihren Leuten, um dafür zu sorgen, daß nicht allzu ruppig mit ihnen umgesprungen wurde. Nachdem die Fahrzeuge beladen waren, stellte sie sich mit den Seniten in einer Reihe auf und marschierte hinter dem automatisierten Wagen her. Sie hatte keine Vorstellung, wo ihr Ziel lag; sie wußte nur, es ging fort vom Strand, auf die beeindruckende Bergkette im Norden zu.

Scotty erhob sich aus dem Kommandosessel, reckte sich und unterdrückte ein Gähnen. Das Nichtstun und Warten ermüdeten ihn mehr als die höchste Anforderungen stellende Krise, und er sehnte sich fast danach, im Fusionsreaktor flach auf dem Rücken zu liegen und einen Schraubenzieher in der Hand zu halten, um die totale Vernichtung des Schiffes zu verhindern. Wenn dies der Fall gewesen wäre, stünde Captain Kirk zumindest auf der Brücke, bellte Befehle und verlangte die Einhaltung unmöglicher Zeitpläne. Spock wäre bei ihm, völlig unbeeindruckt, auch wenn das Schiff in dreißig Sekunden explodieren würde, und Dr. McCoy ginge auf und ab und würde finstere Blicke um sich werfen. So hatte Mr. Scott es auf der *Enterprise* am liebsten. Das war doch wenigstens *normal.*

Das Schiff befand sich in gutem Zustand – schließlich hatte die Mannschaft nichts weiter zu tun, als das Äquivalent des viermal täglichen Deckschrubbens. Unser Schiff ist nicht das einzige, das von der ganzen Freizeit profitiert hat, dachte Scotty. Auch die *Gezary* war so gut in Schuß wie seit Jahren nicht mehr. Der Gedanke erinnerte ihn an die Kopfgeldjägerin Pilenna und daran, daß er noch eine Einladung zur Entspannung auf der *Gezary* gut hatte. Möglicherweise krieg ich mehr Entspannung als alles andere, dachte er mit einem Lächeln. Aber er konnte derlei nicht genießen, solange er nicht wußte, wie es da unten um den Captain und seine Gefährten stand.

Der Klabautermann soll den verfluchten Planeten holen, fluchte Scotty stumm in sich hinein, als er die undurchschaubare türkisfarbene Kugel auf dem Bildschirm sah. Was bist du eigentlich? Asyl oder Falle? Waren die Seniten die größten Humanisten der Galaxis oder nur fehlgeleitete Gefängniswärter? Und noch wichtiger: Lebten seine Freunde noch? Genossen sie die Annehmlichkeiten des Lebens, von denen der Senit gesprochen hatte, oder waren sie krank und verletzt, vielleicht sogar tot?

Scott kannte nun zwar die Risiken eines Transports auf den Planeten – er kannte sie nur allzu gut –, aber die Verlockung, in den Transporterraum zu gehen, auf diese Welt zu beamen und die Vermißten aufzuspüren, war fast überwältigend. Pfeif auf die Konsequenzen! Zumindest wußte er dann, ob sie noch lebten und in Sicherheit waren.

Wenn es doch nur eine Art Rettungsleine gegeben hätte, an der er sich hätte festhalten können; irgendeine Methode, sie an Bord der *Enterprise* zu ziehen. Ohne eine solche Leine konnte er nicht auf den Planeten gehen, und auch kein anderer. Hätte doch nur eine Möglichkeit existiert, die Beachtung der Seniten auf sich zu ziehen, und sei es nur, um ihnen ein bißchen den Arm zu verdrehen …

»Commander Scott?« fragte Uhura und riß ihn aus seinen Träumen.

»Ja, Lieutenant?«

»Die *Neptun* ist nahe genug für eine Verständigung von Schiff zu Schiff«, erwiderte Uhura. »Captain Mora möchte Sie sprechen.«

»Die sind doch viel zu früh dran, oder nicht?« sagte Scotty. »Legen Sie Captain Mora auf den Schirm.«

Er war nicht überrascht, die runzeligen Gesichtszüge Donald Moras zu sehen. Er gehörte zu den ältesten Captains der Flotte. Außerdem zählte er zu den führenden Experten in Sachen Ozeanographie, und seine beiden Berufe waren bestens auf die Arbeit auf der *Neptun* abgestimmt. Es war eine gute Wahl gewesen, ihn auf diese Mission zu schicken, fand Scotty, weil Reife einen auch mit Geduld versah. Und davon brauchte er eine Menge, wenn er mit den Seniten fertig werden wollte.

»Hallo, Commander Scott.« Mora begrüßte ihn mit einem Lächeln. »Freut mich, Sie wieder mal zu sehen. Es ist viele Jahre her.«

Scotty konnte seinen Grimm nicht ganz verbergen. »Unter anderen Umständen wäre es mir lieber gewesen.«

»Ich habe Ihre Meldungen gelesen«, sagte Captain Mora mitfühlend, »und ich kann mir vorstellen, wie geladen Sie sind. Sind Sie tatsächlich der Ansicht, daß die Seniten jeden Kontakt mit der Föderation verweigern?«

»Man kann eventuell Kontakt mit Ihnen aufnehmen«, erwiderte Scotty. »Ich habe es jedenfalls geschafft, aber nur mit Hilfe eines anderen Schiffes in der Kreisbahn. Was die Kommunikation mit ihnen angeht: Ihre Gesellschaft basiert auf einer Direktive: Komm nach Zuflucht, wenn du willst, aber sei darauf vorbereitet, daß es keine Rückkehr gibt.«

Donald Mora runzelte die Stirn. »Eine solche Einstellung scheint unmöglich bei einem Volk, das angeblich so fortgeschritten ist.«

»Sie sind weit fortgeschritten«, sagte Scotty. »Sie haben einen Schutzschirm um den Planeten gelegt, der einem Angriff der Klingonen widerstanden hat. Er verhindert die Kommunikation, widersetzt sich den Sensoren und allem, was unterhalb von dreißig Kilometern über der Oberfläche herumspioniert. Sie haben Ferndeflektoren, die eintreffende Verfolgte – so nennen sie sie – schützen. Ich muß gestehen: Daß niemand den Planeten verlassen kann, ist das einzige, was einer Horde von Kopfgeldjägern den Mut nimmt, da hinunterzugehen.«

»Lassen Sie mich über alles nachdenken«, sagte Captain Mora. »Bei Warp sechs müßte ich in etwa vier Stunden bei Ihnen sein.«

»Wenn Sie eine Möglichkeit finden, sich mit den Seniten zu verständigen, Captain«, sagte Scotty lächelnd, »lade ich Sie zum Fischessen ein.«

»Ich esse keinen Fisch«, erwiderte Captain Mora. »Ich bin mit zu vielen Fischen befreundet. Aber ich werde über Ihr Problem nachdenken. Ende.«

Als die leuchtende Krümmung des Planeten wieder auf dem Bildschirm erschien, wandte Scotty sich um. Er kam sich schon traurig und hilflos vor, wenn er ihn nur anschaute.

Die Motorwagen rumpelten einen Bergpaß hinauf. Hinter ihnen ging eine hundert Meter lange Senitenkolonne. Niemand sprach Renna auf dem langen Marsch ins Gebirge an – und eigentlich sprach überhaupt niemand, nicht einmal in den kurzen Perioden, in denen angehalten wurde, um den körperlichen Funktionen nachzukommen und eine bittere, teeähnliche Substanz zu sich zu nehmen. Hin und wieder vernahm man aus einem Wagen ein Ächzen oder einen Schrei, dann schoß ein Senit einen blauen Strahl in den Käfig, um den Gefangenen zum Schweigen zu bringen. Die Dunkelheit senkte sich nun schnell herab und warf gespenstische Schatten von den spitzen Gipfeln. Renna fragte sich, ob sie die ganze Nacht hindurch marschieren würden.

Sie versuchte sich mit dem Gedanken zu trösten, daß sie, selbst wenn sie Kirk und die anderen nicht retten konnte, vielleicht in einen anderen Transporterraum kam oder sonstwie in Erfahrung brachte, wie man den Abwehrschirm durchbrechen konnte. Aber wohin sollte sie ohne die drei Männer gehen? Ihr Fluchtplan hing davon ab, daß ihr Schiff sich noch in der Kreisbahn befand. Nein, entschied sie, sie mußte eine Möglichkeit finden, sie zu retten, so groß das Risiko auch war. Die einzige Alternative bestand darin, sich weiterhin als Senit auszugeben. Sie bezweifelte, ob dies über einen längeren Zeitraum hinweg möglich war. Oder sie mußte in die Berge entkommen und, wie Kirk berichtet hatte, dort wie ein Tier zu leben. Beide Aussichten erschienen ihr gleichermaßen unattraktiv.

Als sie die Seniten stoisch marschieren sah, kam sie zu dem Schluß, daß sie geisteskrank sein mußten. Sie verfügten über eine ausgefeilte Transportertechnologie, und doch marschierten sie die ganze Nacht durch ein nicht vertrauenerweckend aussehendes Gebirge, statt ihre Technik einzusetzen. Wenigstens wurden die betäubten Gefangenen an ihr rätselhaftes Ziel gefahren. Selbst wenn man die Energie in Betracht zog, die erforderlich war, Hunderte von Lebewesen zu transportieren, grenzte ein solches Opfer an Masochismus.

Natürlich, dachte sie, genießen die Seniten ihre Geschlechtslosigkeit, ihre Einheitsmeinung und die Opfer, die sie auf sich nehmen. Sie hatten sogar eine Methode gefunden, das gleiche ihren Gästen aufzuerlegen, indem sie Männer und Frauen auf Ortschaften wie Khyming und Dohama verteilten. Sie zeigten zwar Mitgefühl für Verfolgte, doch sie behandelten sie wie zurückgebliebene Kinder, denn sie bespitzelten sie und überwachten ihr Tun. Außerdem zogen sie Schlangen wie Kellen heran. Wer verwöhnte seine Gäste an einem Tag und schlug sie am nächsten bewußtlos und warf sie in Käfige? Das taten höchstens Verrückte.

Renna war dermaßen in ihre Analyse versunken und bemühte sich so sehr, keinen Fehler zu begehen, daß sie sich der Scheinwerfer gar nicht bewußt wurde, die vor ihnen durch den dichten Nebel strahlten. Endlich hob sie den Kopf und erblickte sie. Sie beschleunigte den Schritt ihrer wehen Füße, wie auch die anderen Seniten in der sich schlängelnden Linie. Schließlich umrundeten sie eine Biegung, und sie sah die Quelle des Lichts – einen klaffenden Durchgang am Fuße des höchsten Gipfels. Er ragte vor ihnen auf wie ein purer Turm aus Licht, groß genug, um hundert Fahrzeuge mit einer Million betäubter Flüchtlinge aufzunehmen. Renna schluckte ängstlich und erleichtert.

»Ist es nicht schön?« hörte sie jemanden leise sagen.

Sie drehte sich um und erblickte ihren kleinen Freund, dem sie geholfen hatte, den behaarten Riesen auf den Wagen zu verfrachten. »Ja«, sagte sie ebenso leise.

»Die Wiedergeburt ist so schön«, sagte der kleine Senit.

»Ja«, sagte Renna zustimmend und musterte die Lichtsäule. Sie nahm an, daß sie bald in Erfahrung bringen würde, was er mit dem Wort Wiedergeburt meinte.

Die gigantische Einfahrt verschluckte ein Fahrzeug nach dem anderen, und die Seniten marschierten ehrfürchtig hinter ihnen her. Renna reckte den Hals, um einen besseren Ausblick auf das zu erhalten, was sie für eine riesenhafte Grotte hielt, aber die goldenen Lichter, die die Einfahrt umgaben, blendeten sie beinahe. Als sie daran vorbeikam, mußte sie die Augen schließen und empfand ein eigenartiges Kitzeln und wärmendes Gefühl. Ihre Nackenhärchen zuckten unangenehm, und sie eilte so schnell wie möglich und ohne dem Seniten, der vor ihr herging, in die Hacken zu treten, unter den Lichtern hindurch. Sie hatte genug medizinische Zeitschriften aus geplünderten Schiffen gelesen, um zu ahnen, daß die Lichter eine Art sterilisierende oder antibiotische Vorsichtsmaßnahme waren. Sie konnte sich zwar gut vorstellen, daß die Marschierenden nach der langen Reise schmutzig waren, aber warum mußten sie unbedingt steril sein?

Allmählich verdichtete sich in ihr die Furcht, daß es eventuell erforderlich war, sich auszuziehen und in ein frisches Gewand zu schlüpfen, doch diese Angst legte sich, sobald ihr Blick wieder klar war und sie gute Aussicht auf die Umgebung hatte. Die Grotte war so gigantisch, wie sie im Freien angenommen hatte; ihre Decke war ein Dutzend Stockwerke hoch. Sie konnte mindestens ebenso viele Ebenen aus winzigen Räumen oder Zellen erkennen, die sich in den Wänden der Grotte befanden.

Auf der Hauptebene sah sie zahllose Reihen blitzender Eisenbetten. Aber ihr fiel auf, daß es keine normalen Betten waren – es handelte sich um Operationstische!

Rund um die Tische standen Monitore, Lebenserhaltungssysteme und etwas, das sie für Laseroperationsgeräte hielt. Sie schüttelte sich. Diesmal richteten sich ihre Nackenhaare tatsächlich auf. Nur ein katastrophaler Krieg, nahm Renna an, konnte nach einem so riesigen Operationssaal verlangen. Doch bevor sie weiter darüber nachdenken konnte, schlossen die anderen Seniten die Fahrzeuge auf und holten die bewußtlosen Gefangenen heraus, und sie machte schnell mit.

Kirk, Spock und McCoy befanden sich in dem Wagen, der als letzter eintraf. Die anderen Fahrzeuge wurden als erste entladen. Renna wunderte sich über die Art der Seniten, die nach dem schrecklichen Marsch doch ebenso erschöpft sein mußten wie sie, aber sie begaben sich dennoch ohne Murren an die Arbeit. Diesmal gingen sie etwas vorsichtiger mit der seltsamen Ansammlung der Humanoiden um; sie hievten sie auf die Operationstische und schnallten jeden einzeln an. Es war eine abscheuliche Arbeit, aber Renna mußte dabei mithelfen. Die Riemen bestanden aus dunklem, schwammigem Material, das sich so anfühlte, als hätte es die Zugfestigkeit von Stahl. Senitische Ärzte in makellos weißen Roben untersuchten jeden einzelnen besinnungslosen Patienten mit Überwachungsgeräten.

»Der hier ist tot«, sagte ein Arzt mit belegter Stimme, als er sich über einen Klingonen beugte. Er gab den anderen mit einer Handbewegung zu verstehen, sie sollten ihn fortschaffen. Das Bett des Klingonen wurde rasch für einen Lebenden freigemacht.

Ein anderer Arzt beäugte neugierig einen wenig attraktiven Fremdling mit roter Haut und Armen, die vom Bett bis zum Boden baumelten. Er hatte so gut wie keinen Hals. »Nicht humanoid genug«, sagte der Arzt. »Legt ihn irgendwo in den Bergen ab.«

Hmm, dachte Renna. Es gab Zeiten, in denen es sich auszahlte, nicht humanoid zu sein. Das, was sie gesehen hatte, wiederholte sich noch mehrere Male, wenn man zwischen den Lebenden Leichen fand und Angehörige seltsamer Rassen verschont wurden. Renna behielt Kirk, Spock und McCoy im Auge, weil offensichtlich war, daß die Operationstische gefüllt sein würden, bevor ihr Wagen an die Reihe kam. Sie hätte sich gern mit jemandem darüber unterhalten, was hier vor sich ging, aber sie wagte es nicht. Wollte man sie zuerst wiederbeleben und dann einsperren? Wenn ja, wozu dienten dann die Operationstische?

Schließlich wurde Kirks Fahrzeug entladen. Man trug ihn und die anderen zu Turboliften und brachte sie in die Zellen in den Wänden des gewaltigen Operationssaals. Renna wollte ihnen gerade folgen, als sich eine Stimme über Lautsprecher meldete. Sie hallte durch die riesige Grotte.

»Wir danken für eure Teilnahme an der Wiedergeburt«, sagte die Stimme. »Für alle hier Versammelten ist dies ein ruhmreicher Tag. Ihr alle wurdet auf die gleiche heilige Weise wiedergeboren, die unser Orden seit Jahrhunderten praktiziert. Wir bedauern es, daß ihr keine Erinnerung an dieses einmalige Erlebnis habt, deswegen wollen wir uns einen Moment gönnen, um euch die sechs heiligen Schritte der Wiedergeburt ins Gedächtnis zurückzurufen:

Erstens, das rituelle Waschen und Rasieren der Neuen. Zweitens, die Hirnoperation, die schädliche Erinnerungen an die Vergangenheit ausradiert. Drittens, das Entfernen der Geschlechtsorgane. Viertens, die Hormonbehandlung, um jede zurückgebliebene Spur des Geschlechts zu entfernen. Fünftens, Elektrolyse und kosmetische Chirurgie, die für ein gefälliges uniformes Äußeres sorgten. Sechstens, das Erwachen und die Ausbildung. In ungefähr siebzig Tagen werden die Neuen in eure Gemeinde zurückkehren und treue

Angehörige des Ordens sein, hingegeben an die Mission von Zuflucht.«

Ein beifälliges Murmeln erklang, und der Sprecher fuhr fort. »Wir wissen, wie erschöpft ihr seid. Es ist jetzt nicht mehr erforderlich, daß ihr noch weitere Dienste leistet. Aber wenn ihr am rituellen Waschen und Rasieren teilnehmen möchtet, meldet euch bitte auf Ebene drei, wo man euch frische Gewänder aushändigt. Der Rest von euch ist vom Dienst entbunden und darf sich im Transporterraum auf Ebene zwei melden. Gelobet sei der heilige Orden der Seniten.«

»Gelobet sei er«, echoten Dutzende trällernder Stimmen.

Renna empfand Schwindel. Ihr war, als würde sie gleich ohnmächtig werden, und sie setzte alle ihre Kräfte ein, um auf den Beinen zu bleiben. Ihr Freund nahm ihren Ellbogen und lächelte sie selig an.

»Du bist müde«, sagte er. »Ich bleibe noch zum Ritual, aber vorher bringe ich dich zum Transporter.«

Rena schüttelte den Kopf und riß sich zusammen. »Ich bleibe auch«, sagte sie mit fester Stimme. »Es ist doch meine Pflicht.«

Der kleine Senit nickte beifällig und gesellte sich zu seinen Kollegen vor dem Turbolift. Renna folgte ihm. Sie wünschte sich, sie könnte eine Fackel an den ganzen verdammten Planeten halten. Es würde ihr vielleicht nicht gelingen, aber sie wollte alles in ihrer Macht Stehende tun, um Captain Kirk, Dr. McCoy und Mr. Spock eine Lobotomie und Kastration zu ersparen.

11

Scotty bediente die Transportersteuerung persönlich, die Captain Donald Mora auf die *Enterprise* holte. Er war ein gepflegter Mann mit einer Energie, die seine etwa achtzig Lebensjahre kaschierten, wenn sein Gesicht auch dank seines meist im Freien und unter Wasser verbrachten Lebens jede Minute davon anzeigte.

»Hallo, Commander Scott.« Er strahlte, trat von der Transporterplattform und schüttelte Scottys Hand.

Scotty setzte ein mühsames Lächeln auf. »Schön, Sie zu sehen, Captain Mora. Ich nehme an, Sie hatten keine Probleme mit den anderen Schiffen in der Kreisbahn?«

»Aber nein«, erwiderte Mora. »Eigentlich ist es eine recht freundliche Bande. Als wir aus dem Warp kamen, hat mich ein Orioner angefunkt, um zu fragen, ob ich irgendwelche Verbrecher gegen Sklavinnen tauschen möchte.«

»Aye«, sagte Scotty. »Das Salz der Erde. Sie hätten den Klingonen kennenlernen sollen, der vor kurzem abgereist ist. Er wurde endlich abberufen, nachdem seine Vorgesetzten zu dem Schluß gekommen sind, daß Zuflucht das beste Gefängnis in der Galaxis ist.«

Mora nickte finster. »Laut Ihrer Meldungen sind die Klingonen wohl nicht weit von der Wahrheit entfernt. Darf ich offen sprechen, Mr. Scott?«

Scotty deutete auf den leeren Transporterraum. »Wir sind allein hier.«

»Na schön«, sagte Captain Mora. »Sie sind sich doch zweifellos darüber im klaren, daß man uns als Ersatz für Sie hierhergeschickt hat. Für die *Enterprise*, meine ich.«

»Aye. Es war ziemlich unwahrscheinlich, daß man uns für immer hiergelassen hätte.«

»Aber Sie würden gern bleiben, was?« fragte Mora.

»Für immer nicht«, sagte Scotty. »Bloß so lange, bis wir den Captain, Mr. Spock und Dr. McCoy gerettet haben.«

»Und das ist das Problem: daß Sie eigentlich keinen echten Plan haben, sie zu retten. Und das weiß die Flotte.«

»Darf ich ebenfalls offen sein?«

Der Captain nickte. »Ich bitte darum. Schließlich führen wir ein Privatgespräch.«

Scotty ging auf und ab. »Das Oberkommando kennt die drei Männer nicht so gut wie ich. Obwohl wir im Augenblick wenig tun können, habe ich irgendwie das Gefühl, daß ihnen ein Fluchtversuch gelingen wird. Ich weiß zwar nicht, wann, aber ich weiß, daß wir bereit sein müssen, ihnen zu helfen, wenn die Zeit da ist.«

»So spricht ein wahrer Freund«, sagte Captain Mora mitfühlend. »Aber ohne konkreten Plan will die Flotte die *Enterprise* nicht mehr hier warten lassen. Wenn ich dem Oberkommando auch nur einen winzigen Fortschritt melden könnte, den Ansatz eines Plans ...«

Scotty grinste listig. »Tatsächlich, Captain? Nun, den Ansatz eines Plans habe ich. Ich meine, wir sollten in den Machtbereich des Planeten eindringen.«

»Eindringen?« Captain Mora runzelte die Stirn. »Haben Sie nicht gesagt, es sei gefährlich, dort runterzugehen?«

»Nicht unbedingt gefährlich«, erwiderte Scotty. »Man kann nur nicht mehr zurück. Ich wette, ich könnte jetzt – auf der Stelle – dort runterbeamen. Anorganische Materie, die allein reist, wird vernichtet, das haben wir schon anhand der Sonden gesehen, die wir runterschicken wollten. Aber organische Lebewesen läßt man ohne Vorbehalte passieren. Könnten wir die richtige Invasionsstreitmacht zusammenstellen, eine solche, die die Seniten einschüchtern kann, ohne daß sie einen Schuß abfeuern, wären sie vielleicht gezwungen, mit uns zu verhandeln.«

Nun war Mora mit dem Grinsen an der Reihe. »Sie sind ja ein ganz schräger Otto, Commander Scott.«

»Bin ich wirklich«, erwiderte Scotty grimmig. »Jedenfalls dann, wenn es um das Leben meiner Kameraden geht.«

Renna stand absichtlich am Ende einer langen Schlange und wartete auf die Ausgabe eines frischen Gewandes. Sie blickte aus dem dritten Stockwerk der Mammuthöhle auf Hunderte von Lebewesen hinab, die an blitzende Metalltische geschnallt waren, und versuchte sich das Grauenhafte auszumalen, das hier geschehen würde. Der Identität, der Erinnerungen und des Geschlechts beraubt zu sein, war ihr unvorstellbar. Es war ja möglich, daß die meisten, denen dies passierte, nicht gerade aus guter Kinderstube kamen, aber ein Ende als Senit hatten sie nicht verdient.

Ihr Verstand schlug Purzelbäume bezüglich sämtlicher Möglichkeiten und Fluchtrouten. Jede der etwa ein Dutzend Ebenen, die die Operationsarena umgaben, schien aus einem Laufsteg sowie einer Reihe von Zellen, Büros, Ruheräumen und ähnlichem zu bestehen. Auf Ebene drei war sie an einem kleinen Theater vorbeigekommen und hatte dort eine Gruppe von Seniten sitzen sehen. Als warteten sie auf den Beginn der Vorstellung. Sie stellte sich vor, daß es eventuell viele Spezialisten und Beobachter gab, die man erst später während des Verfahrens rief. Die Wiedergeburt, so abscheulich sie auch war, war eine große medizinische Leistung; eine Massenproduktion in Sachen Chirurgie, die ungefähr an tausend Patienten gleichzeitig stattfand.

Die Spezialisten, Ärzte oder was auch immer sie

waren, schienen ausnahmslos ältere Seniten zu sein, als erfordere es viele Wiedergeburten, um die Arbeit vollständig zu beherrschen. Man fand sie auf allen Ebenen der Grotte, sie untersuchten Patienten oben in den Einzelzellen und unten auf der Operationsetage. Nach der Schufterei des Waschens und Rasierens, dachte Renna, kommen bestimmt die Chirurgen an die Reihe. Wenn sie Kirk und seine Gefährten bis dahin nicht gerettet hatte, war es zu spät. Aber wie konnte sie der Aufgabe entgehen, die Unglücklichen dort unten waschen und rasieren zu müssen? Die einzige Antwort war die: Sie mußte sich befördern und Arzt werden.

Rennas verstohlene Inspektion endete, als sie sich am Anfang der Schlange wiederfand und einem bulligen Seniten hinter einer Theke gegenüberstand. Was war er wohl in seinem vorherigen Leben? fragte sie sich. Ein Elysier? Ein Saurianer? Nun war er Senit und gab Gewänder in der Grotte der Wiedergeburt aus.

»Kann ich zwei Gewänder haben?« fragte sie, und fügte rasch hinzu: »Mein Freund schläft, ich möchte ihm eins mitbringen.«

Der rundgesichtige Senit musterte sie eingehend. Sein Blick war recht stupide, und Renna fühlte sich verlockt, ihr Gesicht unter ihrer Kapuze zu verbergen. Schließlich sagte er tadelnd: »Schlafen ist verboten. Dein Freund soll selbst kommen.«

»Er ist müde«, fügte Renna hinzu, »aber er möchte den Ritus nicht versäumen.«

»Wenn er schlafen möchte, soll er heimgehen«, erwiderte der Senit. »Welche Größen?«

»Für mich eine kleine«, sagte Renna. »Und für meinen Freund eine große.«

Sie nahm die Gewänder an sich und bemühte sich, ihren Triumph nicht zu zeigen. Nun hatte sie – das schmutzige, das sie trug, mitgezählt – drei Gewänder. Es war zwar eines zu wenig, aber in ihrem Verstand bildete sich schon ein Plan. Aus der Nähe betrachtet, würde keiner ihrer drei Gefährten als Senit durchgehen, aber aus der Ferne vielleicht schon. Zuerst mußte sie sich der Hürde des Umziehens stellen, und sie lugte den Laufsteg entlang, um zu sehen, wo die anderen Seniten die Gewänder wechselten. Zu ihrer Erleichterung waren die Seniten ebenso geschlechtslos wie schamhaft – sie traten nacheinander in die kleinen Zellen auf dem gekrümmten Gang und zog den Vorhang hinter sich zu.

Die meisten Zellen, an denen sie vorbeikam, waren besetzt, was natürlich zu erwarten gewesen war, denn sie hatte ziemlich am Ende der Schlange gestanden. Doch schließlich teilte sich vor ihr ein Vorhang, und sie wartete ab, bis ihr Vorgänger auftauchte. Sie und der schlaksige Senit lächelten sich gütig an, dann verschwand Renna in der Zelle und zog den weißen Vorhang hinter sich zu. Es war ein kleiner, aber ansehnlicher Hospitalraum für einen einzelnen Patienten. Er enthielt blitzende Instrumente, die so aussahen, als könnten sie einen auf ewig am Leben erhalten. Es gab auch ein Waschbecken, an dem man sich Gesicht und Hände waschen konnte, und genau das tat sie auch. Und dann fiel ihr Blick auf etwas anderes – ein weiteres Gewand, das in einer Ecke lag.

Renna zog ihr schmutziges Gewand aus – sie war sehr erleichtert, daß sie es nicht in der Öffentlichkeit zu tun brauchte – und säuberte sich. Dann zupfte sie ihre Kleidung zurecht und fragte sich grimmig, ob die Seniten eigentlich je über Frauen sprachen. Sie sah keinen Grund, warum sie es nicht tun sollten, aber es gab dem Anschein nach so wenige Frauen auf diesem Planeten – von denen die meisten an einem Ort versammelt waren –, daß sie sich nicht vorstellen konnte, daß man sie für ausreichend hielt. Als ihr einfiel, daß die Seniten glaubten, sie täten den Neuen einen beachtlichen Gefallen, schluckte sie.

Nachdem sie sich gesäubert hatte, sah sie sich dem

Problem gegenüber, unter ihrem kleinen Gewand drei größere zu verbergen. Sie nahm ein Bettlaken, schlug sie darin ein und band sich das Bündel vor den Bauch. Nun sah sie ziemlich beleibt aus, aber nicht alle Seniten waren schlank, speziell die älteren nicht, was möglicherweise eine Nebenwirkung des Testosterons war. Sie warf einen Blick in den Spiegel und formte ihre Wampe, bevor ihr auffiel, daß ihr Gesicht nun zu jung wirkte. Sie brauchte Schminke und irgendeine Art Instrument, das sie tragen konnte, um wie ein Mediziner auszusehen. So leise wie möglich durchsuchte sie die Schubladen und Instrumente des kleinen Raums.

Sie fand einen bräunlichen Puder, den sie mit Speichel mischte, um Schminke herzustellen. Glücklicherweise bekam sie mit jeder weiteren Sekunde von allein Sorgenfalten. Sie trug die dunkle Substanz auf die erblühenden Falten ihres Gesichts auf und verwandelte sie, wie sie hoffte, in Altersfalten. Sie wußte, daß sie darauf achten mußte, ihr Gesicht niemandem länger als ein, zwei Sekunden zu zeigen. In dieser Zeit konnte die Maskerade kaum jemandem auffallen.

Tragbare Instrumente lagen nirgendwo herum, und so wurde ihre Suche in den Schubladen immer verzweifelter. Schließlich holte sie tief Luft, richtete sich auf und suchte den vollgestopften Raum mit Blicken ab. Wenn es nicht anders ging, mußte sie sich etwas basteln. Dann erhellte sich ihr Blick, als sie die silbernen Hähne des Waschbeckens sah. Sie hatten die gleiche asymmetrische Nierenform wie die Handwaffen der Seniten. Wenn ich nur schnell genug damit herumfummle, dachte sie, kann man sie für medizinische Instrumente halten.

Sie packte den Griff, der ihr am nächsten war, fand heraus, in welche Richtung man ihn drehen mußte, und drehte in Gegenrichtung. Brutale Gewalt befähigte die junge Frau, ihn zu lösen, und Wasser spritzte wie der Alptraum eines Klempners in den Raum hinein. Renna dankte den Sternen, daß sie das neue Gewand noch nicht angezogen hatte, als sie den Griff drehte und gegen das sprühende Wasser kämpfte. Es war der einzige, den sie lösen konnte, also mußte sie mit ihm auskommen.

Als sie ihn gelöst hatte, schaute sie sich nach etwas um, was sie in den Durchlauferhitzer stopfen konnte, doch dann fiel ihr ein, daß das spritzende Leck vielleicht auch eine willkommene Ablenkung war. Sie justierte ihren Bauch, legte noch einmal Schminke auf und schlüpfte in ein Gewand, das zwar eng saß, aber ihren falschen Bauch gut verbarg. Dann holte sie tief Luft, ging in den Korridor hinaus und gesellte sich zu dem ständigen Senitenstrom, der sich dem Turbolift entgegenbewegte.

Beim Gehen warf sie einen verstohlenen Blick über das Geländer, um zu sehen, was unter ihr los war. Mehrere Seniten befreiten die Bewußtlosen rasch von ihrer schmutzigen Kleidung. Eine Handvoll anderer hatte angefangen, sie auf rituelle Weise von den Zehen an aufwärts zu waschen und zu rasieren. Renna machte sich klar, daß sie jetzt keine Zeit hatte, die armen Geschöpfe zu bedauern, also versuchte sie, sie aus ihren Gedanken zu verdrängen.

Sie verbarg ihre Instrumente im Ärmel des Gewandes und fragte sich, wie lange es wohl dauerte, bis jemand bemerkte, daß das Wasser über den Laufsteg strömte. Sie brauchte nicht lange zu warten; fast sofort erklangen Rufe, und mehrere Seniten, die sich vor ihr befanden, blieben stehen und drehten sich um. Renna jagte durch die dichtstehende Menge und trat in den ersten leeren Turbolift, den sie fand. Leider trat ein jüngerer Senit hinter ihr ein.

»Ebene sechs!« stieß sie dem Computer entgegen.

Sie schaute auf. Der jüngere, der für ein androgynes Lebewesen recht stattlich aussah, musterte sie, dann schaute er schnell weg und murmelte »Ebene eins«.

»Bist du zum ersten Mal bei einer Wiedergeburt zugegen?« fragte Renna beinahe väterlich.

»Ja«, gestand der Senit. Er wirkte verlegen. »Ist es so offensichtlich?«

»Sag mal«, hauchte Renna heiser, »hast du schon mal von deinem früheren Leben geträumt?«

»Ja«, sagte der junge Senit keuchend. »Was hat es zu bedeuten?«

»Es bedeutet, daß sie nicht alles gekriegt haben«, erwiderte Renna. Die Tür flog auf. Sie trat auf Ebene sechs ins Freie. Die Tür schloß sich hinter ihr und der sprachlosen Miene des jungen Seniten.

Zum ersten Mal, seit Renna an diesem schrecklichen Ort angekommen war, hatte sie Gelegenheit, normal zu atmen. Ebene sechs war genau das, was sie gesucht hatte – ein Ort, an dem nicht viel los war. Sie ging über den Laufsteg, der ungefähr bis zur Hälfte des bienenkorbförmigen Umrisses der großen Höhle führte, bis sie beträchtlich größere Aktivitäten auf einem noch höherliegenden Stockwerk erkennen konnte. Der seltsame Komplex schöpfte seine Kapazität nicht mal ansatzweise aus, und sie hatte keine Lust, darüber nachzudenken, was dies bedeutete.

Sie ging weiter durch den leeren Korridor, von dem allerlei abgedunkelte Räume abzweigten. Aus einer höherliegenden Ebene kam unmenschliches Geheul, das urplötzlich erstarb. Das Geschöpf heulte erneut und hielt wieder abrupt inne. Dann hörte sie einen Moment lang Stimmen. All dies fand, so schätzte sie, zwei Etagen über ihr statt, und sie fragte sich, ob das der Ort war, an den man die restlichen Gefangenen gebracht hatte. Sie drehte sich um und kehrte zum Turbolift zurück.

Auf Ebene acht war Renna gezwungen, den Kopf zu neigen, weil es überall von Seniten wimmelte, die zwischen den zahlreichen Zellen umhereilten und wieder zu sich kommende Gefangene betäubten. Die Neuen waren zwar nicht so fest wie die auf der Bodenebene an die Betten gefesselt, konnten sich aber nicht bewegen. Sobald jemand anfing zu stöhnen oder um sich schlug, eilte sofort ein Mediziner zu ihm hin, um ihn zu betäuben. Sie setzen ausschließlich Spritzen ein, so daß Renna annahm, daß mehrere Betäubungen in kurzem Zeitraum wahrscheinlich ungesund oder sogar tödlich waren. Sie packte ihren Wasserhahn, als sei er eine Spritze, und eilte von einer Zelle zur anderen. Sie verweilte jedoch immer nur so lange, um zu sehen, wen sie enthielt.

Ihre entschlossene Überprüfung der einzelnen Patienten fiel kaum hektischer aus als die der anderen Seniten und zahlte sich schließlich aus. In einer Zelle erspähte sie das asketische Gesicht des Vulkaniers – seine Hautfarbe war etwas blasser als üblich, und seine Augen waren geschlossen. Verdammt, dachte Renna, wenn ich doch nur ein echtes Instrument hätte, um ihn wiederzubeleben. Sie beugte sich über die reglose Gestalt, um sich zu überzeugen, ob er noch lebte.

Mit unglaublicher Schnelligkeit schoß seine Hand hoch und legte sich um ihren Hals. Sie konnte sich nicht einmal zur Wehr setzen, weil sein fester Griff sie unbeweglich machte. »Spock«, ächzte sie. »Ich bin's – Renna!«

Seine Hand löste sich und sank schlaff herunter. Er hielt die Augen noch immer geschlossen, doch als sie sich über ihn beugte, sprach er sie an. »Tut mir leid, daß ich Sie nicht erkannt habe. Ich hielt Sie für einen Seniten. Ich bin schon eine ganze Weile wach. Ich bin sehr erleichtert, Sie unter diesen Umständen zu sehen.«

»Sie wissen gar nicht, wie erleichtert Sie sich fühlen sollten«, sagte sie leise und tat so, als untersuche sie ihn. Die anderen Mediziner wimmelten weiterhin vor der Zelle umher, und es gab leider keinen Vorhang, den man hätte zuziehen können. Die Räume waren nur Zwischenstationen.

»Wo sind wir?«

»In einer Senitennachwuchsfabrik«, murmelte sie. »Hier werden die Verfolgten lobotomisiert, kastriert und zu Seniten gemacht.«

»Eine etwas radikale Methode der Fortpflanzung«, erwiderte Spock. »Haben Sie einen Fluchtplan?«

»Zuerst«, sagte Renna, »müssen Sie eins der Gewänder anziehen, die ich mitgebracht habe.« Sie hob ihre Robe, zog ein zusammengefaltetes Gewand hervor und legte es auf den Brustkorb es Vulkaniers. »Ich glaube, das ist das saubere.«

»Gehen Sie zur Tür«, sagte Spock, »und lenken Sie die anderen von der Zelle ab. Ich komme gleich hinaus.«

Renna nickte und schlüpfte auf den Laufsteg hinaus. Ein Senit kam auf sie zu; er warf vorsichtige Blicke in alle Zellen, an denen er vorbeikam. Renna ging dem Spezialisten entgegen und deutete nach unten.

»Was ist da los?« fragte sie aufgeregt und schaute über die große Kluft hinweg auf die Zellen und Räume, die auf der anderen Seite unter ihnen lagen. Aufgrund der Krümmung der Höhlenwände konnte sie den kleinen Tumult nicht sehen, den ihr im Umkleideraum sabotierter Durchlauferhitzer verursachte. Sie zeigte dem sich nähernden Seniten die Richtung. »Da unten, meine ich.«

Ein weiterer Senit trat von hinten an sie heran und blieb stehen, um zu sehen, was dort vor sich ging. Hätte er sich umgeschaut, hätte er gesehen, daß Spock das Gewand gerade über seine Kleider zog. Der Vulkanier zog die Kapuze über seine auffälligen Ohren, trat in den Gang hinaus und gesellte sich zu den Gaffern.

Er fing Rennas Blick auf, und sie wandte sich erleichtert auf dem Absatz um. »Es ist schon unter Kontrolle«, sagte sie und eilte durch den Korridor. Ein hochgewachsener, dünner Senit folgte ihr, während die anderen noch immer herauszufinden versuchten, was da vor sich ging.

Renna und Spock konnten jedoch, so gern sie es auch getan hätten, nicht anhalten, um die anderen Zellen zu inspizieren – sie mußten aus der Nähe der Menge verschwinden, die Renna angezogen hatte.

»Wo ist der Captain?« fragte Spock. »Und Dr. McCoy?«

»Sie müssen in irgendeiner Zelle sein«, sagte Renna leise. »Gott sei Dank sind sie nicht da unten.«

»Wir werden sie irgendwie wiederbeleben müssen«, sagte Spock, »sie haben leider nicht meinen Metabolismus.« Er erblickte einen weiteren Seniten, der einige Meter vor ihnen seine Runde machte, und tippte Renna auf die Schulter.

Sie nickte, und sie verlangsamten, um ihm zu erlauben, an ihnen vorbeizugehen und in eine Zelle zu treten. Dann wurden sie schneller.

»Gelobet sei der Heilige Orden«, intonierte Renna, als sie mit Spock zusammen den kleinen Raum betrat.

Der Senit blinzelte sie überrascht an, was Spock genügend Zeit gab, um einen Arm auszustrecken und seinen Hals zu berühren. Der Senit sank zu einem bewußtlosen Bündel zusammen. Renna fing die fallende Gestalt auf und half Spock, sie neben ein besinnungsloses Opfer mit geschuppter Haut auf ein Bett zu legen.

»Ihr Betäubungsgriff kommt wie gerufen«, sagte Renna, als sie Spock half, den Bewußtlosen zu durchsuchen. »Können Sie ihn mir beibringen?«

»Nein«, erwiderte der Vulkanier. Er nahm ein kleines Medokit aus dem wallenden Ärmel des Seniten und öffnete den silbernen Behälter. Darin befanden sich eine einzelne Spritze und vielleicht zwanzig Phiolen von meist roter und blauer Farbe. Einige der blauen Phiolen hatten offenbar schon Verwendung gefunden.

»Ich nehme an«, sagte Spock, »die blauen enthalten ein Betäubungsmittel. Und die roten – es sind viel weniger – ein Gegenstimulans. Hoffen wir, daß die Spritzen nicht ebenso wie die Waffen auf die Seniten abgestimmt sind. Ich vermute, daß ihnen während der Chirurgie eventuell Implantate und Transmitter eingesetzt werden, damit sie gegen die Waffen Außenstehender immun sind.«

»Wenn Sie meinen...« Renna schüttelte sich. »Aber es wäre noch nicht das Schlimmste, was hier mit den Leuten veranstaltet wird.«

Die schuppenbewehrte Gestalt auf dem Bett zuckte leicht. Spock lud schnell eine rote Phiole in die Spritze und gab dem Fremdling eine Injektion. Er gab Renna mit einer Geste zu verstehen, sie solle zurücktreten, dann löste er die Fesseln des Wesens und baute sich hinter dem Bett auf. Der schuppige Fremdling kam benommen zu sich und setzte sich hin. Es erblickte zuerst den besinnungslosen Seniten neben sich, dann Renna. Er brauchte nicht lange, dann grollte er wütend und warf sich auf die Frau. Doch glücklicherweise war Spock hinter ihm und wandte den Betäubungsgriff mit solcher Kraft und Präzision an, daß er sofort wieder ohnmächtig umsank.

»Mann!« keuchte Renna, als sie Spock half, ihn wieder aufs Bett zu hieven. »Jedenfalls wissen wir jetzt, welches Mittel die Leute wachmacht.«

»Ja«, sagte Spock. »Jetzt können wir den Captain und Dr. McCoy zwar wecken, falls wir sie finden, aber wie kommen wir hier heraus?«

»Es gibt hier Transporter«, sagte Renna. »Aber dann stehen wir eventuell vor dem gleichen Problem wie damals – daß wir nicht genug Zeit haben, um in Erfahrung zu bringen, wie man sie steuert.«

»Ich bin zuversichtlich, daß ich die Transporter ausschalten kann«, erwiderte der Vulkanier. »Dann könnten wir auf andere Weise fliehen, ohne daß man uns verfolgt.«

»Das Tor steht weit offen«, sagte Renna und meinte damit das Flammen der goldenen Lichter rings um den Eingang zu der weitläufigen Grotte.

»Sehr gut«, sagte Spock und schob eine neue rote Phiole in die senitische Spritze. »Suchen wir die Zellen ab, die in der Nähe jener liegen, in der Sie mich gefunden haben.«

Auf dem Laufsteg von Ebene acht war noch immer viel Betrieb. Zahlreiche senitische Ärzte waren unterwegs, um die wartenden Neulinge im Zustand der Betäubung zu halten. Von unten drang ein seltsamer Gesang zu ihnen herauf. Die jungen Seniten badeten und rasierten die besinnungslosen Neulinge. Renna versuchte zu ignorieren, was dort unten vor sich ging; sie folgte Spock von einer Zelle zur anderen.

Der Vulkanier hatte eine vornübergebeugte Haltung angenommen und ging langsam, was ihn uralt wirken ließ, doch das war besser, als den Leuten sein unrasiertes Kinn zu zeigen. Es herrschte große Aktivität, und zu viele Seniten waren in dringenderen Missionen unterwegs, um dem seltsamen Paar Beachtung zuteil werden zu lassen. Es dauerte nicht lange, bis sie eine Zelle fanden, in der ein stattlicher Mann angeschnallt auf einem Bett lag.

»Achten Sie auf die Tür«, befahl Spock.

Renna tat es, und der Vulkanier beugte sich über die schlafende Gestalt und gab ihr, ohne die Fesselung Kirks zu beachten, eine Injektion. Kirk erwachte und zerrte an seinen Fesseln.

»Seien Sie still, Jim«, sagte Spock warnend. »Renna und ich sind hier, um Sie zu befreien. Wir sind aber noch immer in ernster Gefahr. Hier werden die Verfolgten chirurgisch verändert und zu Seniten gemacht. Sie können nicht einfach aus dem Bett springen. Haben Sie verstanden?«

»Ja«, murmelte der Captain. Er stellte seine Bewegungen ein und schloß wieder die Augen. »Wo ist McCoy?«

»Wir haben ihn zwar noch nicht lokalisiert, aber wir kommen zurück, sobald wir ihn gefunden haben. Ich löse Ihre Fesseln. Spielen Sie weiterhin den Besinnungslosen, sonst wird man Sie noch mal betäuben.«

»Verstanden«, hauchte Kirk.

Ein weiterer Senit kam an der Tür vorbei und lugte hinein. Spock tat so, als gäbe er Kirk eine Betäubungsspritze.

»Ist alles unter Kontrolle?« fragte der Senit.

»Ja«, antwortete Renna, wandte sich um und beugte sich über Kirk, so daß der Senit Spock und sie nur von hinten sah.

»Leider«, sagte der Senit, »sind zwei Neulinge gestorben. Wir haben unten Platz. Ist der dort gesund?«

»Nein«, erwiderte Renna spontan. »Er hat Schwierigkeiten mit der Atmung.«

»Bringt ihn wieder auf die Beine«, erwiderte der senitische Arzt. Er drehte sich um und sprach jemanden in der Nebenzelle an. »Bring den dort nach unten.«

Als der Senit sich in die Nebenzelle begab, schob Renna den Kopf hinaus und sah zu ihrem Entsetzen, daß zwei weißgekleidete Gestalten den besinnungslosen Dr. McCoy zum Turbolift trugen. Der Senit, der offenbar das Kommando hatte, folgte ihnen.

Sie eilte zu Spock und Kirk zurück. »Es ist McCoy!« stieß sie aufgeregt hervor. »Sie bringen ihn nach unten – auf den Operationstisch!«

Kirk entledigte sich seiner Fesseln, schwang die Beine über den Bettrand und sprang auf die Füße. »Holen wir ihn!«

Renna zog die schmutzige Robe unter ihrem Gewand hervor und warf sie Kirk zu. »Ziehen Sie das wenigstens über.«

Kirk gehorchte, zog sie schnell über seine Kleider und setzte die Kapuze auf. Dann trat er auf den Gang hinaus und folgte den Seniten und ihrer Fracht. Da sie sich schnell bewegten, konnten sie die drei Seniten in dem Moment einholen, in dem sie McCoy in den Turbolift brachten. Sie senkten den Blick zu Boden und nahmen in der engen Kabine unbehaglich ihre Positionen ein.

Die Tür schloß sich, und der leitende Senit sagte »Ebene eins.« Dann musterte er Kirk mit einem argwöhnischen Blick und sagte: »Warum trägst du keine saubere Robe?«

Kirk neigte den Kopf noch tiefer und machte in der Hoffnung, daß der Lift gleich anhalten würde, den Versuch, die Frage zu ignorieren. Doch der Fragesteller war stur. »Ich habe dir eine Frage gestellt. Schau mich an!«

Er faßte Kirk ans Kinn und schaute ihm ins Gesicht. Wahrscheinlich wünschte er sich auf der Stelle, es nicht getan zu haben. »Du ... du gehörst nicht zum Orden!« stieß er hervor. »Wache!«

Der Captain versetzte dem Seniten einen Haken, woraufhin dieser gegen einen seiner Kollegen taumelte und McCoy sogleich zu Boden fallen ließ. Als der dritte Senit sich auf Kirk stürzen wollte, fing Spock ihn ab und warf ihn gegen die Wand.

Renna trat einem anderen gegen die Kniescheibe und verpaßte ihm einen Kinnhaken, der ihn gegen Kirk warf. In der engen Turboliftkabine klatschten die Hiebe. Ellbogen stießen in Magengruben, Köpfe knallten gegen andere Köpfe. Ein Senit wollte seine Waffe ziehen, doch Spock entrang sie seiner Hand und wandte den Betäubungsgriff an. Bald lagen die drei Gestalten am Boden, und Kirk und Spock bückten sich, um den besinnungslosen McCoy aus dem Haufen zu ziehen.

»Korrektur!« sagte Renna keuchend zum Turboliftcomputer. »Ebene sechs!«

Der aufgrund der Schlägerei wackelnde Lift setzte sich ächzend in Bewegung und stieg zur sechsten Ebene hinauf. Glücklicherweise war es dort oben noch immer ruhig, und Kirk, Spock und Renna konnten die bewußtlosen Gestalten aus dem Lift ziehen, bevor dieser zurückgeholt wurde. Renna machte einen abgedunkelten Unterrichtsraum aus, und sie schleppten die Seniten und McCoy hinein. Während Renna einem Seniten das Gewand auszog, das für McCoy passend schien, setzte Spock die Spritze ein. Zuerst injizierte er McCoy ein rotes Stimulans, dann betäubte er die Seniten.

»Pille«, sagte Kirk, der sich über seinen Freund beugte. »Kannst du mich hören?«

McCoy kam langsam zu sich. »Au, mein Kopf«, stöhnte er und richtete sich mühsam auf. »Was ist hier los? Wo sind wir, verdammt?«

Kirk grinste. »Wir haben dich gerade davor bewahrt, ein Senit zu werden.«

»Gut«, sagte McCoy stöhnend. »Weiß steht mir ohnehin nicht.«

»Wir haben erfahren, wie die Seniten ihre Spezies fortpflanzen«, sagte Spock. »Indem sie eine große Anzahl von Verfolgten kastrieren und lobotomisieren.«

»Mamma mia!« sagte McCoy.

»Noch sind wir nicht hier raus«, sagte Renna warnend und reichte ihm das erbeutete Gewand. »Wenn uns kein Fluchtplan einfällt, besteht noch immer die Möglichkeit, daß man Sie zum Eunuchen macht. Man wird uns aller Wahrscheinlichkeit nach nicht hier fortlassen, damit wir unser Wissen verbreiten können.«

»Ich schlage vor«, sagte Spock, »daß wir ihre Transporter unbrauchbar machen, damit sie nicht – wie beim letzten Mal – sofort unsere Verfolgung aufnehmen können.«

»Wo sind denn die Transporter?« fragte Kirk. »Befinden sie sich in gesonderten Räumen?«

»Sie sind auf Ebene zwei untergebracht«, erwiderte Renna, »hinter Vorhängen. Aber dort wimmelt es ständig von Seniten. Spock hätte nur ein paar Sekunden, und selbst dazu müßte man sie irgendwie ablenken. Der einzige Eingang wird zwar nicht bewacht, kann aber von überallher eingesehen werden.«

Kirk öffnete den Mund, um etwas zu sagen, aber über ihren Köpfen wurde ein Schrei laut. Eine gedämpfte Explosion ertönte. Sie eilten aus dem Unterrichtsraum, um zusammen mit Hunderten von anderen weißgekleideten Gestalten einen Blick über das Geländer zu werfen. Sie sahen jemanden, der sich zwei Ebenen über ihnen wütend mit einem Seniten prügelte. Mehrere Seniten auf der Hauptebene richteten Waffen auf ihn, zögerten aber noch, weil sie Angst hatten, ihren Kollegen zu treffen. Außerdem hatte ein Fehlschuß wohl eine kleine Explosion in einem Raum hinter dem Flüchtling ausgelöst. Spock sah, daß der um sich schlagende Gefangene schuppige Haut aufwies.

»Es ist der, den wir betäubt haben«, sagte er zu Renna.

»Ihr Betäubungsgriff hat nicht lange vorgehalten«, erwiderte sie. »Es lag wahrscheinlich an dem Stimulans.«

Das Geheul des Seniten wurde lauter, als der Gefangene ihn über seinen Kopf hob und über das Geländer acht Etagen tief auf eine Reihe von Monitoren warf. Er erzeugte einen Krach, der in der gesamten Grotte Echos warf. Die Seniten attackierten den Abtrünnigen nun mit Spritzen, aber er warf einen nach dem anderen in den engen Korridor und schickte zwei weitere in den Tod. Ein schießwütiger Senit am Grottenboden deckte ihn mit einem hellblauen Laserstrahl ein, der zwar ein Stück des Laufstegs in geschmolzenes Metall verwandelte, den Durchgedrehten jedoch verfehlte.

»Das ist unsere Chance«, sagte Kirk. »Bringen Sie uns zum Transporter, Renna.«

Renna nickte. Sie wußte, daß es sinnlos war, darüber zu streiten, wer hier das Kommando führte. Sie waren eine Gruppe, und nun war es an der Zeit, wie eine solche zu handeln. Sie eilten rasch zum Lift und warteten nur wenige Sekunden, bis einer auftauchte, denn die meisten Seniten waren mit dem undankbaren Erwachten im achten Stock beschäftigt. Renna gab Ebene zwei als ihr Ziel an, und alle richteten ihre Kapuzen, als die Kabine abwärts glitt.

Renna stieg als erste aus dem Lift. Ihr folgten drei äußerst bucklige Seniten, die sich für ihren Geschmack ein wenig zu sehr wie steinalte Mönche bewegten. Zum Glück standen sämtliche Seniten in dem dicht bevölkerten Gang am Geländer und reckten den Hals, um sich das Drama auf Ebene acht anzusehen.

»Schaut!« schrie ein Senit und deutete nach oben. »Da ist noch einer!«

Kirk hielt kurz inne, um nach oben zu schauen. Er sah einen zottigen Humanoiden, der – je einen Seniten im Schwitzkasten – gegen das Geländer krachte. Er ließ einen seiner Gefangenen schreiend über das Geländer baumeln, während er den anderen wie einen Schutzschild vor sich hielt. Die Seniten auf der Hauptebene richteten nervös ihre Waffen auf ihn, schossen aber nicht.

»Wehe, ihr schießt!« brüllte der Gefangene. »Ihr miesen Lümmel! Ich bring ihn um! Darauf habt ihr mein Wort!«

»Es ist Billiwog«, sagte der erschreckte McCoy und packte Kirks Arm. »Es wachen immer mehr auf, weil die Seniten sich nicht um sie kümmern.«

Kirk schaute sich um, aber Renna und Spock waren verschwunden. Endlich sah er einen schlanken Seniten, der ihm von einer Reihe roter Vorhänge aus zuwinkte. Kirk tippte auf McCoys Arm, zog den Kopf ein und eilte weiter. McCoy schloß sich ihm an, und sie hörten Billiwog schreien: »Macht sie los! Macht sie los, ihr Schmutzfinken!«

Sie schlüpften hinter die dicken Vorhänge und stießen auf einen zweiten Höhlenraum, in dem sich eine beeindruckende Anzahl von Transporterplattformen auf dem Boden ausbreitete und riesige Kristallspiralen von der Decke hingen. An den Wänden reihte sich eine verwirrende Zahl von Geräten und Replikatoren auf. Spock stand vor einer der zahlreichen Konsolen. Renna beugte sich über einen bewußtlosen Seniten und filzte sein Gewand.

Sie hielt Kirk ein Medokit entgegen. »Das ist alles, was diese Schleicher je bei sich tragen.«

Kirk gestattete sich ein schmales Lächeln, blieb jedoch nicht stehen. Er fühlte sich noch immer leicht durcheinander: Das Erwachen in der Grotte, an ein Bett geschnallt und von eigenartigen Gestalten umgeben, die sein Bewußtsein und seinen Körper hatten verändern wollen, hatte ihn desorientiert. Aber er hatte keine Zeit, um die Situation zu analysieren oder sich zu entscheiden, ob die Seniten seinen Zorn oder sein Mitleid verdienten. Immerhin waren auch sie einst Opfer gewesen und auf einen Eisentisch geschnallt worden. Er wußte nur, daß die Flucht von diesem Planeten nun dringender als je zuvor auf der Tagesordnung stand.

Er trat neben Spock. »Wie geht's voran?«

»Wie zu erwarten«, sagte der Vulkanier. »Ich brauche mehr Zeit, um die Abtaster zu aktivieren, aber ich habe die manuelle Steuerung gefunden, die die Transporterenergie abschaltet. Es wird eine ziemliche Weile dauern, bis sie die Anlage wieder in Betrieb nehmen können.«

»Können wir die *Enterprise* finden?«

»Wenn ich genügend Zeit hätte ...«

Und genau in diesem Moment materialisierte eine Schwadron bewaffneter Seniten auf der Transporterplattform. Als sich das halbe Dutzend Lebewesen verfestigte, zielte eins von ihnen auf Kirk. Es wirkte, als sei es im Begriff, einen Laserschuß abzufeuern, doch Spocks schlanke Finger huschten über die Kontrollen. Sofort wurden die Seniten wieder entmaterialisiert. Ihre verwirrten Gesichter flackerten noch einige Sekunden, dann lösten sie sich gänzlich auf.

»Wohin haben Sie sie geschickt?« fragte Kirk.

»Dorthin, wo sie hergekommen sind«, erwiderte der Vulkanier. »Ich glaube, jetzt wäre die rechte Zeit, um den Transporter abzuschalten.«

»Tun Sie's«, sagte Kirk.

Eine jaulende Sirene durchdrang plötzlich die relative Stille des Transporterraums, dann waren draußen wieder Schreie zu hören. Renna schaute McCoy an, und die beiden schleiften den besinnungslosen Seniten aus dem Blickfeld. Eine Sekunde später wurden die leuchtenden Energiespiralen dunkel. Die Maschinen schalteten sich ab, und der Transporterraum war in Finsternis gehüllt.

12

Die jaulenden Sirenen aus der Hauptgrotte und die kühle Dunkelheit des Transporterraums waren zwar ein Widerspruch, aber zusammen gaben sie Kirk, Spock, McCoy und Renna genügend Zeit, sich hinter die Instrumente zu ducken und in die Ecken zu verdrücken. Als ein Senit den Vorhang aufzog und ein Lichtstreifen über den Boden fiel, wirkte der Transporterraum verlassen.

Ein weiterer Senit erschien im Eingang. »Wer hat die Anlage abgeschaltet?« übertönte er die Sirene.

»Muß der Aufseher gewesen sein«, erwiderte der erste. »Aber wenigstens ist hierher niemand entkommen. Wir brauchen zwar hier keine Wache, aber wir sollten welche am Haupttor aufstellen.«

Der Vorhang schloß sich, und der Lichtstreifen verschwand vom Boden. Kirk, der noch immer im Dunkeln hockte, rief: »Renna! Wie kommen wir jetzt hier raus?«

»Ich kenne nur das Haupttor«, erwiderte sie. »Aber ich habe mir gedacht…, da sind noch die Fahrzeuge, mit denen man Sie hergebracht hat. Sie sind gleich hinter dem Tor in der Grotte abgestellt.«

»Manche senitischen Gerätschaften können wir bedienen, Captain«, warf Spock ein. »Manche aber auch nicht. Zum Beispiel ihre Waffen. Ich nehme an, daß ihnen während der Umwandlung Transmitter eingepflanzt wurden, die sie befähigen, bestimmte Gerätschaften gegen unautorisierte Benutzung zu kodieren.«

»Dann steht also nicht fest, ob wir einen Laster fahren können«, schloß Kirk. »Hat jemand eine bessere Idee?«

Niemand antwortete. Kirk stand auf und zog sich die Kapuze in die Stirn. »Zeigen Sie uns den Weg, Renna.«

Die vier Ausbrecher traten eilig durch den roten Vorhang. Seniten waren eilig in alle Richtungen unterwegs, und die meisten fingerten an Waffen herum. Man hörte Schreie und das Geheul von durch Mark und Bein gehenden Sirenen. Auf Ebene acht war es zu einem Aufstand gekommen, denn immer mehr Gefangene kamen zu Bewußtsein. Mehrere der Unglücklichen, die auf der Hauptebene an ihr Lager geschnallt waren, stießen verwirrte Schreie aus, speziell dann, wenn ein Senit über ein Geländer geworfen wurde und zwischen ihnen auf den Boden klatschte.

Renna führte das Grüppchen zu den Turbolifts. Dort warteten bereits Dutzende von Seniten darauf, einsteigen zu können und schubsten und drückten gegen die, die aussteigen wollten. Sie wandte sich der kapuzenbewehrten Gestalt Kirks zu. »Wir sind doch nur im zweiten Stock«, sagte sie. »Da können wir auch springen.«

»Wir folgen ihnen«, entschied der Captain.

Sie bahnten sich einen Weg durch das Chaos, entfernten sich von den Turbolifts, gingen am Transporterraum vorbei, umrundeten die Krümmung des Laufstegs und näherten sich der goldenen Aura der Lichter am Ausgang. Kirk sah, wo sich auf dem Stockwerk unter ihnen der Ausgang öffnete, und die Vorstellung, daß sie der Freiheit so nahe waren, ließ ihn noch schneller laufen. Renna jedoch verlangsamte und nahm sich die Zeit, einen Blick über das Geländer auf den sich unter ihnen abspielenden Tumult zu werfen.

Sie hielt Kirk an und deutete nach unten. »Da ist es – da steht ein Laster.«

Kirk folgte ihrem Blick zu dem direkt unter ihnen geparkten Vehikel. Das Ding sah aus wie ein Viehtransporter voller sarggroßer Käfige. Ein Sprung war kein

Problem, aber Kirk konnte nicht erkennen, wie massiv die Holzlatten waren, die das Laderaumverdeck des primitiven Fahrzeugs bildeten. Er sah, daß die Seniten rings um das Fahrzeug in Stellung gingen und wußte, daß keine Zeit war, um länger darüber nachzudenken. Die Sirenen heulten drängend; vor den Turbolifts auf Ebene acht fand eine größere Keilerei statt. Die bewaffneten Seniten wußten nicht, auf wen sie schießen sollten.

Kirk versammelte die anderen um sich. »Wir springen auf den Wagen, der unter uns steht, und fahren ihn durch das Tor. Spock – Sie und Renna machen die Steuerung ausfindig. Renna hat das Ding fahren sehen. Wir werden wahrscheinlich einige Beachtung auf uns ziehen. McCoy und ich halten die Leute in Schach. Fertig?«

»Sie springen zuerst«, sagte Renna lächelnd.

Kirk packte das Geländer, schwang sich hinüber und landete mit einem lauten Krachen auf dem Fahrzeug. Ein Senit schaute auf, aber Kirk rollte sich außer Sichtweite. Mehrere Schreie lenkten den Wächter ab. Renna und Spock hechteten auf das Fahrzeugdach und rollten in die gleiche Richtung wie Kirk. Als McCoy genug Mut gesammelt hatte, um ebenfalls zu springen, kletterte der Senit an dem Wagen hoch, um nachzuschauen, was da los war.

»Was machst du da?« schrie er dem erschreckten McCoy zu, als er landete.

Spock und Kirk griffen über den Rand des Fahrzeugs, packten die Arme des Seniten und hievten ihn aufs Dach. Während Kirk ihm den Mund zuhielt, wandte Spock den Betäubungsgriff an. Der Senit erschlaffte. Sie schauten sich um, erwarteten einen Angriff, aber die anderen weißgekleideten Wächter richteten ihre Aufmerksamkeit auf die lärmendere Szenerie. Hätten sie den Laster im Auge behalten, hätten sie nur zwei Seniten gesehen, die einen dritten an Bord zogen.

Kirk, der sich eng an die wackligen Leisten drückte,

nickte Spock und Renna zu. Sie krochen auf das Fahrerhaus zu, in dem die Steuerungsanlage untergebracht war. Als sie näher kamen, sahen sie, daß ihnen diese Idee nicht allein gekommen war: Zwei Seniten kletterten von unten herauf.

Renna behielt den Kopf drunten; sie bewegte sich schneller und schwang sich in das enge Fahrerhaus, bevor Spock dort ankam. Sie musterte die Instrumente, denn sie hatte schon viele Geräte ohne die Hilfe eines Handbuches zum Einsatz gebracht. Sie hörte wütende Stimmen. Der Vulkanier schwang sich neben sie und überließ die beiden Seniten Kirk und McCoy, die schnell näher kamen. Als Renna und Spock die unterschiedlichen Sektionen der Maschinerie untersuchten, ertönten über ihren Köpfen knallende Faustschläge. Sie hoffte, daß Kirk und McCoy gewannen, denn wenn sie es nicht taten, war es sehr schade – dann mußte sie mit Spock allein das Weite suchen.

Renna betätigte einen Schalter. Das Fahrzeug ruckte, und im Inneren des Fahrerhauses gingen Instrumentenlichter an. Spock nickte beifällig. »Wir haben Energie. Ich sehe keinen Steuermechanismus, also muß ich annehmen, daß das Fahrzeug über fotoelektrische Sensoren und ein automatisches Lenksystem verfügt. Aber welche Kontrolle läßt es nach vorn fahren?«

»Raten Sie einfach«, sagte Renna. »So habe ich's eben auch gemacht.«

Über ihnen ertönte ein Schrei, der plötzlich auch von der Fahrzeugseite her zu hören war. Sie nahmen an, daß jemand über Bord gegangen war. Ein Laserschuß traf das Dach über ihrem Kopf und zerschnitt mehrere Zentimeter Holz und Metall, aber sie hatten keine Zeit mehr, sie mußten nun wirklich raten. Spock schwenkte eine Hand über ein erhabenes Sensorbrett, und das Fahrzeug ruckte zurück und warf die beiden beinahe um. Der Vulkanier hielt sich fest und half Renna, auf den Beinen zu bleiben.

Über ihnen hatten Kirk und McCoy sich gerade unter dem Laserbeschuß geduckt, als sie von der plötzlichen Bewegung überrascht wurden. Sie ignorierten den verbliebenen Seniten und griffen nach allem, was sie vor einem Absturz bewahren konnte. McCoy rutschte vom Dach des Fahrzeugs und hing am eisernen Gitter eines Käfigs, während Kirk bei dem Versuch, den darunter befindlichen Metallrahmen zu erwischen, seine Faust durch hölzerne Leisten schlug. Der Senit wankte ein paar Sekunden, dann schlang er die Arme um einen Pfahl, der die Käfigsektionen voneinander trennte. Hätte Kirk ihm nicht mit dem Stiefelabsatz ins Gesicht getreten, hätte er den ganzen Tag daran hängen bleiben können. Der Senit fiel vom Wagen herunter, der nun auf die Höhlenwand zufuhr. McCoy schloß die Augen und wappnete sich auf den bevorstehenden Zusammenprall. Doch der Wagen registrierte das drohende Hindernis, änderte den Kurs und polterte auf die leuchtenden Lampen der Einfahrt zu.

Sie standen nun im Mittelpunkt der Aufmerksamkeit; furchtsame Seniten und durchgedrehte Gefangene näherten sich ihnen. Eine behaarte Gestalt schwang sich aus dem Nichts an den zerrissenen Überresten eines Vorhangs heran, breitete über ihren Köpfen alle viere aus und ließ sich mit einem gespenstischen Schrei fallen. Das Dach konnte ihn nicht halten, also landete er in den demolierten Trümmern mehrerer Käfige und brüllte wie ein Elch.

Kirk und McCoy konnten nicht das geringste tun, um die Leute daran zu hindern, sich auf das Fahrzeug zu schwingen, das nun auf die hellen Lampen des Ausgangs zurumpelte. Sie hatten genug damit zu tun, sich festzuhalten und den Laserstrahlen der Seniten auszuweichen, die Löcher in den Wagen schossen und ihn in ein Skelett verwandelten.

Kirks Haut fühlte sich eigenartig warm an und kitzelte, als sie die goldenen Lichter passierten; dann kamen das kühle Gefühl der Nachtluft und der willkommene Geschmack, einem äußerst unangenehmen Ort entkommen zu sein.

Die holprige Fahrt und die plötzliche Dunkelheit waren desorientierend. Kirk wußte nicht genau, was er als nächstes tun sollte, er konnte sich nur festhalten. Das Gerumpel erinnerte ihn an die Traktorfahrten auf dem Lande, die er als Kind unternommen hatte.

»Hilfe! Ihr miesen Lümmel! Ich bringe euch um! Hilfe!« schrie ihr lautester Passagier.

»Still, Billiwog!« befahl Kirk. »Wir können dich jetzt nicht befreien! Es ist jetzt wichtiger, daß wir hier wegkommen! Haltet euch alle fest – und macht keine falschen Bewegungen. Pille, bist du in Ordnung?«

»Ich *kann* mich gar nicht bewegen!« schrie McCoy. »Ich kann mich kaum halten!«

»Ich versuche, euch alle ausfindig zu machen«, versprach Kirk. Doch bevor er sich in Bewegung setzen konnte, überraschte ihn eine Hand, die ihn fest an der Schulter packte. Sie gehörte Spock.

»Sie kommen gerade recht«, keuchte Kirk. »Können Sie sehen, wie viele Leute wir an Bord haben?«

Trotz der rumpelnden Fahrt setzte der Vulkanier seinen ungewöhnlichen Gleichgewichtssinn ein und robbte auf Händen und Knien am verbogenen Rücken des Fahrzeugs entlang. Kirk hörte, daß er die für ihn unsichtbaren Passagiere beruhigte, ihnen sagte, daß er kein Senit sei, und daß sie bald anhalten würden.

»Aber wartet nicht allzu lange damit!« schimpfte eine Stimme, die nur Billiwog gehören konnte.

Kirk lugte in die dunstige Dunkelheit, die der Wagen hinter sich ließ, konnte aber nur mattgoldene Lichter ausmachen. Wenige Sekunden später war auch das schwache Leuchten verblaßt, so daß er überhaupt nicht mehr sah, wo sie waren und wohin sie fuhren. Spock kroch über das Dach des Wagens zurück.

»Es sind insgesamt sieben«, meldete er. »Wir vier, Billiwog und zwei andere Entflohene. Aus dem Komplex der Seniten scheint uns niemand zu folgen.«

»Sie laufen wahrscheinlich zum Transporter«, sagte Kirk zufrieden. »Ich kann noch immer nicht glauben, was an diesem Ort vor sich geht.«

»Was dort vorgeht«, sagte Spock, »ist die Zeugung von Nachkommen ohne Geschlechtsverkehr. Ich halte dergleichen für sehr unlogisch.«

»Freut mich, daß Sie dieser Meinung sind.« Der Laster schrammte über eine Bodenwelle, und Kirk knallte mit dem Kinn gegen das Dach. »Autsch!« schrie er. »Wollen wir den Karren die ganze Nacht weiterrasen lassen?«

»Wir können anhalten und die Sitzordnung ändern«, sagte Spock. »Doch da wir das Gelände in der Dunkelheit nicht sondieren können, schlage ich vor, einen gewissen Abstand zwischen die Seniten und uns zu bringen.«

»Halten Sie an, nur für einen Moment«, befahl Kirk.

Der Vulkanier manövrierte sicher und geschickt an dem geschwärzten Dach entlang und verschwand durch eine enge Luke. Kurz darauf kam das Fahrzeug holpernd und ruckelnd zum Stehen. Unter der Führung McCoys ließen die verschmutzten Passagiere ihre riskanten Sitzstangen los und sanken zu Boden. Kirk hielt inne, um ein behaartes Gelenk zu packen und Billiwog zu helfen, sich aus den demolierten Käfigen zu befreien. Dann sprang er zu Boden und stieß dort auf McCoy, einen blauhäutigen Andorianer und einen schweinsnasigen Tellariten. Alle rieben ihre schmerzenden Arme und Schultern. Renna und Spock blieben in dem winzigen Fahrerhaus, sie studierten allem Anschein nach die Kontrollen.

»Was für eine Flucht!« rief der Tellarit und schwenkte triumphierend eine Faust. »Wir schulden euch unser Leben!«

»Ja«, sagte der hochgewachsene Andorianer und verbeugte sich. »Wie können wir das je wiedergutmachen?«

»Nun«, sagte McCoy, »wir suchen eine Fähre ...«

Der Andorianer knickte nachdenklich seine Fühler ein. »Ich glaube, ich kann euch helfen.«

»Wirklich?« Kirk drehte sich jäh zu dem Fremdling um. »Wie meinst du das?«

»Es gibt da einen Ort ... Ich glaube, er liegt nördlich von hier ... Man nennt ihn den Friedhof der verlorenen Schiffe. Dort lagern die Seniten alle Raumschiffe und sonstigen Schrott, den sie nicht brauchen.«

»Ich glaube, ich habe davon gehört«, murmelte Billiwog. »Bist du wirklich schon mal da gewesen?«

»Ich habe zwei Jahre dort *gewohnt*«, erwiderte der Andorianer. »Ich bin zwar kein großer Bastler wie die anderen, die da leben, aber ich gehe gern wieder dorthin zurück. Glaubt mir, ich habe nicht mehr vor, mich auf bequeme Weise durchs Leben zu schlagen.«

»Ist es den Leuten dort schon mal gelungen, irgend etwas fliegen zu lassen?« fragte Kirk.

Vielleicht lag es an der Dunkelheit, aber das Gesicht des Andorianers wirkte nicht ermutigend. »Manchmal«, murmelte er. »Hört zu, da wir den größten Teil der Strecke in diesem komischen Fahrzeug zurücklegen können, führe ich euch gern hin. Ihr müßt Kurs nach Norden setzen und nach einem Fluß Ausschau halten, den ich kenne.«

»In Ordnung«, sagte Kirk und stieg wieder auf die Seite des Wagens. »Wir glauben dir, daß du uns hinführst. Wir können hier nicht lange halten, also geht nicht weg. Und behaltet die Gegend hinter uns im Auge – vielleicht verfolgen die Seniten uns doch noch.«

»Der Friedhof der verlorenen Schiffe«, murmelte McCoy vor sich hin.

Scotty stand auf dem Hauptdeck der *Neptun* und blickte in einen 200-Liter-Fischtank. In dem grünlichen

Wasser wimmelte es von Millionen winziger Larven, die alle drei Zentimeter lang waren. Sie schlängelten sich umeinander wie Würmer in heißer Asche. Sie ekelten und hypnotisierten den Ingenieur zugleich. Die anderen Tanks waren leer und warteten auf die Massen aquatischer Lebensformen aus den Meeren des Planeten Zuflucht; Lebensformen, von denen Scotty bezweifelte, daß sie je eintreffen würden. Seine Zweifel bestätigten sich kurz darauf, als Captain Mora zu ihm in die Aquariumsektion kam.

»Tja«, sagte er finster, »ich habe versucht, mit den Seniten Verbindung aufzunehmen. Ich habe es auf jeder Frequenz mit rein wissenschaftlichen und keinesfalls drohenden Anfragen versucht. Bisher gab es keine Antwort. Keine Empfangsbestätigung. Was ist das für eine Gesellschaft, die nicht einmal ein wissenschaftliches Schiff anerkennt, das sich in seiner Nähe aufhält?«

»So sind die Seniten eben«, sagte Scotty. »Wir können den Planeten bis in alle Ewigkeit umkreisen, aber mehr auch nicht.«

Mora schüttelte sein graues Haupt. »Ich habe noch etwas getan«, sagte er. »Ich habe Starfleet über unseren Invasionsplan informiert.«

»Sehr gut.« Scotty strahlte. »Und wen – oder was – wollen Sie dort runterschicken, um ihre Aufmerksamkeit zu erregen?«

»Sie haben sie doch gerade gesehen«, erwiderte Captain Mora. Er blickte an Scotty vorbei – auf die wimmelnden Larven in dem grünen Tank.

»Was?« Scotty folgte seinem Blick. »Sind die nicht ein bißchen klein, um Beachtung auf sich zu ziehen?«

»Sie sind *jetzt* klein«, erklärte der Captain. »Aber aus diesen winzigen Larven werden eine Million regulanische Heuschrecken. Und jede ist so lang wie Ihr Zeigefinger.«

Er warf einen liebevollen Blick auf das Gewimmel.

»Wir haben eine Menge davon. Sie dienen als Nahrung. Kleine Tiere mögen die Larven oder die Eier, und größere Geschöpfe finden die Heuschrecken ziemlich lecker.«

»Eine Heuschreckenplage«, sagte Scotty. In seinen Augen glitzerte es beifällig. »Wir dürfen aber nichts tun, was ihre Ökologie auf Dauer schädigt«, fügte er warnend hinzu.

»Das ist mir klar«, erwiderte Captain Mora, »deswegen haben wir diese Bande auch bestrahlt. Sie sind unfruchtbar. Aber in ein paar Tagen können wir sie auf den Planeten beamen – sobald sie aus dem Larven- ins Erwachsenenstadium wechseln. Einige werden zwar den Fischen zum Opfer fallen – oder was sich sonst dort unten aufhält –, aber der Rest wird sich zu einem Schwarm entwickeln, der das Leben für jeden unerträglich macht, der ihm begegnet.« Er schaute Scotty an. »Das heißt, wenn Sie garantieren, daß der Schirm der Seniten sie durchläßt.«

»Aye, das wird er«, erwiderte Scotty. »Der Schirm ist offenbar mit einem Filter versehen, der lebende Organismen identifiziert und ihnen das Eindringen gestattet. Unsere Sensoren registrieren zwar nichts unterhalb des Schirms, aber unsere Teleskope haben einige bewohnte Gebiete ausgemacht. Und wir werden den Seniten verdammt klarmachen, daß *wir* es waren, die ihnen diese kleine Plage geschickt haben.«

Captain Mora lächelte. »In sieben bis zehn Tagen sind die Heuschrecken zwar gestorben, aber ich bezweifle, daß man sie vergessen wird.«

Scottys Blick musterte die zuckenden Lebensformen mit neuem Respekt. »Ihr seid zwar klein, ihr Schufte«, sagte er zu ihnen, »aber auf euch wartet ein großer Auftrag. Ihr müßt die verfluchten Seniten so wütend machen, daß sie uns den Captain und die Offiziere zurückgeben.«

»Und ob sie sie wütend machen«, versicherte Captain Mora. »Keiner, der schon mal von einem Heuschreckenschwarm angefallen worden ist, wird es je vergessen.«

Als die Morgensonne endlich über der gewaltigen Bergkette aufging, die den schmalen Canyon umgab, war es auf Zuflucht fast Mittag. Die fliegenden Geschöpfe, die aus den Nischen angesegelt kamen, und die eigenartigen Fische, die von einem Tümpel zum anderen zogen, hielten sich von der lärmenden Maschine fern, die den Paß hinaufrumpelte. Sieben müde Seelen klammerten sich an den verdrehten Metallkadaver, der tiefer in die Wildnis hineinfuhr. Kirk kamen allmählich Zweifel, ob der große Andorianer überhaupt wußte, wovon er redete. Die Umgebung sah wilder aus als die Gegend, in der sie seinerzeit gelandet waren – als hätte nie jemand einen Fuß hierhergesetzt, nicht einmal die irren Streuner. Es war deprimierend, daran zu denken, daß sie nun wieder da waren, wo sie angefangen hatten – allein in der schartigen Bergwelt des Planeten Zuflucht. Nur waren sie diesmal noch schlimmer dran, denn sie flohen um ihr Leben. Doch wohin? Kirk bemühte sich, nicht allzu genau darüber nachzudenken.

Immerhin, dachte er knurrig, während er sich bemühte, sich zwischen den demolierten Stäben eines Käfigs einen Sitz zu basteln, kommen wir gut voran. Der Andorianer hatte sie zwar an einen Fluß geführt, aber Flüsse waren in einem Land, in dem es jeden Tag irgendwann regnete, nicht gerade eine Seltenheit. Nach seinen Angaben hatten sie eine seichte Stelle gefunden und den Fluß ohne Schwierigkeiten durchquert. Aber dennoch, was bewies das? Seither fuhren sie durch einem Canyon nach Norden, der immer enger wurde und immer schwieriger zu durchqueren war.

Das riesige Fahrzeug lief mit Sonnenenergie und lud sich tagsüber offenbar genug auf, um durch die Nacht zu kommen – aber es konnte nicht ewig steile Steigungen voller Findlinge und zerfurchter Bäche hinauffahren. Schon jetzt drehten die Ketten auf dem losen Kies durch, und Spock hatte die Handsteuerung übernommen, weil das automatische Lenksystem sich weigerte, den Wagen weiterfahren zu lassen.

Wasser war kein Problem, aber Kirk wurde allmählich hungrig und ging davon aus, daß dies auch für die anderen galt. Glücklicherweise hatte sich noch niemand – weder Spock, noch McCoy, Renna, Billiwog, der pummelige Tellarit und der gut erzogene Andorianer – über den Hunger beschwert. Doch Kirk wußte nicht, wie sie das Tempo beibehalten sollten, ohne anzuhalten und etwas zum Essen zu jagen. Nur die Furcht vor den Seniten hielt sie in Bewegung, doch die Erinnerung an die leuchtenden Reihen der Operationstische war ein starker Anreiz. Kirk kam schließlich zu dem Schluß, daß sie noch einige Stunden weiterfahren sollten, bevor sie verzweifelt genug waren, um anzuhalten.

Plötzlich wurde die Entscheidung für sie gefällt. Mit tödlicher Genauigkeit krachte von den Canyonwänden eine Steinlawine herunter und traf das Fahrerhaus, in dem Spock und Renna saßen. Der Wagen scherte aus dem Flußbett aus und fuhr den Hang des Baches hinauf. Fast alle an Bord schrien auf und stiegen aufs Wagendach, um nicht zerschmettert zu werden. Eine weitere Felslawine kam donnernd herunter. Kirk sah, daß der Tellarit getroffen wurde und unter den mahlenden Ketten verschwand. McCoy verlor bei dem verrückten Manöver den Halt und fiel vom Heck des Fahrzeugs.

»Pille!« schrie Kirk. Er griff instinktiv nach seinem Freund, aber es war zu spät.

»Ihr verdammten Lümmel!« brüllte Billiwog und drohte den unsichtbaren Angreifern mit der Faust. »Zeigt euch!« Das Fahrzeug ratterte das Ufer hinauf. Billiwog schimpfte wie ein Rohrspatz.

Kirk sah, daß Renna den Versuch machte, dem Fahrerhaus zu entkommen, und er kroch nach vorn, um ihr zu helfen. Sie schaute ihn mit offenem Entsetzen an, und es gelang ihr soeben, sich zu ducken, bevor eine weitere Steinlawine gegen den Wagen krachte. Kirk bedeckte seinen Kopf und spürte die donnernden Einschläge überall um ihn herum.

Der Laster blieb urplötzlich stehen; die Ketten drehten sich sinnlos auf blankem Fels. Da das gigantische Fahrzeug keine Energie mehr hatte, verhielt es sich wie ein sinkendes Schiff und rutschte langsam zurück. Es klatschte mit einem furchterregenden Brüllen auf die Seite und spuckte mehrere Meter hoch eine Staubwolke in die Luft. Kirk hielt sich mit aller Kraft fest, aber er wurde dennoch von dem Wagen ins trockene Flußbett geworfen. Er zog alle Glieder an und rollte sich ab, bis er wieder auf die Beine kam, dann eilte er in die Sicherheit der Findlinge auf der anderen Seite des Baches.

Er hätte seinen Gefährten zwar liebend gern geholfen, aber solange die Steinlawine andauerte, konnte er nicht das Geringste unternehmen.

13

McCoy flog vom Heck des bockenden Fahrzeugs, schrammte an der Canyonwand entlang und purzelte mehrere Meter einen Abhang hinab, bis er mit dem Gesicht in einem vom Regen aufgeweichten Schlammloch zu liegen kam. Er ächzte und spürte, daß ihm die Sinne schwanden. Ein monströs knirschendes Geräusch brachte ihn wieder zu sich, dann hörte er einen Knall, der den Boden erbeben ließ und Kies auf seinen Kopf spuckte. Er hustete und spuckte Dreck aus, dann schaute er auf und sah, daß das riesige Fahrzeug wie ein gestürztes prähistorisches Tier auf der Seite lag.

Mehrere Sekunden lang bewegte sich nichts. Dann ertönte von hoch oben ein seltsam trillernder Laut, als würde dort ein Dutzend jugendlicher Stimmen ein schräges La-la-la kreischen. Der gespenstische Schrei, der durch den Canyon hallte, reichte aus, um McCoy zu sagen, daß es wohl besser war, in Deckung zu gehen. Dann überlegte er es sich anders, denn er wußte, daß er noch in Reichweite der tödlichen Geschosse war. Er wartete ab, schaute sich um und fragte sich, ob man den Angriff fortführen würde. Doch er hörte nur das eigenartige Siegesgeschrei.

Die Angreifer hatten wohl im Moment nur vor, das weitere Vordringen des Wagens aufzuhalten. McCoy richtete sich auf steifen Beinen auf und klopfte seine Kleider ab. Erst dann sah er die Leiche, die wenige Meter von ihm entfernt lag.

Im Inneren des verstaubten Fahrerhauses regte sich Spock unter Rennas Gewicht. Die Frau war trotz des warmen Blutfadens, der aus ihrem rechten Ohr lief, nicht besinnungslos. Nachdem Spock die Kontrolle über das Fahrzeug verloren hatte, hatte er sich im Inneren der zerbeulten Kabine festgehalten und den unausweichlichen Zusammenstoß erwartet, und so war ihm nichts geschehen. Außerdem war es ihm gelungen, Renna an sich zu ziehen, bevor sie ernstlich verletzt werden konnte.

»Oh ...«, stöhnte sie. »Wir leben noch?«

»Bitte leise«, erwiderte der Vulkanier. Er lauschte dem Siegestrillern, das vom Gipfel des Felsens kam, und fragte sich, welche Geschöpfe sie angegriffen hatten. Nach allem, was er über die Seniten wußte, konnte er es den Unbekannten kaum verübeln, daß sie den Wagen angegriffen hatten. Er hoffte, daß man mit den siegreichen Angreifern vernünftig reden konnte. So plötzlich, wie er begonnen hatte, war der seltsame Schrei verstummt. Dann hörte Spock ein Schlurfen vor dem Fahrzeug.

»He, ihr da drin!« rief eine dumpfe Stimme. »Seid ihr in Ordnung?« Es war Billiwog.

»Relativ gesehen, ja«, erwiderte Spock. »Siehst du, wer uns angegriffen hat?«

»Nein«, raunzte der große Humanoide. »Aber wenn ich sie sehe, drehe ich ihnen den Hals um!«

»Hilf uns raus«, sagte Renna und griff nach den zottigen Armen des Riesen.

Spock hob sie sanft über seinen Brustkorb und den Kopf, bis Billiwog ihr unter die Arme greifen und sie ins Freie ziehen konnte. Dann kroch der Vulkanier hinter ihr heraus.

Der behaarte Humanoide stand da und bewunderte die weißgekleidete kleine Gestalt. »Ist das die Frau, die ihr für mich mitgebracht habt?« fragte er lächelnd. »Ich bin euch sehr dankbar.«

»Du hast sie wohl nicht alle«, sagte Renna. »Aber dankbar solltest *du* wirklich sein: Ohne mich wärst du wohl inzwischen ein Senit – auch wenn sie eine Woche gebraucht hätten, um dich zu rasieren.«

»Die verfluchten Lümmel!« fluchte Billiwog. Er reckte den Hals und suchte den Bergrücken ab. »Da wir gerade von verfluchten Lümmeln sprechen ... Wo sind sie? Warum erledigen sie uns nicht?«

»Unbekannt«, erwiderte Spock. Er blickte in das trockene Flußbett und erspähte eine schlanke Gestalt, die auf sie zugelaufen kam. »Dr. McCoy«, rief Spock. »Haben Sie den Captain gesehen?«

»Nein.« McCoy setzte eine finstere Miene auf. »Aber ich habe den Tellariten gesehen. Er ist tot. Die Ketten haben ihn erwischt.«

McCoy wollte Rennas Kopfwunde untersuchen, aber sie wehrte ihn ab. »Ich bin in Ordnung. Wo sind der Captain und der Andorianer?«

Nach Captain Kirk brauchten sie nicht zu suchen, denn er lief von der anderen Seite des wracken Fahrzeugs auf sie zu. »Der Andorianer ist abgehauen ...«, keuchte er. »Und zwar so schnell, wie seine Beine ihn trugen ... Ich habe ihn eine Weile verfolgt ... Aber als Führer können wir ihn abschreiben. Wir sollten lieber zu den Felsen auf der anderen Seite des Canyons gehen.«

Sobald sie eine gewisse Strecke zwischen sich und den tödlichen Bergkamm gebracht hatten, blieben sie stehen und schätzten ihre Lage ein.

»Vielleicht sind die Seniten hinter uns her«, sagte Kirk und deutete auf den gegenüberliegenden Kamm. »Oder die, die uns angegriffen haben.«

»Dann bauen wir hier eine Kampfstellung auf«, erwiderte McCoy. »Der Platz hier ist so gut wie jeder andere.«

Spock hob eine Braue. »Wir wissen es zwar nicht genau, aber es ist wahrscheinlich, daß die Seniten uns längst gefunden hätten, wenn sie darauf aus wären«, wandte er ein. »Aber diejenigen, die uns vom Bergkamm aus angegriffen haben, waren nur darauf aus, den Wagen anzuhalten und uns am Weiterfahren zu hindern.«

Kirk ließ sich seufzend auf den Boden sinken. »Yeah, ich schätze, wir haben dem Unternehmen der Seniten einen ganz schönen Schlag versetzt. Wahrscheinlich räumen sie jetzt gerade auf. Aber der Tellarit ist tot und der Andorianer geflohen.«

»Wen kümmern die denn schon?« brummte Billiwog. »Wir leben noch, und ich habe Hunger. Geht jemand mit, etwas zu essen zu suchen?«

An diesem Abend verzehrte die gemischte Gruppe, die aus zwei Menschen männlichen Geschlechts, einer Menschenfrau, einem Vulkanier und einem Riesen unbestimmter Herkunft bestand, eine ziemlich üppige Mahlzeit aus Wanderfischen, einem Schwarm, den Billiwog aufgestöbert hatte. Der muskulöse Humanoide wußte außerdem, welches Gestein man aneinanderschlagen mußte, um Feuer zu entzünden, und welche Ranken faserig genug waren, um zu entflammen. Sie grillten die Fische über einem offenen Feuer und aßen das ölige, aber schmackhafte Fleisch, bis sie satt waren.

Als die Schatten im Canyon immer länger wurden, war die Finsternis nicht mehr weit. Bald erhielten sie Besuch von den beiden Monden des Planeten, dem kleinen rosafarbenen und dem großen weißen. Aufgrund des rätselhaften Überfalls beharrte Kirk darauf, die ganze Nacht Wachen aufzustellen. Und er bestand ebenso darauf, die erste Schicht zu übernehmen.

Während die anderen zum ersten Mal seit Tagen friedlich schliefen, beobachtete Kirk den Aufmarsch der Sterne und Monde auf dem schmalen Streifen des Himmels, der zwischen den aufragenden Berggipfeln sichtbar war. Alles war still, die Stunden vergingen, und

Kirk entspannte sich allmählich – bis etwas von hinten seine Schulter berührte. Er sprang vor Schreck keuchend auf die Beine und ergriff einen Knüppel, um ihn als Keule zu verwenden.

»Ich bin's nur«, hauchte Renna. Um ihren Kopf war eine Behelfsbandage gewickelt, die sie aus dem Saum ihres weißen Gewandes gemacht hatte.

»Verzeihung«, sagte Kirk seufzend und nahm wieder Platz. »Eigentlich sollten Sie schlafen.«

»Ich weiß, aber ich habe jetzt mehrere Stunden geschlafen, und McCoy wird's ohnehin nie erfahren. Haben Sie was dagegen, wenn ich mich zu Ihnen setze?«

»Nicht im geringsten.« Kirk lächelte ihr zu. »Sie sind mir jederzeit willkommen.«

»Ach«, sagte sie und setzte sich neben ihn, »das ist doch gelogen. Wenn ich wirklich die Piratin wäre, für die Sie mich halten, würden Sie mich bestimmt nicht dem Oberkommando der Flotte vorstellen. Oder Ihrer Mutter.«

Kirk grinste. »Meiner Mutter schon... Aber ich würde ihr nicht sagen, womit Sie Ihren Lebensunterhalt bestreiten.«

Renna beobachtete den jungen Captain. Die Fröhlichkeit wich von seinen Lippen, und sein Blick fiel wieder auf den leuchtenden Gürtel der Sterne. Sie schauten sich die Sterne lange Zeit gemeinsam an.

»Glauben Sie, wir werden je wieder dort oben sein?« fragte sie und mußte schwer schlucken.

»Ja«, sagte Kirk ernst. »Ich glaube daran. Fragen Sie mich aber nicht, wie. Ich weiß nur, daß ich niemals aufhören werde, einen Versuch zur Rückkehr zu machen.«

Renna nahm den Verband ab, befreite ihr üppiges schwarzes Haar und lächelte wehmütig. »Der Weltraum war schon mein Spielplatz, als ich noch ein Kleinkind war. Mein Vater und ich besitzen zwar Häuser und Land, aber ein echtes Zuhause ist das alles nicht.

War es nie.« Sie deutete nach oben. »*Das* ist mein Zuhause. Und jetzt hat man es mir genommen.«

Kirk erwiderte mit heiserer Stimme: »Wenn man von den Dingen getrennt ist, die man früher für selbstverständlich gehalten hat – ist das nicht die wahre Definition von Gefangenschaft?«

Renna wollte etwas sagen, aber sie verfiel plötzlich in ein Schluchzen. Kirk rückte näher an sie heran und legte den Arm um ihre bebende Schulter. Doch sie musterten nicht sich, sondern eine Million glitzernder Diamanten, die in dem schwarzen Netz des Weltraums verstreut waren, liebevoll und voller Zuneigung.

Am Morgen nagten sie an den Überresten der Fische vom vergangenen Abend und löschten die schwelende Glut des Feuers. Der Andorianer war während der Nacht nicht zurückgekehrt. Kirk wurde zunehmend skeptischer. Gab es den Friedhof der verlorenen Schiffe überhaupt? Oder handelte es sich nur um einen Mythos, mit dem die Gefangenen von Zuflucht sich trösteten, indem sie einander davon erzählten? Leider gab es in dem tiefen Canyon nur zwei Wege: den Rückweg zur Festung der Seniten, oder geradeaus ins Unbekannte.

Kirk wählte zwar das Unbekannte, nahm sich aber vor, nicht ungeschützt weiterzugehen. Sie lösten einige Metallplatten von dem wracken Fahrzeug und umwickelten sie mit Schlingpflanzen, um sie festhalten zu können. Mit diesen leichtgewichtigen rechteckigen Schilden bewaffnet, bereiteten sie sich darauf vor, durch das enge Bett nach Norden zu marschieren.

»Na schön«, sagte Kirk, »verteilt euch. Geht mindestens zehn Schritte voneinander getrennt, damit wir kein allzu gutes Ziel bieten. Und behaltet den Bergkamm im Auge. Beim ersten Anzeichen von Steinen reißt ihr die Schilde hoch.«

McCoy hob das Stück Metall, das er in den Händen

hielt, und murmelte: »Wenn es doch nur *Deflektoren* wären.«

»In gewisser Weise sind es Deflektoren, Doktor«, sagte Spock. »Leider entstammen sie dem falschen Jahrtausend. In der irdischen Bronzezeit hätte man alles dafür gegeben.«

McCoy zuckte die Achseln. »Ich schätze, gegen Steine sind sie ganz wirkungsvoll.«

Captain Kirk übernahm die Führung und wies die anderen mit einer Geste an, ihm zu folgen. »Gehen wir. Haltet die Augen offen.«

Trotz Kirks Ermahnung, zehn Schritte voneinander entfernt zu bleiben, ging Renna direkt hinter ihm, und McCoy prallte mehrmals gegen Billiwog. Spock, der seinen Schild in Brusthöhe hielt, deckte ihnen den Rücken. Sie marschierten mehrere Kilometer weit und kletterten gerade in ein noch unwegsameres Gelände hinauf, als der erste Felsen vor ihnen über den Kamm geflogen kam. Kirk sprang zurück. Er landete vor seinen Füßen.

»Schilde hoch!« rief er.

Alle hoben die Metallplatten und warteten auf den Angriff. Er kam schnell. Nun flogen Dutzende von melonen- und faustgroßen Steinen hundert Meter vor ihnen über die Klippe. Es donnerte laut, wenn sie die Schilde trafen, und dumpfe Geräusche ertönten, wenn sie zu Boden fielen. Renna wurde getroffen und sank auf die Knie. Kirk eilte zu ihr, um sie zu beschützen.

»Phalanx bilden!« befahl er und bedeutete den anderen, näher an ihn heranzurücken.

Die fünfköpfige Gruppe drängte sich aneinander, hob die Schilde und formte einen gepanzerten Baldachin. Damit hatten die unsichtbaren Angreifer zwar ein leichteres Ziel, aber die Gruppe wurde stärker und konnte die Einschläge leichter absorbieren. Billiwog stand wie ein Baum und schmetterte die dicksten Steine ab.

»Die hinterhältigen Lümmel können uns nicht aufhalten!« grollte er. »Gehen wir weiter.«

Genau das taten sie auch, und kurz darauf stolperten sie trotz des Angriffs wie eine zehnbeinige Schildkröte vorwärts. Und sie kamen voran, denn die Wucht der Attacke ließ allmählich nach.

»Ihnen geht die Munition aus«, sagte Spock.

Er hat recht, dachte Kirk, als der Angriff weiter abebbte und schließlich ganz aufhörte. Kurz darauf gingen sie wieder normal, völlig unbelästigt, aber mit den Schilden im Vorhalt. Vor ihnen verengte sich das Flußbett zu einem schmalen Riß in der Felswand. Es ist möglicherweise die Quelle des Flusses, wenn er Wasser führte, dachte Kirk. Aber sie mußten etwa zehn Meter klettern, um sie zu erreichen. Dann waren sie einem Angriff schutzlos ausgeliefert. Doch wer wußte, was sich hinter dem Loch in der Felswand befand?

Sie hatten das Ende des Weges erreicht, daran ließ sich nichts ändern. Der Andorianer, der sie geführt hatte, war verschwunden, und zurückgehen konnten sie nicht. Kirk blieb stehen und reichte Billiwog seinen Schild.

»Gib mir Deckung«, sagte er. »Ich klettere mal da rauf, um zu sehen, was da ist.«

»Nein!« schrie Renna. »Es ist zu gefährlich. Man könnte Sie mit einem gut gezielten Stein treffen.«

Spock nickte. »Das meine ich auch, Captain. Die Angreifer könnten im Hinterhalt liegen.«

»Was sollen wir Ihrer Meinung nach tun?« fragte Kirk. »Den Rest unseres Lebens hier verbringen? Außerdem gehe ich jede Wette ein, daß wir schneller vorangekommen sind als sie – wir sind auf relativ ebenem Boden marschiert. Sie mußten sich über den Bergkamm bewegen. Außerdem kann jeder Steine werfen. Heben Sie ein paar auf und geben Sie mir Deckung.«

Billiwog nahm einen Stein, der so groß war wie eine Wassermelone. »Geh, Kirk«, sagte er. »Ich werd's diesem dreckigen Abschaum geben.«

»Danke.« Kirk lächelte. »Aber halt ebenfalls die Augen auf.«

Er krempelte die Ärmel seiner Jacke hoch, griff mit den Fingern in das poröse Gestein und fing an zu klettern. Dort, wo es keine Möglichkeit gab, sich mit Zehen und Händen festzuhalten, schob er die Finger zwischen das Gestein, und bald kletterte er wie ein Gecko an der Felswand empor. Alle Blicke richteten sich auf den Horizont und suchten nach Anzeichen eines Angriffs. Der Himmel zeigte ein friedliches, wenn auch bedecktes Grau.

Kirk überwand den letzten Meter, schob schließlich seinen Arm in den Spalt und zog sich hinauf, um zu sehen, was dahinter lag. Durch das Loch im Fels sah er ein grünes Dickicht und einen Pfad, der so breit war, daß er wie eine Straße wirkte. Er zog sich hoch, bis sein Bauch auf dem Vorsprung ruhte, und beugte sich vor, um sich aufzurichten – und plötzlich packte eine Klaue seinen Arm, und eine furchterregende Fratze mit roten Augen, wildem Haar und spitzen Zähnen ragte vor seinem Gesicht auf.

Kirk fuhr zurück. Er hätte beinahe einen Schrei ausgestoßen und kämpfte gegen das Straucheln. Die knurrende Visage schnappte nach ihm und hob eine Klaue, um sein Gesicht zu zerkratzen. Kirk schwankte hilflos auf der Stelle und bemühte sich, das Gleichgewicht zu bewahren. Dann pfiff ein Geschoß über seine Schulter hinweg und traf das Lebewesen mitten ins schreckliche Gesicht. Das Ding heulte auf und taumelte zurück, und Kirk stemmte sich schnell durch das Loch nach oben.

Er rappelte sich auf und nahm Kampfhaltung ein. Dann sah er, daß der Angreifer gerade halb so groß war wie er und fast kindlich wirkte. Er humpelte davon und stieß ein paar trillernde Laute aus.

Kirks Blicke suchten rasch das aus dem Boden ragende Felsgestein ab. Er stellte fest, daß er nur von einem einzelnen Wesen angegriffen worden war.

»Kommt rauf«, rief er durch das Loch nach unten. »Beeilt euch!«

Nacheinander kletterte der Rest der Gruppe auf die Felswand und benutzte dabei die Vorsprünge, die Kirk in dem weichen Stein verwendet hatte. Bevor Billiwog als letzter zu ihnen hinaufstieg, reichte er den anderen die Metallschilde. Kirk und die anderen mühten sich ab, den riesigen Humanoiden durch den Spalt zu ziehen, den er nur mit Mühe passieren konnte.

»Wer hat den Stein geworfen?« fragte Kirk. »Es war ein großartiger Wurf.«

»Das war ich«, sagte Spock. »Aber es war nicht der einzige, den wir geworfen haben.«

»Ein Glückstreffer«, sagte McCoy finster.

»Glück für mich.« Kirk schaute sich um. »Ich weiß zwar nicht genau, was es für ein Geschöpf war, aber es wirkte kindlich auf mich.«

Billiwog zuckte seine behaarten Schultern. »In diesem Gebirge wachsen viele Geschöpfe auf. Sie sind bruchgelandet oder wurden von Erwachsenen ausgesetzt, die glaubten, besser ohne sie zurechtzukommen. Sie sind nicht mehr als Tiere.«

»Ich weiß nicht«, sagte McCoy. »Sie haben eine ziemlich wirkungsvolle Verteidigung dieses Gebirgspasses organisiert. Allem Anschein nach halten sie ihn für ihr Eigentum.«

Renna schüttelte sich, aber es lag nicht an der Kälte. »Wie wären wir wohl, wenn wir unser ganzes Leben in dieser Gegend verbracht hätten? Können wir nicht weitergehen?«

»Doch«, sagte Kirk. Er wandte sich um und suchte mit Blicken das Plateau ab, das sie erreicht hatten. Im Gegensatz zu der vom Regen ausgewaschenen Rinne, die sie unten durchquert hatten, öffnete sich hier ein gewelltes Tal voller Blasenbäume, dichter Schlingpflanzen und Moosfarne. Die Klippen waren weit genug entfernt, um einen Hinterhalt auszuschließen, und unter ihren Füßen lag ein gut ausgetretener Fußweg. Kirk konnte es den Geschöpfen wirklich nicht verübeln, daß sie Fremde von ihrem üppigen Tal fernhalten wollten.

»Gehen wir«, sagte er. »Zeigen wir ihnen, daß wir nur auf der Durchreise sind.«

Und erneut brach die Gruppe zu einer Reise ins Ungewisse auf. Während sie gingen, nahm Kirk den verbeulten Kommunikator aus der Gesäßtasche.

»Kirk an *Enterprise*«, sagte er traurig. »*Enterprise*, bitte melden.«

Renna lächelte. »Sie sind wirklich ein Träumer, Kirk.«

»Man kann nie wissen.« Kirk wiederholte seine Anfrage, dann lauschte er einige Sekunden lang. Aber es kam keine Antwort, und schließlich klappte er das Gerät zu. »Zumindest nicht, bevor man es versucht hat.«

McCoy warf einen Blick zum Himmel hinauf. Es gab nichts anderes zu sehen als dicke graue, von Regen kündende Wolken. »Ich frage mich, was, zum Henker, die eigentlich machen, um uns wieder an Bord zu holen.«

»Unbekannt«, sagte Spock. »Möglicherweise haben sie alle logischen Handlungsweisen ausgeschöpft. Inzwischen ziehen sie vielleicht schon verzweifeltere Maßnahmen in Betracht.«

»Oder sie haben aufgegeben!« sagte McCoy mit finsterer Miene.

Kirk schüttelte den Kopf. »Ich kenne Scotty und den Rest der Mannschaft. So etwas halte ich für unwahrscheinlich.«

Ein unheimlicher Donnerschlag ertönte, und die Wolken sprühten Tropfen auf sie herab, die sich so dick anfühlten, wie die Steine, mit denen die unbekannten Angreifer sie beworfen hatten. Einer nach dem anderen hob seinen Schild, um ihn als Regenschirm einzusetzen, und sie marschierten schweigend weiter.

Auf der weit entfernten Insel Khyming schien die Sonne. Hinter dem prächtigen Seminargebäude befand sich ein besonderes Freiluftcafé, das für hochrangige Seniten und vertrauenswürdige Verfolgte reserviert war. Und genau dort aß der schlanke Senit Zicree mit seiner Begleiterin Kellen entspannt ein Mittagessen aus gesundem Salat. Zicree war gerade von einem Notfall auf dem Hauptkontinent zurückgekehrt, aber er wollte die junge Frau nicht mit den Einzelheiten belasten, deswegen berichtete er ihr nur, daß die altbekannte Verfolgerbande schon wieder Schwierigkeiten machte. Er empfand angesichts des vertrauten Dunstes, der um das Zentralgebirge, die weißen, an den Berghängen klebenden Bungalows und die schwankenden Hängebrücken wirbelte, großes Behagen.

Die hübsche Kellen machte einen Schmollmund. »Ich kann nicht glauben, daß tatsächlich Verfolger nach Zuflucht kommen, um hier ihren schmutzigen Geschäften nachzugehen. Es ist schon schlimm genug, daß sie unschuldig Verfolgte jagen. Warum können sie nicht dort bleiben, wo sie hingehören?«

Der Senit schüttelte den Kopf. »Ich habe sie falsch eingeschätzt«, erwiderte er. »Obwohl ich wußte, daß es sich um Verfolger handelt, dachte ich, sie hätten die Intelligenz, sich anzupassen und zu lernen, in Frieden zu leben.«

»Was haben sie jetzt wieder angestellt?« fragte Kellen.

Zicree kniff bei dem Gedanken an das, was sie in der Wiedergeburtseinrichtung angerichtet hatten, die Augen zusammen, aber er antwortete der leicht zu beeindruckenden jungen Frau nicht. Die verhätschelten Bewohner von Khyming wußten nichts von der Wiedergeburt, und das war auch richtig so. Die jüngsten Ereignisse hatten erneut bewiesen, daß die Geheimhaltung richtig war.

»Ich möchte nicht über ihre Verbrechen reden«,

sagte Zicree. »Wir können nur hoffen, daß wir sie los sind.«

Er wollte gerade einen Bissen von dem Salat nehmen, als etwas in seine Schale fiel. Zicree zuckte voller Ekel zurück. Irgend etwas Langes, Grünes mit zahlreichen krummen Beinen und flatternden Schwingen bemühte sich, sich aus der klebrigen Salatsoße zu befreien. Auf einem Planeten, auf dem die Insekten meist mikroskopisch klein waren, war dies ein unerhörter Vorfall. Der Senit stierte das abscheuliche Lebewesen erschreckt an.

»Was ist das?« kreischte er.

Ein unheimliches Summen ertönte. Ein anderes fliegendes Geschöpf krachte gegen Zicrees Wange, und kurz darauf wurde er mit summenden, herumschwirrenden Bestien bombardiert. Kellen sprang auf; an ihrem Brustkorb und in ihrem Haar klebte mehr als ein Dutzend Riesenheuschrecken. Ihr entsetztes Geschrei war ebenso laut wie das Gesumm eines Schwarms geflügelter wirbelloser Tiere. Die regulanischen Heuschrecken wimmelten in dem Café herum, so daß die Angestellten und Kunden in Panik die Flucht ergriffen.

Zicree schwenkte hektisch die Arme und taumelte, von einer Million Schwingen und dem schrecklichen Gesumm benommen, in das Gebäude hinein. Ein anderer Senit wollte die Tür vor dem entsetzlichen Angriff schließen, aber andere laut schreiende Gäste drückten sie auf. Heuschrecken drangen in das Seminar ein, und überall brach Chaos aus. Draußen lag Kellen zu einer Kugel zusammengerollt da und schluchzte, obwohl niemand ihr etwas angetan hatte. Der Schwarm sprang von einem Ortsteil zum anderen und erzeugte Entsetzen und Panik, aber keinen wirklichen Schaden.

Zicree wischte ein paar übriggebliebene Insekten von seinem Gewand. »Was hat das zu bedeuten?« sagte er vor sich hin.

Zu seiner Überraschung bekam er eine Antwort. »Die Verfolger! Die neuen, die in die Kreisbahn gegangen sind! Sie haben eine Botschaft gesandt, daß sie dafür verantwortlich sind!«

Dies ließ den schlanken Seniten bis ins innerste Mark seines Körpers erschauern. Die Verfolger! Man brauchte ihm nicht zu sagen, um welche es sich handelte. Die kürzlich Eingetroffenen hatten in den wenigen Tagen ihres Hierseins mehr Probleme hervorgerufen, als alle anderen Verfolger und Lumpensammler in drei Jahrhunderten! Für einen Sekundenbruchteil wünschte Zicree sich beinahe, er hätte die drei Fremden zu ihrem Mutterschiff zurückkehren lassen. Aber nein! Es war genau das, was sie wollten – und so etwas würde kein Senit jemals tun.

»Ich werde mit ihnen reden«, schwor sich Zicree mit zusammengebissenen Zähnen.

»Es ist verboten«, warnte ihn der andere Senit.

Zicree packte seinen Gefährten am Gewand. Er zwang ihn, ins Freie zu schauen und sich das Chaos anzusehen, das die Heuschrecken erzeugten. »Möchtest du, daß es so weitergeht?« fragte er. »Möchtest du sie zu noch etwas Schlimmerem provozieren? Die Schildprogrammierung kann lebendige Organismen nicht daran hindern, in unsere Atmosphäre einzudringen. Wir müssen sie *zwingen,* damit aufzuhören!«

»Aber wie?«

Zicree dachte kurz nach, dann ließ er das Gewand seines Gegenübers los. »Bringt mir eine Beobachtungseinheit.«

Commander Scott und Captain Mora standen erwartungsvoll auf der Brücke der *Enterprise.* Sie warteten darauf, ob man ihre kleinen Kuriere auf Zuflucht bemerken würde. Scotty hatte mehrere Stunden damit zugebracht, wissenschaftliche Artikel über das Sterilisationsverfahren zu lesen, um sicherzugehen, daß die freigelassenen Heuschrecken auf Zuflucht keinen bleibenden Schaden anrichten würden. Im Moment konnte er die Seniten zwar nicht ausstehen, aber er wollte auf keinen Fall die Erste Direktive verletzen. Wenn sie sich unbedingt wie Sturköpfe aufführen wollten, war es ihr Recht – solange sie nur einsahen, daß sie den Captain, den Arzt und den Ersten Offizier zurückgeben mußten.

Uhura schwenkte ihren Sessel herum. »Eine Nachricht vom Planeten Zuflucht«, gab sie bekannt. Sulu und Chekov schauten über die Schulter zurück auf den Stellvertreter des Captains.

Scotty stand stramm. Dann wandte er sich an den neben ihm stehenden Offizier. »Captain Mora«, sagte er, »möchten Sie die Verhandlungen leiten?«

»Nein, Commander«, sagte Mora. »Sie machen es bis jetzt ganz gut. Viel Glück.«

Scotty nickte. »Legen Sie's auf den Schirm, Uhura.«

»Aye, Sir«, erwiderte Uhura.

Eine Sekunde später war Zicrees altersloses Gesicht auf dem Bildschirm zu sehen. Das normalerweise freundliche Gesicht des Seniten war nun von Wut verzerrt. »Wir möchten gegen diesen grundlosen Angriff protestieren. Es handelt sich um biologische Kriegsführung der schlimmsten Art!«

»Was denn für ein Angriff?« fragte Scotty milde. »Wie mein geschätzter Kollege Captain Mora bereits sagte, als er versuchte, mit Ihnen Verbindung aufzunehmen, wollen wir Informationen über verschiedene Spezies austauschen. Wir haben Ihnen einige regulanische Heuschrecken gesandt, damit Sie sie studieren können. Übrigens haben wir noch ein paar Millionen, falls sie Ihnen nicht reichen.«

»Es wird nicht nötig sein«, erwiderte der Senit. »Wir halten Ihr Vorgehen für einen barbarischen Akt höchsten Ranges!«

»Wir möchten, daß Sie uns Captain James T. Kirk, den Ersten Offizier Spock und Dr. McCoy zurückschicken«, fuhr Scotty – nun etwas ergrimmter – fort. »Wir haben Sie wiederholt mit Fotos dieser Männer versorgt, und können es auch noch mal tun, wenn's nötig ist.«

Zicree setzte ein dünnlippiges Lächeln auf. »Dazu besteht kein Grund. Wir wissen ziemlich gut, wie sie aussehen. Offenbar glauben Sie uns nicht, wenn wir sagen, daß Ihre Mannschaftsangehörigen – die aus eigenem, freien Willen zu uns gekommen sind – ein Leben in Frieden und Behaglichkeit führen. Um Ihnen zu beweisen, daß es so ist, bereiten wir eine visuelle Übertragung vor, die erst vor einigen Stunden aufgenommen wurde. Bitte, bleiben Sie am Bildschirm.«

Das Gesicht des Seniten verblaßte und wurde durch eine absolut friedliche Szene in einem hübschen Freiluftcafé ersetzt. Es gab zwar keinen Ton, aber das Bild war in seiner Klarheit atemberaubend: An einem Tisch, offenbar eine schmackhafte Mahlzeit genießend, saßen der Captain, Spock und McCoy! Alle Anwesenden auf der Brücke beugten sich vor und starrten auf den Bildschirm. Sie sahen voller Erstaunen einen weißgekleideten Kellner, der zu ihnen trat und ihnen schmackhaft aussehende Nahrung servierte.

»Mann …«, murmelte Scott. »Uhura, Ton abschalten.«

»Ton abgeschaltet«, sagte Uhura besorgt. »Wir können frei sprechen.«

»Das sind doch die Vermißten, nicht wahr?« fragte Captain Mora.

»Wenn nicht, sind es ihre Doppelgänger«, erwiderte Scotty und trat näher an die friedliche Szene heran. »Chekov, Bild abtasten. Stellen Sie fest, ob es von einem Computer erzeugt wurde.«

»Sie sehen nicht leidend aus«, sagte Uhura.

Chekov schüttelte den Kopf. »Der Computer hat den Captain, Mr. Spock und Dr. McCoy eindeutig identifiziert«, meldete er. »Es ist eine authentische Bildaufzeichnung.« Er setzte eine verblüffte Miene auf und musterte die drei Offiziere auf dem Bildschirm. »Ob man ihnen eine Gehirnwäsche verpaßt hat?«

»Bloß weil sie essen, bedeutet das nicht, daß es ihnen dort gefällt«, meinte Sulu. Doch so intensiv sie die kultivierte Szene auch begutachteten, es war schwer, etwas zu entdecken, das einem nicht ganz geheuer vorkam.

Das Bild verblaßte und wurde durch den Seniten ersetzt, der nun viel gelassener wirkte. Auf Scottys Befehl hin schaltete Uhura den Ton wieder ein.

»Sie haben mit eigenen Augen gesehen«, sagte Zicree, »daß Ihre ehemaligen Offiziere gut behandelt werden, glücklich sind und ein erfülltes Leben führen.«

»Wenn dies der Fall ist«, erwiderte Scotty, »können wir dann mit ihnen reden?«

»Ich fürchte, nicht«, sagte der Senit. »Da niemand Zuflucht je verläßt, müssen sich alle Flüchtlinge an ihr neues Leben anpassen. Wenn Sie mit ihnen sprechen würden, wäre dies nur schlimm und unproduktiv – für beide Seiten. Warum geben Sie nicht zu, daß Ihre Versuche, sie zu ›retten‹ fehlgeleitet sind? Wir wären alle besser dran, wenn Sie einfach akzeptieren, was sich nicht ändern läßt.«

Scotty schlug mit der Faust in seine offene Handfläche, denn er war sprachlos.

»Bitte keine kindischen Scherze«, tadelte der Senit, der nun zum ersten Mal lächelte. »Das wäre unter Ihrer Würde. Wir anerkennen die Föderation als Großmacht, die im allgemeinen in der Galaxis für das Gute eintritt. Wir bitten darum, daß Sie die Souveränität unserer Mission anerkennen. Mehr nicht.«

Der Bildschirm wurde leer und war so schwarz und endlich, wie der Ausdruck auf Scottys Gesicht.

»Zumindest wissen wir, daß sie noch leben«, sagte Uhura leise.

Captain Mora zuckte die Achseln und ging zum Turbolift. »Ich muß auf mein Schiff zurück«, sagte er. »Und ich fürchte, Commander Scott, ich muß diese Neuigkeit in meiner Meldung an die Flotte erwähnen.«

»Aye«, bestätigte Scotty. »Ich wohl auch.«

Die Tür zischte auf. Mora verließ die Brücke.

»Es sieht nicht gut aus, was?« fragte Sulu.

Scotty ließ sich in den Kommandosessel fallen. »Meinen Sie damit«, sagte er seufzend, »ob ich glaube, daß ich die drei nie wiedersehe? In Fleisch und Blut? Ich weiß es nicht. Aber ich gebe erst auf, wenn sie mir persönlich sagen, daß sie auf diesem verdammten Planeten bleiben wollen. Und ich glaube diesem schönschwätzerischen Seniten kein Wort.«

Mehrere Minuten nach Scottys Worten gab es im ganzen All keinen Ort, an dem es stiller zuging als auf der Brücke der USS *Enterprise.*

14

Lange Schatten erstreckten sich durch das Tal, das unbestritten der schönste Teil des Planeten war, den sie auf ihrer unfreiwilligen Reise bisher gesehen hatten. Von zahlreichen Bächen, Teichen und unterirdischen Flüssen gespeist, wuchsen die Blasenbäume so hoch wie die auf der Insel Khyming, und auf ihnen sprossen rote Blüten, die so groß waren wie Menschenköpfe. Üppiges, mehrere Zentimeter dickes Moos bedeckte den Boden, dicke Lianen schlängelten sich überall, wie das Adernnetz eines menschlichen Herzens.

Die Fünfergruppe hatte beeindruckende Schwärme von Lungenfischen – so hatte man sie getauft – und schmalen nagerähnlichen Säugetieren gesehen, doch keine Spezies zeigte Furcht vor den Eindringlingen. Am Himmel zog ein Schwarm fledermausartiger Geschöpfe dahin, die von einer Klippe zur anderen segelten und Fischschwärme jagten. Auch das fortwährende Nieseln konnte die Schönheit der Gegend nicht dämpfen.

Kirk und Renna gingen nebeneinander her und schüttelten bei jedem neuen Anblick gemeinsam den Kopf. Sie schauten sich oft an, und Kirk kam sich unbehaglich vor, wie Adam im Paradies.

»Es gibt häßlichere Gegenden zum Leben«, sagte Renna knapp.

»Das nehme ich auch an.« Kirk zuckte die Achseln. »Hier braucht man sich wenigstens keine Gedanken darüber zu machen, daß einem die Nachbarn auf die Nerven gehen.«

»In einer Stunde wird es dunkel«, meinte Renna. »Wir sollten die Augen nach einem Lagerplatz offenhalten.«

»Nahrung und Wasser sind kein Problem«, fügte Kirk hinzu, der das Gefühl hatte, beiläufige Konversation zu machen.

»Wenn wir hierbleiben müssen ...«, begann Renna. Doch sie beendete den Satz nicht.

»Yeah.« Kirk nickte lächelnd. »Wenn wir Kinder kriegen, können wir Spock als Babysitter einsetzen.«

»Verzeihung, Captain?« sagte der Vulkanier, der ein paar Meter neben ihnen herging.

»Ach, nichts«, erwiderte Kirk. »Wir haben nur die Aussicht bewundert.«

»Ich bin mir zwar nicht ganz sicher, Captain«, sagte Spock, »aber ich glaube, wir werden verfolgt.«

Kirk drehte sich um, um nachzusehen, aber er blieb nicht stehen. »Woher wissen Sie das?«

»Der Schwarm der fliegenden Lebewesen wurde von etwas aufgescheucht, das etwa achtzig Meter hinter uns ist«, erwiderte Spock. »Wir können zwar nichts sehen, aber die Tiere wissen, daß etwas da ist.«

Kirk strich sich nachdenklich übers Kinn. »Die große Gruppe, die uns überfallen hat, hatte genügend Zeit, uns einzuholen. Sie können zwar keinen Hinterhalt legen, aber sich bestimmt auf uns stürzen. Was sollen wir Ihrer Meinung nach tun?«

Kirks leise Stimme zog die Aufmerksamkeit Billiwogs und McCoys auf sich. »Was ist los, Jim?« fragte McCoy.

»Spock glaubt, daß die Angreifer uns verfolgen.«

Billiwog wirbelte herum und ballte seine behaarten Fäuste. »Wo stecken die Lümmel? Sollen sie nur kommen!«

»Nicht so schnell«, sagte Kirk. »Wir gehen einfach weiter. Angesichts der vielen Steine, die sie auf uns geworfen haben, könnten es dreißig oder vierzig Mann sein.«

»Tja«, sagte McCoy, »vielleicht folgen sie uns nur, um sich zu versichern, daß wir ihr Territorium wieder verlassen.«

»Aber wo *endet* ihr Territorium?« fragte Spock. »Und wann wissen wir, daß wir es verlassen haben?«

»Das weiß ich auch nicht«, murmelte McCoy. »Warum gehen Sie nicht hin und fragen sie?«

Spock hob eine Braue. »Entweder sind Sie witzig, Doktor, oder Sie legen keinen großen Wert auf mein Wohlergehen.«

»Es ist viel wahrscheinlicher«, sagte Renna, »daß sie abwarten, bis wir eingeschlafen sind, um sich dann auf uns zu stürzen.«

Billiwog schlug sich mit der Faust in die Hand. »Ich sage, wir schnappen sie uns, bevor sie uns schnappen«, knurrte er.

Kirk biß die Zähne zusammen; ein Entschluß fiel ihm schwer. »Wir können nicht zulassen, daß sie uns folgen«, sagte er fest. »Und wir müssen in Erfahrung bringen, wer sie sind. McCoy hat also recht. Wir fragen sie.«

Er blieb plötzlich stehen, drehte sich um und rief: »Ist da jemand? Verfolgt ihr uns?«

»Zeigt euch!« brüllte Billiwog.

Langsam, wie der Schrei eines fliegenden, auf sie zuschwebenden Lebewesens, ertönte ein eigenartig trillernder Laut, zu dem sich mehrere andere gesellten, und er schwoll an, bis er sich zu einem furchterregenden Getöse auswuchs. Dann brach eine gewaltige Meute von Geschöpfen wie eine Affenhorde aus dem Unterholz, sprang auf sie zu und stieß ein furchterregendes Kriegsgeschrei aus.

»Haben Sie noch weitere Ideen, Doktor?« fragte Spock.

»Ja!« schrie McCoy. »*Lauft!*«

Diese Vorstellung war keinem fremd, besonders Billiwog nicht. Die fünf rannten mit langen Sprüngen davon. Kirk schätzte, daß sie einen Vorsprung von etwa fünfzig Metern hatten, aber das entsetzliche Geschrei erschien ihm so nahe, als wäre es nur fünfzig Zentimeter entfernt. Sie hielten die Metallschilde zwar noch gepackt, aber diese trugen nur dazu bei, sie zu behindern. Kirk und Spock waren den anderen bald weit voraus, wobei Renna in der Mitte lief und McCoy und Billiwog den Abschluß bildeten. Der schwerfällige Riese befand sich in echter Gefahr, von wenigstens vierzig kleineren, schnelleren Verfolgern eingeholt zu werden, und Kirk erkannte plötzlich, daß nur Spock und er eine Chance hatten, ihnen zu entkommen.

Er blieb stehen und schrie: »Linie bilden! Schilde einsetzen!«

Spock und er suchten sich einen festen Halt auf dem Boden und bildeten die erste Verteidigungslinie. Renna und McCoy sprangen hinter sie. Billiwog taumelte keuchend in ihre Mitte, und mehrere der dürren Gestalten hängten sich an seine Fersen. Kirk trat dazwischen, schwang seinen Schild wie eine Keule und drosch auf sie ein. Spock folgte seinem Beispiel. McCoy und Renne bemühten sich, ihre Flanken zu verteidigen.

Kirk sah aus den Augenwinkeln, daß Billiwog sich erholte und seinen Schild wie einen Diskus auf die näherkommende Meute schleuderte. Er schlug mehrere Angreifer in einem wüsten Haufen von den Beinen. Dann stürzte sich der Humanoide auf die Verfolger, trompetete wie ein Elefant und verdrosch sie mit den Fäusten. Trotz der großen Anzahl, die er außer Gefecht setzte, hingen sie bald in ganzen Trauben an seinem Körper, wie Hunde, die einen Bären attackierten.

Kirk und Spock versuchten, Billiwog von den Angreifern zu trennen, so daß Renna und McCoy allein waren und ihre eigene Schlacht schlagen mußten. Rennas laute Schreie vereinigten sich mit den schrecklichen Klängen. Kirk fuhr herum und sah, daß sie von zwei heulenden Wilden angegriffen wurde. Ein Geschöpf stürzte sich auf McCoys Schild, drei andere rangen den

Arzt zu Boden. Kirk eilte Renna zu Hilfe und trat einem Angreifer in den Bauch, so daß er im hohen Bogen davonflog. Spock kämpfte sich zu McCoy durch, packte zwei Angreifer am Hals und ließ sie besinnungslos sinken. Trotz ihrer heldenhaften Gegenwehr wurde Kirk klar, daß sie eine Verteidigungsschlacht gegen einen übermächtigen Gegner kämpften. Drei fauchende Fratzen stürzten sich auf ihn, und er fiel zu Boden. Zwei Gegner packten seine Hände, ein dritter hing an seinem Hals.

Wie ein von Zeus geschleuderter Blitz zerriß eine schreckliche Explosion die Luft und ließ den Boden erbeben. Die nächste Detonation kam aus noch näherer Entfernung, und die wütenden kindergroßen Kreaturen ließen von Kirk ab. Er richtete sich auf, als die dritte Explosion den Boden erschütterte, und sah erleichtert, daß die Angreifer in wilder Panik flohen und ihre Verletzten mit sich schleppten.

Er und Spock rappelten sich auf; sie beeilten sich, Renna und McCoy zu helfen. Beide waren benommen und verschrammt. Billiwog hockte auf den Knien, sein dickes Fell war rot von Blut. Trotzdem wandten sich alle um und schauten nach Norden, in die Richtung, in die sie vor dem Angriff unterwegs gewesen waren. Am sich verdunkelnden Horizont erblickten sie die Umrisse einer anderen Horde, die offenbar auf sie zukam.

»Und jetzt?« fragte McCoy keuchend.

»Unbekannt, Doktor«, erwiderte Spock. »Wenn es Wilde sind, verfügen sie zumindest über Explosivwaffen.«

»Seniten?« fragte Kirk alarmiert. »Sie sind die einzigen, die Waffen haben.«

»Wir werden es bald erfahren«, sagte Spock.

Trotz ihrer Verletzungen und Müdigkeit gelang es McCoy, Renna und Billiwog, sich aufzurappeln, um die Neuankömmlinge zu begrüßen. Zwar konnten sie kaum noch laufen und waren noch weniger auf einen

Kampf eingerichtet, aber sie wollten die Unbekannten nicht am Boden liegend empfangen.

»Ho, Kirk!« rief eine Stimme.

Spock warf dem Captain einen Blick zu und hob eine Braue. Kirk grinste erstaunt und führte seine erschöpfte Schar auf die Fremden zu. Als sie näher kamen, sahen sie den hochgewachsenen Andorianer. Er führte sie an. Seine Fühler standen in Habachtstellung, sein blaues Gesicht strahlte. Ihm folgte eine bunte Meute von Fremdlingen, Humanoiden und Fast-Menschen – typisch für den Planeten Zuflucht. Im Gegensatz zu den Bewohnern Khymings und Dohamas unterschied sich diese Gruppierung jedoch dadurch, daß sie primitive Waffen, Ferngläser und tragbare Sensoren mit sich führte.

Trotz ihrer Erschöpfung liefen Kirk und seine Begleiter die letzten Meter. »Was freuen wir uns, dich zu sehen!« rief Kirk laut. »Wir hatten schon angenommen, du hättest dich verdünnisiert!«

Der Andorianer wirkte leicht verletzt. »Niemals«, sagte er feierlich. »Als die Steine den Wagen trafen, wußte ich, daß die Verlorenen uns angegriffen hatten und wir Hilfe brauchten. Deswegen bin ich, als Sie mit ihnen beschäftigt waren, vorausgeeilt. Leider waren wir weiter vom Friedhof entfernt, als ich dachte, deswegen hat es einige Zeit gedauert, bis ich zurückkehren konnte.«

»Ist schon in Ordnung«, sagte McCoy erfreut. »Wir sind froh, dich wiederzusehen!«

»Ihr kamt buchstäblich in letzter Sekunde«, sagte Spock. Er musterte eine rohrförmige Waffe, die auf den Rücken eines ihrer Retter geschnallt war. »Darf ich fragen, wie die Explosionen bewerkstelligt werden?«

»Dieses alte Ding?« fragte ein humanoider Albino und tätschelte das Rohr. »Es funktioniert mit einer ziemlich einfachen Mischung aus Kaliumnitrat, Schwefel und Holzkohle.«

»Schießpulver.« Spock nickte.

McCoy warf einen Blick auf die Röhre in dem Halter. »Auf der Erde würde man diese Waffe einen Granatwerfer nennen.«

»Primitiv, aber wirkungsvoll«, sagte der Albino. »Gegen die Verlorenen wirkt sie sehr gut. Ich nehme an, wir könnten sie eliminieren, aber wir halten sie lieber auf Distanz. Sie dienen uns als Abschreckung gegen die Seniten und andere, die zu neugierig werden.«

»Kann ich mir vorstellen«, sagte Kirk. »Wir haben zwar eine Million Fragen, aber am liebsten möchten wir den legendären Schiffsfriedhof sehen.«

»Wir sind noch viele Stunden von ihm entfernt«, erwiderte der Andorianer. »Wir sind in großer Eile hierher aufgebrochen, und ihr seht so aus, als könntet ihr eine Ruhepause gebrauchen. Vielleicht ist es besser, wenn wir unser Lager hier aufschlagen und erst morgen früh aufbrechen.«

»Einverstanden«, sagte McCoy. »Ich möchte mich um unsere Verletzungen kümmern. Ihr habt wohl nicht zufällig einen Erste-Hilfe-Kasten dabei, wie?«

»Aber natürlich.« Der Andorianer nahm einen Beutel von seiner Schulter. »Auf dem Friedhof ist noch etwas, das euch bestimmt interessiert.«

»Was ist es?« fragte Kirk.

Eine Frau mit spitzen Zähnen löste sich aus der Gruppe und musterte sie. »Ist Ihre Fähre die *Ericksen?*« fragte sie.

Kirk nickte eifrig. »Ja.«

Sie zeigte ein vampirähnliches Lächeln. »Dann haben wir sie.«

Kirk erwachte vor der Morgendämmerung. Er konnte es kaum erwarten, zur Fähre zu gelangen. Ihm war, als sei er seit einem Jahr von der *Enterprise* getrennt, doch es waren nur zwei Wochen gewesen; nicht länger, als man für eine Überholung im Raumdock brauchte.

Zwar war ihm klar, daß es nicht so einfach werden würde, die *Ericksen* in die Luft zu bringen und zur *Enterprise* zurückzufliegen, aber die Tatsache, daß sie ihr so nahe waren, brachte all seinen Optimismus zurück. Er war ziemlich erleichtert, als seine Begleiter und die etwa ein Dutzend Friedhofsbewohner nach und nach erwachten und anfingen, das Lager abzubrechen.

Auf dem forschen Marsch zum nördlichen Ende des Tales lernten Kirk, Spock und McCoy mehrere ihrer Retter kennen und erkannten bald, warum der Andorianer sie als Bastler bezeichnet hatte. Sie waren einfach technikverliebt. Die alte spitzzahnige Frau Sherfa kannte ihre Fähre fast ebenso gut wie sie selbst; sie beschrieb die Kontrollen, das Triebwerk und die Treibstoffkapazität, konnte ihre Reichweite und Geschwindigkeit gut einschätzen.

»Helft ihr uns, sie wieder zum Fliegen zu bringen?« fragte McCoy gutgelaunt.

Bei dieser Bemerkung verfinsterte sich das Gesicht der alten Frau. »Das weiß ich noch nicht. Wie ihr sehen werdet, ist sie nicht gut in Schuß. Die Seniten sind eine spezielle Art von Sadisten. Sie werfen zwar das ganze Zeug auf unseren Schrottplatz, aber sie entfernen immer einige lebenswichtige Teile. Die Bewaffnung fehlt immer, und ich bezweifle auch, daß die *Ericksen* noch Stabilisatoren oder Treibstoff hat. Trotzdem basteln wir gelegentlich etwas zusammen, das fliegt. Ihr seid sogar pünktlich hier, um den nächsten Flug zu sehen. Er ist für morgen angesetzt.«

»Können noch drei Passagiere mitfliegen?« fragte Kirk ziemlich ernsthaft.

Die Frau runzelte die Stirn. »Ich glaube, ihr wäret besser dran, wenn ihr nur zuschaut.«

Ihre Haltung erinnerte Kirk an die Antwort des Andorianers, als dieser angedeutet hatte, man könne ihre Fähre wieder zum Fliegen bringen. Wovor fürchteten sich diese Leute?

Billiwog verbrachte seine Zeit damit, vom Grauen in der Wiedergeburtsfabrik der Seniten und ihrer unglaublichen Flucht zu erzählen – wobei er sich selbst gebührend als großen Helden herausstellte. Dann erzählte er Geschichten aus Dohama, hauptsächlich über Saufwettbewerbe und Raufhändel. Aber er versicherte schnell, daß er nie wieder in diese teuflische Falle zurückkehren wolle, ein Eid, den der Andorianer ebenfalls zu leisten bereit war.

Renna beschrieb die vornehme Insel Khyming und ihre dramatische Flucht von dort. Als die Sonne am Mittag über ihnen stand, war allen fünfen klar, daß man sie in der neuen Gemeinschaft herzlich aufnehmen würde. Doch Kirk stellte sich den Friedhof der verlorenen Schiffe lieber als Station auf dem Weg zu ihrem wahren Ziel vor – der *Enterprise.*

Am Ende des Tales erklommen sie einfache, in die Felswand gehauene Stufen, die zu einem weiteren Plateau führten. Dieses fiel dann zu dem Mittelpunkt eines sehr großen und erloschenen Vulkans hin ab, der sich im Laufe der Jahrhunderte mit fruchtbarer Erde gefüllt hatte. Belkot, der Albino, erklomm den Grat, nahm seinen breitkrempigen Strohhut ab und schwenkte ihn über der tollen Aussicht.

»Willkommen auf dem Friedhof!« krähte er.

Der gesamte Krater wimmelte von üppigen Gewächsen und Sträuchern, und dazwischen lagen in Abständen von dreißig Metern die Rümpfe zahlloser Raumschiffe. Manche waren so groß wie Häuser und dienten tatsächlich als Behausungen. Dazwischen spielten Kinder, und an Leinen hing Wäsche zum Trocknen. Andere Raumschiffe waren nur noch rostende Wracks, die man wegen ihrer technischen Innereien zerlegt hatte. Einige Rettungskapseln und andere Fahrzeuge, zu klein, um anderweitig verwertet zu werden, führten als glänzende und eigenartige Kunstwerke ein neues Dasein.

Die Mehrheit der Schiffe waren Fähren der einen

oder anderen Art. Sie lagen vereinzelt zwischen den Bäumen, wie Wohnmobile, die Kirk auf Bildern alter Campingplätze von der Erde gesehen hatte. Ihm war danach, in das Tal zu rennen und sich das erste Gerät zu greifen, das fliegen konnte.

»Spock«, sagte er ehrfürchtig, »es ist alles da, die ganzen angesammelten Raumfahrzeuge von Jahrhunderten. Wir kommen *bestimmt* hier raus!«

»Die Tatsache, daß sie *noch* hier sind, Captain«, erwiderte Spock, »müßte ein Hinweis darauf sein, daß die meisten – oder noch wahrscheinlicher: alle – nicht mehr zum Fliegen geeignet sind.«

»Yeah.« Kirk runzelte die Stirn. Allmählich dämmerte es auch ihm. Er wandte sich zu Sherfa um. »Kannst du uns zu unserer Maschine bringen?«

Die alte Frau nickte finster. »Kann ich, aber bleiben Sie bitte realistisch, Kirk. Die *Ericksen* ist auf diesem Planeten nun Ihr Heim, nicht mehr. Laut unserer Einschätzung kann sie nicht mehr fliegen.«

Kirk schob trotzig das Kinn vor. »Wir werden sehen. Ich habe großes Vertrauen zu Mr. Spock und Dr. McCoy.«

»Aber bitte nicht allzu viel«, grunzte McCoy. »Ich kann zwar Menschen reparieren, aber keine Maschinen. Ich habe jedoch erfahren, daß ein Teil der medizinischen Ausrüstung noch funktioniert, und daß man hier über geothermischen Strom verfügt. Wenn du also nichts dagegen hast, Jim, schaue ich mir das mal an, während du mit Spock die Fähre aufmotzt.«

Billiwog und einige Angehörige der Rettungsgruppe winkten ihnen zum Abschied und machten sich daran, den Abhang hinunterzusteigen. »Ich bin zum Essen eingeladen«, rief Billiwog ihnen zu. »Ich erzähle den Leuten, wie man Segelschiffe baut! Wir sehen uns bei Beginn der Flut!«

Sherfa, der Andorianer Errico und der Albino Belkot blieben bei den Neuankömmlingen. Renna war ungewöhnlich still, als sie auf dem Kraterrand stand und in das grüne Tal blickte, das von silbernen Raumschiffen wimmelte.

Kirk wandte sich ihrer dunkelhaarigen Gefährtin zu. »Was haben Sie vor, Renna?« fragte er.

»Mir ein Heim aufbauen – und ein Leben.« Sie zuckte die Achseln. »Ich halte mich an Sherfas Rat. Ich will realistisch sein.«

»Laßt sie mit mir gehen«, sagte Sherfa und legte einen Arm um Rennas Schulter. »Errico kann euch zu der Fähre bringen.«

»Es ist mir eine Ehre«, sagte der Andorianer mit einer Verbeugung.

»Dann bringe ich Dr. McCoy in unser Lazarett«, sagte Belkot und tippte an seinen großen Hut.

Der Andorianer hob einen blauen Finger. »Vergeßt nicht, der Start der *Luxejer* ist morgen bei Sonnenaufgang. Ich nehme an, ihr seid alle sehr interessiert daran, wie ich auch. Es ist die bisher beste Gelegenheit für jemanden, der Atmosphäre zu entkommen. Das Schiff hat einen Abwehrschirm, nicht wahr, Sherfa?«

»Wir werden sehen«, sagte Sherfa verstimmt. »Ich glaube eher, die Flieger sind absolute Narren.«

»Und Sie wissen genau, daß kein Platz frei ist?« fragte Kirk.

»Kommen Sie und schauen Sie sich den Start an«, sagte Sherfa mit einem boshaften Lächeln. »Vielleicht können Sie dabei etwas lernen.«

McCoy und Belkot liefen den Hügel hinab, und der Arzt rief über die Schulter zurück: »Ich finde euch schon – sobald ich mir das Lazarett angesehen habe!«

»Bleib nicht zu lange«, rief Kirk hinter ihm her. Er verbeugte sich steif vor Renna. »Ich nehme an, wir sehen uns später.«

»Davon gehe ich aus«, erwiderte sie mit einem amüsierten Lächeln. »Der Ort ist ja nicht sehr groß.«

Renna winkte kurz, dann schloß sie sich der älteren

Frau an und stieg in den riesigen Krater hinab. Errico schlug eine andere Richtung ein. Kirk und Spock folgten ihm.

»Faszinierend«, sagte Spock, als sie zu dritt zwischen den Raumschiffen und Familien hergingen, die in ihnen wohnten. »Ihnen ist doch sicher klar, Captain, daß die Seniten von dieser Ansiedlung wissen. Also müssen wir davon ausgehen, daß sie nichts gegen die Leute haben – ebenso wie gegen die in Dohama, Khyming, das Lager der Streuner und möglicherweise Hunderte von anderen Gemeinden.«

»Ein Ort, an dem man die Fummler abladen kann«, meinte Kirk und schaute sich um. »Errico, hat es hier je eine ›Ernte‹ wie in Dohama gegeben?«

»Noch nie«, sagte der Andorianer. »Die Leute leben hier schon seit Generationen, und ohne Probleme. Es gibt in dieser Gemeinschaft sogar einige, die gern mit den Seniten zusammenarbeiten möchten. Doch nun, da man weiß, wie sie sich fortpflanzen, werden sie natürlich viel vorsichtiger sein.«

»Wie kommen die Raumschiffe hierher?« fragte Spock.

Erricos knochige Schultern zuckten. »Sie tauchen einfach auf. Sie werden von den Landeplätzen hergebeamt. Große Schiffe kommen manchmal in Stücken an und werden dann wieder zusammengebaut. Die Bastler studieren jedes Schiff, um zu sehen, was die Seniten ausgebaut und was sie dringelassen haben. Sollten die Eigner je hier auftauchen, erhalten sie sie zurück, wie ihr. Sonst werden sie vom Dorfrat der bedürftigsten einheimischen Einheit übertragen.«

»Logisch«, kommentierte Spock.

»Für die unmittelbare Zukunft seid ihr drei eine einheimische Einheit. Ich hoffe, das ist akzeptierbar?«

»Im Großen und Ganzen«, sagte Kirk grinsend.

Ein paar Meter hinter ihnen rauschte plötzlich Wasser, und das Geräusch ließ sie zusammenzucken. Als sie herumfuhren, sahen sie einen Geysir, der zwanzig Meter in die Höhe schoß. Kirk und Spock näherten sich dem natürlichen Springbrunnen, bis sie eine mit Seilen abgesperrte Lichtung erreichten. Vom Boden rings um den Geysir führte eine kleine Anzahl von Rohren und Schläuchen zu einer kleinen Turbine, die einen einfachen Generator antrieb, aus dem sich Kabel um die Bäume schlängelten, um etwa ein Dutzend Haushalte mit Strom zu versorgen. Der Geysir brüllte noch ein paar Sekunden, dann hielt er stotternd inne. Der Generator ratterte leise weiter vor sich hin.

»Das ist der Stolz der Gemeinde«, sagte Errico. »Eine von etwa fünfzig dampfbetriebenen Turbinen, die geothermische Energie produzieren.«

»Gibt es hier irgendwelche Dilithiumkristalle?« fragte Kirk.

Der Andorianer schüttelte den Kopf. »An Dilithiumkristalle oder irgendwelchen komplexen Treibstoff ist nicht zu denken. Man hat uns zwar einige Gerätschaften und Werkzeuge hinterlassen, aber sämtliche Energiequellen müssen wir selbst erzeugen.«

Spock runzelte die Stirn. »Bei dem Druck und der Hitze im Magma, wie kann man da sicher sein, daß der Vulkan nicht potentiell aktiv ist?«

»Wir sind uns gar nicht sicher«, erwiderte Errico. »Aber die Geologen unter uns sagen, daß seit dem letzten Ausbruch mindestens tausend Jahre vergangen sind, und sie überwachen ihn genauestens. Wir versuchen, das Versickern des Wassers ins Magma zu kontrollieren, damit sich der Dampf nicht aufstaut. Zudem ist dies der Ort, an dem die Seniten die Schiffe lagern, also sind wir auch hier. Kommt, eure Fähre ist ganz in der Nähe.«

Sie gingen an den Überresten eines Schiffes vorbei, das wie ein romulanisches Kriegsschiff aussah; es war nach vorn gekippt und wirkte wie das riesige Skelett eines echten Drachen. Nur verbogene Metallklumpen und Aufbauten waren von ihm übrig. Dort, wo man Bildschirme und Instrumentenkonsolen ausgebaut hatte, waren klaffende Löcher. Sie passierten eine Gruppe von Albinokindern, die im Umkreis eines Truppentransporters spielten, und erblickten als Treibhäuser dienende Fallschirme. Alles in allem war der Friedhof der verlorenen Schiffe ein Appell an den Erfindungsreichtum, den Geist und die Zusammenarbeit intelligenter Völker aus allen Teilen der Galaxis. Er wies aber, so fand Kirk, auch eine gespenstische Eigenschaft auf, wie ein Schrott- oder ein aufgegebener Freizeitpark, den die Bewohner des Friedhofes nur ungern störten.

Er sah den stromlinienförmigen Rumpf der *Ericksen,* bevor Errico nur dazu kam, auf ihn zu deuten. Er lief darauf zu, und Spock folgte ihm dichtauf. Sie duckten sich durch die offene Luke und gingen voller Ehrfurcht durch das kleine Fahrzeug, benommen vom Gefühl des Wiedererkennens und der Vertrautheit. Kirk nahm an, daß Spock gleich an die Instrumente gehen würde, doch statt dessen beeilte sich der Vulkanier, die Lager des Schiffes zu überprüfen, und kramte in den Einbauschränken herum.

»Man hat einen Tricorder zurückgelassen«, meldete er kurz darauf. »Auch die Notrationen scheinen intakt zu sein.«

Kirk eilte zum Funkgerät und schaltete es ein. »Kirk an *Enterprise*«, rief er. »*Enterprise,* bitte melden!«

Der hochgewachsene Andorianer stand gebückt in der Luke. »Tut mir leid«, sagte er, »aber man hat eurem Schiff sämtliche Energie und allen Treibstoff entnommen. Ich fürchte, das ist typisch.«

Kirk betätigte sämtliche Schalter des Armaturenbretts, aber weder gingen Lämpchen an, noch hörte er das geringste Zirpen. Das Schiff war ebenso tot wie das Skelett des Schiffes, an dem sie gerade vorbeigekommen waren.

»Für Strom können wir sorgen«, sagte Errico. »Und wenn ihr nichts dagegen habt, daß ich euch jetzt verlasse, kann ich mich sofort darum kümmern.«

Kirk wandte sich zu dem majestätisch wirkenden Andorianer um. Ihm wurde plötzlich bewußt, wie sehr sie in der Schuld des blauhäutigen Wesens standen. »Errico, wir haben dir noch gar nicht für alles gedankt, was du für uns getan hast. Du bist ein echter Kamerad.«

Erricos blaue Haut wurde plötzlich leicht purpurn. »Es war mir eine Ehre.« Er verbeugte sich. »Aber immerhin habt *ihr* mich aus der schrecklichen Festung der Seniten gerettet.«

»Eigentlich war es Renna.« Kirk runzelte die Stirn. »Auch bei ihr muß ich mich noch bedanken.«

»Auch ich danke dir, Errico«, warf Spock ein. »Und Strom zwischen neun und fünfzehn Volt wäre ziemlich hilfreich.«

»Ich kümmere mich darum«, sagte der Andorianer, verbeugte sich erneut und trat ins Freie.

Spock schaltete den Tricorder ein und hob beifällig eine Braue, als das beruhigende Piepsen ertönte und er das beleuchtete Display der Indikatoren sah. »Das Schutzfeld, das die Seniten verwenden, um fremde Technologien außer Kraft zu setzen, erstreckt sich nicht bis in diese Gegend, Captain«, sagte er. »Von jetzt an tappen wir wenigstens nicht mehr im Dunkeln. Selbst ohne funktionierende Steuergeräte kann ich Ihnen einen detaillierten Zustandsbericht über die Fähre geben.«

»Dann tun Sie es«, sagte Kirk. Er spürte, daß ihm ein leichter Schauer über den Rücken lief.

Die schlanken Finger des Vulkaniers aktivierten mit festen Griffen Schalter und gaben Kommandos ein. Dann begann er mit seinem Lagebericht. »Impulstriebwerke: intakt, aber ohne Energie. Korrekturdüsen: leer. Treibstofftanks: leer. Die Akkumulatoren fehlen. Die Phaser fehlen. Die Stabilisatoren fehlen ...«

»Das reicht«, sagte Kirk mit erhobener Hand. Er seufzte leise und enttäuscht und ging in dem engen Raum auf und ab. »Alles, was genug Energie erzeugen könnte, um dieses Ding vom Boden abzuheben, ist verschwunden. Die Friedhofsbewohner haben also recht. Die Kiste wird nicht fliegen.«

»Nicht in ihrem gegenwärtigen Zustand«, erwiderte Spock. »Es ist zwar nichts beschädigt, aber die Seniten waren sehr gründlich. Ohne Treibstoff oder Stabilisatoren wird die Fähre sich nicht rühren.«

»Es sei denn, wir versorgen sie mit Rädern und lassen sie von Pferden ziehen«, murmelte Kirk. Er ballte frustriert die Fäuste. »Und dabei waren wir so nahe dran!«

»Die Bastler können aber offenbar eigenen Raketentreibstoff entwickeln, Captain«, sagte Spock. »Sonst wären sie nicht in der Lage, morgen zu starten.«

Kirk holte tief Luft. Er bemühte sich, positiv zu denken. Durch die offene Luke sah er, daß sich lange Schatten über das Netz der Pfade legten. Er hatte inzwischen gelernt, daß die Nacht auf Zuflucht schnell kam und den Schatten unmittelbar folgte.

»Ja.« Er gähnte. »Wir werden den Start morgen nicht versäumen. Vielleicht sollten wir uns jetzt darum kümmern, etwas zu essen aufzutreiben. Und dann sollten wir uns aufs Ohr legen.«

»Genau«, erwiderte Spock. Er durchwühlte bereits einen Kunststoffkarton mit Essensrationen.

Das Lazarett gehörte zu den wenigen Bauwerken, die aus Stroh, Bimsstein und anderen einheimischen Materialien gebaut waren und nicht aus alten Raumschiffteilen bestanden. McCoy erreichte es in dem Augenblick, in dem ein geschickter Arzt mit sieben und acht Fingern an der Hand einem Jungen den gebrochenen Arm einrichtete. Dr. Muta war ein Vertreter der holistischen Medizin, nicht nur aus persönlicher Überzeugung, sondern auch deswegen, weil die aus den Schiffen geborgenen Medikamente sorgfältig rationiert werden mußten. Zwei Krankenschwestern standen ihm zur Seite; sie verordneten hauptsächlich verschiedene selbstgemachte Kräutermischungen und Chinin.

Mehrere Heime der Gemeinde verfügten offenbar über Lazaretteinheiten für Notfälle, aber das zentrale Lazarett war geräumiger und bequemer. McCoy konnte verstehen, daß den Patienten das verwinkelte Gebäude gefiel, da sie die meiste Zeit in am Boden liegenden Schiffen lebten. Er war sicher, daß Muta gebrochene Knochen richten, Säuglinge zur Welt bringen und wie jeder andere eine Aderpresse anlegen konnte, was eine große Erleichterung für ihn war. Wenn die blühende Gemeinde keinen guten Arzt gehabt hätte, wäre er vielleicht versucht gewesen hierzubleiben, um seine Kenntnisse einzubringen. Aber man hatte einen Arzt, und so konnte er seine Energien darauf konzentrieren, zu einer Gemeinde zurückzukehren, die im Moment zumindest keinen Chefarzt hatte – zur Crew der *Enterprise*.

Er verabschiedete sich von Dr. Muta und dessen Lazarettstab und stand bald darauf im Freien – mitten in einem Irrgarten von in die Dunkelheit führenden Pfaden. Die einzigen Landmarkierungen waren die Umrisse seltsamer Raumschiffe, die über den Bäumen und einer gelegentlichen in der leichten Brise schwingenden Laterne aufragten. Dann bemerkte er ein weiteres Leuchtfeuer – gutmütiges Gelächter –, und folgte dem erfreulichen Klang.

Bald darauf fand er sich auf einem Fest vor einem kupferfarbenen Raumschiff wieder, dessen Lebensbereich durch den erfindungsreichen Einsatz reflektierender Planen und Zeltstangen verdoppelt worden war. Eine bunt gemischte Gruppe meist zweibeiniger Lebewesen stand dicht zusammen und hob jede erdenkliche Art von Getränkegefäßen, während ein bärtiger junger Humanoide eine Ansprache hielt. Er hob sein Glas höher als die anderen.

»Auf all meine Freunde«, sagte er, »die Hüter des Friedhofes! Juuxa und ich brechen morgen auf, aber sorgt euch nicht um uns. Wir müssen wissen, ob die *Luxejer* fliegen kann, nachdem wir so viele Jahre an ihr gearbeitet haben. Dank Sherfa ...« – er nickte der alten Frau zu, die weinend ihr Gesicht bedeckte –, »hat der Schirm nun vierzig Prozent seiner einstigen Stärke.«

Der junge Pilot schluckte schwer. »Egal was passiert, wenn wir den planetaren Schirm durchbrechen, ob die Kopfgeldjäger uns schnappen oder wir zu einem Stern am Morgenhimmel werden ... Wir werden euch alle nie vergessen. Der Friedhof ist zwar kein Paradies, aber wir wissen aus den Geschichten der Neuankömmlinge, daß es auf diesem Planeten weitaus schlimmere Orte gibt. Wir hatten das Vorrecht, bei euch zu leben, und wissen eure Freundschaft und Mitarbeit sehr zu schätzen.«

Der junge Humanoide wirkte zwar so, als sei die Ansprache noch nicht beendet, aber auch ihm war die Rührung deutlich anzumerken. Eine Frau seiner Art eilte zu dem Baumstrunk, auf dem er stand, und umarmte ihn. Die anderen applaudierten. Die meisten lachten oder weinten oder taten beides gleichzeitig. Irgend jemand nahm McCoy am Arm und schob ihm ein Trinkgefäß in die Hand. Der Steinkrug war voll mit dunklem, würzigem Bier, das blutrot funkelte.

Belkot lächelte McCoy aus geröteten Augen und mit Wangen an, auf denen Tränen glitzerten. »So sind sie eben, die Bastler und Erfinder«, sagte er. »Sie bauen etwas und bestehen darauf, es auch zu testen. Beurteilt uns nicht zu hart.«

»Ich urteile überhaupt nicht«, sagte McCoy. Er nahm einen großen Schluck der Flüssigkeit. »Ihr wollt von diesem Planeten fort, und ihr wißt, daß es einen Weg gibt. Ich wünsche euch, daß ihr ihn findet.« Er nahm einen noch größeren Schluck. »Mensch, das Zeug ist wirklich gut! Wenn euer Treibstoff nur halb so stark ist, haut es bestimmt hin.«

»Das hoffe ich auch«, erwiderte Belkot. »Bitte, bleib doch bei uns. Renna ist auch hier, und noch ein paar andere, die du kennst.«

Als man Dr. McCoy zu seinen Gefährten brachte, war die Nacht schon vom zweiten Mond erhellt. Was bedeutete, daß es sehr spät war und Captain Kirk und Spock in den Hängematten erwachten. Zwei Einheimische geleiteten McCoy durch die Luke, verabschiedeten sich schnell und gingen.

»Pille?« fragte Kirk und beugte sich über den Rand der Hängematte. »Ich wollte dich eigentlich fragen, wo du gesteckt hast, aber du bist ja volljährig.«

»Ich war auf einer Abschiedsparty«, sagte McCoy schleppend und nahm im Pilotensitz Platz. »Außerdem bin ich leicht angeheitert.«

»Das merkt man«, warf Spock ein. »Wer hat sich denn verabschiedet, wenn man fragen darf?«

»Ein nettes junges Pärchen. Sie wollen morgen mit dem Raumschiff starten.« McCoy musterte den Captain mit leicht glasigen Augen. »Jim«, rasselte er dann, »sie werden dabei draufgehen. Und alle anderen wissen es.«

Kirk schwang die Beine über den Rand der Hängematte, blieb jedoch sitzen. »Yeah«, sagte er, »Spock und ich sind inzwischen zu dem gleichen Schluß gelangt.«

»Und was ist mit diesem Ding hier?« fragte McCoy und deutete auf das Innere der Fähre. »Kriegen wir es hoch?«

»Es fehlen eine Menge Dinge«, erwiderte Kirk knapp. »Die Stabilisatoren, der Treibstoff und die Akkumulatoren.«

»Allerdings haben uns die Seniten ein kleines Geschenk hinterlassen«, fügte Spock hinzu. »Einen funktionierenden Tricorder.«

»Einen Tricorder«, murmelte McCoy. »Daß *der* uns viel weiterbringen soll, glaube ich allerdings nicht.«

»Wir werden sehen«, erwiderte der Vulkanier. »Nach meinen Berechnungen geht in 157,2 Minuten die Sonne auf, deswegen schlage ich vor, daß wir jetzt schlafen.«

»Weckt mich, wenn die Opferung stattfindet«, ächzte McCoy. Er streckte sich im Pilotensitz aus, verschränkte die Arme und fing an zu schnarchen.

Das freundliche Gesicht Captain Moras erschien auf dem Bildschirm der *Enterprise.* Er bemühte sich zwar, hart zu wirken, aber in seine sonnengebräunten Falten waren Sorge und Trauer eingegraben.

»Commander Scott«, meldete er, »wir müssen sofort aufbrechen. Sie erhalten in Kürze über Subraumfunk Anweisungen der Flotte. Ich fürchte, ich weiß jetzt schon, wie die Befehle lauten, und ich bedauere zutiefst, daß der Rettungsmission nicht noch mehr Zeit gewidmet werden kann. Auf höchster Ebene ist man jedoch davon überzeugt, daß Captain Kirk und die anderen noch leben. Ich habe vorgeschlagen, eine Station hier einzurichten, vielleicht in der Kreisbahn um den größeren Mond, die den Planeten beobachtet und den Kontakt aufrechterhält. Aber derlei ist keine Aufgabe für die *Enterprise.* Auf Wiedersehen, Commander Scott.«

»Auf Wiedersehen, Captain Mora«, erwiderte Scotty steif.

Das ernste Gesicht verblaßte und wurde durch die nahe Ansicht mehrerer Schiffe in der Kreisbahn der türkisfarbenen Planetenkugel ersetzt. Scotty hatte schon vermutet, daß die *Neptun* bald abreisen würde, denn sie war in einen geräumigeren Abschnitt des orbitalen Gürtels gewechselt, dreitausend Kilometer von der *Enterprise* entfernt. Langsam scherte ein Punkt aus der Umlaufbahn und verschwand.

Scotty atmete aus. Dann ließ er die Schultern sinken, die er bisher beharrlich hochgezogen hatte. Er trat langsam hinter Chekov und Sulu und ließ sich in den Kommandosessel fallen. Mochte sein, daß sie noch nicht geschlagen waren, aber sie hingen nun wahrlich in den Seilen.

Uhura drehte sich auf ihrem Sitz herum. Ihre Stimme war kaum hörbar. »Commander Scott«, sagte sie, »ich habe gerade eine Botschaft von Starfleet aufgefangen. Sie ist sehr kurz.«

Scotty nickte. »Kurz und prägnant. Lassen Sie mal hören, Lieutenant.«

»Wir sollen uns in achtundvierzig Stunden auf Sternbasis 64 melden.«

Alle auf der Brücke Anwesenden hielten den Atem an und warteten darauf, daß der Stellvertreter des Captains die Befehle erteilte, die sie von Zuflucht, von Captain Kirk, Mr. Spock und Dr. McCoy fortbringen würden. Vielleicht sogar für immer.

Scotty legte nachdenklich den Kopf schief und kratzte sich am Kinn. »Eine wirklich kurze Nachricht«, sagte er. »Die Frage ist: Will man, daß wir in achtundvierzig Stunden bei Sternbasis 64 *sind* oder daß wir uns dort *melden?*«

»Also, meiner Meinung nach«, warf Chekov flink ein, »sollen wir uns in achtundvierzig Stunden dort *melden.*«

»Tja, es ist eine Frage der Interpretation«, sagte Sulu zustimmend.

Uhura lächelte. »Ich werde die Nachricht bestätigen.«

»Wenn Sie damit fertig sind«, sagte Scotty, »kontaktieren Sie Captain Pilenna von der *Gezary.*«

»Aye, Sir«, erwiderte Uhura.

Scotty ließ die grünhäutigen Finger der Orionerin seine angespannten Halsmuskeln betasten. Er war zwar nicht zur *Gezary* hinübergegangen, um seinen Rücken massieren zu lassen, aber Pilenna entspannte dies offenbar ebenso wie ihn. Der exotische Duft ihres Parfüms, ihr üppiges rotes, an seiner Wange entlangstreichendes

Haar, ihre kräftigen Finger – all dies waren willkommene Ablenkungen. Er befand sich in ihrem Privatquartier, saß im Sessel am Schminktisch, und sie beugte sich verführerisch über ihn. Glücklicherweise war sie diesmal bei seiner Begrüßung angezogen gewesen. Wer weiß, was er sonst getan hätte.

»Fühlst du dich besser?« fragte die Kopfgeldjägerin.

»Aye«, sagte Scotty seufzend und legte den Kopf in den Nacken. »Du hast wohl keine Lust, in unsere Flotte einzutreten, wie? Wir haben zwar einen therapeutischen Masseur, aber er kann nicht halb soviel wie du.«

Pilenna drehte den Sessel herum und sank auf seinen Schoß. »Und du kennst nicht mal die Hälfte meiner Talente«, schnurrte sie und strich ihm die dunklen Haare aus der Stirn. »Ich wollte dich eigentlich das gleiche fragen. Ich bin's leid, das Schiff ganz allein zu führen, und jetzt, nachdem ihr alles repariert habt, dachte ich, du würdest vielleicht gern bei uns mitmachen.«

Scotty lachte leise. »Ich als Kopfgeldjäger? Im Moment machen wir zwar das gleiche, aber normalerweise stehen derlei Dinge nicht auf unserem Dienstplan.«

Die Ex-Sklavin zuckte die Achseln. »Wir könnten machen, was du willst, Scotty. Passagiere befördern, Dilithiumkristalle transportieren – was immer du willst. Die Kopfgeldjägerei hat sich in letzter Zeit nicht besonders ausgezahlt. Dieser verdammte Planet treibt uns noch alle in den Bankrott.«

»Ich würde *ihn* gern in den Bankrott treiben.« Scotty setzte eine finstere Miene auf. »Aber mir bleiben nur noch achtundvierzig Stunden.«

»Dann sollten wir das Beste daraus machen«, hauchte Pilenna ihm ins Ohr. Sie schmiegte sich an ihn, und ihr strahlendes Haar streichelte eine Millisekunde seine Wangen. Dann fanden ihre vollen Lippen die seinen. Scotty reagierte mit einem Eifer, der beide überraschte, und sie waren gerade in einen leidenschaftlichen Kuß verschmolzen, als das Interkom auf Pilennas

Schminktisch anschlug und sie mit einem irritierenden Summen störte.

»Verdammt«, sagte sie und streckte eine Hand aus, um einen Knopf zu drücken. »Was ist denn los?«

»Eintreffendes Schiff«, sagte eine Stimme von der Brücke der *Gezary.* »Laut Gammastrahlenaktivität muß es ein großes sein.«

Pilenna runzelte die Stirn. »Ich bin gleich da.« Sie nahm äußerst zögerlich von Scottys Armen Abschied. »Das Geschäft ruft, mein Schatz. Aber bleib bitte hier und warte auf mich.«

»Kann ich nicht«, sagte Scotty heiser. Er stand auf und strich seine Uniform glatt. »Wir haben nur noch achtundvierzig Stunden, um sie zu finden. Pilenna, wenn du irgendwelche Anzeichen dafür siehst, daß irgend etwas den Planeten verläßt, läßt du es mich dann wissen?«

Pilenna tätschelte zärtlich seine Schulter. »Natürlich, mein Lieber. Du erfährst es als erster. Wenn du gehen mußt, geh jetzt, weil wir die Kreisbahn verlassen, um nachzusehen, wer da kommt.«

Scotty nahm ihre Hand und küßte sie; er war eben ein Gentleman der alten Schule. »Ich denke über dein Angebot nach«, sagte er lächelnd. »Für den Fall, daß ich der Flotte je den Rücken kehren sollte.«

Pilenna zwinkerte ihm zu. »Hau ab, bevor ich dich in Eisen legen lasse.«

Als die Kopfgeldjägerin aus dem Raum eilte, zückte Scotty mit einem Grinsen seinen Kommunikator.

»Transporterraum? Holt mich an Bord.«

15

Captain Kirk stand mit einer spärlichen Anzahl von Frühaufstehern wartend am Startplatz. Die Sonne war noch längst nicht aufgegangen. Trotz Spocks Vorschlag hatte er nach dem Eintreffen McCoys nicht mehr einschlafen können. Er war bald darauf aus ihrer Fährenunterkunft herausmarschiert, um sich zu einer Gruppe zu gesellen, die zum Startplatz unterwegs war. Man unterhielt sich ehrerbietig und leise über den bevorstehenden Flug, taxierte den flüssigen Wasserstoff, der als Treibstoff diente, die Reparatur des Abwehrschirms und das allgemeine Design der *Luxejer.*

Im hellen Mondschein folgte Kirk den Leuten zu einer ebenmäßigen Fläche nackten Gesteins, das zahlreiche frühere Fluchtversuche eingeschwärzt hatte. Ein Startgerüst hielt eine schlanke Maschine mit nadelspitzem Bug, die kaum groß genug für einen Insassen wirkte, geschweige denn für zwei. Kirk fragte sich, wieviel Treibstoff sie eventuell enthielt, und wie weit man damit fliegen konnte. Die Antworten, die ihm einfielen, waren nicht ermutigend.

»Hallo, Fremder«, sagte eine Stimme.

Kirk drehte sich um und erblickte die lächelnde Renna. Sie wirkte wie frisch gebadet und trug eine ihre Kurven betonende Pilotenuniform. »Freut mich, daß Sie den Weg hierher gefunden haben«, sagte sie. »Wo sind McCoy und Spock?«

»Ich hoffe, daß McCoy schläft«, sagte Kirk mit einem leisen Lachen. »Gestern abend hat ihn nämlich jemand mit dem einheimischen Feuerwasser bekannt gemacht.«

»Tja, ich schätze, es war eine ziemlich ausgelassene Feier«, erwiderte Renna nachdenklich. Sie richtete ihre Aufmerksamkeit auf das Gerüst mit dem Raumschiff. »Wir sind hier, weil wir Raumschiffe mögen. Sie haben Ihres wenigstens zurückbekommen. Ich hätte *meins* auch gern zurück.«

»Welches war es denn?« fragte Kirk unschuldig.

Renna grinste. »Es war nur eine alte Blechbüchse. Ich hab' sie irgendwann zu Bruch geflogen. Wissen Sie, Kirk, auch Sie könnten eigentlich hierbleiben und das Beste aus Ihrer Lage machen. Man hat mir erzählt, daß die Sache alles andere als gut ausgehen wird.«

»Ich habe gehört, daß der Schirm des Schiffes wieder funktioniert«, sagte Kirk frech. »Und ich habe immer daran geglaubt, daß dort, wo ein Wille ist, auch ein Weg ist.«

»Der Schirm, hab' ich gestern abend gehört, bringt nur etwa vierzig Prozent Leistung«, sagte Renna. »Selbst wenn es für einen Durchbruch reichen sollte... Was wollen Sie gegen die Kopfgeldjäger machen?«

»Daß es leicht ist, hat niemand behauptet«, erwiderte Kirk gelassen.

»Es ist kalt«, hauchte Renna und schmiegte sich an seinen Brustkorb. Kirk legte instinktiv die Arme um sie. »Wissen Sie«, fuhr sie fort, »wir haben diesen Teil des Planeten zwar ziemlich gut kennengelernt, aber es gibt hier noch eine Menge anderes zu entdecken. Was befindet sich auf all den Inseln? Was liegt westlich von hier? Möchten Sie es nicht in Erfahrung bringen?«

»Aber ja doch«, murmelte Kirk ihr ins Ohr. »Und all das werde ich in Erfahrung bringen, wenn ich wieder an Bord der *Enterprise* bin.«

Renna entrang sich seinem Griff. »Was halten Sie davon, die Seniten auszuschalten«, fragte sie, »und dieses Juwel von einem Planeten zu übernehmen? Unmöglich wäre es nicht.«

Kirk lachte leise. »Ja, ich nehme an, *Sie* brächten es

fertig, wenn Sie es sich nur in den Kopf setzen. Aber nicht ich. Ich möchte nicht nur eine Welt – ich will Hunderte und Tausende.«

»Weiß ich.« Renna nickte traurig, dann schmiegte sie sich erneut an ihn. »Deswegen sind wir alle hier verdammt.«

Kirk hatte den Eindruck, als sei das Gelände gleichzeitig von den ersten Strahlen der lachsfarbenen Sonne und einer gemischten Auswahl an Zuschauern erfüllt. Er sah, daß McCoy und Spock diskret auf der gegenüberliegenden Seite des geschwärzten Startplatzes standen, und ihm wurde klar, daß er Renna noch immer fest umschlungen hielt. Sie waren zwar nicht in der Lage, über all die Dinge zu sprechen, die ihren Geist beschäftigten, aber durchaus, einander festzuhalten. Und er war nicht darauf aus, sie loszulassen. Er sah Spock mit dem Tricorder hantieren und wußte, daß er eine detaillierte Analyse dessen vornahm, was sie gleich zu sehen bekommen würden. Die Menge war eigenartig still und erwartungsvoll, als wäre dies eher eine religiöse Feier als der Start einer selbstgebauten Rakete.

Schließlich tauchten die Piloten auf; sie wurden von Glückwünschen und lautem Beifall begleitet. Der junge Mann und die junge Frau erschienen Kirk als ausgezeichnete Wahl, und ihm wurde klar, daß die gesamte Gemeinde eine Menge Opfer gebracht und Arbeit geleistet hatte, um ihren Traum Wahrheit werden zu lassen. Es mußte eine gewaltige gemeinsame Anstrengung gewesen sein, das Rohmaterial zu sammeln und zu bearbeiten, und alles verfügbare Geschick erfordert haben, um eine beschädigte Hülle wieder zu einem nutzbringenden Raumschiff zusammenzusetzen.

Aber Kirk empfand auch die Melancholie der Versammlung, als verbinde alle ein schreckliches Wissen, über das niemand zu sprechen wagte. Obwohl Hoffnung in der versammelten Menge vorherrschte, gab es auch Furcht, Fatalismus und eine Art morbider Neugier. Das Beste, was man zu sehen bekommen würde, war der Triumph zweier Lebewesen über ein unbekanntes Risiko, doch im schlimmsten Fall würde man sie sterben sehen.

Die beiden fraglichen Lebewesen legten Druckanzüge und Helme an und winkten ihren Freunden zu, dann kletterten sie über eine Strickleiter ins Cockpit der Maschine mit dem nadelspitzen Bug. Kirk fragte sich, ob die Maschine einst eine unbemannte Sonde gewesen war, denn sie war sehr schlank und stromlinienförmig. Der Mann schraubte sich als erster ins Innere, dann folgte die Frau, bis sie nebeneinander lagen, völlig unsichtbar, außer den Armen der Frau. Sie ließ die Kanzelhaube einklinken.

»Was glaubst du?« fragte Belkot, der sich zu Kirk und Renna gesellte.

»Frag mich, wenn es vorbei ist«, sagte Renna und schüttelte sich.

»Wie viele Flüge dieser Art haben hier schon stattgefunden?« erkundigte sich Kirk.

»Zu viele.« Der Albino runzelte die Stirn. »Aber wir hoffen alle, daß es diesmal anders ausgeht. Der Schirm funktioniert wenigstens teilweise.«

»Ist Sherfa hier?« fragte Renna und reckte den Hals, um sich umzuschauen.

Belkot schüttelte den Kopf. »Nein. Sie kommt zu keinem Start. Dabei hat sie mehr Arbeit geleistet als alle anderen.«

Ein paar Meter von ihnen entfernt sprach ein unglaublich schlaksiges Lebewesen mit mehreren Armen in einen Kommunikator. »Alle Systeme überprüft«, sagte es und gestikulierte wie eine Spinne mit seinen Gliedmaßen. »Countdown läuft.« Das Geschöpf winkte mit einem langen Anhängsel jemandem zu, der sich näher am Schiff befand, und rief: »Startplatz freimachen!«

»Startplatz freimachen!« riefen mehrere Stimmen. Die Menge zog sich allmählich von dem Gerüst zurück.

»Start vorbereiten!«

»Hundert«, begann jemand den Countdown. »Neunundneunzig… achtundneunzig… siebenundneunzig…« Andere Stimmen fielen mit ein.

Kirk spürte, daß Rennas fester Körper sich in seinen Armen spannte, und er zog sie noch enger an sich. Sie waren ein ganzes Stück von der Rakete entfernt und wurden bald von dichtgedrängten Beobachtern umringt. Die Korrekturdüsen auf dem Fahrwerk der Rakete spuckten und ließen das wacklige Gerüst sichtlich erbeben.

Als die Luft von Hitze, Rauch und Lärm erfüllt war, drängten die Zuschauer nach vorn, als wollten sie die Macht des brennenden Treibstoffs spüren. Der Countdown war verstummt, aber alle wußten, wann Null erreicht war. Die Düsen brüllten in einem flammenden Inferno und erfüllten die Umgebung mit erstickendem Rauch. Doch es spielte kaum eine Rolle, da ohnehin niemand Luft zu holen wagte.

Sie hielten den Atem an, bis die Rakete aufzusteigen begann und die schwachen Seile und Gurte abschüttelte, die sie hielten. Der Jubel schwoll mit jedem weiteren Meter an, den das Schiff sich in die Luft erhob, und schwang sich zu einem Crescendo empor, das lauter klang als die Triebwerke. Die Anwesenden schrien, lachten und schlugen einander auf den Rücken, als das Schiff schnell aufstieg und in die Höhe raste, bis es nur noch ein dunkler Punkt am rosafarbenen Himmel war.

Viele Beobachter hatten Ferngläser, kleine Teleskope und tragbare Instrumente wie Spocks Tricorder. Als der Punkt kleiner wurde, schrien sie Meldungen wie »Da ist sie!«, »Sie steigt weiter auf!« und »Es sieht gut aus!«

Doch plötzlich sah es weniger gut aus. Plötzlich verschwand das schillernde Licht. »Sie ist weg«, sagte jemand erschreckt.

»Wo ist sie?« klagte eine Frau. *»Wo ist sie?«*

»So ist es immer«, murmelte ein Veteran. »Die Seniten haben sie geschnappt.«

»*Luxejer* – bitte melden!« rief das schlaksige Geschöpf laut in sein Funkgerät. »*Luxejer!* Meldet euch!«

Aber von dort kam keine Reaktion.

Kirk spürte, daß Renna sich abwandte und in eine andere Richtung blickte, aber er hatte weder eine schreckliche Explosion noch aufflammende Trümmerstücke gesehen. Er hatte gar nichts gesehen. Dies machte es für die Menge fast noch schlimmer, denn ihre Schluchzer und entsetzten Kommentare kamen langsamer, durchsetzt von Unglauben und Verweigerung.

»Wie immer«, sagte jemand. »Der Schirm hat nicht gehalten.«

Belkot klopfte Kirk auf die Schulter. »Verstehst du jetzt, warum wir der Meinung sind, ihr solltet euch eurem Schicksal fügen?« fragte er.

»Ihr fügt euch ihm doch auch nicht«, sagte Kirk. »Ihr versucht es doch immer wieder.«

»Weil wir Trottel sind«, sagte der Albino verbittert. Er schaute zu Boden und ging den Abhang hinunter.

Renna löste sich aus Kirks Armen und schaute ihn an. »Man hat immer nur einen Versuch«, sagte sie. »Wenn ich an Ihrer Stelle wäre, würde ich gut darüber nachdenken.«

Die junge Frau gesellte sich zu den übrigen, die dem Startplatz den Rücken kehrten, und ließ nur Kirk, Spock, McCoy und eine Handvoll anderer zurück, die zu neugierig oder zu fassungslos waren, um sich zu rühren.

»Commander Scott!« rief Sulu von seinen Instrumenten her. »Ich habe gerade eine Explosion in der Atmosphäre des Planeten gemessen!« Er drehte sich um und maß den Stellvertreter des Captains mit einem eingehenden Blick. »Laut meiner Einschätzung hat eine Flugmaschine den Versuch gemacht zu *entkommen.*«

Scotty beugte sich im Kommandosessel vor. »Wissen Sie genau, daß es kein Schiff war, das in die Lufthülle eingetreten ist – etwa eine unbemannte Sonde oder ein Torpedo?«

»Nein«, erwiderte Sulu, »es war einwandfrei eine Rakete, die von *unterhalb* abgeschossen wurde. Sie ist ungefähr dreißig Kilometer über der Oberfläche verschwunden, genau an der Stelle, an der unsere Sensoren nicht mehr arbeiten und unsere Sonden verschwinden.«

»Was es auch war, Sir«, warf Chekov ein, »die anderen Schiffe in der Kreisbahn haben es ebenfalls bemerkt. Die Orioner haben den Kurs geändert, um es abzufangen. Jetzt kehren sie in ihre Kreisbahn zurück.«

»Hmmm«, machte Scotty nachdenklich. »Vielleicht machen die Gefangenen hin und wieder doch einen Ausbruchsversuch.«

»Ich hoffe, es war nicht der Captain«, sagte Sulu. »Das Schiff ist nämlich weg. Verdunstet.«

»Vielleicht war es unbemannt«, sagte Uhura. »Vielleicht war es nur ein Testflug.«

Scotty nickte entschieden und trat neben Sulu. »Ignorieren Sie den Rest des Planeten, Lieutenant. Verfolgen Sie den Kurs der Rakete an seinen Ursprungsort zurück. Ich weiß zwar, daß Sie ihn ohne Sensoren nicht genau bestimmen können, aber vielleicht können Sie Teleskope und Fotografien einsetzen, um eine Vorstellung davon zu bekommen, wo der Startplatz liegt. Wenn es nicht anders geht, gehen wir in eine andere Kreisbahn.«

»Aye, Sir«, erwiderte Sulu.

»Halten Sie die Augen auf«, wies Scotty die Besatzung der Brücke an.

»Also wirklich, Spock, Sie sind absolut makaber«, sagte McCoy auf dem Rückmarsch zur Fähre. »Sie sind der einzige, der diese Tragödie genossen hat. Sie spielen sie ja noch jetzt auf dem Tricorder ab.«

»Genau, Doktor«, sagte Spock zustimmend und ohne von dem tragbaren Gerät aufzuschauen. »Ich habe den Start mehrmals simuliert, und das Ergebnis bestand stets in einem erfolgreichen Flug. Doch der, den wir gesehen haben, war es nicht.«

McCoy wandte sich ärgerlich zu Kirk um. »Wie kann man gegen eine solche Logik argumentieren?«

»Vielleicht liegt in diesem Wahnsinn Methode«, sagte Kirk. »Wonach suchen Sie, Spock?«

»Es gibt keinen Irrtum«, erwiderte der Vulkanier. »Die Maschine hat so lange erfolgreiche Fortschritte gemacht, bis sie in eine Höhe von dreißig Kilometern kam. Dort wurde sie ohne offensichtlichen Grund vernichtet. Grundloses Versagen ist unlogisch; deswegen können wir den Schluß ziehen, daß der Schirm in einer Höhe von dreißig Kilometern liegt und darauf programmiert ist, motorbetriebene Flugobjekte abzuwehren.«

»Und was lernen wir daraus?« fragte McCoy.

Spock schaltete den Tricorder ab und steckte ihn in die Hülle zurück. »Daraus lernen wir, Doktor, daß wir mit der Fähre nicht von diesem Planeten entkommen können – selbst dann nicht, wenn wir Treibstoff und Stabilisatoren hätten.«

»Wollen Sie damit sagen«, warf Kirk mit finsterer Miene ein, »daß es kein Entkommen für uns gibt? Daß schon der Versuch sinnlos ist?«

»Nicht unbedingt«, sagte der Vulkanier. »Ich habe gesagt, daß der Schirm *motorbetriebene* Flugobjekte abwehrt. Es muß nicht bedeuten, daß er jegliche Art von Fluggeräten eliminiert. Ich muß ein Experiment durchführen.«

Mit diesen Worten lief er den Pfad entlang, und Kirk und McCoy mußten sich sputen, um ihn einzuholen. Er eilte ins Innere der Fähre, wo er geraume Zeit blieb. Kirk und McCoy tauschten einen Blick.

»Weißt du, was sein schräges vulkanisches Hirn jetzt gerade ausbrütet?« fragte McCoy.

»Nicht im geringsten«, gab Kirk zu. »Aber im Augenblick könnte ein bißchen verschlungenes Denken uns durchaus hilfreich sein.«

Spock tauchte wieder auf. Er hielt einen entbehrlichen Wetterballon und einen kleinen Heliumkanister in den Händen. Beides gehörte zum Standard einer Überlebensausrüstung. Er fing an, den Ballon zu füllen.

»Oh, toll«, murmelte McCoy. »Jetzt erfahren wir endlich, wie das Wetter wird.«

»Eigentlich«, sagte Spock, »werden wir recht wenig über das Wetter erfahren, weil ich die meisten Sensoren ausgebaut habe. Den Sender und den Höhenmesser habe ich freilich nicht angerührt. Wollen Sie mir bitte helfen, den Ballon zu halten? Ich werde ihn bis zur maximalen Ausdehnung füllen.«

Kirk und McCoy kämpften mit der dazugehörigen Leine, und Spock füllte den Ballon mit Helium, bis er vier Meter durchmaß und so groß war wie sie alle zusammen. Als Spock die Ballondüse endlich zuband, wurden sie allmählich vom Boden gehoben. Er holte den Tricorder hervor und drückte einige Knöpfe.

»Lassen Sie ihn bitte los«, sagte er.

Kirk und McCoy empfanden große Erleichterung, als sie es endlich tun konnten, und der riesige Ballon stieg wie eine aus dem Ozean brechende Sauerstoffblase zum Himmel empor. Spock verfolgte seinen Kurs mit dem Tricorder, aber der Ballon war auch für das unbewaffnete Auge über eine beträchtliche Zeit hinweg sichtbar, und eine neugierige Menge versammelte sich, um zu sehen, worum es sich bei dem zweiten Start an diesem Tag handelte.

»Was haben Sie denn vor?« fragte Sherfa.

»Ich weiß nicht genau«, erwiderte Kirk. »Spock macht einen Versuch.«

»Ich werde ihn später fragen«, sagte Sherfa. »Im Moment wirkt er zu beschäftigt. Sie haben doch nichts dagegen, wenn ich zuschaue, oder?«

»Aber nein«, sagte Kirk. »Tut mir leid, was heute morgen beim Start passiert ist.«

Sherfa seufzte. »Sie sind wie Kinder für mich. Ich werde zu alt für solche Dinge. Wahrscheinlich werde ich der nächsten Narrenbande, die einen solchen Versuch plant, nicht mehr helfen.«

»Meinen Sie etwa uns?« fragte McCoy.

»Ich weiß nicht.« Sherfa zuckte die Achseln. »Was Sie hier machen, wirkt ziemlich anders auf mich.«

Der Wetterballon war nun zwar außer Sichtweite, aber trotzdem verfolgten mehrere Leute ihn mit Ferngläsern und Teleskopen, und Spocks Blick wich für keine Sekunde vom Tricorder. Nach einer Weile schauten Sherfa und die anderen mehr als neugierig drein.

»Wie hoch ist er?« fragte die alte Frau.

»Fünfunddreißig Kilometer«, erwiderte Spock. »Und er steigt weiter.«

»Moment mal!« sagte Sherfa aufgeregt. »Das bedeutet, daß er den Schirm *durchdrungen* hat!«

»Nach meinen Berechnungen, ja«, sagte Spock. »In einer Höhe von etwa fünfzig Kilometern wird er langsam an Höhe verlieren, aber er befindet sich hinter dem Schirm der Seniten.«

»Was?« sagte Kirk. Er griff in seine Gesäßtasche und zog den verbeulten Kommunikator hervor. »Wenn wir einen Ballon in eine Höhe von fünfunddreißig Kilometern bringen können, können wir dann nicht auch die *Enterprise* erreichen? Und kann man uns dann nicht auch an Bord beamen?«

»Es ist zwar reine Spekulation«, sagte Spock, »aber ich kenne keinen Grund, der dagegen spricht. All dies bestätigt das, was mir aufgefallen ist, als wir mit der Fähre in die Atmosphäre eintraten – die Instrumente sind in einer Höhe von dreißig Kilometern ausgefallen. Und heute ist die Rakete in der gleichen Höhe verschwunden. Dort ist der Schirm der Seniten am stärksten. Er ist offensichtlich programmiert, jeden motorbetriebenen Flug zu unterbinden, der das Ziel hat, der Stratosphäre zu entkommen – aber keine gemächlich nach oben treibenden Gase.«

McCoy schaute zum Himmel auf. »Endlich wissen wir, wie hoch die Mauern unseres Gefängnisses sind«, sagte er.

»Glauben Sie denn noch immer, daß da oben jemand ist, der Sie rettet?« fragte eine zweifelnde Stimme. Sie wandten sich um und erblickten Renna, die sich eine Gasse durch die beträchtliche Zuschauermenge bahnte. »Denn wenn dem nicht so ist, werden Sie entweder in der dünnen Luft ersticken oder fünfzig Kilometer tief in den Tod stürzen.« Und sie fügte mit einem spöttischen Grinsen hinzu: »Oder die Kopfgeldjäger werden Sie einkassieren. – Ich kann mir sogar einige Leute vorstellen, die in klingender Münze dafür zahlen, wenn man ihnen James T. Kirk in Ketten ausliefert.«

Kirk lächelte. »Ihre Argumente sind zwar nicht ganz von der Hand zu weisen, aber es ist doch alles pure Spekulation. Spock, ich nehme an, daß wir ohnehin keinen Ballon in der Fähre haben, der groß genug ist, um uns drei in die Lüfte zu erheben?«

»Nein, Captain«, erwiderte der Vulkanier. »Und wir haben auch nicht genug Helium.«

McCoy winkte ab. »Wir brauchen kein Helium!« sagte er laut. »Wir können heiße Luft nehmen! Ich bin schon mit Heißluftballons geflogen. Es ist ganz leicht!«

»Nein, nein«, sagte Sherfa, »wenn Spock recht hat, werden die großen Brenner, die Sie zum Aufheizen der Luft brauchen, am senitischen Schirm explodieren. Heißluftballons sind riesengroß. Das Gerät, das Sie brauchen, müßte wenig Masse haben und fast gänzlich aus Gas bestehen. Außerdem brauchen Sie Druckanzüge.«

»Das habe ich mir auch gedacht«, sagte Spock zustimmend. »Das einzige elektronische Gerät, das wir mitzunehmen riskieren können, wäre ein Kommunikator.«

»Okay«, sagte McCoy. »Wieviel Helium haben Sie?«

»Etwa soviel wie Sie«, erwiderte Sherfa. »Helium kommt hier auf natürliche Weise nicht vor, aber wir haben eine Menge Wasserstoff. Freier Wasserstoff ist ein natürlicher Bestandteil der Gase, die wir den Tiefen des Vulkans entnehmen, aber wir können es auch dem Wasser entziehen. Deswegen setzen wir es als Raketentreibstoff ein. Wasserstoff ist schließlich das am reichlichsten vorhandene Element im Universum.«

»Und eins der höchst entflammbaren«, appellierte Renna an Kirk und McCoy. »Warum zünden Sie sich nicht gleich an Ort und Stelle gegenseitig an? Wenn Sie auch nur das geringste über die Erdgeschichte wissen, haben Sie doch bestimmt schon von der *Hindenburg* gehört.«

»Der berühmte Zeppelin.« McCoy nickte ehrfürchtig. »Er ist in den Vereinigten Staaten mit seinem Ankerturm kollidiert und explodiert. Das war das Ende der großen Luftschiffe in den dreißiger Jahren des 20. Jahrhunderts.«

Spock zog eine Braue hoch. »Ich bin beeindruckt, Doktor. Ich hätte wissen müssen, daß Sie Experte für das Verkehrswesen des irdischen zwanzigsten Jahrhunderts sind.«

McCoy musterte den Vulkanier aus zusammengekniffenen Augen, weil er nicht genau wußte, ob seine Worte ein Kompliment waren. Inzwischen hatte sich die Diskussion ausgebreitet, und alle in Hörweite debattierten das Für und Wider von Helium, Wasserstoff und heißer Luft. Viele der Anwesenden berechneten, wie groß ein Ballon sein mußte, der drei Personen fünfunddreißig Kilometer in die Höhe tragen konnte, und ob Überdruck oder Nulldruck besser sei. Dr. McCoy trug seine Ansichten dazu offen vor.

»Ich glaube, Sie haben etwas in Bewegung gesetzt«, sagte Kirk leise zu Spock. »Können wir so was wirklich tun?«

»Wir können es«, sagte der Vulkanier, »wenn wir das Material haben, um den Korb und den Ballon zu bauen, das nötige Gas und drei Druckanzüge. Trotzdem haben alle von Renna vorgebrachten Einwände noch immer Gültigkeit.«

»Ich weiß«, murmelte Kirk. Er fuhr herum, um nach der kecken Dunkelhaarigen zu suchen, aber sie war verschwunden. »Wir können sie wohl nicht mitnehmen?«

»Nein, Captain«, erwiderte Spock. »Sie ist aller Wahrscheinlichkeit nach mit Auk-rex identisch. Vorschrift Nummer 927.9 untersagt, das Leben eines Gefangenen bewußt in Gefahr zu bringen.«

»Aber daß wir das unsere in Gefahr bringen, ist für die Bürokraten okay?«

»In diesem Fall«, sagte Spock, »haben wir einfach keine andere Wahl. Eine andere Fluchtmöglichkeit sehe ich nicht. Außerdem müssen wir so schnell wie möglich handeln, weil jede weitere Verzögerung die Wahrscheinlichkeit erhöht, daß die *Enterprise* abberufen wird.«

»Ja.« Kirk runzelte die Stirn. »Wir gehen davon aus, daß Scotty eine Möglichkeit gefunden hat, zwei Wochen da oben auf uns zu warten. Trotz der Schiffe, die er erwähnte, bevor der Kontakt abbrach. Und trotz der Flotte, die ihm im Nacken sitzt.«

»Ich glaube, Captain«, sagte Spock, »daß die *Enterprise* sich noch in der Kreisbahn befindet. Es sei denn, Commander Scott hat das Kommando abgegeben.«

»Sie verlassen sich auf eine *Vermutung*, Spock?«

Spock legte den Kopf schief. »Eine Voraussage, die auf der Beobachtung seines Verhaltens in der Vergangenheit beruht. Wenn meine Voraussage allerdings falsch ist, sind die Konsequenzen katastrophal.«

»Entweder machen wir eine Ballonfahrt«, faßte Kirk zusammen, »oder wir nehmen es hin, daß wir den Rest unseres Lebens hier verbringen werden.«

»Das ist die Entscheidung«, erwiderte der Vulkanier. »Wie hoch sind dreißig Kilometer?«

»Hoch genug, um uns zum Nachdenken anzuregen«, sagte Spock. »Auf der Erde, die eine vergleichbare Atmosphäre hat, liegt der Rekord für bemannte Ballonfahrten bei vierunddreißig Komma sieben Kilometer, aber es hat mehrere Flüge in dieser Höhe gegeben. Natürlich gereicht es uns zum Vorteil, daß wir das Fluggerät nicht so zu konstruieren brauchen, daß es wieder zum Boden zurückkehrt.«

»Ja, wirklich, ein Vorteil. Wieviel Gas werden wir brauchen? Und welchen Druck?«

Spock hob eine Hand. »Ich schlage vor, wir beantworten eine Frage zuerst: Wollen wir es tun?«

»Ja«, erwiderte Kirk entschieden. Und er fragte sich, ob er gerade dem Friedhofs-Selbstmörderklub beigetreten war.

Als die in alle Richtungen treibende Diskussion erstorben war, trafen sich Kirk, Spock und McCoy mit Sherfa, Belkot, Errico und mehreren anderen Führern des Friedhofs der verlorenen Schiffe im privaten Rahmen. Sie tagten im Gerichtsgebäude der Gemeinde, einem großen Frachter mit geschwärztem Rumpf, dem Ergebnis eines nicht sehr sorgfältigen Eintritts in die planetare Lufthülle. Trotzdem bot ihnen der Laderaum ein geräumiges Konferenzzimmer mit einer Tafel, auf der man reichlich schematische Darstellungen und Flußdiagramme zeichnen konnte, um zu illustrieren, worauf es ankam.

Belkot hatte lediglich etwas gezeichnet, das bedrückend einem riesigen Sarg glich. Er hing an einem etwa sechzig Meter langen Tau, das an einem kleinen, kreisförmigen Ballon befestigt war. Das gesamte Vehikel war länger als der Frachter, in dem die Versammlung stattfand. Belkot deutete mit einem blassen Finger auf das Diagramm.

»Die langen Leinen«, erläuterte er, »sehen zwar sehr gefährlich aus, verleihen dem Ballon aber mehr Stabilität, besonders beim Abheben. Es wird keineswegs eine Vergnügungsfahrt werden, mit soviel Wasserstoff. Und ich weiß nicht, ob ihr zum Ausgleich genug Ballast mitnehmen könnt. Aber wenn wir einige Ventile am höchsten Punkt des Ballons installieren und Seile in die Kabine laufen lassen, könnt ihr den Aufstieg steuern und sogar zum Boden zurückkehren.«

Dr. McCoy musterte seine Zeichnung aus zusammengekniffenen Augen. »Ich habe zwar nichts dagegen, wenn der Wasserstoff so weit wie möglich weg von mir ist«, merkte er an, »aber wie groß ist die Kabine? Und steht sie unter Druck?«

»Es kommt alles auf die Zeit an«, erwiderte Sherfa. »Wann wollen Sie starten?«

Alle Augen in dem leeren Laderaum schauten Captain Kirk an. »Morgen«, brummte er.

Allgemeines Gemurmel wurde laut. Man hielt es für unmöglich. Sherfa lächelte auf ihre zahnlückige Art. »Wir sind zwar noch nicht lange miteinander bekannt, Captain«, sagte sie, »aber einen Mann, der weiß, was er will, erkenne ich auf den ersten Blick. Wir hatten viele in unserer Mitte, die Ihnen ähnlich waren – manche leben jetzt nicht mehr. Ich glaube, wenn Sie sich davon überzeugen lassen, das Unternehmen etwas langsamer anzugehen, sind Ihre Chancen erheblich höher.«

Kirk beugte sich über den Tisch und musterte sämtliche anwesenden Männer, Frauen und sonstigen Geschöpfe mit einem kritischen Blick. »Der Ausbruch hat keinerlei Aussicht auf Erfolg, wenn unser Schiff nicht mehr da oben wartet. Ich möchte alle noch einmal daran erinnern: Wir brauchen nicht *zurückzukehren.* Das Gerede über Ventile, Rettungsleinen und Notausstiegsluken ist überflüssig. Der Ballon braucht nur aufzusteigen, selbst wenn wir nur an ihm festgebunden sind.«

Er richtete sich mit einem verlegenen Lächeln auf.

»Ich möchte zwar nicht als Schulmeister auftreten, aber wenn ich auf meinem Schiff wäre, könnte ich das Experiment bestimmt in vierundzwanzig Stunden realisieren. Da ich die dazu nötigen Ressourcen hier nicht habe, muß ich mich auf euch verlassen. Ich glaube auch nicht, daß wir eine komfortable Kabine brauchen – leichtgewichtige Druckanzüge wie die, die das Paar heute morgen trug, reichen aus. Wenn wir da oben ein paar Tage lang in fünfzig Kilometer Höhe hängen müssen – tja, dann ist etwas schiefgegangen. Wir brauchen nur einen großen Ballon und genug Wasserstoff, um ihn zu füllen.«

Sherfa wandte sich an Belkot: »Wenn die Harrakas auch ohne ihr neues Treibhaus zurechtkommen, glaube ich, daß sie genug Tripolymerfolie haben, um einen Ballon zu bauen. Wir können auch die Isolierung von der *Paragran* verwenden und haben noch eine Menge molekülbindendes Material.«

»Falls ich einen Vorschlag machen darf«, sagte Spock. »Wir sollten einen Ballon verwenden, der keinen Überdruck, sondern Nulldruck hat.« Er wandte sich an Kirk, um seine Gedanken zu erläutern. »Ein Überdruckballon hat größeren Innendruck als die Außenluft, so daß er schnell aufsteigt und sich dabei weiter ausdehnt. Wenn wir einen Ballon einsetzen, der weniger Druck hat als die Außenluft und nur soviel Wasserstoff, um die gewünschte Höhe zu erreichen, dehnt er sich in der dünner werdenden Luft aus, bis er und die Atmosphäre den gleichen oder Nulldruck haben. Sein Aufstieg würde sich wenigstens für einige Stunden in dieser Höhe stabilisieren. Nulldruck wird die Ballonnähte außerdem nicht belasten.«

Belkot nickte. »Bestenfalls würdet ihr bei ungefähr fünfunddreißig Kilometern die Flughöhe beibehalten, aber wir müssen dafür sorgen, daß ihr auch genug Wasserstoff habt, um so hoch zu kommen.«

»Ich habe einige vorläufige Berechnungen angestellt«, sagte Spock. »Vielleicht sehen Sie sich meine Zahlen einmal an?«

»Großartig«, sagte Kirk eifrig. »Ihr werdet uns also helfen?«

»Ja«, grollte Sherfa. »Wir helfen allen Narren.« Sie stand auf und musterte die versammelten Anwesenden. »Spock und ich leiten das Komitee, das den Ballon und die Takelage erstellt. Belkot, du kannst den Wasserstoff einsammeln. Loch Nummer vier gibt den meisten ab, aber du kannst auch mal nachprüfen, wieviel noch in den Treibstofftanks der *Mathulsa* ist. Mr. Spock, wieviel Gas benötigen Sie, Ihrer Meinung nach?«

Der Vulkanier legte den Kopf schief. »Ich schätze zweitausend Kubikmeter«, erwiderte er.

»Klingt in Ordnung«, sagte Belkot zustimmend.

Die Frau wandte sich Kirk und McCoy zu. »Die Gestaltung des Korbes überlasse ich Ihnen, meine Herren. Das heißt, falls Sie nichts anderes wählen, an dem Sie baumeln wollen. Aber vergessen Sie nicht: Niedriges Gewicht, kein Metall.«

»Dazu fällt mir etwas ein«, sagte McCoy grinsend.

»Errico«, sprach Sherfa den hochgewachsenen Andorianer an. »Du besorgst die Druckanzüge. Bitte die Leute, daß sie sie herausrücken. Im Notfall stiehlst du sie. Sei freundlich, aber schau in allen Schränken nach.«

Das majestätisch aussehende blauhäutige Lebewesen nickte ernst. »Ich werde erst ruhen, wenn meine Mission erfüllt ist.«

»Da ist noch etwas«, sagte die alte Frau und musterte Captain Kirk mit einem festen Blick. »Ich möchte, daß Sie uns ein Zeichen geben, eine Rakete abschießen oder so etwas, wenn man Sie gerettet hat. Falls es möglich ist, von diesem Klotz herunterzukommen, möchten wir es erfahren.«

»Einverstanden.« Kirk lächelte herzlich. »Behalten Sie einfach nur den Himmel im Auge.«

16

Während Spock die Organisation der Ballonkonstrukteure in Angriff nahm, kehrten Kirk und McCoy zur Fähre zurück. McCoy nahm auf der Stelle die aus Nylonfäden bestehenden Hängematten ab und maß sie aus. Er fand drei weitere in der Überlebensausrüstung, dazu Nähzeug und eine Schere. Er trug alles zusammen und fing an zu arbeiten.

Kirk beobachtete den Amateurschneider eine Weile, dann fragte er: »Was machst du da, Pille? Ich weiß nicht genau, ob ich mit dir in einer Riesenhängematte schlafen will.«

»Ich bezweifle, daß wir sehr viel Schlaf kriegen«, erwiderte McCoy. »Wir werden in der Hängematte unter dem Ballon hängen.«

»Was?!« rief Kirk. »In einer Höhe von fünfunddreißig Kilometern? Hält sie uns überhaupt aus?«

»Diese Hängematten tragen uns doch auch jetzt«, sagte McCoy. »Es ist ein Irrtum, wenn du annimmst, daß man in einem Ballon vom Wind geschüttelt wird. Selbst bei hoher Geschwindigkeit und starkem Wind gehen Ballonfahrten völlig ruhig über die Bühne, weil man sich in der gleichen Geschwindigkeit wie der Wind bewegt. Ich werde die Hängematte stärker und größer machen als nötig, für den Fall, daß wir etwas Ballast mitnehmen müssen.«

»Ich weiß nicht…«, sagte Kirk zweifelnd.

»Sie hat eine geringe Masse und enthält kein Metall«, erwiderte McCoy. »Wie Spock sagte – im Transportwesen des zwanzigsten Jahrhunderts kenne ich mich aus.«

»Na schön.« Kirk zuckte die Achseln. »Dann teste ich mal meinen Kommunikator, um zu sehen, ob er nach der ganzen Zeit überhaupt noch funktioniert. Wir haben jetzt Strom, und du müßtest mein Signal über das Bordfunkgerät hören können. Wenn du mich hörst, melde dich.«

»Okay«, sagte McCoy, ohne auch nur eine Sekunde beim Nähen innezuhalten.

Kirk trat ins Freie und entfernte sich etwa zwanzig Meter von der Fähre. Zwei grünhäutige Kinder stellten ihr Spiel ein und beobachteten ihn. Kirk lächelte ihnen zu, schnippte den Kommunikator auf und vernahm das vertraute Zirpen. »Kirk an Fähre«, sagte er. »Fähre, bitte melden.«

»Hier ist McCoy«, kam die Antwort. »Es funktioniert ausgezeichnet. Hoffen wir, daß Scotty dich dann auch so deutlich hört.«

»Es ist eine Erleichterung, nachdem ich das Ding über alle Flüsse, Berge und Meere mitgeschleppt habe. Wenn wir die Druckanzüge haben, baue ich es in den Helm ein und schalte es auf Sendung.«

»Gute Idee«, erwiderte McCoy. »Aber jetzt muß ich mich wieder um die Hängematten kümmern.«

»Näh sie bloß fest zusammen, Pille. Ich schau mal nach, wie weit die anderen mit dem Ballon und dem Wasserstoff sind. Ende.«

Kirk klappte den Kommunikator zusammen, steckte ihn in die Tasche und drehte sich um. Er sah, daß ihn außer den Kindern noch jemand beobachtete. Renna trug ein attraktives Kleid, das über ihre hellen Schultern, ein enthüllendes Dekolleté und an ihren schlanken Hüften und Beinen entlang floß. Das helle Blumenmuster ließ ihr üppiges schwarzes Haar wie die Nacht über den Neonlichtern von Dohama erscheinen. Kirk schluckte mit trockener Kehle und wünschte sich, es gäbe eine Möglichkeit, sie mitzunehmen.

»Sie sehen entzückend aus«, sagte er aufrichtig.

»Danke«, erwiderte Renna mit einem artigen Knicks. »Das Kleid hier ist eigentlich alles, was übriggeblieben ist, nachdem die anderen jeden Fetzen Stoff für Ihren Ballon requiriert haben.«

»Da wir gerade beim Thema sind«, sagte Kirk rasch. »Ich möchte mir ansehen, wie weit sie sind. Wissen Sie, wo Spock und Sherfa stecken?«

»Ja.« Renna hakte sich bei ihm ein. »Ich bringe Sie hin.«

Er fühlte ihre Wärme an seiner Seite, und Kirk ertappte sich dabei, daß er sie enger an sich zog. Er konnte sich in der ganzen Galaxis keine Frau vorstellen, die besser zu ihm paßte oder die er mehr begehrte. Und doch war er im Begriff, sie zu verlassen – um möglicherweise gar zu sterben. Die Nähe ihres jugendlichen Körpers führte dazu, daß er sich kurz fragte, ob der Ausbruch das Risiko des Todes überhaupt wert war – aber natürlich war genau dies Rennas Absicht.

»Sie werden mir fehlen, Kirk«, sagte sie ohne Umschweife. »Aber ich nehme an, Sie haben das gleiche Problem mit mir.«

»Ich bin hübschen Frauen, die mir das Leben gerettet haben, immer ganz besonders zugetan«, witzelte Kirk. Dann wurde er ernst. »Aber ich kann Sie nicht mitnehmen.«

Sie trat wütend vor ihn hin und schlug auf seinen Brustkorb. »Ich will überhaupt nicht mitgehen«, fauchte sie. »Ich möchte *hierbleiben,* du verdammter Idiot! Ich gebe mir nur alle Mühe, dein Leben *schon wieder* zu retten! Laß Spock und McCoy den Flug machen, wenn sie unbedingt wollen. Aber du hast mehr, für das es sich zu leben lohnt: Du hast *mich.*«

»Es ist sehr verlockend«, gab Kirk zu. »*Du* bist sehr verlockend. Aber selbst wenn ich bliebe – du würdest mich nie haben. Das, was ich bin, ist da oben – in einem Schiff, das so oft lahmgelegt wurde und so oft kurz davor war auseinanderzufallen, daß ich nicht nachzurechnen wage. Dort *bin* ich, und sogar jetzt.«

Renna neigte den Kopf, ihre dunklen Augen füllten sich mit Tränen, und Kirk umarmte sie. Sie hielten einander in stiller Verzweiflung mehrere Sekunden lang fest, und als sie schließlich aufschaute, rang sie sich ein Lächeln ab.

»Du kannst mich nicht verlassen«, hauchte sie. »Meinetwegen bist du doch hierhergekommen. Ich bin Aukrex.«

»Weiß ich«, sagte Kirk. »Doch auch wenn du die größte Massenmörderin der Geschichte wärst: Spock hat mich informiert, daß wir dein Leben nicht aufs Spiel setzen dürfen. Und ich glaube nicht, daß du – mit diesem Planeten als Basis – noch viele Föderationsschiffe ausplündern wirst.«

»Nein«, sagte sie seufzend. »Wahrscheinlich nicht. Aber du hast doch nichts dagegen, wenn ich die großtuerischen Seniten entmachte und diesen Planeten übernehme, oder?«

Kirk räusperte sich. Er schaute recht verlegen drein.

»Ach, ich hab's vergessen«, sagte Renna lächelnd. »Die Erste Direktive. Tja, wer weiß, welche Gesetze ich sonst noch breche, wenn ich hier ganz allein auf mich gestellt bin? Vielleicht mußt du eines Tages zurückkommen und mich festnehmen.«

»Mit Freuden«, erwiderte Kirk.

Sie schlang die Arme um ihn und küßte ihn so heftig, daß ihm die Luft wegblieb. Er hatte ihren Kuß kaum erwidert, als sie sich auch schon von ihm löste und ihre Tränen abwischte.

»Ich kann euch bei den Vorbereitungen einfach nicht zusehen«, sagte sie heiser. »Und auch nicht, wenn ihr startet. – Bleib einfach auf diesem Pfad, dann findest du Sherfa und ihre Leute schon. Und bitte – stirb nicht.«

»Bestimmt nicht«, versprach er ihr mit mehr Zuversicht, als er empfand. »Mach's gut.«

Renna drehte sich um und ging rasch davon, eine jugendliche Vision in einem Sommerkleid, die Piratengeißel der Galaxis. Kirk war plötzlich drauf und dran nachzugeben und hinter ihr herzulaufen, aber dann fiel ihm wieder ein, was er ihr erzählt hatte. Gott, dachte er, hoffentlich habe ich mich richtig entschieden.

Die Ballonbauer arbeiteten auf dem geschwärzten Startplatz, der einzigen Lichtung des überwachsenen Kraters, die groß genug war für die riesigen durchsichtigen Folien, die sich von einem Ende zum anderen erstreckten.

Kirk stand am Waldrand und schaute mit Bewunderung zu, als Sherfa das sorgfältige Ausmessen und Zuschneiden großer Streifen dirigierte. Spock stand in ihrer Nähe, hielt die Konstruktionszeichnung in den Händen und versorgte sie mit Ratschlägen, die sie an die Arbeitenden weitergab. Etwas weiter entfernt maß das schlaksige Geschöpf mit den zahlreichen Armen Kunststoffkabel für die Takelage ab.

Ein zerbrechlich wirkender älterer Mann prüfte die Festigkeit verschiedener Klebstoffe. Er hatte gerade zwei Materialstücke zusammengeklebt und wollte herausfinden, ob man sie zerreißen konnte, aber seine Kräfte waren nicht sehr groß. Plötzlich schritt ein großes, behaartes Wesen auf ihn zu.

»Laß mal sehen«, brummte Billiwog. »Ich kann dir sagen, ob es hält.«

Der riesige Humanoide nahm die zusammengeklebten Teile in die Hände und zog mit voller Kraft an ihnen. Er grunzte und gab sich alle Mühe, doch der Kleber hielt.

»Gut gemacht!« Billiwog grinste und schlug dem Mann auf die Schulter, so daß dieser beinahe vornüber fiel. »Wenn du es noch fester gemacht hättest, könnte es sogar *mich* tragen!«

»Billiwog!« rief Kirk. »Wie geht's dir?«

»Hallo, Captain«, rief der Humanoide und winkte zurück. Er erreichte Kirk mit ein paar Schritten, dann beugte er sich vor und flüsterte ihm ins Ohr: »He, ihr wollt doch wohl nicht wirklich da rauf, oder? Es ist doch nur ein Experiment, damit die Leute was zu tun haben, nicht wahr? Damit sie vergessen, was heute morgen passiert ist.«

»Tja, eine Art Experiment ist es schon«, sagte Kirk. »Aber rauf wollen wir doch. Wenn alles klappt, morgen.«

Billiwog schüttelte sein zottiges Haupt. »Du bist irre, Kirk. Der Planet hier ist doch nicht so schlimm, daß man sich deswegen umbringen muß.«

»Wir haben gar nicht vor, uns umzubringen. Es ist halt so, daß wir es tun *müssen*. Genauso wie du Boote baust.«

»Jaaa«, sagte Billiwog und schaute niedergeschlagen drein. »Aber ich nehme an, damit ist es vorbei, wenn ich hierbleibe. Es sind halt nicht allzu viele Meere in der Nähe.«

»Warte mal«, sage Kirk grinsend. »Du hast doch ein neues Meer – den Himmel! Schau dir an, was die Leute machen, und lerne, wie man Ballons baut. Dann kannst du überall auf diesem Planeten durch die Luftmeere segeln.«

»Danke.« Billiwog nickte. »Ich hoffe, du schaffst es, Captain.« Er klopfte Kirk sanft auf den Rücken und ging weiter.

Kirk dachte zuerst daran, mit Spock zu sprechen, aber dann entschied er, daß er den Ersten Offizier nicht öfter unterbrechen sollte als Scotty, wenn dieser mit einer dringenden Reparatur beschäftigt war. Sherfa warf ihm einen Blick zu, dann wandte sie sich wieder zu ihrer geschäftigen Truppe um. Schau den Verdammten nie an, dachte Kirk wehmütig. Er hoffte, daß sie sich irrte, aber er hieß die Hingabe und die Professionalität, die sie in die Arbeit steckte, willkommen, selbst wenn sie nicht mit dem Herzen bei der Sache war. Er beschloß, daß es besser war zu gehen als die Leute von der Arbeit abzuhalten.

Er hielt jemanden an und erkundigte sich nach der Lage des Schiffes *Mathulsa,* von dem er wußte, daß Belkot dort den Wasserstoff lagerte. Es handelte sich um einen überraschend kleinen Planetenspringer, aber Belkot erklärte, daß die geräumigen Treibstofftanks über die am leichtesten anpaßbaren Rohrleitungen verfügten, um Gase von anderen Schiffen und Quellen umzuleiten. Außerdem war die *Mathulsa* noch halb voll von dem überschüssigen Wasserstoff für die *Luxejer.*

»Keine Sorge«, sagte Belkot beruhigend, »uns fehlen nur etwa dreihundert Kubikmeter von den zweitausend, die wir brauchen. Das Zeug, das wir aus Loch Nummer vier kriegen, ist zwar nicht rein, aber es müßte euch raufbringen. Und wenn die Zeit kommt, haben wir auch mobile Tanks, um es zu transportieren.«

»Ich glaube an euch«, sagte Kirk.

»Und ich an euch«, erwiderte der Albino und tippte an seinen Strohhut. »Bevor ihr kamt, hatten wir keine Ahnung, wie wir über den verfluchten Schirm hinauskommen sollten. Aber jetzt wissen wir es. Auch wenn wir vielleicht nie wieder jemanden dort raufschicken können – es ist gut zu wissen, daß es möglich ist.«

Kirk verabschiedete sich von Belkot und seinen Gefährten und überließ sie ihrer Arbeit. Es gab eigentlich nichts für ihn zu tun, und das machte ihn allmählich nervös. Wenn sie erst einmal in der Luft waren, hatte er überhaupt nichts mehr zu tun – dann hing er nur noch an einem mit leichtentflammbarem Gas gefüllten Ballon und mußte sich bemühen, mit der *Enterprise* Verbindung aufzunehmen. Der Ballonflug erinnerte ihn an Geschichten, die er über die ersten bemannten irdischen Raumflüge gelesen hatte: die Astronauten und Kosmonauten waren kaum mehr als in riesigen Eisenkisten angeschnallte Versuchstiere gewesen.

Kirk machte einen langen Spaziergang über den Friedhof und dachte dabei mehr als einmal an Renna. Er wanderte zwischen rostenden Schiffsrümpfen umher, die nie wieder fliegen würden, und dachte über sein Leben nach.

Es wurde schon dunkel, und die Zweifel nagten immer noch an ihm. Er zog etwas Trost aus den Gedanken an die ersten Astronauten und Kosmonauten, die ersten Flugpioniere und jene Seefahrer, die unbekümmert ins Ungewisse aufgebrochen waren. Sie hatten noch über viel weniger technische Hilfsmittel verfügt als sie. Außerdem hatte er seine Gefährten Spock und McCoy – und Scotty, Sulu, Chekov, Uhura und den Rest der Mannschaft. Er stand in der Mitte des ruhigen Kraters und schaute zum nächtlichen Himmel hinauf. Nur wenige matte Lichter störten seine Aussicht auf die Sterne. Er wußte irgendwie, daß die anderen noch da oben waren. Er war bereit, sein Leben darauf zu verwetten.

Später, als er in die Richtung ging, von der er annahm, daß sie zur Fähre führte, vernahm er brüllendes Gelächter, dem gleich darauf schräger Gesang folgte. Sein Schritt wurde schneller, und er erreichte die *Ericksen.* Dort war eine ausgelassene Party im Gange. Alle, die ihnen Glück wünschen wollten, drängten sich auf den umgebenden Pfaden.

»Jim!« rief McCoy aufgekratzt. »Wir wollten gerade einen Bernhardiner losschicken!«

»He, Captain!« Billiwog winkte ihm zu. »Komm her und genehmige dir ein Glas Raketentreibstoff. Morgen gibt's nur noch kaltes Gas!«

Bevor Kirk zu den Leuten treten konnte, wurde er von Errico angesprochen, der ihm einen leichtgewichtigen blauen Druckanzug entgegenhielt. »Er müßte passen«, sagte der Andorianer, »und den Druck können wir für einen Menschen schon einstellen. Viel Spaß bei der Feier, Captain.«

»Danke, Errico«, erwiderte Kirk. »Ist es hier immer so vor einem Start?«

»Immer«, antwortete das blauhäutige Lebewesen irgendwie düster, als könne er mit solchen Festlichkeiten eigentlich nichts anfangen.

McCoy kam zu Kirk herüber und reichte ihm einen mit funkelnden Edelsteinen verzierten Becher, in dem das Bier wie geschmolzenes Gold aussah. Kirk schaute kurz hinein und dachte daran, wie schön das Leben doch war. Dann blickte er auf und sah den lächelnden, aber auch sehr gefühlsduseligen Dr. McCoy.

»Was geht dir durch den Kopf, Jim?« fragte er lächelnd. »Fragst du dich, ob sie noch da sind?«

Kirk nickte. »Mehr oder weniger. Aber ich möchte, daß du verstehst, Pille: Dieser Ausbruchsversuch ist eine rein freiwillige Angelegenheit. Ich hätte nichts dagegen, wenn du etwas Vernunft zeigst und beschließt, hier unten zu bleiben.«

»Um die tollste Ballonfahrt meines Lebens zu verpassen?« schnaubte McCoy. »Es ist doch nicht unmöglich, daß wir den Flug überleben, auch wenn die *Enterprise* nicht mehr da ist. Wir könnten Gott weiß wo herunterkommen.«

»Ich halte ein Überleben auch für möglich«, wandte eine dritte Stimme ein. »Wenn auch nicht für wahrscheinlich.« Spock, der sich zu Kirk und McCoy gesellte, hielt einen mit Wasser gefüllten Glaskelch in der Hand. »Falls wir weit genug treiben, stehen die Chancen ausgezeichnet, daß wir irgendwo im Meer herunterkommen, wo wir aller Wahrscheinlichkeit nach von den Wasserlebewesen konsumiert werden.«

»Das ist mal wieder typisch für Sie, Spock«, sagte McCoy sarkastisch. »Sie sehen immer nur die *Sonnenseite* des Lebens.«

»Ich artikuliere bloß die Tatsache, daß wir nicht die geringste Kontrolle über den Ballon haben«, erwiderte Spock. »Wenn uns weder die *Enterprise* noch sonst ein

Raumschiff an Bord holt, werden wir mehrere Tage ohne Wasser und Nahrung umhertreiben und dann möglicherweise über dem Meer heruntergehen. Auf diesem Planeten stehen die Chancen, daß wir im Wasser landen, ungefähr fünfundzwanzig zu eins.«

McCoy schnippte mit den Fingern. »Ich glaube, ich weiß jetzt, was wir als Ballast mitnehmen.«

»Zum Beispiel?« fragte Kirk.

»Nahrung und Wasser! Wenn – beziehungsweise falls – wir auf dem Festland herunterkommen, können wir es vielleicht brauchen. Ich werde mal mit Belkot reden. Man soll uns ein paar Freßpakete und Wasserbehälter zusammenpacken – alles mögliche, das schwer ist.«

McCoy eilte von dannen, und Kirk sagte zu seinem Ersten Offizier: »Ich habe es Pille schon gesagt. Und jetzt sag ich's auch Ihnen: Das Unternehmen ist freiwillig. Wenn Sie lieber hierbleiben möchten, werden wir später alles unternehmen, um Sie abzuholen.«

»Danke, Captain«, sagte Spock, »aber ich habe nur wenige Zweifel an unserer Fähigkeit, die nötige Höhe zu erreichen. Deswegen liegt das ganze Risiko eigentlich nur in der Frage, ob die *Enterprise* noch in Transporterreichweite ist. Es ist, wie Sie gesagt haben: Es ist wohl ein Akt des Glaubens. Aber ich muß jeden Tag an meine Kameraden an Bord glauben. Ist es unlogisch, wenn ich es jetzt auch tue?«

»Nein, überhaupt nicht.« Kirk lächelte und hob sein Glas. »Auf Ihre Gesundheit.«

Spock tat das gleiche. »Gesundheit und ein langes Leben.«

17

Die Gruppe brach früh auf, noch bevor der zweite Mond über den zackigen Spitzen des Planeten aufgegangen war. Captain Kirk hielt keine Rede. Was hätte er auch einer Gemeinschaft sagen sollen, die er erst seit ein paar Tagen kannte? Die Leute waren Fremde, aber Fremde, die ein gemeinsames Ziel hatten – die Wiedererlangung der Technik, ihres Erbes. Es gab keine andere Erklärung für die Inbrunst, die sie am nächsten Morgen zur Schau stellten. Sherfa war überall, sie organisierte alles – vom Anbringen von McCoys Netz bis zum Befestigen der Haltestangen, die den Ballon sicherten, der bald an seinen Leinen zerren würde.

Um nach undichten Stellen zu suchen und die Pumpe und das Leitungssystem zu testen, bat Spock Belkot, den Ballon maximal aufzublasen. Sie brauchten neunzig Prozent Druckluft und zehn Prozent Wasserstoff, damit er leichten Auftrieb bekam. Der Ballon faßte knapp 2400 Kubikmeter und zeigte keine Anzeichen von Lecks. Als er sich vom Boden erhob, sah er aus wie eine riesige in einem Spinnennetz gefangene Seifenblase. Die Takelage wirkte willkürlich auf Kirk, aber die Taue waren absichtlich kreuz und quer gelegt. Es gab zwei riesige Netze – eins rund um den Ballon, das andere für die Ballonfahrer. Dazwischen erstreckten sich sechzig Meter der zähesten Tripolymertaue, die man auf dem Friedhof hatte finden können.

Kirk stand am Rand des Startplatzes und versuchte sich an Belkots Zeichnung zu erinnern, aber er konnte sich das Vehikel in seiner gesamten Länge nicht vorstellen.

»Hast du je *Der Zauberer von Oz* gelesen?« fragte McCoy, der neben ihm stand.

»Nein«, erwiderte Kirk, »aber ich kenne den Film. Was glaubst du, wie es ausgeht? Daß der Zauberer am Ende Saures kriegt, oder daß der Tornado das Haus durch die Lüfte wirbelt?«

»Zuerst ist es vielleicht ein wenig wie bei dem Tornado«, sagte McCoy. »Aber dann spürt man überhaupt nichts mehr. Es ist, als läge man in einer Hängematte.«

»Dann paß bloß auf, daß ich nicht einschlafe«, meinte Kirk. »Ich muß nämlich Verbindung mit der *Enterprise* aufnehmen.«

»Ich mache lieber meine Arbeit fertig«, sagte McCoy. »Ich habe Errico und Billiwog auf Nahrungssuche geschickt. Fettes Essen – Crèpes Suzette gibt's auf diesem Ausflug nicht. Hoffentlich landen wir nicht auf einer gottverlassenen Insel und müssen das Zeug wirklich essen.«

»Billiwog müßte in der Lage sein, uns etwas zu besorgen«, sagte der Captain zustimmend.

Nachdem Dr. McCoy gegangen war, kam Kirk sich wieder überflüssig vor. Trotzdem, wurde ihm klar, war er der Kommandant dieses eigenartigen Schiffes ebenso, wie auf der *Enterprise.* Er hatte den Befehl gegeben, der die ganze hektische Aktivität ausgelöst hatte, und jetzt lag es, wie üblich, an ihm, in den Hintergund zu treten und die anderen ihre Arbeit tun zu lassen. Es gab nichts, was er hätte lernen müssen, er brauchte keine Fertigkeiten, um das Fahrzeug zu steuern. Sie würden Sklaven des Windes sein.

Kirk hatte eine Aufgabe zu erledigen. Er nahm seinen Kommunikator, öffnete ihn und befestigte ihn mit Klebestreifen an der Innenseite des stoßfesten Helms, den Errico ihm zusammen mit dem Druckanzug besorgt hatte. Dann probierte er den Helm aus, um sich zu versichern, daß er paßte. Er war erleichtert, als er feststellte, daß das Gerät absolut nicht störte. Kirk schaltete den Kommunikator auf Stimmaktivierung. Jetzt brauchte er ihn vor dem Start nur noch einzuschalten. Die Antworten würden wahrscheinlich ziemlich laut ausfallen, aber er hatte nichts dagegen, Uhuras Stimme laut und deutlich zu hören.

Spock trat auf ihn zu. »Ich reguliere die Luftblasen in den Anzügen«, sagte er, »damit sie unsere inneren Organe besser schützen. Ich glaube, wir sollten in etwa einer Stunde eine Anprobe vornehmen. Wir starten am späten Nachmittag; eine Stunde vor Sonnenuntergang, wenn die Luftströmung am stabilsten ist.«

Kirk nickte. »Sind wir bis dahin mit allem fertig?«

»Fertig ist ein relativer Begriff«, erwiderte der Vulkanier. »Schwer zu sagen, wann ein experimentelles Fahrzeug fertig ist, das noch nie geflogen wurde.«

»Ich schätze, die Antwort lautet: Wir gehen trotzdem.«

»Genau.« Spock nickte. »Ich bringe die Druckanzüge her, wenn sie zur Anprobe fertig sind.«

»Ich werde da sein«, sagte Kirk.

Er blieb den ganzen Tag über auf dem Startplatz, eine unübersehbare Präsenz an der Peripherie, stets bereit zu kurzen Besprechungen und um Ansichten mitzuteilen. Aber die meiste Zeit beobachtete er nur. Der spannendste Augenblick des Tages kam, als die endgültige Wasserstoffmischung in den Ballon gepumpt wurde. Zuerst wurden Taue um einen großen Reifen geworfen, der das Passagiernetz an die Takelage band, dann band man die Taue an beeindruckende Eisenmasten. Die Verankerungen mußten bis zum Abflug halten, und Sherfa sorgte dafür, daß die Arbeit exakt durchgeführt wurde. Dann wurde der Ballon mit Verankerungen am Boden gesichert, die man loslassen würde, sobald er teilweise gefüllt war. Sherfa sorgte dafür, daß die Taue von mehreren Freiwilligen gehalten wurden. Sie würden die Belastung als erste spüren.

Um zu verhindern, daß Funken den Wasserstoff entzündeten, stationierte man die mobile Gaspumpe und die Treibstofftanks so weit entfernt, wie die Länge des Schlauches es gestattete. Innerhalb kurzer Zeit fing der Ballon an, sich aufzublähen und zerrte an seiner Fesselung. Kirk kam näher, sicher, daß man nun jede Art Hilfe brauchen konnte. Plötzlich rutschte ein Tau von seinem Haltemast und riß zwei Freiwillige zu Boden, als der halbgefüllte amorphe Ballon wie eine Qualle aus der Öffnung flutschen wollte, die er erzeugt hatte. Kirk hechtete nach dem vorbeigleitenden Tau, schlang es um seine Taille und suchte am Boden nach festem Halt. Dies verschaffte den anderen die nötigen Sekunden, die sie brauchten, um die Leine zu fangen. Man wickelte Kirk los, warf die Leine um einen anderen Mast, und der Ballon konnte sich nun langsam weiter füllen.

Der nächste spannende Augenblick ergab sich, als der mit nun achtzehnhundert Kubikmeter Wasserstoff gefüllte Ballon losgelassen wurde. Das einzige, was man am Boden brauchte, war das Passagiernetz, deswegen bestand kein Grund, ihn nicht halbwegs frei fliegen zu lassen. Trotz seiner wogenden Erscheinung schoß er, sobald die Taue losgelassen wurden, wie eine ballistische Rakete in die Wolken. Nun war die zweite Verankerungsreihe daran, ihre Stabilität zu beweisen. Einige Verankerungen fingen an zu rutschen, aber an jedem Tau hing ein halbes Dutzend Freiwillige und eine Mannschaft, die jeden Schaden reparierte. Diesmal gab es keine widerspenstigen Taue.

Langsam hob sich der gewaltige Ballon sechzig Meter in die Luft. Jubel kam von der versammelten Menge. Er wurde vom Wald und jeder Veranda des Friedhofes zurückgeworfen, denn alle Blicke richteten sich auf die Kugel und die dünne Takelage. Alles sah eher wie ein phantastischer Turm aus und nicht wie ein Fluggerät, das leichter war als Luft. Kirk hatte einen Kloß in der Kehle, als er den prächtigen Anblick gewahrte. In all seinen Dienstjahren hatte er nie gedacht, daß er einst ein Ding fliegen würde, das so primitiv und doch so phantastisch war. Der Arbeitsaufwand, der dahintersteckte, war ungeheuer, auch wenn man die zugrundeliegende Physik seit gut und gern achthundert Jahren kannte.

Der Rest des Nachmittags verging fast wie im Traum. Man probierte die Druckanzüge an und blies sie voll auf, was für maximalen Schutz der inneren Organe und reichhaltig Atemluft sorgte. Kirks Anzug saß so gut, daß er den Helm abnahm und die Luft herausließ, ihn aber weiterhin anbehielt.

Unter McCoys wachsamen Blicken wurde das Netz mit zwei Nahrungsbehältern, einem großen gefrorenen Fleischklumpen, drei Bohnensäcken und mehreren nichtmetallischen Wasserkrügen gefüllt. Das Netz sank zu Boden, aber das Gewicht schien den Ballon nicht im geringsten zu beeinträchtigen. Die sinkende Sonne berührte den Kraterrand, und die vertrauten langen Schatten breiteten sich über dem Friedhof aus.

Es ist soweit, dachte Kirk, und alle anderen schienen es im gleichen Moment zu spüren. Die Leute hielten in ihrer Tätigkeit inne, die hauptsächlich darin bestand, auf- und abzugehen. Sie musterten die drei Neuankömmlinge. Diese hatten zwar noch nicht viel Zeit in ihrer Gemeinschaft verbracht, aber sie hatten sich angepaßt und man hatte sie willkommen geheißen. Und sie erhielten einen fürstlichen Abschied.

Kirk erblickte auch Sherfa in der Menge. Renna stand neben ihr. Beide bemühten sich zu lächeln. Er sah Billiwog an einem Tau, Errico und Belkot an einem anderen. Sie grinsten; sogar der Andorianer. Kirk schaute seine Gefährten Spock und McCoy an, und ein stummer Befehl wurde gesprochen: Druckanzüge aufpumpen, wir gehen.

Kirk griff nach seinem Helm und schaltete den Kommunikator ein. Bevor er ihn aufsetzte, wandte er sich

Sherfa zu und rief: »Behaltet den Himmel im Auge! Ich gebe euch ein Zeichen!«

Sherfa winkte zurück, und die junge, dunkelhaarige Frau spendete ihm spöttisch einen Salut. Sie ist eine Gefangene, für die sich die Rückkehr lohnen würde, dachte Kirk, als er den Helm über den Kopf zog. Eifrige Helfer regulierten die Druckanzüge, bis der Sauerstoff floß und sie so sicher wie in Abrahams Schoß waren.

McCoy stieg als erster in das riesige Netz und nahm auf dem gefrorenen Fleisch Platz. Spock setzte sich auf die eingepackten Güter, und Kirk schwang sich auf einen Bohnensack. Sie saßen nebeneinander in dem engen Netz, aber ihre Druckanzüge hielten einen kleinen Kokon um sie herum aufrecht, so daß es nicht allzu schlimm war. Da die Anzüge von verschiedenen Raumschiffen und Völkern stammten, gab es keine Möglichkeit, sich miteinander zu verständigen. Sie konnten sich nur in die Augen schauen. Da ihre Köpfe fast aneinanderschlugen, war das nicht schwierig.

Belkot und einige andere überprüften das Netz und so viel Takelage, wie sie erreichen konnten. Es schien alles sicher zu sein – fast zu sicher, dachte Kirk und schluckte, denn es gab keine Möglichkeit, sie vom Ballon zu trennen. Es war keine Frage, sie würden dorthin gehen, wo der Ballon hinging. Er schaute McCoy in die Augen und sah eine Mischung aus Aufregung und kalter Angst in seinem Blick. Spock wirkte im Gegensatz dazu, als sei er im Begriff, gleich ein Mittagsschläfchen zu halten.

Kirk hob die Hand zu einem letzten Winken. Es ging nun los; die Gruppen fingen an, ihre Leinen loszubinden. An jedem Seil spannten eine Handvoll Freiwilliger ihre Muskeln an, um dem Zerren des Wasserstoffs zu widerstehen. Indem sie einander im Auge behielten und vereint arbeiteten, waren sie in der Lage, die Leinen zur gleichen Zeit in den Wind zu werfen. Dann wurden Kirk, McCoy und Spock wie von einem Puppenspieler bewegte Marionetten in die Luft gehoben.

Sie spürten ein kollektives Zwicken im Magen, als sie aufstiegen, aber die Druckanzüge kompensierten schnell, bis das einzige Gefühl ein leichter Schwindel war. Kirk blickte über den Netzrand. Er sah, daß der Boden unter ihnen fortwirbelte und machte schnell die Augen zu.

Die seltsamste Empfindung war die Empfindungslosigkeit. Zu wissen, daß man sich mit einer Geschwindigkeit von mehr als hundert Stundenkilometern durch die Luft nach oben bewegte und dennoch nichts spürte, verlieh ihm ein traumähnliches Gefühl, als sei alles nur Einbildung. Der Ballon war über ihnen fast unsichtbar, und der dicke Strang der Verbindungsleinen schien sich ins Unendliche zu erstrecken. Sein einziger Kontakt mit der Wirklichkeit war der Blick nach unten, der ihn jedoch schwindlig machte. Trotzdem zwang er sich, nach unten zu schauen, um sich an den Anblick zu gewöhnen. Er stellte fest, daß McCoy sich ebenfalls verzweifelt umschaute.

Dann durchstießen sie eine Wolkenbank, die ihnen die Aussicht vollkommen verbaute. Für eine Weile segelten sie durch eine Welt aus grauem Rauch, in der man die Hand nicht vor den Augen sehen konnte. Dies war der unwirklichste Teil des Ausflugs, und Kirk mußte sich daran erinnern, daß er wach war und durch die dünne Luft der Stratosphäre des Planeten Zuflucht reiste.

Schließlich durchbrachen sie das hohe Wolkenfeld, und er sah, daß Spock sich vorbeugte und die Wolken intensiv studierte. Er glaubte, daß der Vulkanier im Begriff war, ihre Geschwindigkeit abzuschätzen, denn er wußte, je langsamer sie sich bewegten, desto näher kamen sie ihrem Ziel. Kirk schaute zum Ballon hinauf und bemerkte, daß er viel von seiner Schlappheit verloren und sich zu einem respektablen Globus aufgebläht hatte. Sie stiegen nach wie vor auf – das stand fest –, was bedeutete, daß sie noch keine Höhe von fünfunddreißig Kilometern erreicht hatten.

Spock griff in die Kartons, auf denen er saß, und fing an, verpackte Nahrungsmittel aus dem Netz zu werfen. Die Schachteln fielen wie kleine Bomben, durchbrachen die Wolken und verschwanden. Der Vulkanier machte sich keine Sorgen, daß sie irgendwelche Schäden anrichteten, denn die Chance, daß sie in der Wildnis oder im Meer landeten, war auf diesem Planeten sehr hoch. Als McCoy sich von seiner Fleischplatte trennen wollte, bat Spock ihn mit einer Geste sitzenzubleiben. Im Moment würde der Abwurf der Schachteln genügen, um ihnen etwas mehr Geschwindigkeit zu verleihen.

Mehrere hundert Kilometer über ihnen sagte eine Stimme laut und deutlich über das Interkom der *Enterprise:* »Bildauswertung an Commander Scott.«

»Scott hier«, erwiderte der Stellvertreter des Captains. »Habt ihr etwas?«

»Ja, Sir«, kam die Antwort. »Sie erinnern sich an den Krater, den wir beobachten sollten? Die Teleobjektive zeigen über diesem Gebiet etwas, das wie ein rasch aufsteigender Ballon aussieht.«

»Ein Ballon?« fragte Scotty. »Sie meinen, schon wieder ein Wetterballon?«

»Nein, er ist viel größer«, kam die Antwort. »Groß genug für einen bemannten Flug, und er befindet sich auch in ziemlicher Höhe.«

»Er ist noch außerhalb der Sensorenreichweite«, meldete Sulu, »aber ich kann uns genau über den Krater bringen.«

»Ja«, sagte Scotty, »machen Sie das mal.« Ein kurzes Dröhnen wurde hörbar, als die Impulstriebwerke die Position der *Enterprise* veränderten.

»Danke, Fähnrich«, sagte Scotty zu dem Bildtechniker. »Halten Sie uns auf dem laufenden.«

»Jawohl, Sir.«

Chekov richtete sich kerzengerade auf und meldete: »Sir, die *Gezary* und der Orioner ändern den Kurs und passen sich uns an. Sie nähern sich mit voller Impulskraft.«

Scotty schaute auf den Bildschirm, auf dem zwei winzige Pünktchen sich ihnen rasch näherten. Die Pünktchen mußten sich in wenigen Augenblicken in Kriegsschiffe verwandeln. »Alarmstufe Gelb«, sagte Scotty. »Und behalten Sie sie im Auge, Fähnrich.«

»Jawohl, Sir«, erwiderte Chekov.

Die Kopfgeldjäger bezogen zwar in einiger Entfernung von der *Enterprise* Position, waren aber weniger als fünfzig Kilometer entfernt. Die *Gezary* war ein schlankes Schiff mit drei dicht beieinanderstehenden Antriebsgondeln, wie ein Dreirumpfsegler. Der Orioner war klobig, grünbraun und mit eigenartigen Mustern übersät. Er erinnerte Scotty an eine Handgranate aus dem Zweiten Weltkrieg, die er einst in einem Museum bestaunt hatte. Daß die beiden zusammenarbeiteten, tat ihm weh.

»Schirme aktivieren«, sagte er.

»Jawohl, Sir«, erwiderte Chekov in deutlicher Übereinstimmung.

»Die *Gezary* kontaktieren«, sagte Scotty und ging zum Kommandosessel. »Ohne Bild. Ich möchte die beiden Schiffe auf dem Bildschirm sehen.«

Wenige Sekunden später antwortete Uhura: »Captain Pilenna ist gesprächsbereit.«

Scotty legte einen Schalter auf der Sessellehne um und sagte ernst: »Captain Pilenna, hier spricht Commander Scott. Ich habe Grund zu der Annahme, daß unsere Leute mit einem Ballon einen Fluchtversuch von dem Planeten unternehmen. Ich bitte Sie und das orionische Schiff, sich zurückzuziehen, damit wir sie retten können.«

»Liebling«, erwiderte eine belegt klingende Stimme, »so arbeiten wir hier aber nicht. Es gibt keinen Beweis, daß es sich bei den Leuten mit dem Ballon um die deinen handelt. Du kannst uns nicht einfach wegschicken und alle Kopfgeldjäger ignorieren, die hier sind. Irgend etwas treibt auf uns zu, aber niemand weiß, was es ist.«

»Ich warne Sie«, sagte Scotty. »Unsere Freundschaft wird einer solchen Belastung kaum standhalten.«

Die Stimme, die ihm antwortete, war plötzlich kalt und unfreundlich. »Du wolltest dich nicht mit mir zusammentun. Ich schulde dir nichts.« Man hörte ein vernehmbares Ploppen.

»Sie hat die Verbindung abgebrochen«, sagte Uhura.

»Sie hat mehr als das abgebrochen«, murmelte Scotty. Er betätigte erneut den Schalter. »Transporterraum – bereithalten.«

Kirk mühte sich ab, die gefrorene Lende über seinen Kopf zu heben, unfähig, festen Halt in dem spinnenwebähnlichen Netz zu finden. Spock hob schließlich einen Arm und half ihm, sie über Bord zu werfen. Der Fleischklumpen wirbelte unter ihnen durch die Wolken, und Kirk stellte sich vor, daß McCoy gerade irgendeinen klugen Spruch dazu abließ. Er warf ihm einen Blick zu und sah, daß er wie ein Honigkuchenpferd grinste. Der Flug schien ihm tatsächlich Spaß zu machen.

Kirk hatte nicht die geringste Ahnung, wie hoch sie momentan waren. Er wußte, daß weder Sirenen noch Glocken erklangen, wenn sie den Schirm der Seniten passierten – sie wollten ja behandelt werden wie irgendein Gasball –, aber Spock war so bekümmert über ihr langsamer werdendes Fortkommen, daß er anfing, Ballast abzuwerfen. Nach allem, was Kirk sah – es war wenig genug –, war der Ballon voll aufgeblasen, so daß er annahm, daß sie dem Schirm nahekamen.

»Kirk an *Enterprise!*« sagte er in dem Wissen, daß der Kommunikator automatisch senden würde, in den Helm hinein. »Kirk an *Enterprise!*« Der Spruch wurde zu einem Singsang, der keinen Augenblick aufhörte, als sie sich in die Stratosphäre hoben.

Uhura sprang beinahe aus ihrem Sitz. »Der Captain!« schrie sie laut. Dann erholte sie sich soweit von ihrem Schreck, daß sie sagen konnte: »Hier ist die *Enterprise!* Ich höre Sie, Sir! Wir beamen Sie hoch!«

»*Gezary* feuert Phaser ab!« meldete Chekov. Auf dem Bildschirm zeigten sich Wogen von Energiestrahlen, die die *Enterprise* einhüllten und erschütterten, so daß die Besatzung von den Beinen gerissen wurde.

»Transmissionskoordinaten an Transporterraum!« rief Uhura, um sich Gehör zu verschaffen. »Bereithalten! Commander Scott, sie sind es! Aber wir müssen sie an Bord beamen!«

»Orionschiff schießt mit Intervaller!« meldete Chekov. »*Gezary* feuert Phaser ab!«

Scotty packte die Lehnen des Kommandosessels, als das Schiff hin und hergeworfen wurde, aber es gelang ihm, den Kommunikatorknopf zu drücken und zu rufen: »Transporterraum! Haben Sie die Koordinaten schon?«

»Ja, Sir, wie peilen sie gerade an. Wir warten darauf, daß Sie den Schirm deaktivieren.«

Die Attacken der beiden Schiffe vor ihrem Bug gingen ohne Pause weiter, die *Enterprise* wankte wie stockbetrunken.

»Schirme bei vierzig Prozent«, rief Sulu, »aber sie halten! Wir können sie jetzt nicht abschalten!«

»Wir müssen es aber!« knurrte Scotty. »Die tun das doch nur, damit wir sie aktiviert lassen!« Als das Schiff erneut wankte, wurde er in den Sessel zurückgeworfen und schlug auf die Kommunikationsschaltung. »Transporterraum, selbständig handeln! Geben Sie Energie, sobald ich den Schirm abschalte!«

»Verstanden!« bellte eine Stimme. Das Schiff ratterte, und die wissenschaftliche Station sprühte Funken.

»Sie feuern auf den Planeten!« rief Sulu.

»Jetzt reicht's mir aber«, raunzte Scotty. »Chekov, hauen Sie ihnen ein paar Torpedos rein. Streubeschuß.«

»Jawohl, Sir!« bestätigte Chekov grinsend. Er ließ den Computer sieben Photonentorpedos abfeuern, behielt den letzten jedoch für sich persönlich übrig.

Der Streubeschuß diente dazu, den Gegner zu blenden, und die Mannschaft der *Enterprise* schaute zu, als eine Explosionskette über die Buge der angreifenden Schiffe sprühte. Chekovs Rakete, die den anderen folgte, traf die *Gezary* voll in den Maschinenraum. Das Schiff spuckte grünliche Flammen aus seiner Wunde und stürzte aus der Kreisbahn auf den Planeten zu. Das Orionschiff feuerte weiter.

Die Ballonfahrer hatten glücklicherweise keine Ahnung von der über ihren Köpfen stattfindenden Schlacht, doch dann traf ein Phaserstrahl der Orioner ihren Ballon. Kirks Aufregung verwandelte sich schlagartig in Entsetzen. Die Wasserstoffexplosion war wie eine Supernova und verwandelte den Himmel über ihnen in einen flammenden Ball. Feuerfinger rasten durch die dünne Luft auf sie zu; sie hätten sie fast vernichtet, aber sie fielen schon schneller, als die Flammen sich bewegen konnten.

Kirk überschlug sich wie gewichtslos im absoluten freien Fall. Er sah zwei Körper, die sich neben ihm um die eigene Achse drehten. Eine hatte sich in der zerfetzten Hängematte verfangen. Alles, was noch von ihrem prächtigen Ballon übrig war, war ein Glühen, das weit über ihnen wie ein schillernder Schmetterling schwebte. Es war so schnell gegangen, daß er eine Weile brauchte, um zu begreifen, daß sie, wenn sie unter den Schirm der Seniten sanken, einfach weiterfallen würden.

»Uhura!« schrie Kirk. »Wir stürzen ab! *Beamen Sie uns hoch!*«

»Sie stürzen ab!« keuchte Uhura.

Scott schluckte zwar, hielt aber an der einzigen Ereigniskette fest, von der er wußte, daß sie funktionierte. »Phaser auf den Orioner richten«, befahl er.

»Phaser bereit«, rief Chekov.

»Schirme abschalten«, sagte Scott. »Phaser abfeuern!«

Zwei blendende Phaserstrahlen fegten über den Bug des orionischen Schiffes und ließen ihn wie eine antike Glühbirne aufleuchten. Der Bug loderte in bläulichem Licht und explodierte. Der Rest des Schiffes glühte einen Moment weiß auf, bevor er wieder abkühlte.

Lieutenant Kyle schaute zu, als die drei Gestalten in ihren fremdartigen Druckanzügen im Transporterraum materialisierten. Alle wankten einen Moment auf der Plattform, bevor sie begriffen, wo sie waren. Dann sprangen Kirk und McCoy auf die Beine, rissen sich den Helm vom Kopf und schrien vor Freude über ihre Rettung auf.

Spock eilte zu Kyle an die Transporterkontrollen. »Würden Sie bitte die Brücke informieren, daß die Landeeinheit zurückgekehrt ist?« bat er gelassen.

»Jawohl, Sir!« sagte Kyle mit einem breiten Grinsen. »Transporterraum an Brücke – die Landeeinheit ist wieder an Bord!«

Auf der Brücke herrschte stille Freude, aber Scotty war damit beschäftigt auszuloten, wieviel Kampfkraft ihr Gegner noch aufzuweisen hatte. Wenige Sekunden später sah es so aus, als gingen auf dem Orionschiff einige flackernde Lichter an.

»Der orionische Captain möchte die Feindseligkeiten abbrechen«, meldete Uhura. »Er sagt, es sei nur ein Mißverständnis gewesen.«

»Das würde ich an *seiner* Stelle auch sagen«, murmelte Scotty. »Aber der Captain, Dr. McCoy und Mr. Spock sind in Sicherheit, und das ist alles, was zählt. Also wollen wir mal beide Augen zudrücken. Sagen Sie ihm, er kann sich zurückziehen. Aber schalten Sie den Schirm wieder ein.«

Sekunden später meldete Uhura: »Captain Pilenna

von der *Gezary* möchte mit Ihnen sprechen. Über den Bildschirm.«

Scotty richtete sich auf und nickte. »Na schön.«

Das Bild der üppigen Rothaarigen erschien. Sie sah makellos aus, aber mit ihrer Zuversicht schien es nicht mehr weit her zu sein. Hinter ihr flitzte ihre normalerweise so reservierte Mannschaft hektisch hin und her.

»Commander Scott«, sagte Pilenna, »ich flehe Sie an! Wir sind aus der Kreisbahn getrieben und bewegen uns auf den Planeten zu! Unsere Triebwerke sind samt und sonders ausgefallen. Beamen Sie uns bitte an Bord Ihres Schiffes!«

»Es ist nicht mehr mein Schiff«, erwiderte Scotty kühl. »Der Captain ist wieder an Bord. Ich glaube aber, Ihr Schiff wird den Eintritt in die Atmosphäre überstehen. Die Seniten werden Sie zweifellos herausholen, bevor Sie irgendwie in Gefahr geraten. Deswegen kann ich Ihnen nur eins sagen: Viel Glück auf Zuflucht!«

»Das kannst du uns doch nicht antun!« kreischte Pilenna. »Was ist, wenn sie rauskriegen, wer wir sind? Hör mal, wir wollten doch nur ein bißchen Wettkampf wegen der Leute mit dem Ballon. Wir wußten nicht, daß es euer Captain war! Könnt ihr uns nicht retten?«

Einen Moment lang war Scotty fast zum Nachgeben bereit. Er dachte gerade darüber nach, sie an Bord zu beamen, als das Bild der grünhäutigen Frau sich plötzlich auflöste.

»Sendung bricht ab«, meldete Uhura.

Pilennas trauriges Gesicht und ihre Gestalt wurden zu einem grobgerasterten Muster, ihre Stimme wurde tief und unverständlich. Vor den aufmerksamen Augen Scottys, Uhuras, Chekovs und Sulus verschwand die Kopfgeldjägerin mitsamt der Brücke ihres sich auflösenden Schiffes.

»Die Seniten haben sie erwischt«, sagte Sulu.

Scotty lächelte wehmütig. »Aye, und sie werden sich an ihr die Zähne ausbeißen.«

Die Tür des Turbolifts öffnete sich, und drei vertraute – und bärtige – Gestalten betraten die Brücke. Einen Moment lang standen sie nur da und musterten die Brückenmannschaft, aber ihr breites Grinsen sprach Bände.

»Willkommen daheim, Captain«, brachte Scotty schließlich heraus.

»Mr. Scott«, sagte Kirk, »ich freue mich, daß Sie noch hier sind.«

»Nun ja«, sagte Scotty leicht verlegen, »die Flotte hat uns zwar abkommandiert, aber der Befehl war ... ähm ... sagen wir mal, ziemlich mißverständlich formuliert.«

»Und *wie* mißverständlich«, bestätigte Chekov grinsend.

»Wir wissen zwar, daß die Straßencafés da unten sehr hübsch sind«, sagte Uhura, »aber was gibt es da sonst noch? Wie ist es da unten?«

»Faszinierend«, erwiderte Spock. »Das Meeresleben ist recht vielfältig. Die Riesenmollusken sind besonders interessant.«

»Die Seniten haben auch ein paar drollige Sitten«, fügte McCoy hinzu.

»Ruhe«, sagte Kirk. Er brachte alle Anwesenden mit einem Wink zum Schweigen und eilte zum Kommandosessel. »Wir werden Ihnen bei einem langen Abendessen alles erzählen. Im Moment wäre es nett, wenn Sie mir eine Verbindung mit einem Seniten namens Zicree machen könnten.«

»Wir hatten nicht viel Glück bei der Verständigung mit den Seniten, Captain«, sagte Uhura.

»Sagen Sie ihm, daß ich es bin. Dann wird er sich schon melden.«

Sie warteten, bis Uhura die Anfrage weitergegeben hatte. Schließlich schaute sie deutlich beeindruckt von ihrer Konsole auf und meldete: »Zicree wird mit Ihnen sprechen, Captain.«

»Wehe, wenn nicht«, sagte Kirk.

Der schlanke Senit tauchte auf dem Bildschirm auf. Er wirkte nun nicht mehr alterslos und distanziert, sondern müde und erschüttert. »Captain Kirk«, setzte er an, »ich möchte ebenso gegen den Bruch unseres Sicherheitssystems protestieren, wie gegen den unverfrorenen Einsatz von Waffen in unserem ...«

»Maul halten«, raunzte Kirk. »Und zuhören. Unsere Gesetze verbieten mir zwar, zu Ihnen runterzukommen und Ihnen eine Lehre zu erteilen, aber die anderen Bewohner des Planeten sind solchen Beschränkungen nicht mehr ausgesetzt, da sie nun wissen, was Sie mit den Verfolgten anstellen.«

»Captain«, sagte Zicree flehend, »ich bitte um Ihr Verständnis. Wir Seniten haben außer der Wiedergeburt keine Möglichkeit, uns zu reproduzieren. Wir nehmen dazu nur den Abschaum aus Dohama, und diese Leute sind besser dran, wenn ...«

»Haben Sie sie um Erlaubnis gebeten?« unterbrach Kirk. »Vielleicht wären manche von ihnen einverstanden, wenn man sie fragen würde. Doch so, wie es jetzt ist, ist es nichts anderes als erzwungene Folter und Verstümmelung. Ich kann zwar im Moment nicht das geringste dagegen unternehmen, aber ich kann den Universaltranslator ankurbeln und jeder raumfahrenden Zivilisation in diesem Sektor berichten, was Sie da unten machen.«

»Bitte, Captain«, protestierte der Senit, »wir sind stolz auf unseren Ruf als letzte Zuflucht der Verfolgten.«

»Wenn ich mit Ihnen fertig bin«, versprach Kirk, »haben Sie einen anderen Ruf. Sie haben da unten mehrere blühende Gemeinden, und doch haben Sie beschlossen, die meisten Flüchtlinge wie Tiere oder Kinder zu behandeln. Oder noch schlimmer: als Futter für Ihre Foltermühle. Ihr Geheimnis ist keins mehr, Zicree. Von nun an wird niemand mehr seinen Fuß nach Dohama setzen.«

Der Senit seufzte und sackte sichtlich in seinem Sessel zusammen. Kurz darauf sagte er: »Sie sprechen die Wahrheit. In unseren Reihen gibt es großen Widerstand. Wir werden uns ändern müssen. Ihr Ausbruch und Ihr Wissen um die Wiedergeburt bedeutet, daß wir uns ändern müssen – selbst dann, wenn es den Untergang unserer Spezies bedeutet.«

»Sie sind keine Spezies«, sagte Kirk. »Sie sind *Hunderte* von Spezies, von denen die meisten chirurgisch verändert wurden. Das macht Ihren Planeten aus: Hunderte von Spezies, die zusammenarbeiten, um sich ein neues Leben aufzubauen. Wenn Sie sich nur mal umsehen würden, müßten Sie erkennen, daß Sie etwas Wunderbares haben, eine phantastische Gelegenheit.«

»Ja.« Zicree nickte. »Ich sehe es ein. Ich werde mich bemühen, die anderen zu überzeugen. Vielleicht habe ich sogar Erfolg.«

»Versuchen Sie es«, drängte Kirk.

»Leben Sie wohl, Captain Kirk«, sagte Zicree mit einem matten Lächeln. »Ihr Besuch war höchst erleuchtend.«

Das Bild des Seniten verblaßte. Kirk musterte die glitzernde Krümmung des meerblauen Planeten und fragte sich, welchen Eindruck sie wirklich hinterlassen hatten. Würde Starfleet je wieder hierher zurückkehren und Khyming, Dohama oder dem Friedhof der verlorenen Schiffe einen normalen Besuch abstatten? Oder würde Zuflucht nur noch mehr in der Isolation versinken?

Kirk stand auf und reckte sich. »Was ist unser Ziel, Scotty?« fragte er und gähnte.

»Sternbasis 64«, erwiderte der Ingenieur. »Aber wenn Sie nichts dagegen haben, Sir, würde ich gern noch eben den Maschinenraum inspizieren. Sie an Bord zu beamen, war nicht ganz so einfach, wie es den Anschein gehabt hat.«

»Ich kann die Brücke übernehmen, Captain«, meldete sich Spock. »Ich fühle mich eigenartig erfrischt. Ich fand die Ballonfahrt faszinierend und kann es kaum erwarten, diese Erfahrung irgendwann später zu wiederholen.«

»Machen Sie das«, sagte Kirk und ging in Richtung Turbolift. »Ich haue mich aufs Ohr.«

»Moment mal«, warf McCoy ein. »Zuerst werde ich dich von Kopf bis Fuß untersuchen. Du hast schließlich eine Wette verloren.«

»Was?« schrie Kirk. »Was denn für 'ne Wette?«

McCoy grinste selbstgefällig. »Du hast gesagt, wenn du Auk-rex nicht schnappst, stehst du mir für 'ne Untersuchung zur Verfügung. – Und ich sehe diesen Piraten hier nirgendwo.«

»Moment mal!« sagte Kirk protestierend. »Du hast mich zwei Wochen lang pausenlos rudern, bergsteigen, marschieren, schwimmen und kämpfen sehen und weißt nicht, ob ich in Form bin?«

»Du siehst ein bißchen abgezehrt aus«, sagte McCoy mitfühlend. »Außerdem muß ich nachprüfen, ob wir uns da unten nicht irgendwelche Läuse geholt haben. Da kann ich ebenso gut mit dir anfangen.«

»Na schön.« Kirk seufzte. Er blieb am Turbolift stehen und drehte sich um. »Moment noch. Fähnrich Chekov, ich möchte, daß Sie einen Photonentorpedo in die Richtung abschießen, aus der wir gekommen sind, aber zünden Sie ihn fünfunddreißig Kilometer über der Oberfläche.«

»Captain?« fragte der Navigator. »Der Torpedo ist bereit – aber darf ich nach dem Grund fragen?«

»Einige der Leute da unten werden es sehen und verstehen«, sagte Kirk. »Feuern Sie ihn ab.«

»Torpedo abgefeuert«, meldete der Navigator.

Für Captain Kirk sah der explodierende Torpedo nur wie ein kleines Pünktchen über dem endlosen Horizont des Planeten aus. Doch er wußte, über dem Friedhof der verlorenen Schiffe würde er wie ein aufgehender Stern am nächtlichen Himmel wirken, ein perfektes Omen für einen Wunsch, der sich irgendwann erfüllen würde.

NACHWORT

Ich bin Gene Roddenberry zwar nie begegnet, aber dieser Mann hatte mein Leben entscheidend verändert. Hätten er und der Verlag Pocket Books die ›Next Generation‹-Buchreihe nicht aus der Taufe gehoben, hätte ich wohl noch mehrere Jahre darum kämpfen müssen, Romanautor zu werden (oder gar auf die Bestsellerliste zu kommen). Gene Roddenberry hat das Exposé des Buches, das Sie in Händen halten, persönlich abgesegnet, wofür ich ihm sehr dankbar bin. Ich könnte nun weitermachen und erzählen, was *Star Trek* insgesamt für mich bedeutet, aber ich glaube, Sie können dies anhand dieses Buches und meiner ›Next Generation‹-Romane selbst beurteilen. Ich brauche wohl nicht zu erwähnen, daß Sie mir fehlen, Mr. Roddenberry. Vielen Dank.

Bereiten Sie sich nun auf einen Haufen Danksagungen vor. Mein schwaches Gedächtnis brauchte eine Menge Hilfe, um ein Buch zu schreiben, dessen Handlung während der ersten Fünfjahresmission spielt. Zuerst kommen jene an die Reihe, die es gelesen und bei der Entstehung kommentiert haben: Andrea und Kevin Quitt sowie meine Gattin Nancy, die härteste Kritikerin von allen. Dann Judy und Garfield Reeves-Stevens, die mir ein Exemplar des längst vergriffenen Buches *Star Trek Concordance** geliehen und mir viel moralische Unterstützung gegeben haben. Dank gebührt auch Jim Shaun Lyon (der sich wie kein zweiter bei *Star Trek* aus-

* Bjo Trimble: *Star Trek Concordance*, New York: Ballantine 1976

kennt) und Priscilla J. Ball, Cory Sims, Marte Brengle, Jon Woolf, Carolyn Kinkead, Jim Singleton, Anne Davenport und Matthew G. Mitchell. Obwohl sie alle Menschen sind, wissen sie viel über nichtmenschliche Dinge.

Besonderer Dank gebührt meinem Lektor Kevin Ryan, der an *Zuflucht* glaubte und darauf beharrte, daß das Buch genehmigt wurde. Dank auch meinen Freunden und Kollegen, die mir auf verschiedene Weise unschätzbare Hilfe haben zuteil werden lassen: Ashley Grayson, Caroline Meskell, Eric Baldwin, Phyllis Hirsen, Steve Robertson, Barbara Beck, Susan Williams, Marilyn Dennis, Jane Emaus und Linda Johnstone.

Ein Thema dieses Buches lautet: Weltraumfahrt ist ein Privileg, das einem genommen werden kann. In vielerlei Hinsicht ist dies schon nach der großen Hoffnung geschehen, die vor über zwanzig Jahren vom Apollo-Mondflug ausging. Ich möchte zwar das Space Shuttle-Programm nicht heruntermachen, aber von der Weltraumfahrt habe ich mehr erwartet, als das gelegentliche Aussetzen eines Spionagesatelliten durch das Pentagon. Die angekündigte Raumstation wurde durch zu viele Kompromisse abgewürgt, und die NASA hängt finanziell und moralisch in den Seilen. Das einst stolze russische Raumfahrtprogramm existiert offenbar nicht mehr.

Dank Visionären wie Gene Roddenberry existiert die Weltraumfahrt zwar in unserer Phantasie und der populären Kultur, aber dies reicht nicht. Es ist Zeit, daß private Investoren das fallengelassene Banner aufnehmen. Ich spreche im Prinzip von japanischen Unternehmen und riesigen Multis, die mit ihrem Geld nichts Besseres anzufangen wissen, als teure Trophäen wie Country Clubs und Filmstudios aufzukaufen. Für die Sonys und General Electrics dieser Welt ist es an der Zeit, uns das Wunder der Raumfahrt zurückzugeben. Sie haben das Geld, die Quellen und die Technik, um dies zu schaffen. Wie wäre es mit gemeinsamen Unternehmen? Welche Geheimnisse hat die NASA denn noch? Aber ich nehme an, die US-Regierung wird weiterhin fremdenfeindlich agieren und jene Technik hüten, die sie gar nicht mehr einsetzen will. Es ist schade, daß man uns die Weltraumfahrt genommen hat und daß niemand da ist, der sie uns zurückgeben will.

John Vornholt

STAR TREK™

in der Reihe
HEYNE SCIENCE FICTION & FANTASY

STAR TREK: CLASSIC SERIE

Vonda N. McIntyre, Star Trek II: Der Zorn des Khan · 06/3971
Vonda N. McIntyre, Der Entropie-Effekt · 06/3988
Robert E. Vardeman, Das Klingonen-Gambit · 06/4035
Lee Correy, Hort des Lebens · 06/4083
Vonda N. McIntyre, Star Trek III: Auf der Suche nach Mr. Spock · 06/4181
S. M. Murdock, Das Netz der Romulaner · 06/4209
Sonni Cooper, Schwarzes Feuer · 06/4270
Robert E. Vardeman, Meuterei auf der Enterprise · 06/4285
Howard Weinstein, Die Macht der Krone · 06/4342
Sondra Marshak & Myrna Culbreath, Das Prometheus-Projekt · 06/4379
Sondra Marshak & Myrna Culbreath, Tödliches Dreieck · 06/4411
A. C. Crispin, Sohn der Vergangenheit · 06/4431
Diane Duane, Der verwundete Himmel · 06/4458
David Dvorkin, Die Trellisane-Konfrontation · 06/4474
Vonda N. McIntyre, Star Trek IV: Zurück in die Gegenwart · 06/4486
Greg Bear, Corona · 06/4499
John M. Ford, Der letzte Schachzug · 06/4528
Diane Duane, Der Feind – mein Verbündeter · 06/4535
Melinda Snodgrass, Die Tränen der Sänger · 06/4551
Jean Lorrah, Mord an der Vulkan Akademie · 06/4568
Janet Kagan, Uhuras Lied · 06/4605
Laurence Yep, Herr der Schatten · 06/4627
Barbara Hambly, Ishmael · 06/4662
J. M. Dillard, Star Trek V: Am Rande des Universums · 06/4682
Della van Hise, Zeit zu töten · 06/4698
Margaret Wander Bonanno, Geiseln für den Frieden · 06/4724
Majliss Larson, Das Faustpfand der Klingonen · 06/4741
J. M. Dillard, Bewußtseinsschatten · 06/4762
Brad Ferguson, Krise auf Centaurus · 06/4776
Diane Carey, Das Schlachtschiff · 06/4804
J. M. Dillard, Dämonen · 06/4819
Diane Duane, Spocks Welt · 06/4830
Diane Carey, Der Verräter · 06/4848
Gene DeWeese, Zwischen den Fronten · 06/4862
J. M. Dillard, Die verlorenen Jahre · 06/4869

STAR TREK™

Howard Weinstein, Akkalla · 06/4879
Carmen Carter, McCoys Träume · 06/4898
Diane Duane & Peter Norwood, Die Romulaner · 06/4907
John M. Ford, Was kostet dieser Planet? · 06/4922
J. M. Dillard, Blutdurst · 06/4929
Gene Roddenberry, Star Trek (I): Der Film · 06/4942
J. M. Dillard, Star Trek VI: Das unentdeckte Land · 06/4943
David Dvorkin, Die Zeitfalle · 06/4996
Barbara Paul, Das Drei-Minuten-Universum · 06/5005
Judith & Garfield Reeves-Stevens, Das Zentralgehirn · 06/5015
Gene DeWeese, Nexus · 06/5019
D. C. Fontana, Vulkans Ruhm · 06/5043
Judith & Garfield Reeves-Stevens, Die erste Direktive · 06/5051
Michael Jan Friedman, Das Doppelgänger-Komplott · 06/5067
Judy Klass, Der Boacozwischenfall · 06/5086
Julia Ecklar, Kobayashi Maru · 06/5103
Peter Norwood, Angriff auf Dekkanar · 06/5147
Carolyn Clowes, Das Pandora-Prinzip · 06/5167
Diana Duane, Die Befehle des Doktors · 06/5247
V. E. Mitchell, Der unsichtbare Gegner · 06/5248
Dana Kramer-Rolls, Der Prüfstein ihrer Vergangenheit · 06/5273
Michael Jan Friedman, Schatten auf der Sonne · 06/5179
Barbara Hambly, Der Kampf ums nackte Überleben · 06/5334
Brad Ferguson, Eine Flagge voller Sterne · 06/5349
Gene DeWeese, Die Kolonie der Abtrünnigen · 06/5375
Michael Jan Friedman, Späte Rache · 06/5412
Peter David, Der Riß im Kontinuum · 06/5464
Michael Jan Friedman, Gesichter aus Feuer · 06/5465
Peter David/Michael Jan Friedman/Robert Greenberger, Die Enterbten · 06/5466
L. A. Graf, Die Eisfalle · 06/5467
John Vornholt, Zuflucht · 06/5468
L. A. Graf, Der Saboteur · 06/5469
Melissa Crandall, Die Geisterstation · 06/5470
Mel Gilden, Die Raumschiff-Falle · 06/5471

STAR TREK: THE NEXT GENERATION
David Gerrold, Mission Farpoint · 06/4589
Gene DeWeese, Die Friedenswächter · 06/4646
Carmen Carter, Die Kinder von Hamlin · 06/4685

STAR TREK™

Jean Lorrah, Überlebende · 06/4705
Peter David, Planet der Waffen · 06/4733
Diane Carey, Gespensterschiff · 06/4757
Howard Weinstein, Macht Hunger · 06/4771
John Vornholt, Masken · 06/4787
David & Daniel Dvorkin, Die Ehre des Captain · 06/4793
Michael Jan Friedman, Ein Ruf in die Dunkelheit · 06/4814
Peter David, Eine Hölle namens Paradies · 06/4837
Jean Lorrah, Metamorphose · 06/4856
Keith Sharee, Gullivers Flüchtlinge · 06/4889
Carmen Carter u. a., Planet des Untergangs · 06/4899
A. C. Crispin, Die Augen der Betrachter · 06/4914
Howard Weinstein, Im Exil · 06/4937
Michael Jan Friedman, Das verschwundene Juwel · 06/4958
John Vornholt, Kontamination · 06/4986
Mel Gilden, Baldwins Entdeckungen · 06/5024
Peter David, Vendetta · 06/5057
Peter David, Eine Lektion in Liebe · 06/5077
Howard Weinstein, Die Macht der Former · 06/5096
Michael Jan Friedman, Wieder vereint · 06/5142
T. L. Mancour, Spartacus · 06/5158
Bill McCay/Eloise Flood, Ketten der Gewalt · 06/5242
V. E. Mitchell, Die Jarada · 06/5279
John Vornholt, Kriegstrommeln · 06/5312
Laurell K. Hamilton, Nacht über Oriana · 06/5342
David Bischoff, Die Epidemie · 06/5356
Diane Carey, Abstieg · 06/5416
Michael Jan Friedman, Relikte · 06/5419
Michael Jan Friedman, Die Verurteilung · 06/5444
Simon Hawke, Die Beute der Romulaner · 06/5413
Rebecca Neason, Der Kronprinz · 06/5414
John Peel, Drachenjäger · 06/5415
Diane Duane, Dunkler Spiegel · 06/5417
Susan Wright, Der Mörder des Sli · 06/5438

STAR TREK: DIE ANFÄNGE
Vonda N. McIntyre, Die erste Mission · 06/4619
Margaret Wander Bonanno, Fremde vom Himmel · 06/4669
Diane Carey, Die letzte Grenze · 06/4714

STAR TREK™

STAR TREK™

William Shatner/Chris Kreski, Star Trek Erinnerungen · 06/5188
William Shatner/Chris Kreski, Star Trek Erinnerungen: Die Filme · 06/5450

Phil Farrand, Cap'n Beckmessers Führer durch STAR TREK – DIE NÄCHSTE GENERATION · 06/5199
Phil Farrand, Cap'n Beckmessers Führer durch STAR TREK – DIE CLASSIC SERIE · 06/5451

Ralph Sander, Star Trek Timer 1997 · 06/1997

Diese Liste ist eine Bibliographie erschienener Titel
KEIN VERZEICHNIS LIEFERBARER BÜCHER!